KB121511

争先果

쟁선계 19

2015년 10월 22일 초판 1쇄 인쇄
2015년 10월 27일 초판 1쇄 발행

지은이 이재일
발행인 이종주

기획 팀 이주현 이기헌
책임 편집 백승미

발행처 (주)로크미디어
출판등록 2003년 3월 24일
주소 서울시 용산구 원효로97길 46 5층
Tel (02)3273-5135 **Fax** (02)3273-5134
홈페이지 rokmedia.com **E-mail** rokmedia@empas.com

값 11,000원

ISBN 979-11-255-9764-3 (19권)
ISBN 978-89-257-3094-3 04810 (세트)

| 이재일 장편소설 |

차례

한산寒山 (一)

(1)

조심당操尋堂 북쪽 담벼락 아래 뚫린 그 비좁은 개구멍을 마지막으로 통과하던 날, 소소의 형편은 그리 좋다고 할 수 없었다.

중양절을 며칠 앞둔 구월 초순의 어느 밤, 창건 이래 강북제일세의 명성을 단 한 번도 내준 적이 없었던 북악 신무전은 주력의 대부분이 집을 비운 상황에서 정체 모를 괴 집단의 침입을 받았고, 주인인 신무대종 소철을 비롯한 주요 수뇌부들이 목숨을 잃는 비극을 겪었다. 잠자리로 들이닥친 큰올케 당가영의 피에 전 모습에서 집에 심각한 변고가 벌어졌음을 알게 된 소소는 뒤이어 밀려든 적도들을 피해 개구멍으로 달아났고, 금랑호가 멀지 않은 수풀 속에 숨어 얇은 침의 바람으로 밤비를 맞으며 병아리처럼 몸을 떨었고, 작년 여름 사천에서 만난 의수신안륜 부대연이란 악당에게 발각당해 끔찍한 꼴을 당할 위기에 처했고, 어둠 속에서 나타난 초면의 남자—제비 반지의 원주인이자 검에서 시허연 벼락 줄기를 뿜어내는 무시무시한 고수—로부터 구함을 받았고, 절망과 두려움에 허덕거리며 비극의 밤에서 벗어났다.

그로부터 백 일이 지났다. 그사이 소소와 신무전에는 실로 많은 일들이 있었다. 그중 가장 극적인 일은 영웅처럼 귀환한 그녀의 대사형이 배신한 호랑이를 때려죽이고 신무전을 되찾은 것. 그 결과로 이씨에 넘어갈 뻔한 신무전이 다시 소씨에 돌아온 것은 아니지만 그녀는 충분히 만족하고 기뻐할 수 있었다, 도씨가 신무전의 새 주인이 되는 것은 그녀의 할아버지께서도 바라셨던 일이었기에.

신무전의 새 주인이 된 철인협 도정은 하루에도 몇 차례씩 '저 사람이 내가 알던 그 미욱스러운 대사형이 맞나?'라는 의문을 그녀에게 던져 줄 만큼 놀라운 수완과 과감한 결단력을 발휘하며 뿌리까지 흔들렸던 신무전을 다시 일으켜 세웠다. 가장 눈에 띄는 변화는 오랜 평화기를 거치며 노화될 대로 노화된 조직을 더 팔팔하고 의욕 넘치는 조직으로 바꿔 놓았다는 점이었다. 단적인 증거가 엄청나게 젊어진 사방대주의 연령인데, 평균 연령이 일흔에 육박하던 것이 이제는 절반, 아니 삼분의 일이 겨우 넘는 이십 대까지 낮춰진 것이다. 그도 그럴 것이, 작고한 증천보의 뒤를 이어 청룡대주가 된 증혁만이 삼십 대일 뿐, 현무대주가 된 셋째 사형 구양현은 이십 대 중반, 백호대주가 된 증가사소룡의 막내 증훈은 이십 대 매우 초반, 거기에 얼마 전 주작대주로 내정—까지는 아니더라도 꽤나 유력한 후보에 올랐다—된 천추백가千秋白家의 막내아들은…… 그러니까 대사형의 말을 빌자면, 제 형을 닮아 정말 늠름하고 잘생긴 강호 기협이 될 거라던 그 미래의 강호 동량은…….

"내가 미쳐."

좁고 퀴퀴하고 어제 내린 눈 때문에 질척해지기까지 한 개구멍 안으로 백 일 만에 머리통을 집어넣으며, 소소는 입술을 일그러뜨렸다. 이 개구멍을 포함한 조심당은 비극의 밤 이전까지는 그녀가 사는 집이었고, 대사형이 귀환한 뒤로 다시 그녀의 집이 되었다. 뭐, 자발적으로 하는 짓인 데다 예전에도 종종 하던 짓이니만큼 주인 체면에 개구멍 출입이 웬 말이냐고 투덜거릴 입장은 아니지만, 그래도 일 각 뒤에 방문하기로 예정된 열 살짜리 꼬맹이를 피하기 위해 할 짓은 아니라는 생각이 개구멍을 통과하느라 용을 쓰는 내내 그녀의 머릿속을 가시처럼 찌르고 있었다.

절반은 지면 위 담벼락에, 나머지 절반은 지면 아래 흙바닥에 뚫린 개구멍을 지나기 위해서는 지네처럼 엎드린 몸뚱이를 활 모양으로 휘어 바르작거릴 수밖에 없었다. 자체로도 용이한 동작이 아니거니와 오랜만에 해 보는 짓이라 그런지 더더욱 힘들게 느껴졌다. 반쯤 녹은 얼음덩이처럼 차갑고 축축한 흙바닥을 얼굴과 가슴과 아랫배와 허벅지 등 열일곱 살 처녀에게는 소중하기 이를 데 없는 부위들로 밀고 당기고 비벼 대는 것은 그리 깔끔한 성격이 아닌 그녀로서도 절대 유쾌한 일이 아니었다. 그런 만큼, 욕이 절로 나왔다.

"나쁜 새끼."

누구를 향한 욕이냐 하면, 대사형 도정을 향한 욕이었다.

관동에서 백호대를 휘몰아 영웅처럼 귀환한 일은 멋졌다. 할아버지가 살아 계시던 시절에도 자타 공인하는 신무전 최강 전사였던 독안호군 이창과 일대일로 붙어 노지심이 개 잡듯 때려 죽인 것은 멋진 걸 넘어 진짜 끝내주는 사건이었다. 그 대단한 결투를 관전하는 동안 상복 속곳에 오줌까지 몇 방울 지릴 만큼 흥분해 버린 소소는 배신한 호랑이에게 합당한 벌을 내리는 도정을 향해 아낌없는 찬사와 환호를 보냈다.

—와! 역시 우리 대사형이 최고야!

……그런데 그 최고의 대사형이 소소를 배신했다. 개구멍의 침침한 그늘에 덮인 소소의 커다란 두 눈이 도둑고양이의 것처럼 새파랗게 번득였다.

뭐? 나더러 열 살짜리 꼬맹이에게 시집을 가라고? 그래서 코흘리개 신랑이랑 알콩달콩 소꿉놀이나 하면서 주작대를 잘 이끌어 보라고? 사부가 베푸신 하늘같은 은혜에 대한 보답이란 게 그 손녀딸을 정략결혼 시키는 거야?

소소는 기품 있고 친절한 둘째 사형 백운평을 누구 못지않게 좋아했지만, 그래서 백운평 같은 남자가 어느 날 자신의 앞에 나타난다면 한 해 넘게 이어 온 가망 없는 짝사랑을 접고 새로운 인연을 시작해 볼 용의도 있지만, 그 남자가 열 살짜리 꼬맹이라면 얘기가 전혀 달랐다. 문득 어제 들은 대사형의 능글능글한 목소리가 떠올랐다.

—그러니까 이번 기회에 해 버리는 거야. 알겠지?

끙, 하고 마지막 용을 쓰면서 양 손바닥으로 흙바닥을 힘차게 밀어낸 소소가 개구멍 바깥으로 고개를 쭉 빼내며 부르짖었다.

“내가 할까 보냐!”

그 순간 소소가 마주친 것은, 아리도록 새파란 겨울 하늘을

배경으로 서서 나이에 걸맞지 않게 만사 달관한 듯한 표정으로 자신을 굽어보고 있는 한 소년의 눈이었다. 맑고 총명해 보이지만 어딘지 모르게 동정심을 불러일으키는 그 눈은 등딱지 바깥으로 목을 빼낸 거북이처럼 담벼락 밑에서 고개만 빼꼼 내밀고 있는 그녀를 향해 이렇게 묻고 있었다.

'또…… 당신입니까?'

소소는 소년의 눈을 올려다보며 힘없이 반문했다.

"또…… 너냐?"

소년, 과홍견은 '애늙은이'라는 소소의 핀잔에 걸맞게 언제나 예의를 잃지 않았다. 그는 두 주먹을 앞으로 모으며 공손하게 허리를 숙였다.

"사저를 뵙습니다."

"치워라. 인사받을 기분 아니다."

개구멍을 마저 기어 나온 소소는 흙물로 더러워진 앞섶을 손바닥으로 탁탁 털면서 과홍견에게 물었다.

"대사형이 시켰니?"

그러리라고 생각했다. 익숙한 상황이었으니까. 하지만 뜻밖에도 과홍견은 고개를 젓는 것이었다.

"아닙니다."

"아니야? 정말로?"

"예."

새삼스러운 눈으로 다시금 과홍견을 살펴보니 옷차림이 평소와는 무척 달랐다. 삼절각에서 운 사부에게 수학하던 시절, 과홍견은 꼬마 유생처럼 늘 유복만 입고 다녔다. 한데 지금은 아니었다. 두더지 가죽으로 만든 모자와 두툼한 솜옷, 손목과 발목을 단단히 동인 투수와 각반, 등에는 큼직한 나무 서궤를 지고 허리 뒤춤에는 짚신을 여러 켤레 매단 품이 어디 먼 길이라도 떠나는 상인 같은 차림이었다.

"어디 가니?"

과홍견은 조금 쑥스러워하는 듯한 웃음으로 대답을 대신했다. 소소가 미간을 좁히며 다시 물었다.

"묻잖아, 어디 가냐고?"

"예."

"어딘데?"

"어딘지는 소제도 모릅니다."

과홍견의 이 막연한 대답이 소소의 귀에는 기이할 만큼 단호하게 들렸다. 소소는 심각해졌다.

"어딘지도 모른다면서 왜 가는 건데? 뭘 하려고?"

"새 스승님을 찾으려고 합니다."

"새 스승? 무슨 스승?"

과홍견은 소소의 발치 어딘가를 내려다보며 작은 목소리로 대답했다.

"아시잖습니까, 소제가 배울 수 있는 것이 바둑밖에 없다는 사실을요."

"아, 맞다. 네 할아버지가……."

소소는 아차 하며 입을 닫았다. 자신이 하려던 말이 과홍견 앞에서 꺼내서는 안 되는 것임을 떠올린 탓이었다. 사실 저 애늙은이를 얄미워하면서도 대놓고 괴롭히지 못했던 가장 큰 이유도 바로 거기에 있었다. 그녀는 유일한 피붙이인 할아버지를 여의고 하루아침에 천애고아가 된 가엾은 아이를 못살게 구는 악당이 되고 싶지는 않았었다. 하물며 동병상련의 처지가 된 지금에 이르러서는 더더욱 그랬다. 그러자 갑자기 할아버지가 사

무치도록 보고 싶어졌다.

—어허, 걸음걸이하고는. 이 망아지를 누가 데려갈꼬.

운 사부도 보고 싶었다.

—여계와 열녀전을 왜 외워야 하냐고? 다 외우면 까닭을 얘기해 주마.

말년에 와서는 서로 짜기라도 한 것처럼 그녀를 시집보내지 못해 안달을 내던 두 사람. 그래서일까? 대사형도 그 두 사람이 사무치도록 그립기 때문에 그녀를 시집보내려고 이렇게 귀찮게 구는 걸까? 하지만 아무리 그래도 열 살은 좀…….

"몇 살이니?"

소소가 불쑥 물었다. 과홍견이 눈을 동그랗게 뜨고 그녀를 올려다보았다.

"소제요?"

"그럼 너지, 내 나이를 물었겠니?"

"지난달에 생일이 지나서 이제 열세 살입니다."

"어어, 생일이었구나. 축하도 못 했네. 아무튼, 그렇구나, 열세 살."

굳이 손가락을 꼽아 보지 않아도 열세 살이면 열 살보다 세 살이 많았다. 이런, 무려 세 살이나!

그러고 보니 덩치도 커졌다. 처음 보았을 때는 자신의 어깨에도 미치지 못하던 놈이 한 해 사이에 부쩍 자라 지금은 귓바퀴 어름까지는 충분히 올라온 것으로 보였다. 그리고 얼굴은…….

'뭐, 이목구비 또렷하고 눈동자가 맑으니 저만하면 잘생긴 편이라고 할 수 있겠지. 늘 우거지상을 하고 있는 게 흠이라면 흠이지만, 그런 일을 겪고서도 히죽거리고 다니면 그거야말로 소름 끼치는 일일 테지.'

과홍견의 구석구석을 살피는 소소의 눈이 수풀 속에 숨어 토끼를 노려보는 여우의 것처럼 점점 더 갸름해졌다. 하지만 그런 속셈을 알 턱이 없는 과홍견은 그녀의 뜬금없는 질문을 무안함에서 벗어나기 위한 방편으로 오해했는지 고개를 푹 숙였다.

"소제가 갑자기 나타나서 놀라셨다면 사과드리겠습니다."

"아냐, 아냐, 나 별로 안 놀랐어."

손사래를 치는 소소에게 과홍견이 말을 이었다.

"이 집 식구가 된 지 일 년도 채 안 되는 소제지만, 그래도 떠나기 전에 인사는 드리는 게 도리라고 생각했습니다. 다른 분들께는 모두 인사를 마쳤고, 마지막으로 사저를 뵈려고 이렇게 찾아온 겁니다."

이 말에 소소는 심기가 조금 뒤틀렸다. 이 빌어먹을 자식은 왜 나를 맨 마지막 순번에 놓았담. 내가 그렇게 못되게 굴었나? 하지만 이어진 과홍견의 말에 그녀의 뭉친 눈매가 스르르 풀렸다.

"아무래도 소제와 가장 가깝게 지낸 분이 사저시지 않습니까. 돌아가신 사부님을 빼면 소제를 가장 어여삐 여겨 주신 분도 사저시고요. 그래서 길 떠나는 소제를 기꺼이 배웅해 주시리라 믿었습니다."

"맞아, 내가 정이 좀 많은 편이지."

"그런데 막상 조심당에 들어가 보니, 조금 뒤에 천추백가의 막내 도령과 만나실 약속이 잡혀 있어서 지금은 사저를 뵐 수 없다고 하지 않겠습니까. 그래서 여기서 기다리고 있었던 겁니다."

"음? 왜 하필 여긴데?"

과홍견이 계면쩍은 웃음을 지었다.

"어린아이는 질색이라고 입버릇처럼 말씀하시지 않으셨습니까. 그런 사저께서 의관 정제하고 얌전히 방에 앉아 천추백가의 막내 도령을 맞이하실 리는 없다고 생각했습니다."

잘생긴 사제는 심지어 영민하기까지 했다. 과홍견을 향한 소소의 눈이 더욱 부드러워졌다. 이제 보니 얘 제법 괜찮잖아? 그제야 뭔가 수상한 낌새를 느꼈는지 조심성 많은 새처럼 어깨를 흠칫 떠는 모습마저 귀여워 보였다.

그즈음 담벼락 너머가 부쩍 소란스러워졌다.

"아씨, 어디 계셔요?"

점점 커지는 웅성거림 속에는 소소를 찾는 시비의 당황한 부름 소리도 간간 섞여 나오고 있었다. 여기서 어정거리다 들키는 날에는 산통 깨지기 십상. 소소는 왼손을 뻗어 과홍견의 손목을 답삭 움켜잡았다.

"너, 나랑 좀 가자."

"예? 어디를……."

소소는 반사적으로 두 다리를 뻗대는 과홍견을 향해 눈을 부릅떴다.

"어른이 가자면 예, 하고 따라나설 것이지 어딘지는 알아 뭐하게? 잔말 말고 냉큼 따라와."

말은 따라오라 해 놓고 실제로는 끌고 가다시피 하여 당도한 곳은 신무전 정문에서 그리 멀리 떨어지지 않은 골목에 자리 잡은 작은 주루였다. 산동의 특산품인 연대주煙臺酒의 맛이 일품인 그 주루는, 호방한 강호 여협을 자처하는 소소에게는 주인과 얼굴을 익힌 지 두 해가 넘는 단골집이기도 했다.

마수걸이가 손님이 누구인지 알아보고 다소 과장되게 웃는 주인에게 내가 온 사실을 누구에게도 알리지 말라고 당부한 소소는 과홍견을 끌고 별실로 들어갔다. 물론 상등품 연대주 한 병과 그녀가 특별히 좋아하는 달콤새콤한 오이 무침—가장 빨리 나오는 안주였다—을 주문하는 것도 잊지 않았다. 혹시 상중喪中이 아니시냐는 주인의 조심스러운 질문 따위는 못 들은 척했다. 누군가에게 할아버지에 대한 효심을 의심받는 것은 분명 불편한 일이지만, 그렇다고 해도 호방한 강호 여협에게 삼년상은 너무 길지 않은가.

연자주색 휘장이 드리운 자그마한 별실은 아늑한 동시에 운치 있었고, 술과 안주는 즉시 마련되었다.

"받아."

"예?"

소소가 탁자 맞은편에서 어리둥절해하는 과홍견을 향해 눈썹을 찡그리며 다시 말했다.

"술 주잖아. 얼른 안 받고 뭐 해?"

"아, 예."

그제야 소소가 치켜 내민 오른손과 그 끝에 들린 술병의 의미를 알아차린 과홍견이 자신의 앞에 놓인 조그만 술잔을 눈썹 높이로 들어 올렸다. 조륵조륵. 우윳빛 자기 술병의 긴 목을 타고 투명한 술 줄기가 떨어지는 것을 지켜보던 소년이 무슨 대단한 선물이라도 받은 양 감격한 얼굴로 말했다.

"술은 한 번도 안 마셔 봤지만 사저께서 따라 주시는 이별주이니만큼……."

"이별주, 음, 그래, 이별주. 뭐, 나중에 가서 다른 주酒가 될지도 모르지만."

"예?"

"아니야. 자, 나도 한 잔 줘 봐."

그 비극의 밤, 적도들에게 독살당한 삼절각의 운 사부는 생전에 호주가 소리를 들을 만큼 술을 즐기는 사람은 아니었지만, 풍류를 완전히 외면하는 벽창호 또한 아니었다. 그래서 소소는 볕이 꺾어지는 봄날 오후나 보슬비가 소슬히 내리는 가을날 저녁, 운 사부의 곁에 술병을 들고 서서 술시중을 드는 과홍견의 모습을 가끔 목격할 수 있었다. 그런 이력 덕분인지 소소의 술잔을 채워 가는 과홍견의 손놀림에는 제법 노숙한 면이 엿보였다.

보란 듯이 단숨에 술잔을 비워 낸 소소가 입술만 찔끔 적시고 자탁자 위에 술잔을 내려놓는 과홍견에게 궁금히 여기던 점을 물어보았다.

"우리 신무전에 삼절 사부 말고는 바둑을 가르칠 만한 고수가 없는 건 사실이지만 그래도 이건 너무 갑작스럽잖아. 혹시 공밥 먹는다고 누구한테 구박이라도 받은 거야?"

과홍견은 '그럴 리가요'라는 듯이 미소를 지었다. 그 애늙은이다운 모습이 마뜩잖아 소소는 콧등을 찡그렸다.

"좋아, 그럼 네가 찾는다는 새 스승이 대체 누군데?"

"아직 모릅니다."

"몰라?"

"이제부터 찾아봐야지요. 그래서 떠나는 겁니다."

소소는 팔짱을 끼고 턱을 살짝 올린 뒤 마치 철부지 자식을 마주한 부모님 같은 눈길로 과홍견을 내려다보았다.

"네가 세상 무서운 걸 아직 모르는 모양인데, 목적지도 없이 무작정 길을 떠났다가 어느 산길에서 산적이라도 만나는 날엔 너 같은 어린애는 그냥 죽은 목숨이나 마찬가지야. 운 좋게 살아남는다고 해도 죽는 날까지 산채에 붙잡혀서 산적들의 속옷만 빨아야 할걸."

과홍견이 또 한 번 애매한 미소를 지었다. 앞서의 것과 비슷한, '설마요.'라는 뜻이었다. 소소는 묘하게 건방진 느낌을 주는 어린 사제에게 꿀밤 한 대 먹이고 싶은 마음을 꾹 누르고 말을 이어 갔다.

"너, 일전에 삼절 사부의 유골을 수습하러 강동에서 올라오신 부친분하고 만났잖아. 그 무지무지 나이 많은 할아버지 말이야."

"운 노사부님이십니다."

"그래, 운 노사부. 그분한테 가는 건 어때? 지란 언니의 어릴 적 글 선생님이었다니 글도 잘 아실 거고, 삼절 사부의 부친이니 바둑도 잘 둘 거 아냐."

"안 그래도 강동제일가로 가는 게 어떠냐는 제안을 그분께서도 하셨습니다."

"잘됐네, 그럼 그리 가라고!"

그러나 쓸쓸히 고소를 짓는 과홍견을 본 순간 소소는 잘된 게 하나도 없다는 것을 알아차렸다.

"왜? 강동에는 왜 안 가는데?"

과홍견은 애늙은이다운 차분함을 유지한 채 대답했다.

"운 노사부님께 여쭈어 보았습니다. 강동으로 따라가면 제 기예를 단련해 주실 수 있느냐고요. 운 노사부님께서는, 사부님의 높은 기예는 사부님 스스로 얻은 것이지 당신께서 물려주신 것이 아니라고 하시더군요. 그러시면서 기예를 쌓고자 한다면 소제 또한 사부님처럼 스스로 길을 찾아야 한다고 말씀하셨습니다."

소소의 미간에 주름이 잡혔다. 겨우 그런 이유로 자식의 하나뿐인 제자—운 사부를 '사부'라고 부르는 사람은 많지만 진짜 제자는 과홍견 하나뿐이었다—를 거두지 않았다고? 생전의 운 사부에게는 다소 쌀쌀맞은 면이 있었는데, 아마도 부친에게서 물려받은 모양이었다.

"좋아, 그럼 모용풍 대협은? 그분이 널 이리로 데려왔다며? 그러니까 내 말은, 그분이 데려왔으니까 그분이 다시 데려가 주실 수도 있잖아? 지금은 황서계도 재건됐으니까……."

"이미 한 번 큰 폐를 끼친 분입니다. 염치없는 짓을 되풀이할 수는 없지요."

"이 고집불통 자식."

소소는 답답한 마음에 연대주 한 잔을 재차 비운 뒤 젓가락으로 집은 오이 무침을 입안에 욱여넣고 신경질적으로 우적거렸다. 그사이 숙수가 바뀌기라도 했는지 오늘따라 달콤새콤한 맛이 덜한 것 같았다. 탁, 소리 나게 젓가락을 내려놓은 그녀가 과홍견에게 다시 물었다.

"그래서, 정말로 너 혼자 떠나겠다는 거야, 어디 있는지도 모르고 누군지도 모르는 바둑 스승을 찾아서?"

과홍견이 옆자리에 풀어 둔 짚신 꾸러미를 손바닥으로 툭툭 두드리며 대답했다.

"이놈들이 다 닳도록 돌아다니다 보면 그런 분을 찾을 수 있지 않겠습니까?"

"아, 잘났어, 진짜."

소소는 짜증을 내며 의자 등받이에 털썩 등을 기댔다. 조실부모에 조부를 잃고 지금은 사부마저 잃은 저 가엾은 사제에게선 나이에 걸맞은 귀여운 면이 하나도 보이지 않았다. 건방지고

(남자답고), 고집 세고(굴강하고), 애늙은이 같고(듬직하고)…… 그리고 잘생기고…….

갑자기 허리를 앞으로 당긴 소소가 술병을 낚아채 한 잔을 마시고, 한 잔을 마시고, 또 한 잔을 마셨다. 그렇게 석 잔을 연거푸 넘긴 뒤에야 비로소 말을 꺼낼 용기가 생겼다.

"야."

소소의 부름에 과홍견이 제 술잔에 얹어 두었던 시선을 들었다.

"너 나한테 장가올래?"

이 폭탄 발언에 대한 상대의 반응은 소소의 기대에 한참 못 미치는 것이었다. 과홍견의 고개가 아주 살짝 옆으로 기울어졌다. 마치 날개가 여섯 개 달린 신기한 잠자리를 발견한 아이 같은 표정이었다.

'젠장.'

소소는 귓바퀴 뒤 여린 살갗 아래로 핏물이 고동치는 소리를 들을 수 있었다. 하지만 이미 칼집에서 뽑힌 칼이라, 그녀는 목소리가 떨려 나오지 않도록 턱에 한껏 힘을 주며 말을 이어 나갔다.

"너도 잘 알겠지만 요번에 전주가 된 우리 대사형, 좀 막가는 면이 있긴 해도 쩨쩨한 사람은 아니야. 저번에 만났을 때, 소씨에서 받은 것은 무공이든 재물이든 전부 소씨에 돌려주겠다고 약속하더라. 네가 내 신랑이 되면 무극팔진기를 비롯해서 우리 할아버지의 무공 전부를 배울 수 있다는 뜻이지. 생각해 봐, 보통 무공이 아니야. 자그마치 '신무대종'의 무공이라고. 그리고 우리 집, 제법 부자이기도 하거든. 청룡대에서 운영하는 사업체의 대부분이 소씨 소유지. 네가 만일 나한테 장가와서 소씨의 대를 이어 준다면, 그게 모조리 네 것이 된다는 얘기야. 어때,

이만하면 지참금치고는 썩 훌륭한 편 아닌가? 그리고 나로 말할 것 같으면, 음, 너는 어려서 아직 잘 모르겠지만, 강호에서 미명이 자자한……."

내용은 휘황찬란하건만, 무슨 이유인지 그 내용을 담은 목소리는 빛을 싫어하는 벌레처럼 점점 목구멍 안으로 기어들어 가고 있었다. 소소는 자신의 얼굴이 지금 얼마나 빨개졌을지 감히 짐작도 할 수 없었다.

"……그런 몸이시지. 게다가 딱히 경쟁할 만한 상속자도 없어요. 너도 알지, 우리 아빠? 그 일 겪은 지 얼마나 됐다고 또 방랑벽이 도져서 종적을 감추셨잖아. 다시 돌아온다고 해도 어디 경치 좋은 데다 도관 한 채 지어 드리면 그걸로 만족하고 물러앉으실 거야. 원래부터 그런 분이었으니까. 음, 이제까지 내가 한 말 무슨 뜻인지 알아듣겠어? 그러니까……."

소소는 심호흡을 한 뒤 열세 살 소년을 향한 장황한 혼인 요청을 마무리 지었다.

"다 때려치우고 나한테 장가와라, 이거야."

그러자 과홍견이 풋, 웃었다. 소소는 당황해서 눈을 깜빡거렸다. 너무 좋아서 웃은 건가?

"사저께서는 여전하시네요. 다행입니다."

"응?"

뭐가 여전하고 뭐가 다행인데?

"솔직히 소제는 걱정을 많이 했습니다. 노전주님께서 그렇게 세상을 떠나시고 신무전에 많은 변화들이 생기는 바람에 사저께서 슬픔에서 쉬 벗어나지 못하시면 어쩌나 하고요."

술잔을 들어 조금 마신 과홍견이 말을 이었다.

"그런데 사저께서는 하나도 달라지신 것 같지 않네요. 짓궂은 농담으로 소제를 놀리시고……. 아, 압니다. 먼 길 떠나는 소제의 울울한 기분을 이런 식으로라도 풀어 주려 하신다는 점을 말입니다."

얼굴 살갗 밑에 숯불이라도 지펴 놓은 것 같았다. 소소는 화끈거리는 뺨을 주체하지 못하고 황급히 고개를 끄덕였다.

"마, 맞아! 내가 농담을 한 줄 어떻게 알았지?"

"바보가 아니고서야 그런 엄청난 말을 어떻게 진담으로 여기겠습니까."

"그, 그렇지? 네가 듣기에도 좀 그랬지? 아, 몇 달 쉬었더니 농담하는 실력이 많이 줄었나 봐."

얼굴에 손부채질을 하며 너스레를 떤 소소는 과홍견이 알아차리지 못하게 한숨을 내쉬었다. 두 어깨가 안주 접시에 담긴 절인 오이처럼 아래로 처지는 기분이었다. 그러는 동안에도 과홍견의 말이 이어지고 있었다.

"무공을 익히지 말고 강호를 멀리하라는 것은 할아버지의 유언이었습니다. 비록 사부님의 기예를 배우기 위해 북악의 처마 아래 들어오기는 했지만, 그 말씀은 한시도 잊은 적이 없지요."

과홍견이 옆자리에 놓인 서궤를 들어 탁자에 올려놓았다. 그 서궤 안에는 서너 벌의 옷가지를 비롯해 행장이라고 부를 만한 것이 몇 가지 담겨 있었고, 그 위에는 헝겊으로 감싼 두툼한 책 같은 물건이 놓여 있었다. 과홍견은 헝겊 뭉치를 꺼내 탁자 위에 펼쳤다. 소소는 단순히 헝겊이라고 여긴 것이 사실은 넓은 보자기 위에 가로세로 먹줄을 그린 천 바둑판이라는 사실을 그제야 알게 되었다. 그리고 천 바둑판으로 싸여 있던 네모난 물건은 그녀가 짐작한 대로 책이었다. 각각이 그리 두껍지 않은 두 권의 책. 과홍견은 그 책들을 양손에 나눠 쥐고 그녀를 향해 하나씩 들어 보였다.

"이것은 할아버지께서 정리하신 과씨의 기예고, 이것은 사부님께서 물려주신 운씨의 기예입니다. 하나는 가장 날카로운 창이고 하나는 가장 단단한 방패지요. 이 두 가지를 하나로 융합하여 '완벽'한 기예를 만들겠다는 것이 소제가 정한 삶의 목표입니다. 그 목표를 이루기 위해서는 미숙한 소제를 다듬어 주시고 단련시켜 주실 새로운 스승님이 반드시 필요합니다."

말을 마친 과홍견은 입술을 꾹 다물고 양손에 들린 두 권의 책이 무슨 대적이라도 되는 것처럼 뚫어져라 노려보았다. 열세 살 소년이 설파한 비장하고도 단호한 인생관에 숙연해진 듯, 별실 안에 잠시간 무거운 정적이 내려앉았다. 그 틈을 타 달아오른 얼굴을 식힐 수 있었으니 소소로서는 다행한 일이었다.

수치심으로 뜨거워졌던 피가 식자 우울함이 파도처럼 밀려들었다. 소소는 손가락 끝으로 술잔의 가장자리를 쓸며 맥없이 중얼거렸다.

"그렇구나. 다들 가는구나."

서궤를 닫던 과홍견이 소소를 돌아보았다.

"소제 말고 또 길 떠나는 사람이 있나 보죠?"

소소는 대답하지 않았다. 그녀는 과홍견의 말 중에 나온 짧은 단어 하나를 입속으로 곱씹어 보았다.

'길.'

앞을 다투는 자들의 길.

소소에게는 세 명의 사부가 있었다. 할아버지, 삼절각의 운사부 그리고 배신한 호랑이에 의해 현무대주로 내정되었다가 함께 몰락의 길을 걸어야만 했던 현무대의 전임 부대주 절검선자 요수향.

청룡, 백호, 주작, 현무의 사방대는 철인협 도정이 신무전의 신임 전주로 등극한 즉시 대대적인 개편에 들어갔다. 도정은 이창의 배신에 한 톨이라도 부응한 인물은 단 한 사람도 조직 내에 남겨 두려 하지 않았다. 물론 숙청의 정도에는 차이가 있어서 목이 잘리는 극형을 당한 자가 있는가 하면—백호대에 특히 많았다— 전에서 추방되는 경형輕刑에 그친 자도 있는데, 그중에서 가장 처리 곤란한 인물이 바로 소소의 세 번째 사부이자 진정한 무공 사부인 요수향이었다.

모든 정황으로 미루어 볼 때 요수향은 이창의 시커먼 속을 인지하지 못했을 공산이 컸다. 그런 상황에서 현무대를 이끌던 만린선생 종청리가 제남혈사 때 사망하고 말았으니, 현무대 부대주였던 요수향이 그 자리를 물려받는 것은 어찌 보면 당연한 계제일지도 몰랐다. 그래서 도정은 요수향에 대해 선처의 뜻을 내비쳤다. 백 일 근신 뒤에 금번에 새로 만들어진 장로원—실제로는 물갈이를 통해 떨려 나간 노인네들을 모아 놓는 허울뿐인 조직이긴 하지만—으로 자리를 옮기는 것이 그녀에게 내려진 처분이었다. 팔다리의 근맥을 끊고 가차 없이 추방해 버린 전임 주작대주 염위의 경우에 비춰 보면 실로 관대하기 이를 데 없는, 전임 전주의 혈육인 소소와의 관계가 십분 반영된 가벼운 처분임이 분명할 터였다.

그러나 요수향은 신임 전주의 처분을 받아들이지 않았다. 소소가 전에서 달아난 며칠 사이 대체 무슨 일이 벌어졌던 것일까? 제자이자 선주先主의 혈육인 소소에게 큰절을 올림으로써 이창에게 현혹되어 배신의 길에 동참한 잘못을 사죄한 그녀는, 사람을 볼 줄 모르는 눈은 존재할 필요가 없다며 스스로 두 눈을 파냄으로써 그 자리에 있던 모든 사람들을 경악하게 만들었다.

장님이 된 절검선자는 머리를 깎고 노산魯山의 작은 비구암으로 출가했다. 노산의 산자락 밑까지 따라가 사부를 배웅한 소소는 그녀의 부축으로부터 벗어나 지팡이를 더듬거리며 속인으로서의 마지막 길을 비척비척 걸어가는 사부의 초라하고도 쓸쓸한 뒷모습에 처량한 심정을 가누지 못했다.

요수향은 그렇게 '길'을 떠났다. 그러나 이후에 다른 사람들이 경쟁하듯 올라선 길은 그녀가 밟은 고적한 길과는 사뭇 달랐다.

'정말 다들 그랬어.'

소소는 며칠 전 단봉당 앞뜰에서 목격한 막내 올케 석지란의 모습을 떠올렸다.

수선화처럼 곱기만 하던 올케 언니가, 봄볕처럼 따사롭기만 하던 올케 언니가, 그런 선녀 같은 지란 언니가 현무대 무사들이 입는 투박한 검은 무복을 입고서 물풀처럼 풀어 헤쳐진 머리카락을 얼굴에 휘감은 채 나찰처럼 사납게 목검을 휘두르는 광경은 놀라움을 넘어 비현실적인 것이 아닐 수 없었다.

지란 언니의 상대는 소소의 셋째 사형이자 언니에게는 지아비가 되는 구양현이었다.

—일어서!

빡!

—흥, 얕보지 말아요!

—검을 뺀을 땐 입 다물고!

빠박!

—다시!

목검을 가지고 펼치는 부부간의 대련이기는 했지만 그 형국은 어떤 실전 못지않을 만큼 험악했다. 평소의 다정함과 온화함은 어디다 감춰 두었는지, 셋째 사형은 돌처럼 굳은 얼굴을 하고서 한 치의 양보도 없이, 정말로 인정사정없이 부인인 지란 언니를 찌르고 때리고 몰아붙였다. 남편의 목검이 두드리고 지나간 지란 언니의 몸뚱이 위로 시퍼런 멍 자국이 부풀어 올랐고, 심지어는 얼굴도 얻어맞아 위아래 입술이 함께 터지기까지 했다.

지켜보는 것만으로도 심장이 오그라드는 치열한 대련이 끝났을 때, 지란 언니는 소소가 이제껏 단 한 번도 상상하지 못했던 놀라운 모습을 보여 주었다. 그 자리에 풀썩 무릎을 꿇고 피와 침과 위액이 섞여 무슨 색인지 꼬집어 말하기 힘든 액체를 왝왝 토해 내기 시작한 것이다.

황급히 달려가 부축하는 소소를 향해 지란 언니는 엉망으로 부풀어 오른 입술을 비틀며 힘없는 미소를 지어 보였다.

―그간 너무 놀았나 봐요. 몸이 어째 마음대로 움직여 주지를 않네요.

대사형은 현무대주가 된 구양현을 가장 잘 보필할 수 있다는 명분을 내세워 지란 언니를 현무대의 부대주에 임명했다. 하지만 아는 사람은 안다. 그러한 파격적인 인사 이면에는 대사형 특유의 음험한 정치적 계산―어마어마한 소문을 몰고 다니는 이 대 혈랑곡주 석대원과 충천하는 기세로 성장하는 강동제일가와의 관계를 더욱 돈독히 하기 위한―이 깔려 있음을. 문무 양면에 별다른 능력도 없는 소소를 주작대 부대주로 임명하고, 그 남편으로 천추백가의 열 살짜리 꼬맹이를 들이려 한 것도 따지고 보면 같은 맥락이었다. 둘째 사형 백운평의 사망이 공식적

으로 확인된 뒤 자칫 떨어져 나갈지도 모르는 하북과 북경의 지지 세력을 다잡기 위함일 테니까. 그래서 소소는 사람들이 수군거리는 소리, 신임 전주가 과거 '냉혈왕'이라 불리던 노전주의 심성을 그대로 빼다 박았다는 소리를 듣고 저도 모르게 어깨를 떨어야만 했다. 뭐, 아무튼.

지란 언니는 그래서 수련에 돌입한 것이라고 했다. 신무전으로 시집온 뒤로 등한시했던 가전의 검법을 단련해 현무대 부대주 자리에 부끄럽지 않은 무인이 반드시 되어 보이겠다면서.

—내 부족함이 내가 맡은 자리에 누가 돼서는 안 되겠지요.

이렇게 말하는 지란 언니는 같은 여자라도 반할 만큼 멋지고 꿋꿋해 보였지만…… 그러나 소소와 자오란주를 나누어 마시며 밤새도록 수다를 떨던 살가운 올케 언니는 아니었다. 지란 언니가 이때처럼 멀게 느껴진 적은 없었다.

—나는 언니처럼 못 할 거 같아요.

처량하게 흘러나온 소소의 말에 지란 언니는 빙긋이 웃기만 했다. 하지만 소소를 향한 언니의 눈은 '결국 아가씨도 하게 될 거예요.'라고 예언하고 있었다. 소소는 까닭 모를 비참한 심정에 사로잡혀 언니의 눈길을 외면할 수밖에 없었다.

모두가 길에 오르고 있었다.

저마다 앞으로 나아간다고 확신하는 길.

확신도 없고 그래서 나아갈 방향도 알지 못하는 소소 혼자만을 과거의 한 자리에 그대로 남겨 둔 채로.

나도 가야 하는 걸까? 그 길을 찾아 올라야 하는 걸까?

그러나 소소는 자신의 앞에 놓인 미래에 대해 어떠한 믿음도 품을 수 없었다. 갑자기 아무도 없는 섬에 홀로 버려진 것처럼 외로워졌다.

과홍견이 천천히 자신의 잔을 비웠다. 첫 잔은 그대로 마지막 잔이 되었다. 자리에서 일어선 소년이 짚신을 뒤춤에 차고 서궤를 등에 짊어졌다.

"아마도 소제는 죽을 때까지 이보다 좋은 송별연을 경험하지 못할 겁니다. 감사합니다, 사저."

이별이 기정사실이 되었음은 알고 있었지만, 막상 그 순간이 닥쳐오니 견디기 힘들었다. 소소는 오이 무침 국물에 소맷자락이 쓸리는 것도 의식하지 못한 채 탁자 위로 팔을 뻗어 과홍견의 손을 붙잡았다. 그녀가 생각했던 것보다 훨씬 크고 단단한 손. 이 아이는 언제 이렇게 자랐을까?

"나를 위해 이곳에 남아 주면 안 되겠니?"

소소가 물었다. 목소리가 떨려 나오는 것을 더 이상 막을 수 없었다. 과홍견이 담담한 미소를 지으며 자신의 왼손을 붙잡은 소소의 손 위에 오른손을 살며시 포갰다.

"사저, 할아버지와 사부님의 유품이 이곳에 남아 있지 않습니까. 그것들을 되찾기 위해서라도 소제는 반드시 돌아올 겁니다. 그날이 오면 지금처럼 좋은 환영연, 꼭 부탁드리겠습니다."

맞잡은 손과 손이 떨어지고, 탁자 맞은편에 앉은 처녀를 향해 어른처럼 듬직하게 포권을 올린 소년이 별실을 떠났다.

또 한 사람이 자신만의 쟁선지로爭先之路에 올라선 것이다.

"아."

소소는 불붙은 듯 뜨거워진 눈알을 가리기 위해 눈꺼풀을 감

았다. 투명한 물방울이, 남겨진 자의 외로운 눈물이 사과 속살처럼 하얀 볼을 타고 흘러내렸다.

(2)

"오늘부터 특별 훈련이다!"

추임은 대꾸하지 않고 마석산의 다음 말을 그냥 기다렸다.

"대기만성大器晩成의 마음가짐으로 속전속결速戰速決의 지옥 훈련에 돌입하는 거지."

어색한 문맥을 지적해 뭐 하나. 그렇게 여기는 사람은 추임 혼자만이 아닌 듯했다. 누구도 입을 열지 않았다. 경륜 깊은 당 노인도, 똘똘한 강평도, 눈치 없는 호연육도. 모여 선 사람들 사이로 밥 냄새처럼 구수한 공감이 감돌았다. 우리는 체념과 복종의 미덕 아래 서로의 고단함을 공유할 수 있었고, 죽음을 마주하고도 그 길이 현실보다는 더 나을지도 모른다는 환각에 사로잡혀 가진 것 이상의 용기를 낼 수 있었다. 우리는 각기 다른 몸을 가진 한 사람이었다, 최소한 저 마석산 앞에서는. 부하들을 하나로 뭉치게 만든다는 면만 놓고 보면, 마석산은 매우 좋은 지도자일지도 모른다. 하지만 다른 면은…… 생각하기도 싫었다.

"그렇게 딱 사흘, 각고면려刻苦勉勵와 식음철폐食飮撤廢의 노력으로 나 자신을 절차탁마切磋琢磨하여……."

마석산의 눈알은 전상방의 천장 어딘가를 불안하게 맴돌고 있었다. 얼굴은 보기 불편하리만치 상기된 상태였다. 마치 입 밖으로 내보낸 문자들에 의해 목이 졸리기라도 하는 듯이. 가지 않아도 되는 고행 길로 스스로 걸어 들어간 상관에게 측은한 마음마저 일어났다.

"……사별삼일士別三日의 효과와 칠년면벽七年面壁의 대공을 일석이조一石二鳥의 정신으로 이룬 다음……."

추임은 얼굴의 방향을 마석산에게 고정한 채 눈동자만을 상하좌우로 돌려 주위를 둘러보았다. 이곳은 표절의 더러운 냄새가 밴 '위무관位無關'이라는 현판을 내건 지하 연무장. 마석산은 원정에서 복귀하기가 무섭게 멀쩡한 지상 연무장 놔두고 십군의 창고로 쓰이던 이곳을 연무장으로 급조한 뒤 부하들을 불러 모았다. 그러면서 오늘부터 시작하는 특별 훈련인지 지옥 훈련인지를 외부에 절대 알리지 말 것을 명령했다. 같은 문도들에게까지 감춰야 할 만큼 철저한 보안이 대체 왜 필요한지에 대해서는 언급하지 않았다. 생략했다기보다는 까먹은 것 같았다.

"……십군의 깃발을 파죽지세破竹之勢로 높이 들고 모두 함께 오월동주吳越同舟하며 곤륜산으로 최대한 빨리 우보천리牛步千里하는 거다."

마석산의 연설이 마침내 끝났다. 눈치 없는 호연육이 침묵의 연대를 무너뜨렸다.

"곤륜산에는 왜요?"

문자를 주워섬기는 동안 어딘가에 숨어 있던 천성적인 불량기가 마석산의 눈알 위로 되살아났다.

"왜긴, 곤륜지회에 참석하기 위해서지."

"하지만 곤륜지회는 내년 원소절에나 열리잖아요."

"이 머저리 같은 자식, 곤륜산이 요 옆의 무이산쯤 되는 줄 아니?"

마석산의 말투가 거칠어질 기미를 보이자 똘똘한 강평이 얼른 끼어들었다.

"곤륜산이 멀긴 해도 쾌마로 달리면 스무 날 안쪽에 당도할

수 있습니다. 원소절은 아직 한 달 넘게 남았고요. 그리고 교단 차원에서도 분명히 무슨 움직임이 있을 겁니다. 교주님께서 직접 행차하실 가능성도 있고요. 광명전에서 발표가 나오기를 기다렸다가 출발하시는 편이 낫지 않을까요?"

마석산이 콧방귀를 뀌었다.

"얼어 죽을, 기다리기는 뭘 기다려. 거지새끼들이 내건 방문 못 봤어? 앞을 다투라잖아. 빨리 갈수록 유리하다는 뜻이지."

까막눈인 마석산이 그 방문을 직접 읽었을 리는 없고, 아마 누군가가—추임은 군장 부인이 가장 유력하다고 생각했다—읽고 전해 준 걸 제 나름대로 해석한 모양이었다. 하지만 아무리 한 다리를 거쳤다고 해도 '앞을 다투는 자'를 선착순으로 받아들이다니……. 이래서 바보 앞에서 함부로 비유를 쓰면 안 된다는 거다.

"빨리 가든 늦게 가든, 천하의 대세가 결정되는 그런 중대한 자리에 우리 같은 사람들이 참석할 수는 있는 겁니까?"

경륜 깊은 당노인의 질문에는 회의감이 배어 있었지만 마석산에겐 먹히지 않았다.

"당연한 소리! 석가 꼬마가 출세 좀 했다고 해서 과거 죽을 고비를 함께 넘은 전우들을 몰라라 할 것 같아?"

과거 죽을 고비란 게 금부도에서 벌인 작전을 가리키는 것일까? 그렇다면, 추임은 문제의 석가 꼬마가 당시 지원군으로 따라온 무쇠 소에게는 별 신경 쓰지 않았다는 쪽에 부군장 자리를 걸 용의도 있었다.

"더 궁금한 점 없니?"

번득이는 눈알로 부하들을 한차례 휘둘러본 마석산이 어느 순간 거무튀튀한 두 주먹을 불끈 치켜들었다.

"좋다! 앞서도 말했거니와 이 무위…… 음, 위무관 안에서는 대장도 없고 부하도 없다. 강함에 목말라하는 진정한 사나이만이 있을 뿐! 십군의 투사들이여, 내게로 오라! 와서 직위패 내려놓고 한판 화끈하게 붙어 보자!"

추임, 당노인, 호연육, 강평은 서로의 얼굴을 돌아보았다.

잠시 후…….

퀴퀴한 곰팡내 밴 지하의 공기 속으로 망치가 돌을 두드리는 듯한 타성과 직위패 내려놓은 진정한 사나이가 내지른 분노에 찬 고함이 연달아 울려 퍼졌다.

딱!

"이 개새끼가 감히 대장님의 머리통을 때려!"

백복신白茯神은 정신을 안정시켜 준다. 원지遠志는 잡생각을 몰아내 준다. 석창포石菖蒲는 뇌문을 맑게 해 준다. 인간의 몸 중에서도 두뇌의 활동에 특별히 도움을 주는 이 세 가지 약재로 만든 탕약이 이름부터가 총명한 총명탕聰明湯이다. 육건은 약복지 하나를 코에 대고 킁킁 냄새를 맡다가 물었다.

"원지 달이기 전에 심 빼는 거 잊지 않았지?"

"예."

"양은 넉넉하고?"

"그 새끼들 다 처먹이고도 남을 정도입니다."

"어허, 그 새끼들이라니. 우리 무양문의 보배 같은 두뇌 집단을 그렇게 함부로 불러선 안 되지."

육건을 향한 양 관사의 눈이 갸름해졌다. 마치 '진심이십니

까?'라고 묻는 듯한 눈매였다. 육건은 온화한 미소를 지으며 고개를 끄덕였다.

"진심이라고."

"아."

양 관사는 투실한 머리통을 끄덕거렸지만 못 믿겠다는 표정이 역력했다. 하지만 진심이 맞다. 이제 육건은, 평소 악머구리처럼 시끄럽고 거머리처럼 지긋지긋하게 여기던 별수재들을 맨 처음 조직을 구상할 때 기대했던 무양문의 보배 같은 두뇌 집단으로 여기게 되었다. 악머구리, 거머리가 보배로 바뀌는 데에는 그리 많은 준비물이 필요치 않았다. 무쇠로 만든 손바닥만 한 열쇠 한 개. 그것을 본 순간 별수재들은 고약한 미물의 껍질을 벗고 번쩍거리는 보배가 되었다. 육건의 입장에서 보면 실로 요술 열쇠라 아니할 수 없었다.

"준비 끝났으면 어서 가 봐. 첫 번째 시험 발사가 언제쯤 가능한지 알아 오는 거 잊지 말고."

"예, 그럼 다녀오겠습니다."

육건은 회랑 끄트머리에 서서 총명탕 약복지로 가득한 망태기를 어깨에 멘 양 관사가 뒤뚱거리는 걸음으로 통유각通幽閣의 중문을 나가는 모습을 지켜보았다. 어금니와 송곳니가 모두 빠져 천엽처럼 쪼글쪼글해진 입가가 벌어지며 행복감에 겨운 혼잣말이 새어 나왔다.

"진작 이리되었어야 하는 것을."

섣달이니 올 한 해도 거의 지나간 바, 삼백 일이 넘는 날들 중에서 가장 행복한 날을 꼽으라면 육건은 주저하지 않고 별수재들의 패악에 가까운 성화로부터 해방된 사흘 전을 꼽을 것이다. 바로 요술 열쇠를 입수한 날이었다.

요술 열쇠를 넘겨줌으로써 육건에게 해방의 행복감을 선사한 은인은, 뜻밖에도 얼굴이 화상 자국으로 심하게 망가지고 승혜한 켤레 변변히 신지 못할 만큼 빈한해 보이는 중이었다. 장강 전선에서 복귀한 삼로군 원정대를 따라 무양문에 들어온 그 파면 걸승은 공문삼기의 한 사람인 광비 대사의 제자라고 했다. 소림사의 항렬대로라면 '범' 자 배여야 하지만, 괴이하게도 파면 걸승은 스스로를 '망아'라고 소개했다. 법명이든 가명이든 필시 곡절 있는 이름일 터. 그리고 그 곡절 있는 이름의 주인공은 지금 이 집의 접견실에서 육건을 기다리고 있었다.

–사흘 뒤 정오에 찾아오겠소. 열쇠에 대한 이야기는 그때 나누도록 합시다.

망아는 요술 열쇠를 넘긴 대가로 무엇을 바라느냐는 육건의 질문에 이 대답만을 남긴 채 자신의 몫으로 배정된 빈청의 객방으로 가 버렸다.

육건은 망아로부터 받은 사흘이라는 시간 동안 무엇을 해야 하는지 알고 있었다. 요술 열쇠가 정말로 어떤 물건인지를 확인해야 했다. 물건을 알아야 대가도 치를 것 아닌가. 그래서 별수재들을 통유각으로 소집했다.

–어이, 그렇게 달라붙어 있으면 궤짝을 열 수가 없잖아. 좀 떨어지라고, 더.

육건은 별수재들 앞에서—놈들 앞에서 그렇게 당당히 얼굴을 세운 게 실로 얼마 만인지!— 보란 듯이 요술 열쇠를 꺼내서 석

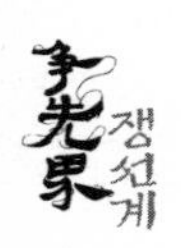

대원이 두고 간 문제의 강철 궤짝을 열었다. 사상 최강의 화기인 천장포의 심장이라고 할 수 있는 축융이 그렇게 세상에 공개되었을 때, 그는 사방에서 터져 나오는 별수재들의 환호에 둘러싸인 채 마침내 자신에게도 해방의 날이 찾아왔음을 실감하게 되었다. 그는 일종의 자부심마저 느꼈다. 새로운 문물에 목마른 별수재들로부터 축융이 든 궤짝을 이제껏 지켜 낸 것은 굶주린 승냥이 떼에서 어린양을 지켜 낸 것만큼이나 대견스러운 일이었다.

죽은 부모를 다시 만난 효자처럼 엄청나게 고양되어 버린 별수재들은 축융을 신줏단지처럼 모시고 통유각을 떠났다. 그 뒤로 사흘 내내 코빼기도 비치지 않았는데, 들리는 얘기로는 날밤을 지새우며 천장포 연구에 매달린 통에 코피를 쏟으며 자빠지는 놈들이 속출하고 있다나. 총명탕을 넉넉히 지어 양 관사 편에 보낸 것도 그 때문이었다. 악머구리, 거머리 같은 놈들일망정 몸뚱이 축나는 꼴은 보기 싫었기에.

각설하고, 모든 사람이 두루 잘된 것 같았다. 별수재들은 별수재들대로, 육건은 또 육건대로. 하지만 그런 가운데도 걱정 하나가 슬그머니 고개를 드는 것은 어쩔 수 없었다.

망아는 만사형통의 요술 열쇠를 넘긴 대가로 무엇을 요구할 것인가?

망아의 요구는 열쇠의 원주인이자 천장포의 원주인인 석대원의 요구와 다름없는 효력을 가졌다. 회랑을 따라 접견실로 걸어가는 육건의 눈썹이 미간 쪽으로 모인 데에는 그런 이유가 숨어 있었던 것이다.

무양문 대장로의 접견실은 검소한 편이었다. 통유각에서 외인과 만나는 일 대개가 공적인 업무의 일환이었기에 그 경우에

쓰이는 집무실보다는 아무래도 규모가 작을 수밖에 없었다. 한데 그 검소한 접견실에서 육건을 기다리는 망아는 소박한 실내 장식이 호화찬란하게 여겨질 만큼 초라한 행색을 하고 있었다. 사흘 전과 하나도 달라지지 않은 낡은 승복에 맨발. 육건은 열린 문가에 서서 그곳부터 탁자가 놓인 창가까지 가지런히 찍혀 있는 시커먼 발자국을 잠시 내려다보았다. 그 발자국은 발가락이 뻗어 나간 각도까지 또렷하게 구분할 수 있을 정도로 적나라했다.

탁자 앞 의자에는 망아가 앉아 있었다. 앞에도 말했거니와, 무척 추괴했고 무척 빈한해 보였다. 육건은 의자에서 일어나 방주인을 향해 합장을 올리는 망아를 향해 말했다.

"새 옷과 새 신발을 빈청으로 가져다 드리라 일렀거늘, 미욱한 관사 놈이 또 잊어버린 모양이오."

망아는 고개를 살짝 저었다.

"그는 잊어버리지 않았소."

"하면 왜 갈아입지 않으셨소? 복식이 법도에 어긋나지는 않았을 텐데."

백련교가 섬기는 명존은 미륵의 화신이었고, 미륵은 부처였다. 덕분에 무양문에서 불가의 복식을 장만하기란 그리 어려운 일이 아니었다.

"법도와는 무관하오. 그저 선사님과의 인연이 깃든 이 옷을 벗고 싶지 않았을 뿐이오."

망아가 차분하지만 완고한 목소리로 대답했다. 넝마 쪼가리 같은 승복에 그런 사연이 담겨 있다는 데에야, 육건은 그 문제에 관해 더 이상 언급하지 않기로 했다.

두 사람은 탁자를 마주하고 좌정했다. 접견 시간에 맞춰 내

놓으라고 지시한 찻주전자는 마시기 좋은 온도로 식어 있었다. 향차 한 잔으로 입술을 적신 뒤, 먼저 운을 뗀 것은 망아였다.

"화기는 시험해 보셨소?"

육건이 눈썹을 이마 쪽으로 추켜올렸다.

"화기를 여는 열쇠라는 것은 어찌 아셨소?"

"매불 사숙께서 말씀하셨소. 그 열쇠가 깨울 물건은 철과 불로 이루어진 재앙과도 같다고."

"철과 불…… 공문삼기 중 매불 대사께서는 천기를 손금 보듯 짚어 내신다더니 과연……."

고개를 주억거리던 육건이 말을 이었다.

"현재 조작 방법에 대해 연구 중이고 얼마 후면 시험 발사도 할 것이오. 그때가 되면 보다 정확히 알게 되겠지만, 지금만으로도 시대를 뛰어넘는 엄청난 화기라는 점은 충분히 짐작할 수 있소."

망아의 얼굴 아래쪽에 미소를 닮은 금이 생겨났지만, 화상 자국으로 인해 대칭이 어그러진 그것은 친밀감보다는 으스스한 느낌을 주었다.

"열쇠의 가치가 그만큼 크다니 얘기하기가 쉬워질 것 같소."

이제 본론으로 들어가자는 뜻이었다. 육건은 의자 등받이에서 상체를 떼며 망아의 뜻에 응했다.

"스님께서 바라시는 바를 말씀해 주시오."

어지간한 요구라면 당장이라도 들어줄 자신이 있었다. 남패무양문의 이인자이자 실질적인 운영자이기도 한 육건에게는 그럴 만한 능력이 있었다. 망아는 말을 돌리지 않았다.

"그 화기를 연구하는 과정에서 축적한 지식과 기술을 바탕으로 그것에 버금가는 신형 화포 일백 문을 제작해 주시오. 단, 운반과 사용에 용이하도록 크기는 소형이라야 하오."

"일백 문이나?"
이 짧은 반문의 여운이 바위처럼 무겁게 느껴졌다. 망아의 요구는 이미 어지간한 수준을 넘어서 있었다.
"용처를 여쭤도 되겠소?"
육건의 물음에 망아는 주저하는 눈치를 보였다. 육건이 다시 말했다.
"아무리 소형이라도 그 화기에 버금가는 화포 일백 문이면 웬만한 소국의 운명을 바꿔 놓을 수도 있는 전력이오. 용처도 밝히지 않고 무작정 만들어 달라고 요구하기에는 너무 엄청난 물건들이라 생각하오만."
이 말에 담긴 합리성이 망아를 설득한 것 같았다. 망아의 일그러진 입술 사이로 다소 가라앉은 목소리가 흘러나왔다.
"장차 제국과 제국의 백성들을 위해 쓰일 것이오."
"제국과 제국의 백성이라……."
육건은 눈을 가늘게 뜨고 망아를 바라보았다. 어디를 어떻게 봐도 애국애민에 불타는 충신열사와는 거리가 멀어 보였다. 그 눈길을 의식한 듯 망아가 작게 한숨을 쉰 뒤 설명을 시작했다.
"매불 사숙께서는 서북풍이 점차 거세지고 있다는 말씀도 하셨소. 자미원紫微垣이 흙과 나무에 갇히면 서북풍이 장성을 넘어 중토를 덮치고, 제국은 다시 한 번 전란의 불길 속으로 떨어질 것이라고. 불길을 적기에 진화하는 것만이 전란의 앙화殃禍로부터 제국과 백성들을 구하는 길인데, 그러기 위해서는 철과 불의 재앙이 자신을 닮은 아들을 낳아야 하고 그 수는 최소 일백이어야 한다고 하셨소."
매불의 예언을 전부 이해하기는 힘들었지만, 그중에 등장하는 서북풍이 무엇을 의미하는지만큼은 정확히 알 수 있었다. 육건 또한 서북풍이 거세지는 데 어떤 식으로든 영향을 끼쳤기 때문이다. 현재 합랄화림에서 암약 중인 양진삼과 신걸용이 그 증거였다. 마장馬場 문제로 표면화된 조공 무역의 불공정성이 해소되지 않은 이상 오이라트로부터 발원한 서북풍은 점점 더 거세질 것이고, 어느 순간에는 명 제국과 물리적인 충돌이 불가피해질 터였다. 육건은 그런 사실을 모르지 않으면서도 오히려 부채질했다. 장차 북방에서 벌어질 환란이 무양문의 안전에 도움을 주리라고 판단했기 때문이다. 이는 용봉단과 건정회라는 괴뢰 집단을 통해 무양문을 압박하고 나선 비각에 대한 육건의 은밀하면서도 치명적인 반격이었다.

한데 화포 일백 문을 제국에 제공해 서북풍을 막는 데 일조를 하라고?

그야말로 병 주고 약 주는 격이라, 육건은 실소를 참기 힘들었다.

"매불 대사의 혜안을 의심하는 것은 아니오. 다만 주씨가 세운 이 나라와 본 교 사이에 가로놓인 강물은 스님이 아시는 것보다 훨씬 넓고 깊다는 점을 말씀드리고 싶소."

"그 점에 관해서는 빈승도 잘 아오."

"호, 아신다?"

"그렇소. 일찍이 조부님께서는……."

하지만 무슨 까닭인지 망아는 뒷말을 잇지 못했다. 잠시 기다리던 육건이 인상을 찡그리며 말했다.

"스님 말씀대로 우리 무양문에서 신형 화포 일백 문을 제작한다고 해도, 그것을 제국에 이양하는 일은 쉽지 않소. 고마워하기는커녕 제국의 안녕을 위협할지도 모르는 화기술이 우리에게 있음을 빌미로 군병을 내어 토멸하려 들 것이 뻔하니까."

육건은 차가운 목소리로 덧붙였다.

"백련교는 주씨를 믿지 않소."

망아가 말했다.

"이제는 믿으셔야 하오. 태조와 전대 광명교주 이래로 누대에 걸쳐 이어 온 악연의 질긴 끈을 이제는 끊어야 하기 때문이오."

"아아, 과연 자비로우신 불제자다운 말씀이오. 물론 끊을 수 있다면 끊어야 하겠지요. 우리도 언제까지나 제국과 적대할 수는 없으니까. 하지만 어떻게 끊는단 말이오? 대저 신뢰 관계란 쌍방향으로 작용할 때라야 비로소 시작될 수 있는 법이오. 주씨가 우리를 믿지 않는데 우리만 주씨를 믿는 것은 어리석기도 하거니와 위험한 일이라고 생각하지 않으시오?"

육건은 신랄함을 담아 말했지만 망아를 흔들지는 못했다.

"주씨 또한 백련교를 믿게 만들겠소."

"누가요? 스님이요?"

"그렇소."

육건은 참지 못하고 웃음을 터뜨렸다.

"하하! 마치 당금 황제의 할아버지라도 되는 것처럼 말씀하시는구려."

망아가 의자 위의 허리를 꼿꼿이 세웠다. 그때 육건은 파면결승의 추괴한 얼굴 위로 한 줄기 푸르스름한 위엄이 떠오르는 것을 발견할 수 있었다.

망아가 그 위엄을 목소리에 담아 말했다.

"실제로 그렇소."

육건은 자신의 귀를 의심하지 않을 수 없었다.

'이자가 방금 무슨 말을 한 거지?'

육건의 머릿속에 이 나라의 역대 황실 계보도가 주르륵 펼쳐졌다. 그의 눈이 휘둥그레진 것은 다음 순간의 일이었다.

"당신은……!"

검과 도가 서로를 향해 겨누던 날카로운 머리를 천천히 아래로 떨구었다.

검의 이름은 정념正念이었다. 도의 이름은 방원方圓이었다.

정념은 고고孤高했고 방원은 무애無碍했다. 두 가지 덕목 모두 절세적絶世的이라 칭송받을 만했다. 그러나 정념과 방원 사이에서 방금 끝난 짧고 밋밋한 대치는 승부를 가리지 못했다. 아니, 가리지 못한 것이 아니라 가리지 않은 것이다. 제갈휘는 그 사실을 알고 있었다.

"한 발짝 더 나아가셨군요."

정념의 손잡이를 역수로 마주 쥐고 포권을 올린 제갈휘가 서문숭에게 말했다. 서문숭은 무애를 허리의 칼집에 돌려 넣으며 입술 한쪽을 말아 올렸다.

"남 얘기 하기는."

"눈치채셨습니까?"

"누굴 장님으로 아나? 구월 초순에 자네가 어디 있었는지 몰랐다면, 나는 신무대종을 죽인 게 자네라고 믿었을지도 모르네."

제갈휘는 정념을 등에 멘 검집으로 집어넣으며 말했다.

"아시지 않습니까. 제가 바라는 변화는 그렇게 과격하지 않습니다."

"알지. 알아도 어쩔 수 없어. 그건 성격 이전에 능력의 문제니까. 아무리 늙었어도 소철은 소철, 그런 거물을 죽일 수 있는 자는 천하에 결코 여럿일 수 없지. 자네의 성격이 어떻든 간에 자네는 신무대종을 죽일 수 있는 가장 유력한 세 명의 용의자 중 하나가 될 수밖에 없어."

"하나가 형님, 또 하나가 저라면 나머지 하나는 검왕이겠군요."

서문숭이 고개를 무겁게 끄덕였다.

"그래, 연벽제. 대장로 말이, 황서계를 통해 실제로 그런 말이 돈다던데, 자네도 그렇게 생각하나 보군."

아쉽게도 제갈휘는 이제껏 연벽제를 만난 적이 없었다. 그러나 어떤 이름은 그 자체만으로 타오르는 불꽃 같아서 굳이 가까이 가지 않더라도 진가眞假를 단번에 판별할 수 있었다. 제갈휘가 한숨을 쉬듯 말했다.

"피는 어디 가는 게 아니니까요. 석 아우를 보면 능히 알 수 있는 일입니다."

서문숭이 이마를 찡그렸다.

"그 꼬마…… 요즘 대단하더라고. 소문만 들어 보면 나 같은 건 한주먹 감도 안 될 것 같아."

"농담이 지나치시군요."

"농담?"

픽 웃은 서문숭은 무위관 구석에 마련해 놓은 돌 탁자를 가리켰다.

"가세. 자네를 위해 준비한 게 있네."

돌 탁자 아래에는 한 말쯤 들어가는 술 단지와 간단한 안주가 든 나무 찬합이 놓여 있었다. 서문숭이 술 단지를 개봉하는 사이 탁자 위에 술상을 마련하던 제갈휘는 어느 순간 콧속으로 흘러들어 온 향기에 고개를 갸웃거렸다.

"그건…… 후아주猴兒酒군요."

서문숭이 단지에서 떼어 낸 봉지封紙를 어깨 너머로 던지며 빙긋 웃었다.

"역시 금세 알아차리는군."

원숭이들이 빚은 과일주에서 유래했다는 화산 특산의 후아주는 제갈휘로 하여금 고향과도 같은 화산파에서 보낸 청춘의 나날들을 떠올리게 만들었다. 하지만 그 향기를 마냥 즐길 수만은 없었다.

'공교롭구나.'

제갈휘는 서문숭의 살가운 배려가 오직 호의에서 비롯되었음을 알고 있었다. 만일 제갈휘가 오늘 꺼낼 말을 짐작하고 있었다면, 서문숭은 결코 후아주 같은 것을 준비하지 않았을 것이다. 고마웠고, 미안했다.

술잔에 쌓이는 자황색 액체와 고롱고롱 울리는 맑은 소리와 그에 따라 점점 짙어 가는 주향은 눈과 귀와 코를 동시에 즐겁게 해 주었다.

"귀환을 환영하네. 여름부터 수고했어."

서문숭이 제갈휘를 치하했다.

"목적을 완수하지 못하고 돌아온 나태한 장수에게는 너무 과분한 대접이군요."

삼로군 출정의 주된 목적 중 하나는 백도인들에게 납치당한 서문숭의 손녀를 구출하는 일이었다. 그러나 어느 순간 그 목적은 흐지부지 사라져 버린 것 같았다. 서문숭은 납치 사건 자체가 아예 없었다는 양 언급을 삼갔고, 대장로인 육건을 포함한 교단의 원로들도 마찬가지였다. 제갈휘는 이 점에 작지 않은 의혹을 느꼈지만 굳이 캐려고 하지는 않았다. 무양문 내에서 서문숭은 가장 큰 권력을 가졌고, 육건은 가장 깊은 지혜를 가졌다. 큰 틀의

구도를 결정하고 추진하는 일은 그들에게 맡기면 그만이었다.

"들지."

"그러지요."

돌 탁자 위 허공에서 가볍게 부딪친 두 개의 술잔이 품고 있던 내용물을 남자들의 배 속으로 넘겨 보냈다. 제갈휘는 향기처럼 되올라오는 진한 추억에 두 눈을 지그시 내리감았다. 화산의 사계절이 눈앞에 펼쳐지는 듯했다. 약동하는 봄, 뜨거운 여름, 청량한 가을, 고즈넉한 겨울…….

"좋군."

서문숭의 목소리가 들렸다. 제갈휘는 눈을 감은 채 고개를 끄덕였다.

"좋군요."

서문숭이 다시 말했다.

"솔직히 아까는 조금 실망했다네. 난 자네가 그 천외일매라는 것을 내게 보여 줄 것으로 기대했거든."

제갈휘가 감았던 눈을 떴다.

"피장파장입니다. 저도 무애경의 다음 단계가 무엇인지 궁금했으니까요."

그를 향한 서문숭의 두 눈이 대칭을 잃고 짝짝이가 되었다.

"밑천을 구경하고 싶으면 이쪽 밑천부터 먼저 까 봐라 이건가? 자네는 야박하고 음흉한 친구야."

"하하, 그런 비난까지 들은 이상 더더욱 손해 보기가 싫어지는군요. 어떻게 하시겠습니까, 지금이라도 저리로 나가셔서 제 호기심을 채워 주시겠습니까?"

제갈휘가 무위관 중앙을 눈짓으로 가리켰다. 서문숭은 그 눈짓을 따라 시선을 옮겼지만, 잠시 후 고개를 천천히 저었다.

"아니, 자네가 짐작한 대로 나는 얼마 전에 새로운 경지를 여는 데 성공했네. 하지만 그 경지를 처음 선보이고 싶은 상대는 자네가 아니야."

네게는 그럴 자격이 없다는 식으로 들릴 수도 있는 말이지만, 제갈휘는 그렇게 받아들이지 않았다. 서문숭이 염두에 둔 기준은 '세대'였다. 그와 동세대가 아닌 다음 세대. 다음 세대 중에서 서문숭의 관심을 끌 만한 사람은 제갈휘가 판단하기에 오직 한 명뿐이었다. 이 대 혈랑곡주 석대원. 제갈휘가 기억하는 한, 서문숭은 첫 대면 때부터 석대원을 지나치게 의식하고 있었다.

제갈휘가 서문숭에게 조심스럽게 물었다.

"곤륜산으로는 언제 출발하실 겁니까?"

서문숭이 콧방귀를 뀌었다.

"곤륜산? 내가 거기는 내가 왜 가야 하는데?"

뜻밖의 반문을 받은 제갈휘는 눈살을 찌푸리지 않을 수 없었다.

"하면 무애경의 다음 단계를 보여 주시려는 상대가 석 아우가 아니란 말씀입니까?"

"아니긴 왜 아니야. 도토리 같은 놈들 중에서 내 칼의 시금석이 되어 줄 만한 상대가 석가 꼬마 말고 누가 있다고."

"그런데도 곤륜산에는 안 가시겠다고요?"

서문숭이 혀를 찼다.

"소위 명문 출신이라는 자네가 장유유서의 도리도 모르나? 꼬마가 어른을 오라 가라 하는 법이 세상에 어디 있다던가? 볼 일이 있다면 당연히 꼬마 쪽에서 찾아와야지."

제갈휘는 실소를 참았다. 서문숭이 석가 꼬마, 석대원을 상대로 자존심을 내세우고 있음을 알아차린 것이다. 유치하다는 생각이 들었지만 다시 생각해 보니 이해가 되었다. 놀랍도록 짧은 시간 안에 천하제일의 자리를 차지해 버린 다음 세대의 최강자를 상대로 자존심을 내세울 수 있는 인물이 있다면, 이 세대의 최강자인 저 서문숭이 유일하리라.

제갈휘가 다시 물었다.

"하면 곤륜지회에 문은 참가하지 않는 겁니까?"

서문숭은 손가락으로 턱수염을 꼬며 이마에 굵은 주름을 잡았다.

"음, 그건 또 그것대로 곤란할 것 같군. 천하인들이 손가락질할 게 아닌가. 이 서문숭과 무양문이 탈바가지를 쓰고 돌아다니는 꼬마 한 놈에게 겁먹어서 꼬리를 말았다고 말이야."

사람들의 시선 따위에 신경 쓸 서문숭과 무양문은 아니었지만, 제갈휘는 잠자코 서문숭의 다음 말을 기다렸다. 평소답지 않게 주저하는 눈치를 보이던 서문숭이 제갈휘에게 은근한 눈길을 보냈다.

"오랜 원정에서 막 돌아온 자네에게는 염치없는 부탁이라는 걸 알지만, 그래도 어쩔 수 없군. 무양문을 대표해서 자네가 곤륜산으로 가 줘야겠어."

제갈휘는 선선히 고개를 끄덕였다.

"명을 따르겠습니다."

"어어, 명령이 아니라 부탁이라고 분명히 말했잖아. 가기 싫으면 안 가도 돼. 좌웅이나 마경도인을 보내도 되니까."

"아닙니다. 어차피 갈 작정이었으니까요."

무양문 차원에서 곤륜지회에 참가하지 않는다면 개인 자격으로라도 참가할 생각이었다. 스스로 앞을 다투는 자라는 생각은 해 본 적 없는 제갈휘지만, 석대원이 지난 몇 달 사이 어떻게 변했는지에 대해서는 정말로 궁금해서 견디기 힘들 지경이었다.

제갈휘는 펄럭이는 붉은 늑대 깃발 아래 수백 개의 수급들이 줄지어 늘어서 있던 옥천관의 끔찍한 연회장을 똑똑히 기억하고 있었다. 그것도 모자라 개방의 거지들을 통해 이 차 곤륜지회의 개최를 선포하는 호집령을 대륙 구석구석에 내걸다니. 그는 자신의 의동생이 그처럼 과격하면서도 단호한 기사奇事의 주인공이라는 사실을 받아들이기 힘들었다.

서문숭이 어깨를 으쓱거렸다.

"어차피 갈 거라니 잘됐군. 꼬마 만나면 말 좀 전해 주게. 내가 한번 보잔다고."

"그러겠습니다."

이제 제갈휘의 차례였다. 제갈휘는 빈 술잔을 내려다보다가 신중하게 운을 떼었다.

"문주님께 드릴 청이 있습니다."

사적인 '형님'이라는 호칭 대신 공적인 '문주'라는 호칭을 썼기 때문일까? 술 단지를 잡아 가던 서문숭의 손길이 움찔 굳으며 얼굴 위로 불안해하는 기색이 떠올랐다. 서문숭은 그 기색을 덮으려는 듯이 손을 내저으며 선웃음을 지었다.

"이 사람, 내게서 또 뭘 뜯어내려고 그리 무게 잡고 겁을 주는 건가?"

"금번 곤륜산에 가는 것을 마지막으로 저는……."

서문숭이 갑자기 두 손을 올려 양 귀를 틀어막았다. 그러더니 고개를 좌우로 흔들며 목소리를 높였다.

"아니, 아니! 말하지 마! 아니, 그 입 다물라고! 이건 문주의 명령이야!"

제갈휘는 무양문도가 된 뒤 처음으로 문주의 명령을 어겼다.

"……무양문을 떠날까 합니다. 허락해 주십시오."

저러다 토하지 않을까 싶을 정도로 어지럽게 흔들리던 서문숭의 고개가 딱 정지했다. 서문숭이 양 귀를 가린 손을 내리고 무서운 눈으로 제갈휘를 노려보았다.

"안 돼. 웃기지 마. 떠나는 거 좋아하네. 자네는 아무 데도 못 가. 내가 허락할 줄 알고?"

두 사람의 눈길이 돌 탁자 위에서 얽혀들었다. 불처럼 이글거리는 서문숭의 눈과 물처럼 담담한 제갈휘의 눈. 극명한 대비를 이루는 것은 비단 눈만이 아니었다. 서문숭의 얼굴은 조금씩 달아올랐고 제갈휘의 얼굴은 조금씩 가라앉았다. 서문숭의 호흡은 점점 거칠어졌고 제갈휘의 호흡은 점점 차분해졌다.

그렇게 얼마나 서로의 얼굴을 마주 보았을까?

서문숭이 자리를 박차고 일어섰다.

"이 고집불통 자식!"

서문숭의 손바닥이 돌 탁자를 거칠게 내리찍었다.

꽝!

요란한 폭음과 함께 한 뼘이 넘는 통짜 상판이 산산조각으로 터져 나갔다. 두 사람으로부터 각기 다른 종류의 호신강기가 자연스럽게 발동하고, 눈이라도 달린 양 두 사람이 앉은 자리만을 비켜 사방으로 날아간 돌 파편들이 무위관의 벽면과 바닥에 요란하게 흩뿌려졌다.

서문숭은 제갈휘의 얼굴에 자신의 얼굴을 가져다 대더니 고래고래 악을 쓰기 시작했다.

"그래서! 이 무양문을 떠나서 대체 어디를 가려고? 자네를 사갈시하는 백도 놈들에게? 놈들이 '아이고, 어서 오세요.' 하면서 반겨 줄 것 같아?"

"그럴 리 없겠지요."

"그런데 왜 떠난다는 거야? 자네, 나한테 왜 이래? 내가 뭘 잘못했기에!"

서문숭과 눈길을 마주하는 것은 쉬운 일이 아니었다. 뭔가 굉장히 나쁜 짓을 저지르는 듯한 기분이 들었기 때문이다. 제갈휘는 고개를 살짝 숙이며 조용한 목소리로 대답했다.

"문주님과는 상관없는 일입니다. 문주님께서는 제게 정말로 잘해 주셨지요."

"그런데?"

"무양문을 떠나야겠다는 생각을 한 것은 제법 되었습니다. 천외일매를 이룬 뒤부터 그 생각이 더욱 굳어지더군요. 사문으로부터 받은 검, 사문에 돌려주고 싶었습니다."

"사문? 망해 버린 화산파 말하는 건가?"

"예."

제갈휘는 고개를 들어 서문숭과 다시 눈길을 마주한 다음, 음절마다 힘을 실어 말을 이었다.

"저는 화산파를 다시 세울 겁니다."

쉽지는 않겠지만, 아마도 긴 시간이 필요하겠지만, 제갈휘는 화산파를 재건하는 데 남은 생을 바칠 작정이었다. 그것은 천하의 백도인들로부터 온갖 비난과 지탄을 받는 '외로운 검객[孤劍]'이 오랫동안 마음속에 품어 온 소박한 꿈이었다. 혹독한 겨울을 견디고 마침내 피우려는 한 송이 매화꽃이었다. 하지만 그 꿈이, 그 꽃이 서문숭의 얼굴을 공포로 물들였다.

두 사람의 이별에는 단순한 공간적 단절 이상의 심각한 의미가 담겨 있었다. 예전에도 그랬거니와 제갈휘에 의해 재건된 뒤에도 화산파는 백도에 속할 수밖에 없고, 원하든 원치 않든 서문숭의 무양문과는 대척되는 진영에 속하게 된다. 간단히 말해 적대적 관계로 바뀌는 것이다. 그래서이리라, 서문숭이 저토록 두려워하는 것은.

그러나 두 사람은 지음知音, 제갈휘가 서문숭을 알 듯 서문숭 또한 제갈휘를 안다. 사문을 향한 제갈휘의 애정과 충심, 슬픔과 죄의식을 안다. 제갈휘의 결심을 돌리는 일이 결국에는 불가능하다는 사실을 안다.

서문숭은 더 이상 만류하거나 설득하려 들지 않았다. 그는 토라진 처녀처럼 몸을 팩 돌렸다.

"흥! 자네 아니면 이 무양문에 사람이 없는 줄 알아? 마음대로 하게! 떠나고 싶으면 떠나라고!"

제갈휘는 서문숭의 등을 바라보았다. 바위산처럼 단단하고 수소처럼 강건하기만 하던 그 등이 이토록 작고 초라해 보인 적은 없는 것 같았다. 미안한 마음이 또다시 일었지만, 언제까지 연연할 수는 없었다. 의자에서 일어선 제갈휘가 서문숭의 등에 대고 포권을 올렸다.

"문주님께서 베풀어 주신 은혜, 휘는 죽는 날까지 잊지 않을 겁니다."

서문숭의 온몸이 부르르 떨렸다. 그는 주먹 쥔 두 손으로 허공을 마구 내리찍으며 부르짖었다.

"제기랄! 제기랄! 제기랄! 이건 말도 안 돼. 나는 교주고 문준데, 언제부턴가 이놈의 집구석에서는 내 뜻대로 되는 게 하나도 없어! 이놈이고 저놈이고 정말이지……."

제갈휘는 풀무처럼 들썩거리는 서문숭의 어깨를 잠시 바라보다가 말했다.

"이만 가 보겠습니다."

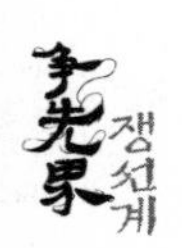

몸을 돌려 걸음을 막 떼어 놓는 제갈휘를 서문숭이 다급히 불러 세웠다.

"잠깐!"

제갈휘가 걸음을 멈추고 고개를 돌렸다. 서문숭은 어느새 그를 향해 돌아서 있었다. 그리고 자신을 뚫어져라 바라보는 서문숭의 얼굴을 보았을 때, 제갈휘는 온 마음이 뜨겁게 진동하는 것을 느꼈다. 물기가 축축하게 번져 내리는 얼굴. 고대의 제왕처럼 존귀한 노인이 동무를 멀리 떠나보내는 아이처럼 울고 있었던 것이다.

서문숭이 물었다.

"나중에…… 놀러 가도 되지?"

제갈휘는 웃었다.

이날까지 살아오면서 여러 번 든 생각이지만, 그는 서문숭을 좋아하지 않을 이유를 단 한 가지도 찾기 힘들었다.

(3)

"그게 사실입니까, 걸숙?"

계림桂林 정양로正陽路의 터줏대감 양귀梁貴는 본명보다 '거지 아저씨'란 뜻의 걸숙乞叔으로 더 자주 불린다. 하지만 그가 그 별명을 듣고 기분 나빠한 적은 없었다. 유달리 마음 넓은 대인이라서가 아니라, 실제로 그의 직업이 거지이기 때문이었다. 그는 허세보다는 실리를, 호방함보다는 신중함을 좇는 사람이었다. 귀貴라는 본명은 부모님의 기대와 자신의 현실 사이에 존재하는 씁쓸한 괴리감만을 맛보게 해 주었지만, 걸숙이라는 별명 덕분에 그는 비로소 명실상부의 안도감에 젖어들 수 있었다.

이렇듯 자신의 분수를 잘 아는 양귀가 정양로의 가장 고급 주루라고 할 수 있는 정양대찬청正陽大餐廳에서 값비싼 삼원급제주三元及第酒와 열 가지도 넘는 요리 접시들을 앞두고 앉아 있다는 것은 드물기도 하거니와 참으로 기이한 일이라 아니할 수 없을 것이다. 오늘 이 한 끼의 식대가 그의 한 달 수입을 훌쩍 넘어선다는 점을 고려하면 더욱 그러했다. 그러나 식대를 치를 사람은 따로 있었다. 이 경우 그를 포함한 개방의 거지들은 이렇게 말하곤 한다, 오늘 '재신財神'을 만났다고.

그 재신을 향해, 양귀가 비장한 얼굴로 고개를 끄덕였다.

"안타깝지만 사실일세."

"개방의 명숙으로 이름 높으신 기, 아, 구, 제, 네 장로님들 중에서 두 분이나 돌아가시다니……. 칠성노조, 그 늙은것의 재주가 정말로 보통이 아니었나 봅니다."

탄식을 금치 못하는 재신의 이름은 나문룡羅文龍, 계림에서 제일 잘나가는 강호 세가인 황검가晃劍家의 소가주이기도 한 그는 인물 좋고 무공 괜찮고 수완까지도 쓸 만해 가히 광서廣西 강호의 동량지재라 이를 만했다. 황검가의 욕심 많기로 소문난 늙은 가주가 딸 여섯을 보면서까지 줄기차게 단념하지 않았던 자식 욕심이 똘똘한 늦둥이 고명아들 덕분에 빛을 보았다고나 할까.

"그날 삼도에서 칠성노조가 드러낸 재주는 확실히 놀라운 면이 있었지만, 그래도 우리 방주님에게는 어림도 없었지."

결정적인 대목에서 말을 멈춘 양귀는 지금껏 눈독만 들이던 연와탕燕窩湯(제비집 수프)을 죽 숟가락으로 듬뿍 퍼서 입으로 가져갔다. 해남도 특산 제비집으로 만든 황갈색 따듯한 점액 덩어리가 국수 백 그릇에 해당하는 비싼 가격에 걸맞은 극상의 맛을 선사하며 그의 입속에서 실 가락처럼 풀려 나갔다. 내친김에 향

기로운 삼원급제주로 입가심까지 한 그가 배부른 초식동물처럼 게슴츠레한 눈으로 나문룡을 바라보았다. 물론 나문룡은 굶주린 육식동물처럼 형형한 눈을 빛내며 개방 광서 분타의 순찰로부터 흘러나올 다음 이야기를 기다리고 있었다.

양귀는 탁 소리 나게 술잔을 내려놓고 말을 이었다.

"두 분 장로님의 장렬한 희생을 목격하신 방주님은 더 이상 참지 못하셨네. 피비린내 나는 전장을 벗어나 설원을 달려오신 방주님께서는 오만방자한 늙은 도적의 앞을 가로막음으로써 사경에 처한 기미륵, 구학사 장로님의 목숨을 구하셨지. 악을 사갈처럼 증오하는 영웅과 살인 약탈로 일생을 보내온 마두의 대결 앞에는 북방의 혹독한 바람조차 숨죽일 수밖에 없었네. 하지만 결과는 일방적이었어."

"일방적이라시면……?"

"거지가 닭 잡듯 탁, 개 차듯 탁탁, 그리고 캑."

나문룡이 눈을 끔뻑이다가 물었다.

"그게 전분가요?"

양귀가 반문했다.

"긴말이 필요한가?"

사실 철포결과 칠성노조의 싸움이 어떻게 전개되었는지에 대해 자세히 아는 사람은 개방 내에서도 거의 없었다. 워낙에 난전 중이라 유심히 살핀 사람도 없거니와, 승자로서 살아남은 우근이 무슨 까닭인지 그 싸움에 대한 언급을 일절 하지 않았기 때문이다.

'아는 사람도 없는데 아무렇게나 말하면 어때?'

다만 너무 짧으면 곤란했다. 혹시라도 재신이 본전 생각나면 곤란해질 테니까. 양귀가 무게를 잡으며 덧붙였다.

"치고받고 요란을 떠는 것은 우리 같은 하수들에게나 해당되는 얘기지, 인간의 한계를 뛰어넘은 고수들에게는 일 초 일 초가 외줄타기요, 살얼음판이라네. 자네도 무공을 배웠으니 그 정도 이치는 알 것 아닌가."

"아, 예."

그제야 납득한 듯 고개를 주억거리는 나문룡을 향해 양귀가 엄숙한 목소리로 말했다.

"늙은 악인에게는 중음重陰의 안식도 허락되지 않았네. 우리 방주님께서 그 시신을 얼음 강 밑에 묻어 버리심으로써 사불승정邪不勝正, 사필귀정事必歸正의 명백한 이치를 후대에 널리 알리고자 하셨기 때문이지. 방주님께서 발을 한 번 구르자 두꺼운 얼음장이 산산이 쪼개지고, 칠성노조는 액도하의 깊숙한 강바닥에 수장되었다네. 이것이 저 유명한 섬서대회전의 한 축인 삼도혈전, 혹은 개적대전의 결말이라네."

"그것만큼은 정말로 호쾌한 일이로군요!"

나문룡의 입에서 탄성이 터져 나왔다. 그러자 그의 옆자리에 앉은 여자도 두 손을 식탁 위에 기도하듯 모으고 꽃처럼 붉은 입술을 벙긋거렸다.

"귀방의 방주님이라면 이번 이 차 곤륜지회 때 반드시 천하제일의 자리를 차지하실 거예요."

"그리 생각하신다니 고맙구먼그래."

실제로도 양귀는 그 여자에게 고마움을 느꼈다. 자기 방 방주를 높이 평가해 줘서가 아니라, 나문룡을 재신으로 만들어 주었기 때문이다. 젊은 남자는 좋아하는 여자와 함께 있을 때 터무니없이 넉넉해지곤 하는데, 지금의 나문룡이 바로 그랬다.

"자, 다음은 섬서대회전의 또 다른 축인 용주보의 곽로대전

郭路大戰에 대해…….”

기분이 좋아진 양귀가 잠시 오므렸던 이야기보따리를 아낌없이 풀어 놓으려는 찰나, 문가 쪽에서 들려온 짜증 밴 목소리가 한창 달아오르던 분위기를 깨트렸다.

“소인이 잘못 들었나 봅니다. 계림미분桂林米粉 반 그릇이라고 하신 것이 맞는지요?”

양귀가 돌아보니, 찬청에서 일하는 점소이 중 하나가 문가 식탁에 자리를 잡은 누군가로부터 주문을 받고 있는 모습이 보였다. 그 사람이 점소이를 올려다보며 물었다.

“계림미분 반 그릇이면 안 되오?”

“이런이런…….”

과장스럽게 혀를 찬 점소이가 주위를 한번 둘러보더니 목을 빳빳이 세우고 말했다.

“우리 정양대찬청은 계림에서 으뜸가는 명소이자, 지부대인께서도 단골로 찾아 주시는 최고급 주루입니다. 손님께서도 눈이 있으시다면 한번 둘러보시지요. 어느 식탁에건 하나 이상의 요리는 기본으로 올라가 있다는 점을 아실 수 있을 겁니다. 아, 물론 국수만 시키셔도 됩니다. 원하지도 않는 요리를 손님들께 강매하는 파렴치한 가게는 절대로 아니니까요. 하지만 국수 반 그릇? 이런이런, 국수 반 그릇이라니요. 소인은 이곳에서 일을 한 이래 그런 황당한 주문을 받은 기억이 없습니다.”

이럴 때 보면 부르지도 않았는데 나서는 오지랖 넓은 치들이 반드시 있었다.

“거 젊은 친구가 너무 쩨쩨하구먼. 그 비싼 자리를 차지해 놓고서 한 그릇도 아닌 반 그릇을 주문하면, 이 집 주인은 땅 파서 장사하란 말인가?”

"누가 아니래나. 정양로에 음식점이 이 집 하나만 있는 것도 아닌데, 부족하면 부족한 대로 싼 집을 찾으면 될 일을 굳이 이 비싼 집에 들어와서 말도 안 되는 주문을 넣는 건 경우가 아니지."

양귀는 주문 한 번 잘못 넣었다가 졸지에 찬청의 공적으로 몰려 버린 불쌍한 손님을 찬찬히 살펴보았다. 토끼의 털가죽으로 만든 모자에 비슷한 재질의 투수와 각반, 그리고 그보다는 조금 큰 동물—너구리? 아니면 오소리?—의 털가죽으로 지은 조끼를 걸쳐 사냥꾼처럼 보이기도 하는 통통한 청년이었다.

'청년이라…….'

청년은 청년인데 나이를 짐작하기는 조금 힘들었다. 동그랗고 반짝거리는 눈을 보면 갓 약관을 넘은 것 같기도 하지만, 주위의 타박에도 그리 당황하지 않는 노숙한 표정을 보면 그보다 열 살쯤 더 먹은 것 같기도 했다.

"허허, 안 팔면 그만이지 내가 무슨 큰 죄를 지었다고 이리들 구박을 하는지……. 관둡시다, 관둬. 계림 인심이 이리 야박한 줄은 몰랐소."

사냥꾼 차림의 청년이 헛웃음을 흘리더니 발치에 내려놓은 보따리를 집어 들고 일어섰다. 땅딸막한 몸집에 비해 팔이 무척 길다는 생각이 잠깐 들었다. 양귀는 나문룡에게 눈길을 돌렸다. 나문룡도 문가 쪽을 향하던 눈길을 돌려 그를 바라보고 있었다. 나문룡의 눈에서 재신의 너그러움을 다시 한 번 읽어 낸 양귀가 고개를 한차례 끄덕인 뒤 청년을 향해 외쳤다.

"계림 인심은 결코 야박하지 않다네!"

나문룡이 뒤를 이었다.

"안 그래도 음식이 남을까 봐 걱정하던 참이었소. 지금 소생은 계림에서 가장 경륜 높으신 강호 명숙으로부터 당금 천하에서 가장 놀라운 사건들에 대한 이야기를 듣는 중이니, 자리를 함께하여 견문을 넓혀 보는 것이 어떻겠소?"

청년이 돌아서던 몸을 멈추고 이쪽을 바라보았다.

"당금 천하에서 가장 놀라운 사건들이라면……?"

나문룡이 엄숙한 얼굴로 고개를 끄덕였다.

"바로 섬서대회전과 이 차 곤륜지회요."

청년의 통통한 얼굴에 기묘한 빛이 떠올랐다. 그 자리에 선 채로 잠시 망설이던 기색을 보이던 청년이 이윽고 보따리를 손에 쥔 채 양귀 일행 쪽으로 걸음을 옮겼다.

"이야기도 좋지만 음식은 더욱 좋지요. 소생은 십만대산十萬大山에서 온 고월古月이라고 합니다."

보따리를 바닥에 내려놓은 청년이 양귀 일행을 향해 일일이 포권을 올렸다. 예법은 강호의 것이었으나 몸이나 행장에서 무기 비슷한 것을 찾아볼 수는 없었다. 가장 연장자인 양귀가 일행의 대표로 일어나 행색에 어울리지 않게 세련된 이름을 가진 청년을 맞이했다.

"환영하네. 나는 정양로 시장통에서 빌어먹고 사는 양귀라고 하네. 이쪽은 계림의 명문 황검가의 작은 주인이신 욱일검旭日劍 나문룡 소협, 그리고 이쪽은 이곳 지부대인의 따님이신 옥류향玉柳香 소저라네."

옥류향이 지부대인의 서녀라는 얘기는 굳이 덧붙일 필요 없었다. 정실 소생이라면 규방에서 치마 입고 앉아 얌전히 수바늘이나 놀리지, 가랑이 갈라진 바지 차림으로 강호인들을 따라다닐 리는 없을 테니까.

인사가 분분히 오간 뒤 고월이 자리를 잡고 앉았다. 양귀는 산골 촌놈임에 분명한 고월이 광서 제일의 미향味鄕으로 알려진 계림의 진미를 맛볼 시간을 충분히 준 다음, 그의 등장으로 잠시 끊겼던 이야기를 이어 나갔다. 용주보에서 벌어진 곽로대전 이야기는, 양귀 본인이 생각해도 정말 흥미진진했다.

"……그런데 그때 예상치 못한 일이 벌어졌네. 요동 삼산파 공봉과 일대일 승부에서 밀리던 천산철마방의 방주 삼불도가 비겁하게도 후방으로 빼돌려 둔 철마단을 움직인 거지."

우근이 조개처럼 입을 다물고 있는 이상 칠성노조가 어떻게 죽었는지에 대해서는 알 도리가 없는 양귀였지만, 섬서대회전의 또 다른 싸움인 곽로대전에 대해서는 비교적 정확한 정보를 갖고 있었다. 명당자리에서 싸움의 시작과 끝을 지켜본 어린 거지가 그것에 관한 이야기를 방 내에 소상히 전해 준 덕분이었다.

"……천산 일대에서 악명 자자한 안상귀장이 무양문에서 나온 소귀전 대경용의 경천동지할 화살 한 대에 말과 함께 맞창이 나서 죽어 버리고, 중양회를 선두로 한 동맹군은 새외의 악도들과 대대적인 전투를 벌이기 시작했네. 아! 실로 치열한 전투였어. 북악의 용사들도 죽고, 남패의 괴걸들도 죽고, 중양회의 영웅들도 죽었지. 상황이 그대로 흘러가다가는 설령 전투에서 승리한다 해도 삼도혈전처럼 큰 대가를 치르는 것은 불 보듯 뻔한 일이었다네. 하지만 다행히도 그런 참사는 피할 수 있었지. 왜냐하면 우리 동맹군에는 무적의 검객이 있었거든."

이 대목에서 고월이 관심을 보였다.

"무적의 검객이라면, 이번에 이 차 곤륜지회를 소집한 이 대혈랑곡주가 동맹군에 있었다는 말씀인가요?"

남들로부터 이 차 곤륜지회 얘기를 들을 때마다 양귀는 작지 않은 자부심을 느꼈다. 만천하에 그 소식을 알린 이들이 바로 개방의 거지들이었기 때문이다. 개방은 이번 일을 통해 천하제일 대방으로서의 면모를 유감없이 드러낼 수 있었다. 그 주체가 설령 나라에서 나섰다고 한들, 대륙 구석구석에까지 이처럼 신속하게 이 대 혈랑곡주의 호집령을 전파하지는 못할 터였다.

"노부가 말한 무적의 검객이란, 이 대 혈랑곡주 본인은 아니고 그 가형 되는 사람이라네. 음, 형제끼리 검을 겨눌 일은 없을 테니 누가 진정한 무적의 검객인지는 영영 가리지 못하겠지만, 그래도 그날 용주보에서 강동제일인 석대문 대협이 드러낸 신위는 진실로 놀라운 것이라 아니할 수 없을 걸세."

이어 양귀는 강동제일인이 어떻게 난전을 가로질러 적 진영으로 돌입해 갔는지를 이야기하고, 어떻게 명검 묵정을 휘둘러 악승들의 수괴인 오대명왕을 제압했는지를 이야기하고, 제압당한 오대명왕을 어떻게 굴복시켜 악승들을 전장에서 물러나도록 만들었는지를 이야기하고, 그 과정에서 소림의 옥나한과 신무전의 홍안투광과 무양문의 십전박이 어떤 도움을 주었는지를 이야기했다.

"……하지만 가장 놀라운 광경을 연출한 이들은 난전 직전까지 일대일 승부를 겨루던 삼산파 공봉과 천산철마방주라고 해야겠지. 전투가 모두 끝났을 때 그들은 한 덩어리로 얽힌 시신으로 발견되었네. 말발굽에 짓밟히고 날붙이에 썰린 그들의 시신은 문자 그대로 목불인견이었다고 하네. 게다가 더욱 끔찍한 일은, 그들 주변에는 그들의 몸에서 흘러나온 창자가 널려 있었는데, 자신의 창자를 상대의 목에 휘감은 상태로 죽어 있었다고 하더군. 마치 목숨이 끊어지는 순간까지도 서로를 기필코 교살하고야 말겠다는 듯이 말일세."

삼산파 공봉과 천산철마방주가 왜 그토록 서로를 증오했는지에 대해서는 알려진 바가 없었다. 곽로대전의 소식을 가져온 어린 거지도 그 일에 대해서만큼은 아무런 언급도 하지 않았다.
"너무 끔찍해요."
옥류향이 얼굴을 일그러뜨리며 진저리를 쳤다. 나문룡의 얼굴 또한 하얗게 질려 있었고, 나이답지 않게 차분하던 고월마저도 조금은 핼쑥해진 얼굴이 되어 있었다.
양귀가 무거운 표정으로 말했다.
"강호란 본래 끔찍한 곳이네. 오히려 지난 수십 년간이 지나치게 평화로웠던 게지. 하지만 작년쯤부터 슬슬 본래의 끔찍함을 찾아 가는 것 같구먼. 혈랑곡이 창궐하고, 무양문이 병력을 내고, 섬서에서는 하루에 두 군데씩이나 엄청난 혈전이 벌어지고……. 아, 지난 동짓날 이 대 혈랑곡주가 호북에서 저지른 옥천혈효도 빼놓으면 안 되겠지. 일 검으로 오백 인의 수급을 베어 넘겼다는 그 엄청난 사건 말일세."
고월이 통통한 얼굴을 갸웃거렸다.
"일 검에 오백 인이라니, 그런 일이 정말로 가능할까요?"
양귀는 어깨를 으쓱거렸다.
"뭐, 그 점에 관해서는 이견들이 제법 있네. 나만 해도 설마 그럴 리야 있겠는가라는 쪽이고. 강호의 소문이란 게 대체로 약간 부풀려지게 마련이거든."
나문룡이 빈 잔들에 술을 채운 뒤 양귀에게 물었다.
"이제 그 이 대 혈랑곡주라는 자에 대해 말씀해 보시죠. 그자의 호집령을 방방곡곡에 전한 게 바로 개방 아닙니까. 아무래도 그자에 대해 개방처럼 많이 아는 곳도 없겠죠?"
양귀는 자랑스러워하는 기색을 감추지 않았다.
"아무렴! 개방의 정보력이야 천하제일이지. 이 대 혈랑곡주의 이름은 석대원이라고 하네. 강동삼수의 한 사람인 검군자 석안 대협이 세운 강동제일가 출신이고. 음, 그런데 석안 대협이 사망한 직후 가문에서 추방되었다고 하더군. 흉수로 알려진 검왕 연벽제가 그자의 외백부이기 때문이지. 이후 석대원이란 자는……."

사천 어딘가에서 혈랑곡주의 진전을 얻어 이 대 혈랑곡주가 되고…… 장성 인근에서 고검 제갈휘를 도와 백도 명숙 여러 명을 참살하고…… 그 사건을 계기로 무양문에 식객으로 들어가 서문숭과 교분을 쌓고…… 가형 되는 강동제일인과 힘을 합쳐 독중선 군조와 독문을 격파하고…… 올해 동짓날 호북에 모습을 드러내 옥천관의 새벽을 피로 물들이고…… 나라에서 오랫동안 비밀리에 운영해 온 태원의 모 조직을 박살 내고…….

"……그리고 바로 그 자리에서 만천하를 상대로 호집령을 발동했다네! 자신이 주체가 되어 이 차 곤륜지회를 열겠노라고."

양귀는 세 사람의 얼굴 하나하나에 눈길을 준 뒤 말을 이었다.

"놀라운 사실은, 이 대 혈랑곡주가 강호에서 행한 그 모든 놀라운 사건들이 두 해도 채 안 되는 짧은 기간 안에 이루어졌다는 점일세. 하지만 더욱 놀라운 사실은, 그자가 아직 서른 살도 안 되는 젊은이라는 점일 테고. 음, 소방주가 올해로 몇 살이지?"

"스물셋입니다."

나문룡이 얼른 대답하자 양귀가 고개를 끄덕이며 덧붙였다.

"그렇다면 아마 소방주보다 다섯 살 이상 많지는 않을 걸세."

나문룡이 감탄한 얼굴로 혀를 내둘렀다.

"그렇게 젊은 나이에 천하제일을 다툴 수 있다니 정말로 놀라운 자군요."

"앞을 다툰다…… 그래, 호집령에 적혀 있던 그 구절이 어쩌면 천하제일을 뜻하는 것일 수도 있겠지. 어쨌거나 명년 원소절에 곤륜산에서는 참으로 볼만한 일이 벌어질 걸세. 강호의 패주를 자처하는 북악과 남패 모두 움직이지 않을 수 없을 테고, 소림과 무당 같은 전통의 강호들도 결코 두고 보지만은 않을 테지. 물론 본 방의 방주님도 국경 넘을 채비를 하고 계신다네. 어디 그뿐일까? 광막천하다인사廣漠天下多人士라! 어느 물 어느 숲에 용 같고 범 같은 인물이 숨어 있는지 우리로서는 알 수 없는 일 아니겠는가. 과거에 열린 일 차 곤륜지회가 소수 절대자들의 회동이었다면, 명년 원소절에 열릴 이 차 곤륜지회는 그보다 훨씬 많은 사람들이 참가하게 될 걸세. 아! 정말 굉장한 일이지."

말을 마친 양귀는 술 한 잔으로 마른 입술을 축였다. 나문룡이 주먹을 지그시 말아 쥐며 말했다.

"조금 분하기도 합니다. 부친께서 병중에 계시지만 않았어도 소생 또한 곤륜산에 찾아가 그 역사적인 현장을 직접 목격했을 텐데 말입니다."

실제로 나문룡의 부친인 황검가의 노가주는 현재 병중이었다. 아니, 일흔을 훌쩍 넘긴 나이인 만큼 노환 중이라고 봐야 옳을 것이다. 하지만 그게 아니더라도 나문룡이 곤륜산에 가는 데에는 동의하기 힘들었다. 황검가가 광서에서는 제법 알아주는 곳이라 하나 중원 전체로 보면 남쪽 변방의 군소 가문에 불과했다. 그런 곳의 후계자까지 모여들기 시작한다면 곤륜산 무망애는 문자 그대로 입추의 여지조차 없어질 것이 뻔했다.

물론 그런 말을 입 밖으로 꺼내어 재신의 자존심에 상처를 줄 필요는 없었다. 양귀는 구지레한 하관 가득 노회한 웃음을 머금음으로써 대답을 대신했다.

나문룡의 말에 말로써 대답한 사람은 따로 있었다.

"네 아비가 멀쩡했어도 너는 곤륜산에 가지 못할 것이다."

그자는 가히 괴인이라 부를 만했다. 음식을 문 채 말하듯 불명하게 울려 나오는 목소리도 기괴했지만 생김새는 더욱 기괴했기 때문이다.

양귀는 찬청 입구에 서서 이쪽을 바라보는 괴인을 찌푸린 눈으로 살펴보았다. 중년과 노년의 경계선쯤에 선 듯한 그 괴인은 뼈로 이루어진 인간처럼 보였다. 그만큼 말랐다는 게 아니라, 실제로 뼈를 전신에 두르고 있다는 뜻이다. 머리에 투구처럼 쓴 물건은 두 갈래 뿔까지 그대로 달린 산양의 두개골이었고, 어깨와 팔꿈치와 무릎 등 관절 부위에는 천산갑穿山甲의 등딱지를 덧대었으며, 가슴과 복부는 곰의 갈비뼈를 엮은 듯한 뼈 갑옷으로 무장하고 있었다. 특이한 점은 뼈 갑옷의 갈비뼈 사이에서 튀어나온 새하얀 자루들이었다. 비도의 자루로 보이는 그것들은 하나같이 짐승의 골각骨角으로 만들어져 있었고, 명치 반 뼘 위부터 배꼽 바로 아래까지 이열종대로 가지런히 드리워져 있어 마치 명절에 터뜨리는 연주폭죽聯珠爆竹처럼 보이기도 했다.

뼈 괴인은 혼자가 아니었다. 양귀는 그자의 뒤에 나란히 벌려 선 채 찬청의 입구를 막고 있는 세 명의 남자들도 살펴보았다. 뼈 괴인처럼 괴상한 차림을 하지는 않았지만, 하나같이 건장했고, 하나같이 흉악했다.

'저 망측한 물건들은 대체 어디서 온 걸까?'

양귀의 눈이 더욱 가늘어질 때, 뼈 괴인이 찬청 안으로 걸음을 내디뎠다. 세 명의 흉한들이 호위하듯 그자의 뒤를 따랐다.

딸그락딸그락.

뼈 부딪치는 음산한 소리가 찬청을 가로질렀다. 먼저 온 손님들은 자라목을 하고서 새로운 손님들의 눈치를 살피다가 하나둘씩 찬청 밖으로 빠져나가기 시작했다. 그들에게서 식대를 받아야 할 장궤와 점소이는 벌써 주방 안으로 몸을 피한 상태였다. 북적거리던 찬청 안이 잠깐 사이에 휑해지고, 남은 사람들은 오직 양귀의 일행뿐이었다. 식탁에서 열 걸음쯤 떨어진 곳에서 걸음을 멈춘 뼈 괴인이 양귀의 일행을 향해, 그중에서도 상체를 돌려 앉은 나문룡을 향해 말했다.

"나는 홍적洪勣이다. 너는 내 이름을 반드시 들어 봤어야 한다."

나문룡의 얼굴이 눈에 띄게 창백해졌다. 나문룡은 옆자리에 앉은 옥류향을 슬쩍 돌아보더니 뭔가를 결심한 듯 자리에서 일어서서 홍적이라는 괴인을 향해 포권을 올렸다.

"운남雲南의 백해왕白骸王이셨군요. 존함은 물론 들어 보았습니다."

백해왕 홍적이라면 양귀도 들어 본 적이 있는 이름이었다. 과거 운남과 귀주에서 꽤나 명성을 얻은 흑도인으로서 장기는 열 자루의 골각비骨角匕로 펼치는 십골연환十骨連環이라는 비도술이고, 이십 년 전엔가 곤명昆明에 있는 무슨 채굴권인가를 놓고 어떤 검객과 펼친 대결에서 패한 뒤 강호를 떠났다고 알려져 있었다.

그리고 양귀는 백해왕 홍적을 강제로 은퇴시킨 그 검객이 누구인지도 알고 있었다. 승황검昇晃劍 나력기羅歷起, 황검가의 가주이자 나문룡의 부친 되는 사람이었다.

"가친께서는 종종 말씀하셨습니다. 어르신과 대결은 당신께서 평생 겪으신 일 중에 가장 힘든 것이었다고요."

나문룡의 말에 홍적이 쓰고 있던 산양의 두개골 그늘 아래로 섬뜩한 실금이 그어졌다.

"물론 힘들었겠지. 사전에 준비할 것이 한두 가지가 아니었을 테니까."

"무슨…… 말씀이신지?"

"그 대결에는 네 아비와 나를 제외하면 누구도 알지 못하는 비열한 사정이 아주 많이 숨어 있다는 뜻이다."

나문룡의 창백하던 얼굴에 홍조가 어리기 시작했다.

"입증할 수도 없는 말로 가친의 명예를 모욕하는 것은 소생이 용납하지 않겠습니다."

홍적이 또 한 번 웃었다.

"바로 그 입증을 하기 위해 이곳에 온 것이다."

"두 분 말고는 누구도 알지 못한다는 그 사정을 이곳에서 어떻게 입증한단 말씀입니까? 설마하니 어르신께서 꺼내실 망령된 이야기를 이곳 사람들이 믿어 주리라고 여기시는 것은 아니겠지요?"

"내 말은 믿지 않겠지만, 이곳에서 명망 높은 네 아비의 말이라면 믿지 않겠느냐?"

"흥, 소생의 가친께서 어르신이 바라는 터무니없는 말을 사람들에게 하실 일은 없을 겁니다."

"과연 그럴까?"

홍적이 두 팔을 올려 열 개의 손가락을 세워 보이더니 하나씩 꼽기 시작했다.

"나는 오늘 네 아비에게 하나의 손가락을 보낼 것이다. 내일은 또 하나, 모레에도 또 하나……. 나는 네 아비가 열 개의 손가락 전부를 받을 때까지 입을 다물고 있으리라고는 생각하지 않는다."

열 손가락을 모두 꼽은 홍적이 두 주먹을 아래로 내리며 덧붙였다.

"물론 내 손가락이 아니라 네 손가락을 말이다."

더 이상 듣고 있을 수만은 없었다. 양귀가 자리에서 일어서며 홍적을 향해 말했다.
"홍 대협, 노부는 개방 광서 분타의……."
"네가 누군지는 안다."
조심스럽게 꺼낸 양귀의 말은 홍적의 차가운 한마디에 허리가 잘리고 말았다. 산양의 두개골이 양귀 쪽으로 돌아왔다.
"이것은 홍가와 나가 간의 문제다. 몇 푼 안 되는 술값에 목숨 걸지 마라."
양귀는 개방 광서 분타에서 순찰 자리를 맡고 있었지만, 사람과 잘 친해서 얻은 직함이지 사람과 잘 싸워서 얻은 직함은 아니었다. 정양대찬청의 술값이 몇 푼 안 된다는 점에는 동의할 수 없어도, 목숨을 거는 것은 전혀 다른 문제였다.
늙은 거지가 나서지 못하자 젊은 미녀가 나섰다.
"아무리 강호인이라도 대낮에 함부로 사람을 상하게 한다면 제 부친께서 가만 계시지 않을 거예요."
옥류향의 말에 홍적이 코웃음을 쳤다.
"나가 늙은이의 아들이 지부대인의 반쪽짜리 딸에게 푹 빠져 강아지처럼 졸졸 따라다닌다는 소문은 들었지. 바로 소저로군."
'반쪽짜리 딸'이라는 표현에 옥류향의 얼굴이 새빨갛게 달아올랐다.
"관부의 권위에 맞서겠다는 건가요?"
홍적의 입가에 잔인해 보이는 미소가 떠올랐다.
"천자가 파견한 정난칙사도 옥천관에서 목이 잘리는 마당에 남부 촌구석의 지부대인이 뭐 대단하겠느냐."
"가, 감히 그런 말을!"
"이것은 지난날의 잘못을 바로잡는 일이다. 관부와는 나가 늙은이의 자백이 나온 뒤에 따지기로 할 테니 고운 몸뚱이 상하

지 말고 썩 비켜서라."

양귀는 홍적의 자신감 넘치는 말로부터 가파르게 치달리는 시대의 흐름을 엿볼 수 있었다.

일 차 곤륜지회 이후 강호는 보기 드문 긴 평화기를 누렸다. 하지만 양귀는 평화와 음식 쓰레기의 공통점을 알고 있었다. 묵은 음식 쓰레기가 부취를 풍기듯, 오랜 평화는 변화를 향한 갈망을 야기한다. 그런 갈망이 커지면 내부로부터 움튼 압력이 팽배해지고, 마침내 기존의 질서와 균형을 무너뜨리는 거센 격류를 만들어 내는 것이다. 그 격류의 물머리에 우뚝 서서 낡은 가치들을 깨부수는 충각衝角과도 같은 역할을 하는 자가 바로 옥천혈효의 장본인인 이 대 혈랑곡주였다. 그자가 추진하는 이 차 곤륜지회는 아마도 낡은 시대의 마감과 새로운 시대의 시작을 알리는 가장 뚜렷한 표상이 될 것이다. 이십 년 만에 모습을 드러낸 저 홍적도 어쩌면 급변하는 시대의 일부분에 불과할지도 모른다.

각설하고, 옥류향에 대한 나문룡의 마음보다 나문룡에 대한 옥류향의 마음이 상대적으로 가볍다는 점은 나문룡의 곁에서 주춤주춤 멀어지는 옥류향의 행동만 봐도 알 수 있었다.

만족한 듯 고개를 끄덕인 홍적이 나문룡에게로 시선을 돌렸다.

"얌전히 따라오겠느냐, 아니면 흘리지 않아도 될 피를 흘린 다음에 따라오겠느냐. 손가락 하나를 잃는 것은 어쩔 수 없는 일이겠지만, 운이 좋으면 나머지 아홉 개는 보전할 수 있을 것이다."

나문룡이 비록 광서 강호의 젊은 축에서는 제법 이름을 얻었다고 하나, 상대는 나문룡이 태어나기도 전부터 흑도의 고수로 명성을 떨치던 강자였다. 양귀가 보기에는 홍적이 굳이 나설 필요도 없을 것 같았다. 우람한 어깨를 으쓱거리며 식탁을 향해 다가오는 세 흉한들은 그의 판단이 틀리지 않았음을 보여 주고 있었다.

나문룡은 식탁 위에 얹어 둔 장검과 점차 가까워지는 세 흉한을 번갈아 보았다. 검을 잡고 대적할지 말지를 갈등하는 기색이 역력했다. 그때 양적으로서는 전혀 예상치 못한 인물이 이 일에 끼어들었다.

"세상에는 몇 푼 안 되는 술값일망정 반드시 치러야 직성이 풀리는 정직한 사람도 있습니다."

자리에서 일어서서 나문룡의 앞을 막아서는 사람은 사냥꾼 차림을 한 통통한 청년, 고월이었다.

'이 친구는 왜 이래? 벌써 취한 건가?'

양귀로서는 말리고 싶은 마음이 굴뚝같았다. 분위기는 결코 예사롭지 않았다. 아직까지는 점잖게 말만 오가고 있지만, 언제 피바람이 일어도 이상하지 않을 일촉즉발의 상황인 것이다. 삼원급 제주 몇 잔에 취한 것이 아니라면—사실 댓 잔 마시고 취하기에는 술이 너무 부드러웠다—, 변변한 화전촌도 만나기 힘든 십만대산에서 내려왔다더니 물정을 몰라도 너무 모르는 것 같았다.

그런데 고월을 대하는 홍적의 태도가 몹시도 이상했다. 난제에 봉착한 사람처럼 잔뜩 찌푸린 눈으로 고월을 노려보던 홍적이 어느 순간 무거운 목소리로 말했다.

"자네가 마신 술값은 내가 치를 테니 그냥 못 본 체해 줄 수는 없는가?"

고월은 통통한 얼굴을 도리도리 저었다.

"나는 거지가 아닙니다. 하루에 두 번씩이나 남에게 신세를 지고 싶지는 않군요."

"난감하군. 이럴 땐 못 이기는 척 들어줘도 될 텐데."

홍적은 말뿐이 아니라 정말로 난감해하는 것 같았다. 개방의 성가와 지부대인의 권위 앞에서도 안하무인의 태도를 버리지 않던 자가 두메산골에서 내려온 청년 하나를 앞두고서는 갑자기 사람이 바뀐 것 같았다. 이에 홍적과 고월을 제외한 모든 사람들의 얼굴에 의아해하는 기색이 떠올랐다. 그중에서도 가장 곤혹스러워진 것은 식탁 쪽으로 다가왔다가 졸지에 고월과 마주 서게 된 세 흉한임에 분명했다. 그들은 서로의 눈치를 살피다가 홍적을 돌아보았다.

"당주님, 어떻게 할까요?"

홍적이 잠시 생각하다가 눈초리를 매섭게 여미며 말했다.

"너희들이 감당할 상대가 아니다. 물러서라."

"알겠습니다."

세 흉한이 원래의 자리로 돌아왔다. 홍적이 한 걸음 나서며 고월에게 말했다.

"자네는 모르겠지만 나는 얼마 전 자네를 보았다네."

고월이 눈썹을 이마 쪽으로 밀어 올렸다.

"그렇습니까?"

"올여름 자네의 사부를 만나기 위해 맹주님과 함께 십만대산을 찾아갔었지."

"아, 그때 오신 손님들 중 한 분이셨군요. 하지만 당시에는 귀하처럼 눈에 띄는 옷을 입은 분은 없었던 것 같은데……."

"맹주님께서도 평복을 하시는 마당에 졸자가 어찌 치장에 열을 올리겠는가."

고소를 머금은 홍적이 양손을 깍지 껴 우두둑 꺾더니 말을 이었다.

"자네의 사부는 확실히 어려운 인물이지만, 그렇다고 해서 그냥 물러서기엔 이십 년을 기다려 온 내 한이 너무 깊다네. 자네의 술값 때문에 그냥 물러설 수는 없다는 뜻이지. 자네가 아는지는 모르겠지만 내 장기는 비도술이네. 이십 년 전에도 그랬고, 지금도 그렇지. 자, 이제부터 손을 쓸 테니 자네도 준비하도록 하게.”

고월은 유달리 긴 팔에 달린 두 개의 커다란 손바닥을 펼쳐 보였다.

“나는 언제나 준비되어 있습니다.”

홍적의 눈이 실처럼 가늘어졌다.

“나를 가볍게 여기는 건가, 아니면 본래부터 무기를 사용하지 않는 건가?”

고월은 손바닥을 앞으로 내민 채 홍적을 향해 걸음을 내디디며 대답했다.

“내 무기는 이 두 손입니다.”

이 대답이 끝났을 때, 두 사람 사이의 거리는 다섯 걸음까지 좁아져 있었다. 비도술을 발휘할 수 있는 최소의 거리였지만, 이 경우 최소란 최적이기도 했다. 홍적의 찌푸린 눈가에 불그죽죽한 살기가 번졌다.

“후회할지도 모르네.”

고월은 대답 대신 빙긋 웃기만 했다.

다음 순간, 홍적의 두 손이 자신의 어깨 아래를 스치더니 전방을 향해 매섭게 뿌려졌다. 섬광이 번쩍 터지는가 싶더니 두 줄기 백선白線이 두 사람 간 다섯 걸음 거리에 가로놓였다. 무공 실력이 달리는 양귀로서는 눈으로 좇기에도 힘든 쾌속한 출수가 아닐 수 없는데, 고월에게는 아닌 모양이었다. 양귀의 눈동자가 두 사람 간 다섯 걸음 거리를 이동해 고월에게 이르렀을 때, 그는 역시 두 자루의 골각비를 홍적에게 던져 주는 고월의

모습을 보았다.

"어?"

얼핏 보기에 홍적이 쏘아 낸 두 자루 골각비와 고월이 던져 준 두 자루 골각비는 전혀 다른 물건인 듯했다. 그러나 고월에게 골각비 같은 기문병기가 있을 리 없으니, 같은 물건이라는 점에는 의심의 여지가 없었다.

홍적은 상대로부터 되돌아온 자신의 물건을 받으려 하지 않았다. 고월이 던져 준 두 자루 골각비가 찬청의 마룻바닥에 떨어지기도 전, 뼈 갑옷에서 뽑혀 나온 두 자루의 골각비가 다시 홍적의 손을 떠났다.

그러나 이번에도 결과는 같았다. 눈에 보이지도 않는 속도로 날아간 두 자루 골각비는 어느샌가 고월의 양손 인지와 중지 사이에 얌전히 끼워져 있었고, 고월은 전과 마찬가지로 손목을 가볍게 까닥여 그것들을 홍적에게 던져 주었다.

다시 두 자루, 다시 두 자루, 그리고 마지막 남은 두 자루…….

홍적은 도합 다섯 회에 걸쳐 가지고 있던 열 자루의 골각비 모두를 쏘아 보냈다. 그의 출수는 회를 거듭할수록 더욱 빨라지고 신랄해졌다. 하지만 고월은 커다란 두 손을 교묘하게 움직여 모든 골각비들을 가뿐하게 받아 냈고, 마치 내게는 필요 없는 물건을 왜 자꾸 주는 거냐고 타박하듯 원주인을 향해 족족 돌려주었다.

이 단조로우면서도 괴이한 대결이 끝나기까지는 길어야 숨 한 번 들이쉬고 내쉴 시간밖에 걸리지 않았다. 홍적의 뼈 갑옷에 이열종대로 가지런히 끼워져 있던 열 자루 골각비들은 그의 발치에 어지러이 흩어져 있었고, 결과적으로 백해왕은 가지고 있던 모든 무기를 잃어 버렸다. 비도술의 명인이 비도를 모두

잃었다는 것은 더 이상 싸워 볼 방도가 없음을 의미했다. 홍적의 안색은 그가 걸친 뼈 갑옷처럼 창백하게 변해 있었고, 당당하던 양어깨는 아래로 축 늘어져 있었다.

"이 거리에서 내 십골연환을 그토록 수월히 받아 내다니, 직접 보고서도 믿기 어렵군."

홍적의 말에 고월이 물기를 털듯 두 손을 가볍게 흔들었다.

"수월했다면 이렇게 손이 얼얼하지는 않겠죠."

홍적이 물었다.

"무슨 수법인지 가르쳐 주겠는가?"

"양의조화수兩儀造化手라고 합니다."

"양의조화…… 어울리는 이름이군. 자네의 두 손은 확실히 조화를 부리는 것처럼 보였어."

고월이 흔들던 두 손을 가슴 앞으로 모았다.

"과찬의 말씀입니다."

홍적이 소태라도 씹은 사람처럼 입술을 일그러트리더니 바닥에 흩어진 골각비들을 하나하나 줍기 시작했다. 열 자루의 골각비가 뼈로 이루어진 칼집 속으로 모두 되돌아간 뒤, 그가 고개를 들고 고월에게 말했다.

"나는 자네를 이길 수 없음을 인정하네. 이제부터 내가 어찌하면 되겠는가?"

고월이 말했다.

"나는 다섯 잔을 마셨고, 귀하는 다섯 번 출수했습니다. 아무래도 오늘 우리에게는 다섯이라는 숫자가 길수吉數인 것 같군요. 그런 뜻에서 내 물주에게 닷새의 유예를 주시기 바랍니다."

홍적의 눈이 가늘어졌다.

"단지 그뿐인가?"

싱글거리던 고월의 입매가 조금 엄숙해졌다.

"나는 귀하가 말한 과거의 사정에 대해 전혀 알지 못합니다. 비록 술값을 갚기 위해 이 일에 개입하게 되었지만, 시비를 판단할 입장은 아니라는 뜻입니다. 귀하의 말이 옳습니다. 홍씨와 나씨 간의 문제는 홍씨와 나씨 간에 해결하는 것이 순리겠지요. 다만 그 날짜는 닷새가 지난 뒤여야 합니다. 이것이 내 요구입니다."

잠시 생각하던 홍적이 중얼거렸다.

"명쾌하군, 받아들이지 않을 수 없을 만큼."

고월은 엄숙한 표정을 풀고 빙긋 웃더니 서 있던 자리에서 한 걸음 비켜섰다. 가로막고 있던 자가 사라지자 이제 홍적의 눈길은 나문룡을 정면으로 향하게 되었다. 나문룡의 잘생긴 얼굴은 두 사람의 대결이 시작된 시점부터 바보처럼 못나게 바뀌어 있었다. 물론 상상을 뛰어넘는 고월의 무위 때문이었다. 그리고 못난 얼굴을 하고 있는 점은 자신도 크게 다르지 않을 거라고 양귀는 생각했다.

홍적이 나문룡에게 말했다.

"오늘 이후 닷새 동안은 계림 경내에 들어오지 않을 것이다. 하지만 약속한 날짜가 지난 뒤, 너와 네 아비는 반드시 나를 만나게 될 것이다. 달아나려거든 강북으로 달아나라. 이 남부에서는 어디를 가든 우리 남황맹南荒盟의 눈을 벗어나지 못할 테니까."

이 말을 끝으로 백해왕은 몸을 돌렸고, 졸개들을 거느리고 찬청을 떠났다. 나문룡은 흑도인들의 등 뒤로 떨어지며 흔들리던 주렴이 잘그락거리는 소리를 멈춘 뒤에야 제정신이 돌아온 듯했다. 그가 양귀를 돌아보며 급히 말했다.

"들으셨지요, 걸숙? 남황맹, 그는 분명히 남황맹이라고 말했습니다. 하지만 한 번도 들어 본 적이 없는 이름이군요. 새롭게 결성된 흑도의 맹회일까요? 백해왕 정도 되는 인물을 일개 당주로 둔 집단이면 결코 예사로운 내력을 가지지는 않았을 겁니다."

남황맹이라는 이름을 들어 본 적이 없는 것은 비단 견문이 일천한 후진만이 아니었다. 양귀는 개봉 총단에 즉각적으로 보고할 사안이 발생했음을 알아차렸다. 이 대 혈랑곡주로 인해 촉발된 변화의 물살은 급속도로 가팔라지고 있는 것 같았다. 남패무양문이 여전히 건재한데도 남황맹이라는 신흥 맹회가 생겨난 것이 그 대표적인 증표이리라. 그리고…….

……아마도 비슷한 시간에 비슷한 생각을 떠올린 모양이었다. 양귀와 나문룡과 옥류향의 눈길이 고월에게 집중되었다. 그것을 아는지 모르는지, 고월은 의자 아래에 놓아둔 보따리를 집어 올려 등에 메고 있었다. 그 모습이 너무도 무덤덤해 조금 전 백해왕을 상대로 드러낸 놀라운 신위가 거짓말처럼 여겨질 정도였다. 양귀는 문득 자신이 아까 한 말을 떠올렸다.

-어느 물 어느 숲에 용 같고 범 같은 인물이 숨어 있는지 우리로서는 알 수 없는 일 아니겠는가.

호사가들이 흔히 쓰는 그 식상한 말이 이토록 빨리 현실이 될 줄 누가 알았겠는가!

천하는 알려진 자들의 전유물만이 아니었다. 물밑 어두운 곳에서는, 숲 그림자 울창한 곳에서는 사람들이 모르는 또 다른 흐름이 언제나 꿈틀거리고 있었던 것이다. 새로운 시작은 낡은 끝을 기다려 주지 않는다. 이는 자연법칙이라고 말해도 좋을 만큼 명징한 현상이었다.

보따리를 짊어진 고월이 큰 손을 올려 세 사람을 향해 일일이

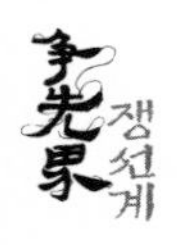

포권을 했다.
"덕분에 잘 마시고 잘 먹고 잘 들었습니다. 이제는 떠날 시간이 된 것 같군요."
나문룡의 눈동자가 빠르게 움직였다.
"대, 대협, 대협께서 허락하신다면 소생의 집으로 모셔서 며칠 대접해 드리고 싶습니다!"
속내야 뻔했다. 닷새 후 닥칠 비바람을 막아 줄 만한 든든한 방패가 간절해진 것이다. 하지만 고월은 고개를 작게 흔듦으로써 황검가 소가주의 바람을 외면했다.
"그러기엔 가야 할 길이 너무 멀군요. 아쉽지만 다음 기회로 미루겠습니다."
실망한 나문룡은 울상이 되었고, 그때 양귀가 나서서 고월에게 물었다.
"자네…… 사문이 어딘지 가르쳐 줄 수 있는가?"
뜻밖에도 고월은 순순히 대답해 주었다.
"양의문兩儀門이라고 합니다."
"양의문?"
기억에 없는 이름이었다. 고월이 빙긋 웃더니 부연했다.
"일인전승一人傳承 하는 문파라 세상에 널리 알려지지는 않았을 겁니다."
아무리 그렇기로서니, 개방의 광박한 정보력을 감안하면 기이한 일이 아닐 수 없었다. 양귀가 다시 물었다.
"사부님의 존함은 어찌 되시는가?"
이번에는 순순히 대답해 주지 않았다.
"오래전부터 속세를 멀리해 오신 분입니다. 명호를 알려 드려 봐야 별 소용이 없을 것 같군요."

소용 운운은 핑계일 뿐이고, 사부에 대해서는 알려 주지 않겠다는 말의 완곡한 표현이었다.

양귀는 고월이 떠나기 전에 보다 많은 것을 알아내고 싶었고, 머리를 열심히 굴린 결과 또 하나의 질문을 생각해 내는 데 성공했다.

“먼 길을 가는 중이라고 했지?”

“그렇습니다.”

“사부님께서는 속세를 멀리하신다면서 제자는 대체 어디를 가겠다는 겐가?”

고월은 조금 쑥스러워하는 얼굴로 뒤통수를 긁었다.

“곤륜산입니다.”

양귀의 눈이 커졌다.

“곤륜산? 거기는 왜?”

“사부님께서 그러시더군요. 삶에는 여러 방식이 있다고. 그러시면서 소생은 당신과 다르게 앞을 다투는 삶을 살아 보는 것도 나쁘지 않을 거라고 말씀하셨습니다.”

고월은 보따리의 멜빵과 어깨 사이에 엄지손가락을 찔러 넣으며 활기차게 덧붙였다.

“소생도 이제부터는 앞을 다퉈 볼까 합니다.”

(4)

유계강劉桂康은 걸음을 멈추고 눈살을 찌푸렸다. 목발을 짚고 활인장 정문을 절뚝절뚝 넘어오는 남자를 바라보노라니 마음이 편치 않았기 때문이다.

그 남자의 왼쪽 정강이 양쪽으로는 널빤지를 쪼개어 만든 조잡한 부목이 대여 있었고, 피와 고름과 흙먼지로 더렵혀진 붕대가 발목부터 허벅지 중동까지 엉성하게 감겨 있었다. 굳이 숙련된 의원이 아니라도 상태가 꽤나 심상치 않음을 한눈에 알아볼 터였다. 그래서 마음이 편치 않다는 거다. 여름에는 막내가 미치광이 노독물의 독수에 걸려 팔 병신이 되더니, 겨울에는 셋째가 북행에 나갔다가 다리병신이 될 모양이었다. 그러고 보면 저들 네 의형제의 올해 운세는 무척이나 안 좋다고 할 수 있었다.

'좋을 리가 없잖아. 모진 놈 옆에 있으면 벼락 맞는다는데.'

입술을 옹송그리던 유계강은 사절검의 네 의형제에게 벼락을 가져다준 모진 놈—지금 막 정문을 넘어오고 있었다—을 사나운 눈씨로 노려보았다. 하지만 늙은 닭처럼 마르고 볼품없는 의원의 눈총 따위, 모진 놈에게는 통하지 않는 것 같았다.

"오랜만입니다, 유 당사님."

벼락을 몰고 다니는 모진 놈, 강동제일인 석대문이 유계강을 발견하고는 두 주먹을 모아 강호식의 인사를 올렸다. 얼굴과 손을 끔찍하게 망가뜨린 화상의 흔적일랑 남의 일이라는 듯 싱글싱글 웃고 있는 석대문을 대하자 마음이 또 한 번 불편해졌다. 하지만 이번의 불편함은 사절검의 셋째를 보았을 때의 그것과 약간 성격이 달랐다. 안쓰럽기도 하고, 또 대견하기도 하고.

'저만한 장애를 극복하고 예전의 모습 이상으로 나아간 걸 보면 인물은 인물이지.'

기절초풍할 검법으로써 미치광이 노독물을 굴복시키던 석대문의 웅자雄姿를 떠올리자 앞서의 미움은 사라지고 오히려 두둔하고 싶은 마음마저 슬그머니 일어나는 것이었다.

사절검이란 작자들, 따지고 보면 누가 시키지도 않았는데 자청해서 석대문을 돕겠노라 나선 것이 아니었던가!

유계강이 반백년이 넘는 인생을 살아오며 터득한 진리 중 하나가 모든 선택에는 책임이 따른다는 것이었다. 결과가 어떻든 저희들이 선택한 이상 누구를 원망해서는 안 된다.

'뭐, 딱히 원망하는 것 같지도 않지만.'

저번에 치료받은 막내도 그렇고, 저만치서 히죽거리는 셋째도 그렇고, 사절검 모두가 석대문을 좋아한다는 점에는 의심의 여지가 없었다. 어쩌면 그런 점이 자칭 강호 유협이란 자들의 본령일지도 모른다. 우정이니 의리니 따위의 간지러운 감상에 홀딱 넘어가 제 몸뚱이 아까운 줄 모르는 것이다. 인간의 신체를 무엇보다 중히 여기는 의원의 입장에서는 참으로 마뜩잖은 종자들임에 분명했다.

유계강이 인사에 대꾸도 않고 얼굴만 찌푸리고 있자 석대문이 조금 머쓱해하는 표정으로 포권을 풀었다. 하지만 그것도 잠시, 석대문이 싱글거리며 말했다.

"춘절 준비를 하시는 모양입니다."

새해를 맞이하는 춘절이 어느덧 아흐레 앞으로 다가와 있었다. 석대문이 던진 말에 유계강은 양손으로 안아 들고 있는 거치적거리는 장식물을 내려다보았다. 매년 춘절마다 활인장 정문에 내거는 붉은 새끼줄 타래인데, 새끼줄이 꼬이는 매듭 사이사이에는 길이가 한 뼘이나 나가는 붉은 고추들이 촘촘하게 끼워져 있었다. 홍홍화화紅紅火火라 하여, 하고 있는 사업이 들불처럼 번창하라는 의미가 담긴 장식물이었다.

"아니, 이건, 흠, 아랫것들에게 시키면 자꾸 머리 걸리는 데다 달아 놔서……."

유계강이 활인장에서 맡은 직책은 장주 바로 다음인 당사였다. 그런 체면에 명절 장식물이나 걸고 다니는 데 대한 변명으로 꺼낸 말이지만, 석대문은 별로 개의치 않는 눈치였다. 위협적이라고 할 만큼 크고 힘찬 걸음으로 성큼성큼 다가와 새끼줄에 걸린 고추 하나를 허락도 받지 않고 쑥 뽑아서 으적으적 씹어 먹던 그가 갑자기 생각난 듯 물었다.

"제 동생이 이곳에 와 있는 것으로 알고 있습니다만?"

석대문에게는 남동생 둘과 여동생 하나가 있었고, 유계강은 신무전으로 시집간 여동생을 제외한 남동생 둘 모두와 만난 적이 있었다. 둘째와는 노독물과의 싸움이 끝난 뒤 석가장으로 가는 길에 동행했고, 셋째와는 그다음 석가장에서 열린 승전연勝戰宴에서 안면을 텄던 것이다.

방금 석대문이 말한 '동생'이란 그중 셋째를 가리키는데, 유계강의 입장에서는 몹시 다행스러운 일이라고 할 수 있었다. 갑자기 빨갛게 변해서 사람들을 닭 가슴살 찢듯 발기발기 찢어 죽이는 둘째와는 절대로 다시 마주치고 싶지 않았기 때문이다. 그에 비해 셋째는, 그 나잇대 젊은이치고는 지나치게 차가운 면이 있긴 하지만, 그래도 보편적인 인간의 범주에 넣어 줄 수 있었다.

"사흘 되었소."

유계강은 양옆으로 자꾸 흘러내리는 새끼줄 타래를 추켜올리며 대답했다. 석대문이 먹다 남은 고추 꼭지를 어깨 너머로 휙 던지며 말했다.

"그렇습니까? 제가 너무 게으름을 부린 모양이군요."

저만치에서 목발을 짚고 서 있던 사절검의 셋째 전장목이 이 찔뚝거리며 다가와 두 사람의 대화에 끼어들었다.

"회주님께서 늦게 오신 것은 순전히 저 때문입니다. 거동이 불편한 저를 섬서에서부터 데리고 오시느라 그렇게 된 것이니까요. 그러니 늦게 온 책임은 제가 져야 합니다."

유계강은 다리 한쪽이 저 꼴 나고도 대범한 체하는 버릇을 버리지 못한 강호 유협이 몹시 못마땅했다.

"임자는 여기저기 돌아다니지 말고 빨리 의방으로 들어가 붕대부터 갈아 달라고 하시오. 보아하니 촌구석 어느 돌팔이한테 치료받은 모양인데, 썩은 냄새가 여기까지 진동하는 게 아주아주 심상치가 않소."

그런 다음, 때마침 전계강의 옆으로 다가온 사절검의 첫째 이철산과 둘째 주일범에게도 잔소리를 퍼부었다.

"명색이 형 소리를 듣는 양반들이 아우 하나, 아니, 하나가 아니라 둘이지. 하여튼 아우들을 제대로 돌보지 못해 저런 꼴로 만들고, 세상 사람들 보기에 부끄럽지도 않소?"

반가이 다가서던 이철산과 주일범의 얼굴이 창백해졌다. 그러거나 말거나, 유계강은 차가운 얼굴로 연이어 쏘아붙였다.

"어서 환자를 의방으로 데려가도록 하시오. 다리를 통째로 잘라 내야 할지도 모르니 장주님 오시기 전까지 마음의 준비를 단단히 해야 할 게요."

최악을 상정함으로써 환자와 그 보호자를 상대로 절대적인 우위를 확보하는 것은 의원의 권도權道였다. 하지만 그런 직업상 방편을 알 리 없는 강호 유협들에게는 청천벽력 같은 소리로 들렸을 것이다.

"다, 다리를 통째로 자른다고요?"

"그게 정말입니까?"

유계강은 표정 한 점 바꾸지 않고 못을 박았다.

"서두르시오, 처치가 늦을수록 다리병신이 될 가능성은 커질 테니까."

이제는 낯빛이 완전히 허옇게 변해 버린 두 보호자가 마찬가

지의 낯빛이 된 환자를 부축하여 의방이 있는 환신당還神堂 쪽으로 허둥지둥 사라졌다.

그 뒷모습을 바라보던 석대문이 유계강에게 물었다.

"전 노제의 상세가 그렇게나 위중합니까? 아픈 내색을 별로 안 해서 저는 잘 몰랐습니다."

석대문의 목소리에는 근심이 가득했지만 유계강은 못 들은 체 화제를 돌렸다.

"동생분이 악양에 온 것은 사흘 전이지만 이 집에 머무는 것은 아니라오. 환자가 아닌 자는 재우지 않는다는 것이 우리 활인장의 운영 방침이기 때문이오. 해서 동생분은 인근 객잔에 행장을 풀고 매일 조석으로 두 차례씩 이 집을 찾아오고 있소."

"그랬군요. 그런데 전 노제는……."

"그놈의 전 노제, 전 노제! 보호자도 아닌 사람이 환자에 대해 왜 그리 꼬치꼬치 캐묻는 게요?"

퉁명스럽게 쏘아붙여 석대문의 입을 막아 놓은 유계강이 말을 이었다.

"동생분 얘기로 돌아가서, 그제 저녁부터 시작해 어제 아침과 저녁 그리고 오늘 아침까지 모두 네 차례나 찾아왔는데, 부친 되는 양반은 한 번도 보지 못했소."

석대문의 멀쩡한 반면이 살짝 꿈틀거렸다.

"한 번도 못 뵈었다고요?"

유계강은 혀를 끌끌 찼다.

"참으로 독한 양반이오. 자식이 불원천리 찾아왔는데도 얼굴 한 번 내비치지 않으니. 동생분은 그 양반 머무는 의방에도 들어가 보지 못했소. 숫제 환신당 문턱조차 넘지 못했으니……."

돌이켜 보면 참으로 이상한 문병이었다. 아들은 환신당으로 들어가는 중문 앞에 장승처럼 서 있고, 아비는 환신당의 의방 안에 불상처럼 앉아 있고. 그렇게 딱 반 시진을 보내다가 아들은 발길을 돌리고 아비는 자리에 눕는다. 네 번의 문병 같지 않은 문병이 모두 이러했던 것이다.

겨울 해는 그리 길지 않았다. 유계강은 붉은 기운이 번져 가는 서쪽 하늘을 흘끗 올려다본 뒤 석대문에게 말했다.

"동생분 올 시간이 거의 된 것 같구려. 어떻게, 이번에는 가주도 함께 들어가 보시려오? 내 보기엔 이전과 마찬가지로 문전박대당할 것 같지만."

그 자리에 우두커니 선 채 팔짱을 낀 주먹으로 화상 입은 볼따구니를 툭툭 두드리던 석대문이 손길을 멈추고 유계강을 바라보았다.

"지필묵 좀 내주시겠습니까?"

편지에 적힌 글은 무척 짧았다. 석안은 그 짧은 글을 오랫동안 내려다보았다.

노사부님께서 돌아가셨습니다.

석안이 고개를 든 것은 편지를 가져다준 유 당사가 지루함에 겨워 입꼬리가 얼얼하도록 하품을 할 즈음이었다.

"내 아들들은 어디 있소?"

이 말을 꺼내며 석안은 미간을 살짝 찡그렸다. 본래 그는 중후하고 매력적인 목소리의 소유자였었다. 그러나 십이 년 전 처남과 공모하여 죽음을 가장하는 과정에서, 저 옛날 조양자趙襄子를 암살하기 위해 예양豫讓이 그러했던 것처럼, 그는 얼굴과 목소리를 스스로 훼손했다. 십이 년이라면 웬만한 변화에 익숙해지기에 충분한 세월이지만, 망가진 성대로부터 울려 나와 고막을 긁어 대는 이 쉬고 갈라진 목소리만큼은 도무지 익숙해지지 않았다.

"환신당 중문 너머에서 기다리는 중이오."

유 당사가 눈꼬리에 매달린 눈물방울을 검지로 찍어 내며 대답했다. 석안은 차분한 손길로 편지를 접어 방바닥에 내려놓은 뒤 유 당사에게 말했다.

"그들을 데려와 주시오."

기억의 가지 위에 크고 굵게 새겨진 아버지는 언제나, 그리고 어디서나 강한 분이었다. 그래서 그런 아버지의 강함을 보고, 존경하고, 본받으려고 했다. 석대문은 지금 자신에게 존재하는 요소들 중 강함과 관련된 덕목이 있다면, 그 전부가 아버지로부터 비롯되었다고 믿으며 살아왔다…….

그러나 좁고 침침한 의방 안에 몸을 웅크린 채 틱, 틱, 메마른 소리로 부싯돌을 부딪치는 사람은 전혀 강해 보이지도, 아버지처럼 보이지도 않았다. 그 사람의 얼굴은 석대문의 화상 입은 얼굴 이상으로 망가져 있었고, 승복처럼 보이는 상의에 가려진 어깨와 등은 바위처럼 크고 넓었지만 중요한 무엇인가를 결여한 듯 불완전해 보였다.

틱.

굵고 짧은 궁촉 위로 작은 불꽃이 올라앉았다. 가녀리게 일렁거리며 몸집을 불려 가는 빛 덩어리 속에서 그 사람이 천천히 돌아앉았다.

"아버지……?"

잔뜩 잠긴 목소리가 등 뒤에서 울렸다. 석대문은 문턱을 넘어서다 말고 뒤를 돌아보았다. 그와 함께 이곳까지 온 막내아우는 열린 문 앞에서 석상처럼 굳은 채 발길을 떼 놓을 생각조차 하지 못하는 것 같았다. 의방 안의 아버지를 향해 고정된 석대전의 두 눈은 마치 녹아내리기 시작한 얼음처럼 탁해 보였다. 이 순간까지 갈망하고 기대하고 준비한 모든 것들이 물그릇 안에 떨어뜨린 여러 가지 색깔의 염료들처럼 풀리고 섞이고 흩어져, 마침내는 이도저도 아닌 아득한 마비감으로 바뀐 모양이었다.

'들어가자.'

석대문은 눈짓으로 석대전에게 말한 뒤 의방 안으로 들어섰다. 짧고 새하얀 수염이 턱 위에 그려 내는 침 같은 그림자까지 똑똑히 보일 만큼 가까운 거리에서 마주한 아버지의 모습은 믿기지 않을 만큼 생경했지만, 완전히 그렇지는 않았다. 석대문은 작년 초여름 일조령에서 개방 방주를 잡기 위해 나타난 적당 중에 저런 특이한 외모—승려의 행색에 얼굴은 완전히 망가진—를 가진 인물이 끼어 있었음을 기억하고 있었다.

적당 중 하나를 죽이려던 그의 앞을 가로막은 당당한 체격의 파면 승려. 당시 그 파면승은 석대문이 아버지로부터 물려받은 석가장의 가전 보검을 한눈에 알아보았고, 그는 그 점을 몹시 기이하게 여겼었다. 묵정검을 한눈에 알아볼 수 있는 사람은 석가장 내에서도 얼마 되지 않았던 것이다. 하지만 그 사람이 아버지일 줄은 꿈에서도 생각할 수 없었다.

아버지는 죽었다. 그 사실은 석대문의 인생을 바꿔 놓은 가장 강력한 계기로 작용했다. 그리고 아버지의 죽음으로 인해 인생이 바뀐 것은 석대문 혼자만이 아니었다. 석대원은 그 일로 인해 가문에서 쫓겨났고, 석대전은 마음을 닫고 냉혈한이 되었다. 그러나 아버지는 죽은 것이 아니었다. 단지 죽은 척했을 뿐이다. 자식들의 입장에서는 실로 잔인한 기만이 아닐 수 없었다.

놀라움과 반가움, 야속함과 배신감…….

석대문은 아버지와 마주 앉은 짧은 시간 동안 엄청나게 많은 생각들과 감정들이 머릿속에서 날뛰는 것을 느꼈다. 다행스러운 점은, 아버지가 부재한 십이 년 사이 그가 반석처럼 단단한 남자로 성장했다는 것이었다. 그는 자신의 내부로부터 불거져 나온 모든 혼란을 통제했고, 가라앉혔다. 만일 그가 십이 년 전의 청년이라면 지금처럼 차분한 신색을 유지하지는 못했을 것이다.

하지만 석대전은 형과 달랐다. 지난 십이 년 사이 얼음처럼 차갑고 칼날처럼 예민한 성격으로 바뀌었다고는 하나, 그것은 외부로부터 가해진 날카로운 충격으로부터 스스로를 보호하기 위해 걸친 갑옷에 불과했다. 분명한 사실은 석대전이 아직 젊다는 것이었고, 그래서 날고기처럼 쉽게 변할 수 있었다.

"왜 그러셨습니까?"

석대전이 물었다. 석대문이 곁눈질로 슬쩍 살핀 아우는 장대 꼭대기에 얹힌 달걀처럼 위태로워 보였다. 그는 아우의 호흡이 빠르게 거칠어지고 있음을 알아차렸고, 하나의 뚜렷하고 강력한 감정이 아우가 십이 년간 걸치고 있던 갑옷을 내부에서부터 깨트리고 있음을 알아차렸다.

"왜 그러……."

석대문은 왼손을 슬쩍 들어 올려 아우의 반복된 질문을, 그 안에서 거칠게 들썩거리는 분노의 맥을 잘랐다. 십이 년 만에 이루어진 부자 상봉이 추궁과 비난으로 얼룩지는 것은 바람직하지 않았다. 석대전의 심정을 이해 못 하는 바는 아니나, 그는 십이 년간 끊어져 있던 천륜을 복원시키고 싶었다. 그러기 위해서 아버지에게 물을 질문은 따로 있었다.

"몸은 어떠십니까?"

석대문이 물었다. 아버지는, 강동삼수의 한 명이자 강동제일가의 전대 가주인 석안은 연기가 일렁거리는 것처럼 불명한 눈동자로 장자의 얼굴을 한동안 바라보다가 대답했다.

"걱정하지 않아도 된다."

"다행입니다."

석대문이 말했다. 하지만 아버지가 말한 걱정이 당신의 몸 상태에 관한 것인지, 아니면 석대전의 질문에 관한 것인지는 분간이 가지 않았다. 석안의 시선이 석대전을 향했다.

"왜 그랬느냐고 물었느냐?"

석대전은 대답하지 않았다. 짧지만 무거운 침묵이 지난 뒤, 석안이 다시 입을 열었다.

"대의를 위해서였다."

"그 대의가 저희들에게 얼마나 큰 상처를 주었는지 아십니까?"

석대전의 질문에는 날카로운 가시가 돋아 있었지만 아버지에게 상처를 입히지는 못한 것 같았다.

"안다."

"아신다고요? 정말로요?"

석대전의 얇은 입술이 심술궂게 비틀렸다.

"아시기 때문에 저희들을 만나지 않으려고 하신 겁니까? 자식을 볼 면목이 없어서요? 이참에 아예 가문과의 인연을 끊으실 작정입니까?"

말속의 가시가 점점 뾰족해졌다. 보다 못한 석대문이 아우를 돌아보고 낮게 경고했다.

"아전, 무례하구나. 말을 삼가라."

"하지만……!"

석안이 손을 들어 형제의 대화를 멈추게 만들었다.

"너희들을 만나지 않으려고 한 것은 맞다. 가문과의 인연을 끊으려고 한 것도 맞다. 하지만 너희들을 볼 면목이 없어서 그런 것은 아니다."

잠시의 침묵. 그리고…….

"내가 차마 얼굴 마주할 수 없는 사람은 십이 년 전이나 지금이나 오직 하나, 아원뿐이다."

석대문은 아버지의 주름진 눈까풀 아래로 회한이 그림자가 짙어지는 것을 무거운 마음으로 지켜보았다.

석안의 말이 이어졌다.

"나는 분명히 너희들을 속였다. 그러나 아까 말했다시피 그것은 대의를 위한 일이었다. 때문에 너희들에게 미안한 마음은 있지만, 죄책감을 느끼지는 않는다. 하지만 아원의 경우는…… 다르다. 나는 그 아이를 속인 것에 그치지 않고 그 아이의 존엄성을 해쳤다."

"존엄성이라고요?"

"인간은 스스로 목적이 되어야 한다. 하지만 나는 그 아이를 목적이 아닌 수단으로 전락시켰다. 수단으로 전락한 인간은 존엄성을 잃게 된다. 그 죄는 아무리 아비라도 사면받을 수 없다."

사면의 불가능함을 말할 때, 석대문은 아버지가 마음으로 울고 있음을 알 수 있었다. 그러나 적어도 외형상으로는, 석안은 흐트러진 모습을 보이지 않았다. 만약 아버지가, 지금은 흔적을 찾아보기 힘든 지난날의 위엄을 되살리기 위해 안간힘을 다하고 있는 것이라면, 최소한 아직까지는 성공적으로 보였다.

"너희들이 나를 세가로 데려가기 위해 온 것을 안다. 너희들로서는 그럴 수 있겠지. 지금은 나를 원망하겠지만, 아니, 오랫동안 그렇겠지만, 결국에는 그 미움을 누그러뜨리고 나를 다시 아비로 받아들여 주겠지."

아버지의 저 말에는 동의하지 않을 수 없었다. 가족, 그중에서도 부자지간이란 용서와 화해가 이루어지는 가장 기본적인 인간관계이기 때문이다. 석대문이 이런 생각을 하는 중에도 석안의 쉬고 갈라진 목소리는 음울하게 이어지고 있었다.

"하지만 아원은 그러지 않을 것이다. 그럴 수 없을 것이다. 나는 내 목적을 위해 그 아이를 수단으로 전락시키는 과정에서 그 아이의 어미를 죽게 만들었다. 그리고…… 그리고……."

더 이상은 견디기 힘들었나 보다. 석안의 파면이 일그러지더니 한 자락 통절함을 머금은 한숨이 의방에 울려 퍼졌다.

"……얼마 전 그 아이는 나를 구하기 위해 사랑하는 여인과 그 배 속에 든 자식을 죽이고 말았다. 결과적으로 나는 십이 년 전과 올해, 두 번에 걸쳐 그 아이에게서 가장 소중한 사람들을 빼앗아 간 것이다."

너무나도 놀랍고 슬픈 이야기가 아닐 수 없었다. 석대문은 의방 안의 누군가에게서 흘러나온 답답한 목울음 소리를 들을 수 있었다. 그것은 아우의 것일 수도 있었고, 석대문 본인의 것일 수도 있었다.

석안이 약간 수그렸던 고개를 들고 두 아들을 바라보았다.

"물론 내 의도와는 무관하게 벌어진 돌발적인 사건들이지만, 절대로 되돌릴 수 없는 비극들이기도 하다. 한번 죽은 사람은 무엇으로도 되살릴 수 없기 때문이다. 그 아이는 용서하지 않을 것이고, 나는 감히 용서받을 엄두조차 낼 수 없다. 그래서 세가로 돌아가지 않겠다는 것이다. 내가 세가에 머무는 한, 아니 내 작은 흔적이라도 세가에 남아 있는 한, 그 아이는 결코 돌아오려 하지 않을 것이기 때문이다. 그러나 내가 없다면, 내 흔적마저 찾을 수 없다면, 언젠가는, 아주 먼 훗날에는, 어쩌면 돌아올 마음이 들지도 모른다. 그것이…… 내 마지막 소망이다. 아원은 나로 말미암아 너무 크고 소중한 것들을 잃어야만 했다. 그 불쌍한 아이에게 고향집마저 뺏는 것은 뻔뻔함을 넘어 잔인하기까지 한 일이 될 것이다. 내가 가문과 인연을 끊으려 하는 이유, 이제는 알겠느냐?"

석대전은 떨리는 눈동자와 굳게 여민 입술을 하고서 아무 말도 하지 않았다. 막내아우의 허벅지 위에 놓인, 핏줄이 도드라질 정도로 꽉 쥐인 두 주먹을 보며 석대문은 작게 혀를 찼다.

'혼란스럽겠지.'

석대문은 막내아우가 지금 느끼고 있는 내적 혼란이 짧은 시일 안에 극복되리라는 기대를 갖지 않았다. 하지만…… 결국은 극복하고 일어설 것이다. 하늘은 강동제일가의 자제들 모두에게 나름대로의 시련을 안겨 주었지만, 어떤 시련도 그들을 근본적으로 무너뜨리지는 못할 것이다. 석대문은 그렇게 믿고 싶었다.

한 가지 다행스러운 점은, 아원에게 닥친 비극을 말하면서부터 사정없이 무너져 내리던 아버지가 시간이 지나면서 조금씩 평정심을 되찾기 시작했다는 사실이었다. 이제 석안은 자신이 결여한 무엇인가를 억지로 꾸미려 하지 않았다. 대의를 말할 때보다 지금이 훨씬 편안해 보였다.

석안이 석대문을 돌아보며 화제를 바꾸었다.

"운 사부께서는 언제 돌아가셨느냐?"

석대문은 자세를 바로 하고 아버지의 질문에 공손히 대답했다.

"보름쯤 되었습니다. 태원에서 운명하셨다는 소식을 개방 방주의 장제자가 전해 왔습니다."

"태원, 그렇군."

태원이라는 지명에 생각보다 많은 의미가 담겨 있는 것 같았다. 고개를 끄덕이던 석안이 혼잣말처럼 작게 중얼거렸다.

"잠룡야가 죽었다는 소식은 듣지 못했으니, 결국 마지막 마무리는 아원의 손에 맡겨지겠구나."

'마지막 마무리'라는 말이 기이하리만치 홀가분하게, 하지만 서글프게 들렸다. 석안은 본인이 활약하던 시대가 끝나 간다는 사실로부터 기쁨과 슬픔을, 홀가분함과 아쉬움을 동시에 느끼고 있는 것 같았다. 그리고 그것은…….

'노인이 되셨다는 증거겠지.'

석대문은 고개를 똑바로 들고 아버지를 바라보다가 차분한 목소리로 말했다.

"세가로 돌아오시지 않겠다는 뜻, 받들겠습니다."

옆자리에 앉아 있던 석대전이 눈을 치뜨며 소리쳤다.

"형님, 그게 무슨 말씀입니까?"

왜 저러는지도 알고 있었다. 석대전이 이곳에 온 목적은 병중인 아버지를 세가로 모셔 가기 위해서였으니까. 환신당으로 오는 중에 들은 바, 혹시라도 아버지가 거부할 것에 대비해 총관을 시켜 소주 외곽에 아담한 저택도 한 채 구입해 놓았다고 했다. 그런 마당에 형이 갑자기 생각을 바꾸니 석대전으로서는 받아들이기 힘들었을 터였다. 그래도 석대문은 석대전의 항의를 못 들은 척, 아버지에게 하던 말을 이어 나갔다.

"하지만 자식 된 몸으로 부친께서 어디에 거하시는지도 알지 못하는 불효만은 저지르지 않도록 해 주십시오."

석안은 잠시 침묵하다가 입을 열었다.

"사천 청류산에 가면 네 증조부님께서 말년을 보내시던 도관이 한 채 있다. 그곳에 머물며 나로 말미암아 아원이 잃어야 했던 소중한 사람들의 명복을 빌어 줄 생각이다."

"사천 청류산……."

지명을 뇌까려 암기한 석대문이 석안에게 말했다.

"머지않은 시기에 아내와 아들을 데리고 찾아뵙겠습니다."

석안의 입술에 처음으로 미소 비슷한 것이 걸렸다.

"네가 가정을 꾸리고 아들을 낳은 것은 안다. 이름을 두미斗微라고 지었다고?"

"그렇습니다."

손자의 이름을 입에 담아서인지 석안의 입술에 걸린 미소가 조금 더 분명해졌다.

"북두北斗와 자미紫微는 천계의 으뜸이지. 내가 있었다면 아이에게 그렇게 높은 이름을 주도록 허락하지는 않았을 게다."

"그렇습니까?"

"물론이다."

석대문은 뒤통수를 긁었다. 기분이 묘했다. 아버지로부터 타박 듣는 것이 대체 얼마 만인지 기억조차 나지 않았다.

"뭐, 이미 지은 이름을 물릴 수도 없는 노릇 아니겠습니까. 잘될지는 모르겠지만 이름에 걸맞은 놈으로 키워 볼 작정입니다."

석대문을 바라보는 석안의 두 눈에 궁촉의 불빛처럼 부드러운 빛이 담겼다.

"너라면 가능하리라고 믿는다. 본래 좋은 아들은 좋은 아버지가 되는 법이니까."

석대문은 빙긋 웃었다. 이날까지 살아오면서 이보다 좋은 칭찬은 들어 본 적이 없는 것 같았다.

석안의 시선이 이번에는 석대전을 향했다.

"아전, 네게 부탁하고 싶은 일이 한 가지 있다."

석대전은 대답하지 않았지만 석안은 개의치 않고 말을 이어 나갔다.

"세가에서 문지기를 하던 화 노인이 지난여름에 죽었다는 소식을 들었다."

그때 석대문은 아우의 몸이 날카로운 비수에 찔린 것처럼 움찔거리는 것을 놓치지 않았다. 그 기색을 보았는지 못 보았는지, 이어진 석안의 목소리는 덤덤하기만 했다.

"화 노인은 좋은 가원이었고, 과거의 잘못을 뉘우치고 속죄할 줄 아는 진정한 장부였다. 나를 대신해 네가 해마다 그의 제사를 챙겨 주길 바란다."

석대전은 아랫입술을 잘근잘근 씹다가 더 이상 침묵하지 못하고 고개를 천천히 숙였다.

"알겠습니다."

"그래……."

석안은 만족한 듯 고개를 끄덕이더니 눈을 감았다.

"그렇게…… 다시……."

의미를 짐작하기 힘든 석안의 말은 더 이상 이어지지 않았다. 그리고 지그시 감긴 아버지의 눈은 두 아들이 의방을 나서는 순간까지 뜨이지 않았다.

활인장의 정문을 나설 때 석대전이 물었다.

"바로 출발하시는 겁니까?"

석대문은 걸음을 멈추고 뒤를 돌아보았다. 땅거미 속에 서 있는 석대전은 무거운 짐 하나를 덜어 낸 사람처럼 후련해진 얼굴을 하고 있었다. 그 이유가 무엇일까를 잠깐 생각하던 석대문의 머릿속으로 '성장'이라는 단어가 떠올랐다. 시련과 그것에서 비롯된 혼란은 한 인간을 파멸시키기도 하고 성장시키기도 한다. 다행히 아우는 후자 쪽인 것 같았고, 그 점이 형의 마음을 기껍게 만들었다.

"아무래도 그래야겠지. 시일이 촉박하지는 않지만, 강동에 들렀다 갈 여유는 없을 테니까."

"형수님께서 실망하시겠군요. 벌써부터 독수공방 시키는 남편이라고 불평이 이만저만 아니던데요."

이렇게 말하는 석대전의 입가에는 놀랍게도 짓궂은 미소마저 떠올라 있었다. 석대문은 픽 웃으며 아우의 어깨를 두드렸다.

"나 없는 사이 네 형수가 바람을 피우지는 않는지 잘 감시해야 할 거다."

"감시라니요. 형수님께서 그런 용기를 내신다면 거들어 드려도 모자랄 판국인데요. 형수님께서는 바람을 피우는 사람이 오히려 형님이라고 비난하시더군요."

"내가 바람을 피워?"

"예, 잘난 대의에 홀려 조강지처 팽개치고 온 천하를 싸돌아다니신다고요."

석대문은 항복하는 병졸처럼 두 손을 들어 올렸다.

"그 빌어먹을 대의에 깔려 죽기 직전인 형을 제발 좀 봐 다오."

석대전의 표정이 갑자기 어두워지고, 무거워졌다.

"대의…… 그것이 뭘까요?"

"음?"

"그는 개방을 통해 전한 호집령을 통해 '앞을 다투는 자들'이라고 했습니다. 그가 말한 '앞'이 바로 대의일까요?"

둘째 형에게 '형'이라는 호칭을 여전히 붙이지 못하는 막내아우를 보며 석대문은 아까 의방 안에서 떠올렸던 믿음, 아우들 모두가 결국에 가서는 시련을 극복하고 일어서리라는 믿음을 스스로에게 다시 한 번 환기시켰다. 그 일에 그가 도울 수 있는 영역은 그리 넓지 않겠지만, 필요하다면 무엇이든 할 작정이었다. 그것이 맏형의 의무였다.

석대문은 앞을 가리켰다.

"봐라."

석대전의 눈길이 형의 손가락을 좇아 어둠이 깔리기 시작한 활인장 전방의 대로를 향했다.

"너와 내가 지금 바라보는 앞이 같듯이 대부분의 사람들은 같은 앞을 바라보며 살아간다. 저 앞에서 기다리는 것은 권력일 수도 있고, 황금일 수도 있고, 절세적인 무공일 수도 있고, 어쩌면 네가 말한 대의일 수도 있지. 그것들을 향해 빠르게 달려가는 사람도 있고, 더디게 기어가는 사람도 있고, 저만치 앞쪽에서부터 출발하는 사람도 있고, 반대로 뒤편에서 출발하는 사람도 있다. 그러니까 남과 다투는 것이다. 바라는 자들이 많으니까. 하지만……."

석대문은 다른 방향을, 길이 나 있지 않아 나무에 가려졌거나 담벼락에 막혀 있는 방향을 둘러보았다.

"모든 사람이 동일한 앞을 바라보는 것은 아닐 것이다. 누구는 왼쪽을, 누구는 오른쪽을, 또 누구는 뒤를 앞이라 여길 수도 있겠지. 어쩌면 한자리에 붙박인 채 어느 방향으로든 움직이지

않는 쪽이 가장 좋다고 여기는 이도 있겠고. 앞을 다투는 자들에 의해 돌아가는 이 세상에서, 이 작은 '다름'들은 과연 어떤 의미를 가질까?"

이 추상적인 질문이 석대전을 깊은 생각에 빠트렸다. 시선을 자신의 코끝에 모은 채 고개를 숙이고 있는 아우를 지켜보던 석대문이 고개를 천천히 저으며 말했다.

"나는 그 답을 모르겠구나. 그래서 곤륜산에 가려는 거다. 혹시 아원이라면, 설령 답을 알지 못하더라도, 내가 답을 깨우칠 수 있도록 무슨 방향을 제시해 줄지도 모른다는 생각에서 말이다. 그 녀석이라면 왠지 그럴 수 있을 것 같구나."

형제의 침묵 아래에서 겨울의 어둠은 더욱 짙어졌다. 한참의 시간이 지나고 밤의 차가운 냄새가 석대문의 비틀린 콧등을 찡긋거리게 만들 무렵이 되어서야 석대전은 숙이고 있던 고개를 들고 큰형을 바라보았다.

"곤륜산에서 그를 만나면 전해 주십시오. 제가, 음, 제가……."

보이지 않는 손에 목이 잡힌 사람처럼 석대전은 뒷말을 쉬 잇지 못했다. 석대문은 재촉하지 않고 가만히 기다려 주었다.

한참의 시간이 흐른 뒤, 작게 움찔거리던 석대전의 입술이 벌어지며 물기 어린 목소리가 흘러나왔다.

"……보고 싶어 한다고요."

석대문은 고개를 끄덕였다.

"꼭 전해 주마."

(5)

무당산의 주봉인 천주봉天柱峰의 중턱에는 남화목南華木이라고 불리는 상수리나무가 한 그루 있었다. 무당파를 연 삼봉진인이 그 나무 아래를 지나다가 저 옛날 장자莊子(남화진인이라는 존호로도 불린다)가 설파한 '무용無用의 도리'를 제자들에게 가르친 것에서 기인한 이름이라는데, 스무 길이 넘는 높이에 일곱 아름이나 되는 줄기에 사방으로 뻗친 가지들이 끝 간 데 없이 아스라하여, 정말로 장자의 우화에 등장하는 신령스러운 거목을 연상케 했다.

하지만 신년을 닷새 앞둔 십이월 스무엿샛날 이른 새벽, 무당파의 도사들이 그 남화목 앞에 운집한 까닭은 선인의 높은 가르침을 좇으려는 것과는 무관했다. 파랗게 언 입술을 굳게 다문 채 무거운 침묵을 지키고 있는 그들의 얼굴은 하나같이 비장했고, 남화목의 우람한 둥치 어딘가에 못 박힌 그들의 눈은 무엇인가를 간원하는 빛으로 일렁거리고 있었다. 섣달의 엄혹한 야기를 피할 요량으로 간간이 피워 놓은 화톳불들마저 잔불로 여위어, 그들 도사 무리의 행색은 한층 더 을씨년스러워 보였다.

붓-. 부웃-.

미명의 어둠이 깔린 숲 속 어딘가에서 부엉이 한 마리가 구슬피 울었다. 그 울음소리에 응하듯 동쪽 하늘 구석 걸린 샛별이 삐죽빼죽한 우듬지 너머에서 잔광을 가물거릴 무렵, 우묵하게 그늘진 남화목의 둥치 한쪽이 들썩거리기 시작했다. 수령이 오백 년에 달하는 그 나무의 아랫부분에는 본디 성인 세 사람이 너끈히 들어갈 만큼 커다란 구멍 하나가 뚫려 있었는데, 그 앞을 장막처럼 가려 놓은 두꺼운 범포가 표면에 덮인 박빙을 깨트리며 안쪽으로부터 젖혀진 것이었다.

더러운 범포를 젖히고 고목의 구멍으로부터 걸어 나와 새벽의 암청색 으스름 속으로 모습을 드러낸 사람은 키가 후리후리한 노도인이었다. 노도인의 하얗게 센 머리카락과 턱수염에는

명주실 같은 거미줄이 엉겨 있었다. 또한 일신에 걸친 양의도포兩儀道袍 곳곳에는 석이버섯처럼 떡진 먼지며 이끼 따위가 잔뜩 달라붙어 있어 본연의 촉견蜀絹 바탕을 거의 찾아보기 힘들 지경이었다. 그러나 외양이 어떠하든, 또 의복이 어떠하든, 노도인 자체는 더럽다는 느낌을 전혀 풍기지 않았다. 아니, 지나치게 정결하여 이 세상과 동떨어진 듯한 분위기마저 풍겼다.

노도인이 모습을 드러내자 남화목 앞에 모여 있던 무당파 도사들이 일제히 허리를 접었다.

"득공得功을 축하드리옵니다!"

허리를 접지 않은 사람은 오직 하나, 노도인과 같은 항렬을 가진 현청 도장뿐이었다. 무당오검의 넷째이기도 한 그가 노도인을 향해 한 발짝 나아가며 말했다.

"사형, 이제야 나오셨군요."

노도인의 맑은 시선이 현청 도장을 향했다.

"주위의 공기가 슬픔과 분노로 가득 차 숨쉬기가 힘들구나. 무슨 일이 있었는가, 사제?"

노도인이 현청 도장에게 물었다. 맑아진 것은 눈빛 하나만이 아니었다. 노도인의 목소리는 돌바닥에 튕기는 빗소리 같은 청량한 울림을 담고 있었다. 깊은 산중에서 차가운 샘물을 만나 반가이 얼굴을 박은 나그네의 기분이 이러할까. 그 눈빛과 그 목소리에 어린 순일純一한 기운 속에서 현청 도장은 지난 수십 일간 무거워진 마음을 다소나마 씻어 낼 수 있었다.

사형의 변화가 가져온 신선한 감응에 잠시간 말문을 잊은 현청 도장을 대신해 노도인의 질문에 대답한 사람은 무당파의 다음 대 제자 중 가장 뛰어난 인재라고 공인받은 수결이었다.

"사숙, 사부님께서 귀천하셨습니다."

수결의 사부는 무당파 장문인인 현학 도장이었고, 남화목 구멍에서 나온 노도인은 현학 도장의 바로 아래 사제 되는 인물이었다. 그래서일까. 노도인의 맑은 눈빛이 순간적으로 흔들렸다. 하지만 그것이 전부였다. 그 이상의 반응을 기대한 듯, 노도인의 눈치를 살피며 잠시 기다리던 수결이 두 눈에 핏발을 세우며 절절한 목소리로 부르짖었다.

"사부님만이 아니옵니다! 수덕修德이 죽었고, 수공修空이 죽었습니다. 다른 곳도 아닌 파가 위치한 이 호북에서 그런 만행을 저지른 흉수는 혈랑곡주의 후예를 자처하는 석대원이란 자입니다."

"석대원……."

"그리고 그자는 오늘로부터 이십 일 뒤인 명년 원소절에 곤륜산 무망애에서 이 차 곤륜지회를 개최하겠노라고 감히 천하를 상대로 호집령을 선포하였습니다. 지금 북악과 남패를 비롯한 천하의 군웅들이 그 자리에 참석하기 위해 움직이고 있는 중입니다."

노도인의 어깨가 움찔거렸다. 방금 수결로부터 흘러나온 말 중에 사형의 부음보다 더 중대한 무엇인가가 포함되어 있다는 듯이. 하지만 격정에 사로잡힌 수결은 그런 기색을 알아차리지 못했다.

"하지만 무당에서는…… 사부님을 잃은 우리 무당파는……."

수결은 말을 잇지 못하고 입술을 악물었다. 으스러져라 움켜쥔 두 주먹과 부들부들 떨리는 양어깨는 수양 깊은 도인이 지금 느끼고 있는 비분이 얼마나 큰지를 짐작케 해 주었다.

잠시 후 노도인이 수결을 향해 말했다.

"장문 사형을 해친 것은 석대원이란 자의 검이 아니다."

수결이 고개를 번쩍 들고 노도인을 바라보았다.

"예?"

"일평생 도를 닦아 온 수행자라도 탁류에 발을 담근 이상 더러움을 피해 갈 수는 없는 법. 신뢰할 수 없는 무리와 손을 잡고 파의 산문을 나선 순간부터 장문 사형의 부정不正하고 불결不潔한 말로는 시작된 것이나 다름없다."

"사숙, 그 무슨 불경한 말씀이옵니까! 부정하다니요? 불결하다니요? 사부님께서는 강호를 바르고 깨끗하게 만들기 위한 일념으로 척사斥邪의 대업에 모든 것을 바치셨습니다! 사부님과 강호행을 함께하신 사숙께서 그 점을 몰라주신다면, 선계에 계신 사부님께서 통곡하실 것이옵니다!"

노도인의 말이 사부에 대한 모욕이라 여겼는지 수결이 평소의 조신한 성정과는 딴판으로 격렬하게 대서고 나섰다. 그러자 노도인의 붓처럼 하얀 눈썹꼬리가 꿈틀거렸다.

"척사라 하였느냐? 삿됨을 물리친다 하였느냐?"

군청색이 번져 가는 검은 하늘을 향해 허허로운 웃음을 흘린 노도인이 말을 이었다.

"수결, 지난 구월 초, 너 또한 장강에 있었다. 그리고 나와 함께 그 새벽의 매화를 보았다. 당시 비각에서 붙여 준 지원군들이 빠져나간 건정회는 지리멸렬한 오합지졸에 불과했다. 반면에 삼협의 격류를 이기고 건너온 무양문은 하늘을 찌를 듯 기세가 올라 있었다. 그대로 전면전이 벌어졌다면, 아마 우리는 전멸을 면치 못했을 것이다. 그러나 결과는 어떻게 되었느냐? 우리가 본 것은 고검의 검 끝에서 피어난 한 송이 매화뿐이었다. 그 매화가 싸움을 멈추었고, 살육을 멈추었다. 승리한 자들의 광기를 가라앉혀 주었고, 패배한 자들의 안전을 보장해 주었다. 말하라, 수결. 그 매화의 어디가 삿되더냐?"

샘물처럼 청량하게 이어지던 목소리에 폭포수 같은 힘이 실리기 시작했다.

"찰察하라! 사유思惟하라! 어느 것이 바르고 어느 것이 비뚤어졌느냐? 어디가 깨끗하고 어디가 더러우냐? 이 무당파가 다시 일어서기 위해서 진정으로 필요한 것이 과연 무엇이더냐?"

무당파 이대제자 중 가장 뛰어난 인재는 존장의 추상같은 질타에 벙어리가 되고 말았다. 곁에서 그 모습을 보다 못한 현청 도장이 조심스레 입을 열었다.

"장문 사형의 유언과 관련해서 사형께 상의드릴 일이 있습니다."

무당오검의 첫째이자 장강 전선에서 무당파로 복귀한 구월 중순에 곧바로 백 일 폐관에 돌입, 닫힌 문을 이제 막 열고 세상으로 나온 현유 도장이 사제인 현청 도장을 돌아보았다.

"장문 사형께서는 수결 사질에게 파의 장문인 자리를 물려주셨습니다. 다만 수결 사질이 장문인에 오르기 위해서는 조건이 있다 하셨습니다."

"조건?"

"예, 사형께서 이번 폐관에서 터득하신 검법을 배우는 것이 그 조건입니다. 그때까지는 소제가 임시 장문인으로서 파를 정비하라는 말씀이 있었습니다."

현청 도장은 지난 동지 전날 옥천관에서 현학 도장에게 받은 뒤 잠자리에서조차 몸에서 떼어 내지 않았던 태청보검을 검집째 빼낸 뒤 두 손으로 받쳐 제미齊眉로 들어 올렸다. 무당파의 장령신물을 바라보는 현유 도장의 눈빛이 또다시 작게 흔들렸다.

현청 도장이 더욱 조심스러운 목소리로 사형에게 물었다.

"소제 또한 사형께서 어떤 진전을 얻으셨는지 궁금합니다. 파의 검법 중에서 태극의 도리를 능가하는 것이 과연 존재하는지요?"

현유 도장은 눈앞에 내밀어진 태청보검과 그 너머에 자리 잡은 사제의 얼굴을 번갈아 바라보다가 불쑥 반문했다.

"나비와 굼벵이 중 어느 것이 더 나은가?"

현청 도장은 어리둥절해졌다.

"부끄럽지만 무슨 말씀을 하시는지 모르겠습니다. 바라옵건대 소제의 우매함을 깨트려 주십시오."

현유 도장은 그의 머리 위로 수십 겹 굵은 가지들을 드리고 있는 남화목을 가리켰다.

"목수의 눈으로 본 저 나무는 아무짝에도 쓸모없었네. 배를 지으면 가라앉고, 관을 짜면 썩어 들고, 가구를 만들면 뒤틀리고, 기둥을 세우면 좀이 슬지. 하지만 그런 무용함이 저 나무에 오백 년의 삶을 허락하게끔 해 주었으니, 무릇 눈앞의 이로움으로만 판단하는 인간의 잣대란 얼마나 가소로운가."

이 무용지유용無用之有用의 이치를 모르는 사람은, 최소한 노장老莊의 도를 배운 무당파 도사들 가운데는 없을 터였다. 그러나 현청은 일절 알은체하지 않고 사형으로부터 나올 다음 가르침을 기다렸다.

"나는 몇 달 전 장강에서 지상의 열 송이 매화가 모여 천외의 한 송이 매화로 피어나는 광경을 목격했네. 그리고 그것은 내가 지금껏 닦아 온 태극의 도리에 하나의 근본적인 회의를 안겨 주었네. 자네도 알다시피 태극은 혼돈의 상징이라네. 혼돈은 곧 변화, 나아가고 불어나는 힘이지. 그래서 나는 태극으로부터 파생되는 변화에만 집착했었네. 하지만 고검의 천외일매로부터 나아감, 불어남만이 능사가 아님을 깨닫게 되었네. 돌아옴, 줄어듦의 미덕 또한 만물을 주관하는 중요한 이치임을 깨닫게 되었다는 뜻일세. 지난 백 일의 폐관을 통해 내가 궁구한 것은 바로 그 점이었다네. 그리고 마침내, 나비와 굼벵이의 이치를 터득하게 되었지. 나는 그것을 '귀원歸元의 도리'라고 명명했지만, 그것은 태극의 원형이자 반동일 뿐, 새로운 경지라 감히 이르지는 못할 걸세."

"귀원의 도리……."

현청은 사형이 한 말을 작게 뇌까려 보았다. 사형이 고개를 끄덕였다.

"태극이 나비라면 귀원은 굼벵이인 셈이지. 원한다면 그 굼벵이를 자네에게 보여 주겠네."

현유 도장은 오른손을 내밀어 현청 도장이 받쳐 들고 있던 태청보검의 검자루를 잡았다.

쓰릉-.

검신이 비파 소리를 닮은 영롱한 검명을 울리며 검집을 벗어났다. 풀밭 위에 얇게 덮여 있던 얼어붙은 잔설殘雪이 가볍게 내디딘 노도인의 신발 밑에서 작은 파열음으로 스러졌다. 너울거리는 귀밑머리. 휘도는 소맷자락. 그리고…….

……보검의 신령스러운 광채가 천주봉의 새벽을 밝혔다.

'아아!'

현청 도장은 자신이 알고 있던 태극의 도리가, 빙하처럼 차분한 음의 기운과 불길처럼 격렬한 양의 기운이, 직선 같기도 하고 곡선 같기도 한 검로劍路 위에서 하나로 절묘하게 어우러지는 광경을 경이감에 가득 찬 눈으로 바라보았다. 그것은 사형이 말한 그대로 원형을 향한 반동이었다.

강물이 샘으로 돌아가고, 고목이 묘목으로 돌아가고, 늙은이가 아기로 돌아간다.

현유 도장은 그것을 굼벵이라고 표현했지만, 현청 보장에게는 태극으로 상징되는 모든 변화의 근원이자 종막처럼 보였다.
"이것이 귀원검歸元劍이라네."
내밀고 있던 왼손의 검결지를 가슴 위로 끌어당김으로써 하나의 검로를 매듭지은 현유 도장이 말했다.
현청 도장을 포함한 무당파 도사들 모두가 침묵했다. 하지만 이번 침묵은 그들이 지금까지 견지해 온 것과는 근본적으로 다르다고 할 수 있었다. 곶 끄트머리에 서서 뭍 한 점 없는 대해를 바라보는 듯한 망연함. 지금 이 순간, 현청 도장은 자신의 수중에 검이 쥐여 있지 않다는 사실에 갑자기 너무나 큰 아쉬움을 느꼈다. 그의 마음속에는 당장이라도 검을 휘두르며 덩실덩실 검무를 추고 싶다는 욕망이 들끓고 있었다. 그리고 그는 현유 도장의 귀원검을 목격한 모든 무당파 도사들이 비슷한 심정에 사로잡혀 있음을 의심치 않았다. 하지만…….
찰칵.
현유 도장이 시연을 마치고 오른손에 쥔 태청보검을 다시 검집 속으로 되돌렸을 때, 그러한 욕망은 거짓말처럼 사그라져 있었다. 아니, 무엇을 보았는지조차 떠오르지 않았다. 현청 도장은 말 그대로 백지가 되어, 마치 신에게 공물을 올릴 목적으로 만들어진 석상처럼, 보검을 양손에 떠받친 채 우두커니 서 있을 따름이었다. 그렇게 얼마나 시간이 지났을까.
어디선가 불어온 차가운 바람이 공기 중에 떠돌던 신비한 여운을 불어 날렸다. 금가루 은가루가 어지러이 떠다니는 듯한 환시幻視가 물러나고, 다시금 제자리를 찾은 새벽의 고즈넉함 속으로 현유 도장의 말소리가 물처럼 흘렀다.
"본래 이번 폐관을 통해 내가 얻고자 한 것은 삼봉 조사께서 말씀하신 지혜의 검, 혜검慧劍이었네. 그렇다면 과연 이 귀원검이 혜검일까? 처음 귀원검의 귀퉁이를 움켜잡았을 때는 그렇게 믿었지만, 글쎄, 지금은 아닌 것 같네. 혜검은 특정한 경지가 아니라 그 경지로 나아가기 위한 깨달음이라는 생각이 점점 더 강해지는구먼. 벽을 깨트리는 것, 그 자체가 바로 혜검이지."

이상한 일이었다. 가르침을 받아 뭔가를 깨우치면 막힌 것이 열리는 느낌을 받아야 하는데, 지금 현청 도장은 그 반대의 경우를 겪고 있었다. 막힘이 느껴졌다. 벽이 보였다. 목이 졸린 듯, 가위에 눌린 듯, 숨이 가빠 오고 전신의 모공에서는 식은땀이 배어 나오고 있었다.

그러나 현청 도장은 기뻤다. 벽을 깨트리기 위한 사전 단계가 벽의 존재를 인지하는 것임을 알기 때문이었다.

현유 도장이 새하얀 턱수염을 쓸어내리며 말했다.

"그나저나 사형은 내게 참으로 어려운 과제를 남기신 듯하이. 태극의 도리가 그러하듯 귀원의 도리 또한 글이나 말로써 전할 수 있는 것이 아니라네. 스스로 막히고, 부딪치고, 깨트리는 과정이 반드시 필요하지."

퍼뜩 정신을 차린 현청 도장이 현유 도장에게 물었다.

"하면 수결에게 그것을, 사형의 성취를 물려주라 하신 장문 사형의 유언은 어찌합니까?"

"비록 속된 명리에 물들어 진도眞道답지 못한 말년을 맞이하셨지만, 장문 사형은 선사님께서 등선하신 이후 내가 가장 존경하는 어른이었네. 행함에 어려움이 있을지언정 내 어찌 그분께서 남기신 유언에 소홀하겠는가."

현유 도장은 작게 탄식한 뒤 수결에게로 시선을 돌렸다.

"이리 오너라. 갈 곳이 있다."

귀원검은 어둠 어딘가로 사라지며 수결의 넋 또한 가져가 버린 모양이었다. 행선지가 어디냐는 당연한 질문조차 꺼낼 정신이 없는 듯, 수결은 초점 풀린 눈과 약간 벌어진 입을 한 채 무당 검법의 새로운 장을 보여 준 사숙을 향해 비척비척 걸어 나갔다. 그 모습을 지켜보던 현유 도장이 고개를 끄덕거렸다.

"사형의 눈이 옳았구나. 속을 잘 파낸 박일수록 무엇을 담기가 쉽지."

이어 현유 도장은, 목을 똑바로 세우고, 뒷짐을 유유히 지고, 여명을 피해 달아난 어둠이 층층이 포개져 스러지는 서쪽을 향해 학처럼 고고한 걸음을 떼어 놓기 시작했다. 수결이 어미 오리를 좇는 아기 오리처럼 그 뒤를 어정어정 따라붙었다.

현청 도장은 작별 인사 한마디 없이 새벽 속으로 멀어지는 사형을 향해 황망히 소리쳤다.

"사형, 어디를 가시는 겁니까?"

현유 도장은 걸음을 멈추지 않았다. 담담한 시구 한 자락이 현청 도장의 귓전에 맴돌았다.

매화꽃 보러 나선 길[梅花玩賞行]
표주박 하나로 나는 족하다[一瓢自足吟].

지면으로부터 피어오른 눈가루 같은 안개가 늙고 젊은 두 도사의 뒷모습을 감싸 안았다.

(6)

섣달그믐.

장원을 뒤덮은 희부연 밤안개 속에는 맵싸한 화약 냄새가 은

은히 섞여 있었다. 정원을 향해 트인 벽면 위로 밤처럼 새까만 비단이 줄지어 드리워진 긴 회랑 위를 걸어가던 쓴 왕금王金은 발길을 멈추고 코를 킁킁거렸다. 하얀 효복孝服(상복) 차림에 삼베로 지은 굴건을 눈썹 바로 위까지 눌러쓴 그는 표정을 굳히며 뒤를 돌아보았다.

"금번 춘절에는 이 왕부정가王府井街에서 폭죽을 금하기로 하지 않았던가?"

왕금을 따라 회랑을 걷던 보운장의 신임 총관 구백만丘白滿이 얼른 허리를 접으며 대답했다.

"그렇습니다, 장주님."

왕금의 통통한 얼굴이 왼쪽으로 갸우뚱 기울어졌다.

"그렇다면 내 코가 잘못된 모양이군. 지금 맡고 있는 게 아무래도 화약 냄새처럼 여겨지니 말일세."

이 말이 끝나기가 무섭게 비단 휘장 저편에서 콩 볶는 듯한 소리가 딱딱, 따다닥, 하고 울려왔다. 거리가 먼 데다 안개까지 짙게 끼어 주의를 기울이지 않으면 알아차리지 못할 만큼 작은 소리에 지나지 않았지만, 그것은 분명 폭죽 터뜨리는 소리였다.

"이런, 코만이 아니라 귀까지 문제로군, 들리지 말아야 하는 소리가 들리는 걸 보면."

왕금의 탄식에 구백만의 허리가 더욱 깊숙이 접혔다.

"죄송합니다. 왕부정가에 있는 모든 집주인들에게 사정을 설명하고 약조를 받았습니다만……."

"그런데?"

"춘절이 코앞이다 보니 방장한 어린것들과 몽매한 일꾼들까지 남김없이 통제하기가 어려운 모양입니다."

왕금은 미간을 찌푸리며 팔짱을 끼었다.

"나는 장례 기간 중에 끼어 있는 금번 춘절을 폭죽 없이 조용히 보내는 조건으로 왕부정가에 있는 모든 집들마다 황금 열 냥씩을 지불하도록 지시했네. 그 지시는 제대로 지켜졌는가?"

"어김없이 지켜졌습니다."

"그런데도 화약 냄새가 풍기고 폭죽 소리가 들린다……. 이것은 분명 계약 위반이라고 할 수 있겠지."

구백만이 깊숙이 접고 있던 허리를 조심스럽게 들어 올렸다. 세리처럼 깐깐해 보이는 중년 상인의 얼굴에는 곤혹스러워하는 기색이 어려 있었다.

"아시다시피 춘절은 민간에서 가장 중요히 여기는 명절입니다. 약조를 해 준 집주인들도 전야와 당일만큼은 어쩔 수 없다고 여겼을 겁니다."

춘절이라면 본래 정월 초하루를 가리키지만, 민간에서는 섣달 말엽부터 정월 보름까지 스무여 날을 춘절로 잡기도 했다. 물론 명절 분위기가 가장 성한 때는 전야인 섣달그믐과 당일인 정월 초하루였다.

"그럴 거라면 돈을 받아 챙기기 전에 전야와 당일은 제한다는 조항을 걸었어야지!"

"예?"

왕금의 살집 좋은 얼굴에 차가운 빛이 떠올랐다.

"자네는 호장대護莊隊의 무사들을 데리고 거리로 나가 계약을 어기고 폭죽을 터뜨리는 자들이 누군지를 파악하고, 그자들이 속한 집의 주인으로부터 위약금을 받아 오도록 하게."

"위약금이라시면……?"

"계약을 어긴 만큼 위약금을 지불하는 것이 당연하지 않은가? 우리 보운장의 통상적인 위약금은 두 배이니, 해당되는 집

주인 한 사람당 황금 스무 냥씩 받아 오면 되겠군."

구백만은 혼란스러운 듯 눈알을 좌우로 굴리다가 조심스럽게 입을 열었다.

"황송한 말씀입니다만, 전前 장주님께서는 왕부정가의 이웃들과 항상 돈독한 교분을 가지려고 노력하셨습니다."

왕금의 가는 눈이 더욱 가늘어졌다.

"오, 그래서?"

"아마도 이만한 일로 이웃들에게 위약금을 물리는 일 따위는 하지 않으실 것으로……."

왕금은 통통한 입술을 내밀며 풋 웃더니, 스스로 멱살을 잡듯 효복의 가슴 자락을 잡아 앞으로 당겼다.

"그 전 장주께서 열흘 전에 돌아가셨다는 사실을 자네에게 가르쳐 주기 위해, 내가 입고 있는 이 빳빳한 베옷을 만져 보라고 해야 할지도 모르겠군."

"소, 속하가 어찌 감히!"

황망한 표정으로 두 손을 내젓는 구백만에게 왕금이 말했다.

"아버지에게는 아버지의 방식이 있고, 내게는 내 방식이 있네. 두 가지 방식 중 어느 쪽이 더 낫고 더 효율적인지를 따지는 것은 중요하지 않네. 정말로 중요한 것은, 자네를 포함한 보운장의 식솔들이 이제부터 따라야 할 방식이 그중 어느 쪽인가 하는 점이겠지. 설마 그것까지 내가 가르쳐 줘야 하는 것은 아니겠지?"

구백만의 머리가 아까보다 더 납작하게 가라앉았다.

"아닙니다! 속하가 따라야 하는 쪽이 어느 쪽인지는 이미 알고 있습니다!"

희끗희끗한 빛이 간간이 섞인 그 뒤통수 위로 보운장 신임 장주의 명령이 차갑게 떨어졌다.

"즉시 나가서 내 아버지의 좋은 이웃들에게 계약의 엄정함을 가르쳐 주도록 하게."

"알겠습니다!"

중년의 총관은 절대적인 군주 앞의 신하가 그리하듯, 허리를 접은 채 뒷걸음질로 왕금의 면전에서 물러났다.

그러나 왕금이 회랑 위에 혼자 남겨진 시간은 그리 길지 않았다. 누군가가 정원 방향으로 드리운 새까만 비단 휘장을 젖히며 회랑 위로 올라섰기 때문이었다. 그리고 또 하나의 인영이 왕금과 방금 등장한 사람 사이에 허깨비처럼 모습을 드러냈다. 혹한의 날씨와는 어울리지 않는 날렵한 경장 차림에 등에는 장검을 멘 삼십 대 무사였다. 무사의 활짝 펼쳐진 오른손은 장검의 검자루에 닿아 있었다. 그것에 달린 다섯 개의 손가락이 검자루를 말아 쥐기 직전, 무사의 뒤에 서 있던 왕금이 조용히 말했다.

"모용 선생은 내게 해를 끼칠 분이 아니네."

무사는 장검을 뽑으려는 자세 그대로 그 자리에서 퍽 사라졌다. 나타난 순간에도, 그리고 사라진 순간에도 말 한마디 남기지 않았다.

무사가 사라진 뒤, 정원으로부터 올라온 사람이 왕금을 향해 한쪽 주먹을 들어 보였다.

"계주를 뵙소이다."

포권이란 당연히 두 손을 써서 하는 인사인데, 그 사람은 오른손 하나밖에 올리지 않았다. 하지만 왕금은 그 사람의 결례를 탓하지 않았다. 외팔이에게 두 손을 써서 인사하라고 요구하는 것은 부당할 뿐만 아니라 잔인하기까지 한 일임을 알기 때문이었다.

"오랜만입니다, 모용 선생. 북경에는 언제 오셨습니까?"

왕금의 담담한 답례에 외팔이, 모용풍이 하나뿐인 주먹을 내리며 말했다.

"이틀 전에 들어왔소. 계주께서 이 늙은이를 찾으셨다는 얘기는 위 소야를 통해 들었지만, 몇 군데 들러야 할 곳이 있어 곧바로 찾아뵐 수 없었소이다, 부디 양해해 주시길."

왕금은 이 보운장의 주인이었고, 모용풍은 그의 입장에서 제법 중요하달 수 있는 손님이었다. 천하제일 부귀가인 보운장의 주인이 중요한 손님을 회랑에서 맞이하는 것은 분명히 상례에 어긋난 일이겠지만, 이번만큼은 어쩔 수 없다고 생각했다. 아니, 이번이 마지막이라고 생각했다.

"이 늙은이를 찾으신 이유가 무엇인지?"

모용풍이 왕금에게 물었다. 왕금은 효복의 안에 받쳐 입은 비단옷의 안주머니에서 서책의 표지만 한 천 조각 한 장을 꺼냈다. 붉은 바탕에 누른색 금실로 '황黃'이라는 글자가 수놓인 그 천 조각을, 그는 모용풍에게 내밀었다.

"이 물건을 돌려 드릴 때가 온 것 같습니다."

모용풍은 왕금이 내민 천 조각을 잠시 내려다보다가 고개를 들었다.

"황자건黃字巾이구려."

"그렇습니다."

왕금이 대답하자 모용풍은 하나뿐인 손을 자신의 이마 위로 들어 엄지와 중지로 양쪽 관자놀이를 문지르기 시작했다.

"황자건이 어떤 물건인지는 아시리라 믿소."

물론 안다. 황서계주의 신물이었다. 왕금은 고개를 끄덕이고, 양쪽 관자놀이를 누르는 모용풍의 손가락에는 힘이 더해졌다.

"하면, 지금 황자건을 돌려주시는 행동을, 황서계를 이 늙은 이에게 돌려주시겠다는 의미로 받아들여도 되겠소?"

"정확합니다."

하지만 모용풍의 손은 여전히 이마 언저리에 머물 뿐, 선뜻 아래로 내려와 왕금이 내민 천 조각을 받으려 하지 않았다. 왕금은 작게 한숨을 쉰 뒤 말했다.

"선생께서도 기억하시겠지만, 소생은 선생으로부터 황서계주 자리를 넘겨받으며 한시적이라는 조건을 내걸었습니다."

여기서 한시란, 왕금의 부친이자 보운장의 전 장주인 왕고가 생전에 추진하던 복수가 완료되는 시점까지를 가리켰다.

"이제 그 조건이 충족되었다고 판단되어 황자건을 돌려 드리는 겁니다."

"조건이 충족되었다……. 이달 초 태원에서 벌어진 일에 대해 들으신 모양이구려."

왕금은 하하, 소리 내어 웃었다.

"이 대 혈랑곡주가 태원의 단천원을 무참히 유린하고 만천하의 영웅들을 상대로 호집령을 발동한 일 말씀입니까? 원, 세상에, 귀가 제대로 달린 사람이라면 그 일에 대해 못 들을 수는 없을 겁니다."

"하지만 잠룡야는 아직 살아 있소이다."

모용풍의 반론에 왕금은 고개를 절레절레 흔들었다.

"살아도 산 것이 아니겠지요. 잠룡야가 북경에서 발휘하던 권력의 대부분은 이미 환복천자에게로 넘어갔습니다. 정난칙사로 파견된 조휘경이 옥천관에서 목 없는 귀신이 된 뒤, 왕진은 동창의 조직을 개편한다는 명목하에 북경 내에서 활약 중이던 비각의 하부 조직을 와해, 동창의 편제 내로 흡수했습니다. 그

작업이 한창 진행되는 와중에 불길한 붉은 늑대들이 등장하여 태원의 거점을 분쇄하고 후손들을 남김없이 살해했으니, 이제 잠룡야에게 남은 것이라곤 기름기 낀 늙은 몸뚱이 하나뿐입니다. 그러니 어찌 산 것이라 할 수 있겠습니까."

잠룡야 이악이 정치적으로든 물리적으로든 사면초가에 빠진 것은 확실했다. 어마감의 감승이자 대내를 담당하는 황서계원인 위 소야, 위심고로부터 입수한 정보인 만큼 신빙성 면에서는 의심할 여지가 없었다.

모용풍은 이마에 얹었던 오른손을 그제야 내리며 눈꼬리를 가늘게 여몄다.

"잠룡야와 비각 문제는 덮어 두더라도, 황서계는 쓸모가 많은 조직이라고 생각하오. 당시 한시적이라는 조건이 걸린 것은 똑똑히 기억하지만, 과거에 했던 그리 중요하지 않은 약속을 이유로 황서계처럼 쓸모 많은 조직을 선뜻 포기한다는 것은 좀처럼 납득하기 어렵구려."

"이 세상에 중요하지 않은 약속이란 없습니다."

왕금은 엄숙하게 말했다. 그러고는 잠시 뒤에 덧붙였다.

"그리고 소생은 선친과는 다른 방식으로 보운장의 모든 사업을 경영해 나갈 생각입니다."

"어째 이 늙은이의 귀에는 그 말씀이 더 진심처럼 들리는 것 같소만?"

모용풍의 대꾸는 느릿했지만 날카로움을 품고 있었다. 왕금은 부정하지 않았다.

"서역 상인들이 자주 하는 말이 있지요. 새 술은 새 부대에 담아야 한다……. 선친께서는 우연한 기회에 백련교주와 안면을 트신 뒤, 강호의 일에 지나치게 관심을 가지셨습니다. 백련교주의 제자로 들어간 소생의 아우가 지난해 비명에 죽은 것도 따지고 보면 모두 그 잘못된 관심 탓일 겁니다. 하여, 소생은 선친의 전철을 밟지 않을 작정입니다."

"역시……."

모용풍은 말꼬리를 흐리면서 회랑 옆에 드리운 비단 휘장의 어딘가로 시선을 돌렸다. 왕금은 모용풍이 바라보는 비단 휘장 뒤쪽에 자신이 얼마 전에 받아들인 신임 호장대주가 숨어 있음을 알았다. 모용풍이 그곳으로부터 시선을 거두며 대수롭지 않다는 투로 말을 이었다.

"일전에 치러진 왕 대인의 장례식 때 무양문에서도 조문 사절을 보내왔다는 얘기를 들었소. 호교십군의 사군장 마경도인과 그 제자가 왔다지요, 아마? 한데 그 제자라는 친구가 고인과의 인연을 내세워 계주께 한 가지 청을 올렸는데, 계주께서는 냉정하게 거절하셨다고 하더이다. 이 늙은이의 말이 맞소?"

왕금은 여유롭게 미소 지으며 고개를 끄덕였다.

"맞습니다."

모용풍이 말한 마경도인의 제자는 호교십군 사군의 부군장이자 보운장에서 올여름까지 호장대를 이끌던 전임 호장대주, 천지역벽 마척이었다. 장례식장에서 만난 마척은 왕고의 죽음을 진심으로 슬퍼하는 것처럼 보였고, 그가 왕금에게 올린 청은 어찌 생각하면 별것 아닐지도 몰랐다.

―고인께서는 제가 돌아오면 호장대주로 다시 받아 주시겠다고 말씀하셨습니다. 청컨대 귀장의 식솔이 되는 것을 허락해 주십시오.

그러나 왕금은 마척의 청과 선친의 뜻을 함께 거부했다. 마척의 일그러진 눈매와 마경도인의 얼음장 같은 눈빛을 보면서도 그는 마음을 바꾸지 않았다. 이유는 간단했다. 그는 선친 대를 거치는 동안 끈끈하게 맺어진 보운장과 무양문의 관계를 청산하고 싶었던 것이다.

왕금이 구상하는 미래의 보운장은 관 혹은 강호와 불가근불가원不可近不可遠의 거리를 유지하는 가운데 오직 이익을 위해서만 움직이는 철저한 상가商家였다. 그러기 위해서는 낡은 관계를 하루빨리 청산할 필요가 있었고, 명 제국과 오랫동안 척져 온 무양문이 청산의 장부 첫 장에 올라간 것은 당연한 결과였다. 그리고 그 장부에는 모용풍과 황서계도 기재되어 있었다. 아, 모용풍에겐 밝히지 않은 사실이 하나 있는데, 황서계원 중에서 황금이 가져다주는 매력에 특별히 관심을 가짐과 동시에 강호의 위험천만한 생리에는 염증을 느낀 몇몇과는 이미 별도의 연락망을 구축해 놓은 상태였다. 무슨 말인고 하니, 황서계주 자리를 지금 모용풍에게 돌려준다고 해서 왕금이 실질적으로 받는 손해는 그리 크지 않다는 뜻이었다. 물론 밝히지 않았다고 해서 모용풍이 끝내 모를 것이라고 믿지는 않았지만.

모용풍은 어깨를 으쓱거렸다.

"말씀을 들어 보니 이 물건을 받지 않을 이유가 없다는 생각이 드는구려."

그러면서 하나뿐인 손을 내밀어 황자건을 받아 갔다. 왕금은 홀가분해진 두 손을 하나로 모으며 모용풍을 향해 고개를 숙였다.

"다시 계주가 되신 것을 축하드립니다."

"고맙다는 말은 하지 않겠소. 이 일로 보운장이 손해 보았다

고는 생각하지 않으니까."

내심 찔끔한 왕금은 어색한 미소로 대답을 대신했다.

황자건을 품 안에 갈무리한 모용풍이 떠나려는 듯 몸을 돌리다가 말고 왕금을 바라보았다.

"참, 이리로 오는 길에 보았는데, 장주를 뵙고자 기다리는 사람이 있는 것 같더이다."

"접견실 쪽으로 들어오신 모양이군요. 맞습니다. 북경에서 어물전을 하시는 이 노대라는 분인데, 선친과는 각별하게 지낸 어른입니다. 장례식 때 오셨다가 보운장에서 널리 인재를 구한다는 말을 들으시곤 쓸 만한 일꾼 하나를 소개해 주겠노라 약속하시더군요. 아마 그 일로 찾아오셨나 봅니다."

"누군가를 소개받기에는 너무 늦은 시간이 아니오?"

왕금은 짐짓 처연한 미소를 지었다.

"불쌍하게도 요즘 소생이 이렇게 바쁘답니다."

모용풍은 픽 웃었다.

"바쁜 분의 시간을 너무 오래 뺏었나 보오. 이 늙은이는 이만 가 보리다."

"기다리는 분이 있어 배웅은 안 하겠습니다."

왕금은 이 심상한 인사가 모용풍을 향한 마지막 인사가 되리라는 것을 믿어 의심치 않았지만, 모용풍은 개의치 않는다는 듯 하나뿐인 손을 내저은 뒤, 그 손으로 회랑을 따라 길게 드린 비단 휘장을 훌훌 들치고 밤안개 속으로 사라졌다.

접견실은 '상도헌賞陶軒(그릇을 감상하는 집)'이라는 이름에 걸맞게 수많은 도자기들로 장식되어 있었다.

제국의 수도가 북경으로 이전되고 왕부정가의 명당자리에 보운장이 건설되던 삼십여 년 전, 이 접견실을 처음 구상하고 오랜 세월에 걸쳐 도자기들을 수집한 사람은 왕금의 부친인 왕고였다. 중원 상권의 이 할을 움직였다는 천하제일 거부는 골동품과 예술품의 가치를 판별하는 안목 또한 전문가 못지않게 뛰어나다고 알려져 있었고, 왕금은 그 소문이 사실과 다르지 않음을 잘 알았다. 그래서 접견실 삼면의 흑단목 장식장에 가득 진열된 도자기들 전부가 어떤 감정인이라도 눈을 크게 뜨지 않고는 못 배길 진품임을 확신했고, 그것들 중 가치가 가장 떨어지는 술잔 한 벌만 내다 팔아도 웬만한 가구의 반년 치 생활비는 너끈히 받아 낼 수 있다는 점 또한 알고 있었다. 하지만…….

'이 방 안에서 가장 귀한 도자기도 저 도자기만 한 가치는 없을 것 같군.'

왕금은 그 도자기를 대한 즉시 이렇게 인정하지 않을 도리가 없었다. 접견실에서 그를 기다리던 그 도자기에는 실제로 그만한 가치가 있는 것처럼 보였다. 그 도자기에서 눈을 떼지 못하던 그는 이내 자신의 실수를 알아채고는 문턱 위에 못 박혀 있던 발을 실내로 들여놓았다.

"오래 기다리신 모양이군요. 오시라 청해 놓고 게으름을 부린 점, 사과드립니다."

왕금이 접객용 원탁에 둘러앉은 두 사람을 향해 고개를 숙였다. 그들 중 하나인, 마치 신이 빚은 도자기를 연상케 하는 여인이 왕금을 향하던 얼굴을 좌측으로 살짝 틀었다. 왕금의 말에 대꾸한 사람은 그녀의 옆자리에 앉아 있다가 막 몸을 일으킨 감색 장포의 중년인이었다.

"게으름이라니. 이래저래 바쁜 장주가 아니시던가. 한가한 쪽에서 기다리는 것은 당연한 일이겠지."

"배려해 주시니 감사할 따름입니다."

왕금은 기러기 날개처럼 크게 휘어진 눈썹이 인상적인 저 중년인과 구면이었다. 사람들은 북경성 망우하 하구에서 어물전을 크게 하는 저 중년인을 이 노대라고 불렀다. 사실 '크게' 한다고는 하지만 이는 어디까지나 일반인들의 관점이고, 부귀를 산처럼 쌓아 올렸다는 보운장 장주의 관점에서는 세상에 널리고 널린 '고만고만한' 도매상들 중 하나에 지나지 않았다. 그럼에도 접대함에 있어 이처럼 격식을 차리는 까닭은, 첫째는 이 노대가 며칠 전 작고한 부친과 막역한 사이였기 때문이요, 둘째는 이 노대가 데리고 온 도자기 같은 여인 때문이었다.

바로 그 여인이 외로 꼬았던 고개를 돌려 왕금을 응시했다. 왕금은 이 방 안에 진열된 어떤 명품 도자기의 광택보다 더욱 영롱하고 신비한 빛을 뿌리는 한 쌍의 눈 속으로 하릴없이 빠져들고 말았다.

'허.'

비록 기력 왕성한 장년의 나이임은 분명하나, 자금성의 궁녀들 못지않은 미모를 가졌다는 보운장 시녀들의 보살핌을 받으며 자란 덕분에 색관色關에 쉬 굴복당하지 않는 굳센 자제력을 가졌노라 자부해 온 왕금이었다. 열아홉 살에는 북경제일미라 칭송받는 규수를 본처로 맞아들인 바 있었고, 그로부터 십오 년이 지난 지금은 자신보다 열 살 넘게 어린 첩—각각이 십오 년 전의 본처만큼이나 절륜한 자색을 가진—을 세 명이나 거느리게 되었다. 그런고로 미녀를 대하는 그의 마음가짐이 여느 남자들과 같을 리 없는 것이다.

그러나 그런 자제심이며 안목 따위, 지금은 아무 쓸모도 없었다. 원탁 앞에 앉아 있는 도자기 같은 여인은, 능동적이거나 적극적이라고 할 만한 그 어떤 행동 하나 없이, 한 남자를 통째로 사냥하여 자신의 전리품으로 삼아 버린 것 같았다.

"인사드리거라. 보운장의 새 주인이시다."

이 노대의 말에 여인이 의자 끝에 걸치고 있던 엉덩이를 살며시 떼어 몸을 일으켰다. 크지도 작지도 않은 적당한 키. 살지지도 마르지도 않은 적당한 체형. 잇꽃으로 하단을 물들인 수수한 나군 차림이지만, 어깨에서 상박으로 이어지는 곡선은 지독하리만치 부드러운 느낌을 주었다.

"채윤蔡潤이 대인께 인사 올립니다."

여인이 왕금을 향해 허리를 접었다. 그 허리가 다시 세워질 때까지 넋 놓은 표정으로 바라보기만 하던 왕금이 화들짝 놀라며 주먹을 급히 모았다.

"아, 예. 음, 소생은……."

"존함은 알고 있사오니 수고치 않으셔도 됩니다."

극존의 예를 올리고 있기는 해도 여인은 전혀 비굴해 보이지 않았다. 새로운 천하제일 거부를 정시하는 두 개의 맑은 눈동자는 약간의 주저함도 내비치지 않았고, 사과 속살 같은 볼 아래 웃는 듯 아닌 듯 살짝 여민 입꼬리는 묘한 양양함마저 풍기는 듯했다.

'채윤, 채윤이라.'

여인의 이름을 마음속으로 작게 되뇌며, 왕금은 원탁으로 다가가 자리를 잡았다. 늙고 젊은 두 손님이 주인의 행동을 좇아 착석했다.

먼저 운을 뗀 것은 이 노대였다.

"며칠 전 만났을 때 내가 장주에게 한 약속을 기억하시는가?"

이 노대가 온 것은 장례 사흘째가 되는 날이었다. 첫날과 둘

째 날에 문턱이 닳도록 밀려든 조문객들을 상대하느라고 눈코 뜰 새 없이 분주했던 왕금으로서는 약간이나마 숨 돌릴 짬을 낼 수 있던 시기이기도 했다.

결혼식이나 기타 축일과는 달리 날짜를 미리 정해 손님들을 부를 수 없는 게 장례식이었다. 그럼에도 불구하고 조기와 만장을 내걸기 무섭게 각지의 거물급 인사들이 보운장으로 밀려들었다는 사실은, 왕고와 그의 보운장이 대륙 전체에 끼치는 영향력이 얼마나 대단한지를 보여 주는 단적인 증거라고 할 수 있었다. 일례로 무양문 사절단의 대표인 마경도인과 그 제자는 머지않아 발생할 보운장의 상사喪事에 '대비'해 장강 전선에서 곧바로 출발했다는 소문이 있을 정도였으니…….

각설하고, 이 노대는 장례식장에서 만난 왕금에게 한 가지 약속을 했고, 왕금은 그 약속이 무엇인지를 똑똑히 기억하고 있었다.

"물론입니다. 소생이 장차 보운장을 운영해 나가는 데 큰 도움을 줄 인재 한 분을 소개해 주겠다고 하셨지요."

"그랬지. 바로 그 약속을 지키기 위해 온 것일세."

저 말인즉…….

왕금은 아까와는 다른 종류의 호기심을 담은 눈길로 이 노대의 옆자리에 앉은 여인을 바라보았다.

"하면 여기 계신 채 소저께서?"

이 노대가 고개를 묵직하게 끄덕인 뒤 말했다.

"내게는 수십 년 전부터 호형호제하며 지낸 지기들이 몇 있는데, 그중 한 사람의 여식이라네. 머리가 명석하고 성정이 차분할 뿐 아니라, 어릴 적부터 산법算法에 재능이 있어 계산력 또한 뛰어나지. 비록 여인의 몸이지만 곁에 두고 부리기에 부족함은 없을 것이라 생각하네."

"흐음."

왕금은 작은 콧소리를 내며 팔짱을 끼었다. 그저 미녀라고만 —물론 신임 보운장주의 눈을 단박에 사로잡을 만큼 놀라운 미색을 가진 미녀이긴 해도— 여기던 채윤에게 상가의 재목이 될 만한 재능이 있다는 것은 무척 흥미로운 일이 아닐 수 없었다. 그는 원탁 맞은편에 앉아 서늘한 봉목을 다소곳이 내리깔고 있는 채윤을 잠시 바라보다가, 갑자기 물었다.

"부자가 되려면 어떻게 해야 하오?"

천하제일 거부의 후계자에서 이제는 오롯이 천하제일 거부가 된 왕금에게서 나온 것치고는 분명 이상한 구석이 있는 질문이었다. 그러나 마치 예상하기라도 했다는 듯이, 채윤은 내리깐 눈을 들고 곧바로 대답했다.

"부자가 되는 가장 쉬운 방법은 '백규白圭의 예'를 따르는 것입니다."

"백규?"

왕금은 어린 시절부터 천하제일 거부가 되기 위한 수업을 착실히 밟아 온 사람이었다. 그런 그가 주나라의 전설적인 거부인 백규를 모른다면 말이 되지 않겠지만, 그래도 그는 고개를 갸웃거리며 시치미를 떼었다.

"그 백규란 자가 무엇을 어떻게 하였기에?"

채윤의 붉고 단아한 입술은 이번에도 지체하지 않고 열렸다.

"천기가 순하여 풍豊이 든 해에는 실과 옷감을 내다 팔고 곡물을 사들였습니다. 반대로 가뭄이나 수해를 입어 흉凶이 진 해에는 곡물을 내다 팔고 누에고치를 사들였지요. 환경의 추이를 주의 깊게 헤아려 흔해진 물품을 사서 저장해 두고 귀해진 물품을 팔아 이문을 남김으로써, 백규는 해마다 곱절씩 재산을 불려 나갈 수 있었습니다. 이것이 부자가 되는 가장 쉬운 방법입니다. 다만…….”

채윤은 말꼬리를 살짝 잡아 늘였다. 왕금을 향한 그녀의 눈동자에 다시 한 번 영롱한 광채가 일렁거렸다. 그 광채가 불러온 가벼운 현기증을 애써 억누르면서, 왕금은 그녀로부터 흘러나올 다음 말을 기다렸다.

“……다만 그것은 작은 부자가 될 수 있는 방법에 불과합니다. 큰 부자가 되기 위해서는 앞서 말씀드린 ‘백규의 예’에 한 가지를 더해야 합니다.”

채윤의 맑고 차분한 목소리는 매력적일 뿐만 아니라 강력한 감화력마저 깃들어 있는 듯했다. 그 목소리를 듣고 있노라니, 왕금은 당초 남자로서 그녀에게 품었던 속된 소유욕이 말끔히 씻겨 나가는 기분을 느꼈다. 그는 가슴 앞에 끼고 있던 팔짱을 풀고 자세를 바로 한 다음, 그녀에게 다시 물었다.

“하면 작은 부자가 큰 부자가 되기 위해서는 어떻게 해야 하오?”

“한번 잡아 죽인 고기는 다시 잡을 수 없지만, 한번 일궈 놓은 옥토는 이듬해에도 배신하지 않습니다. 모름지기 상인이라면 이 점에 유념하여 스스로를 사냥꾼이 아닌 농사꾼으로 여겨야 합니다. 그리고 상행위를 통해 만나는 모든 고객을 먹잇감이 아닌 열매로 여겨야 합니다. 그러기 위해 가장 필요한 것은 신뢰입니다. 사라진 재화는 일 년 안에 다시 돌아오기도 하지만, 잃어버린 신뢰는 십 년이 지나도 회복하기 어렵습니다. 황금을 보지 말고 관계를 보십시오. 이익이 생길 때마다 신뢰를 떠올리십시오. 신중한 화원지기가 화초를 돌보듯 자신에게 주어진 신뢰를 차곡차곡 쌓아 나가다 보면, 작은 부자는 마침내 큰 부자가 될 수 있을 겁니다."

"신뢰……."

"그렇습니다. 신뢰는 소녀가 생각하는 상리商理의 근간입니다."

왕금은 자리에서 벌떡 일어섰다. 그런 다음, 좌측 벽면으로 걸어가 흑단목 장식장에서 눈에 가장 잘 띄는 자리에 놓여 있던 청화백자를 들고 원탁으로 돌아왔다. 유백색 표면에 소나무와 대나무가 우아하게 그려진 그 청화백자는 왕금의 손길에 의해 이 노대의 앞에 놓였다.

"이것은……."

청화백자를 살피던 이 노대의 시선이 왕금의 얼굴을 향했다.

"고인께서 가장 아끼시던 송죽문호松竹文壺가 아닌가."

"그렇습니다."

"한데 이걸 왜……?"

"훌륭한 인재를 소개해 주신 데 대한 감사의 선물로 받아 주십시오."

왕금은 이 노대의 기러기 날개를 닮은 긴 눈썹이 아래위로 크게 출렁거리는 것을 보았다.

사실 이 송죽문호는 천금을 주고도 구하기 힘든 귀물이었다. 사람 하나 소개해 준 대가로 덥석 받기에는 너무 귀한 물건인 것이다. 그러나 아깝다는 생각은 전혀 들지 않았다. 왕금은 맨 처음 채윤을 보았을 때 떠오른 생각이 옳았다고 확신했다. 채윤은 이 방 안에 있는 어떤 도자기보다 가치 있었다. 그러므로 이것은 결코 손해 보는 장사가 아니었다.

왕금은 뜻밖의 대가를 받고 당황해하는 이 노대를 내버려 둔 채 채윤에게로 시선을 돌렸다.

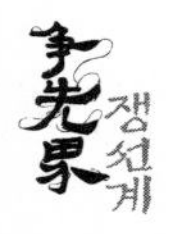

"북경성 남문 부근에 보운장에서 운영하는 다루 한 채가 있소. 상호는 남관다루南關茶樓라고 하는데, 관리인이 지나치게 연로한 탓에 슬슬 후임자를 물색하려던 참이었소."

대수롭지 않은 듯이 말했지만, 남관다루는 제국의 수도인 북경성 내에서도 세 손가락 안에 꼽히는 큰 사업장이었다. 상계는 물론이거니와 정계의 중요한 모임도 그곳의 은밀하면서도 호화로운 별실들을 통해 수시로 이루어지며, 운남에서 올라오는 차 상인들이 북경에서 첫 번째로 짐을 푸는 곳도 바로 이 남관다루였다. 보운장의 새 주인 왕금은 하얀 이를 드러내며 싱긋 웃은 뒤, 채윤에 대한 첫 번째 인사를 매듭지었다.

"그곳에서 채 소저의 상리를 펼쳐 보도록 하시오."

조등弔燈이 밝혀진 보운장의 정문을 나와 왕부정가를 완전히 벗어난 뒤에야 춘절 전야의 흥겨움을 조금씩 맛볼 수 있었다. 총총히 내딛던 걸음을 어느 순간 멈춘 이 노대는 밤안개 너머로부터 들려오는 소음에 귀를 기울였다.

사방에서는 폭죽 터뜨리는 소리가 요란하게 들려오고, 신년을 밖에서 맞이하려는 야객들의 웃음소리가 갖가지 악기 소리에 실려 명절의 분위기를 끌어 올리고 있었다. 그러나 그 다양하고 흔쾌한 소음에 둘러싸인 이 노대의 마음은 그리 밝을 수 없었다. 이유는…….

"다루에는 언제부터 나갈 생각이냐?"

이 노대가 뒷전에 서 있는 처녀, 채윤에게 물었다.

"내일 아침부터 나갈 생각입니다."

"춘절 하루는 쉬고 나가도 될 텐데."

"명존의 종복에게 춘절이 무슨 의미가 있겠습니까."

채윤이 담담히 대답했다. 그런 채윤을 잠시 바라보던 이 노대가 말했다.

"내일부터 출근이라면 푹 쉴 필요가 있겠지. 먼저 상회로 돌아가거라."

"숙부님께서는……?"

"나는 만나 볼 사람이 있구나."

채윤은 그 사람이 누구인지 묻지 않았다. 그 대신 비단 꾸러미를 든 이 노대의 오른손을 내려다보며 말했다.

"거추장스러우실 텐데 그 물건은 제가 가져가서 금고에 보관하겠습니다."

비단 꾸러미 속의 나무 상자에는 왕금에게 선물받은 송죽문호가 들어 있었다. 이 노대는 고개를 저었다.

"그럴 필요 없다. 오늘 밤 안으로 처분할 물건이니까."

침착하고 사려 깊은 처녀는 그 문제에 관해서도 묻지 않았다.

"그럼 먼저 돌아가겠습니다."

채윤이 이 노대에게 고개를 숙인 뒤 밤안개 속으로 떠나갔다.

사실 젊은 처녀, 그것도 굉장한 미녀에게 어수선한 밤길을 혼자 가라고 하는 것은 위험할 뿐만 아니라 무책임하기까지 한 일이었다. 그러나 이 노대, 이안李雁은 조금도 염려하지 않았다. 민간 백련교의 묘각보도 사대명두에게는 본신의 무공이든 뛰어난 지혜든 유능한 호위든 자기 한 몸쯤은 지킬 만한 능력이 있었고, 채윤은 얼마 전 부친의 뒤를 이어 도두道頭 자리에 오른 바 있었다. 그러나 그녀를 어린 시절부터 키워 온 이안은 그녀의 승진을 순수하게 축하해 줄 수 없는 입장이었다. 유력한, 혹은 유력해질 가능성이 큰 어느 집단에 들어가 평생 진실한 신분을 숨긴 채 명존을 위해 일해야 하는 도두는, 각자가 순탄치 않은 삶을 살아야 하는 사대명두 중에서도 가장 힘든 자리라고 할 수 있었다. 친딸처럼 아끼는 채윤이 그 무거운 멍에를 짊어지는 과정을 지켜보는 것은 각두覺頭로서 온갖 풍상을 헤쳐 온 이안에게도 쉬운 일이 아니었던 것이다. 그러나…….

"그래도 결국에는 해내지 않겠습니까?"

이안의 말이 끝난 순간, 밤안개 속에서 한 사람이 모습을 드러냈다. 그 사람의 왼쪽 소매는 작은 바람에도 펄럭거릴 것처럼 터무니없이 가벼워 보였다. 바로 모용풍이었다.

"내가 따라오리라는 것을 어찌 알았소?"

모용풍이 이안에게 물었다. 이안은 모용풍을 향해 천천히 돌아선 뒤, 대답했다.

"보운장에서 선생과 스쳐 지나간 순간, 선생께서 이번 일에 관심을 가지시리라고 예상했습니다."

"쯧, 불구란 어디서건 눈에 띄는 모양이구려."

텅 빈 왼쪽 소매를 내려다보며 씁쓸히 중얼거린 모용풍은 방금 채윤이 사라진 방향으로 눈길을 돌렸다.

"내 짐작대로라면 저 처자의 부친은……."

이안은 모용풍이 뜸을 들이고 있다는 사실을 알았다. 그는 저 오지랖 넓은 노인에게 자만감을 느낄 여유를 주고 싶지 않았다.

"선생께서는 정보 상인입니다. 이번에 얻으신 정보의 가격은 얼마입니까?"

말이 끊긴 모용풍이 눈살을 찌푸렸다.

"정보의 주체에게 정보를 파는 일은 흔치 않은 것 같소만."

"본래 드문 거래일수록 이문이 크지요."

이안이 들고 있던 비단 꾸러미를 모용풍에게 내밀었다.

"천하제일 거부가 애지중지하던 도자기입니다. 주인만 잘 만난다면 이 상자를 황금으로 채울 수도 있을 겁니다. 이것을 드리는 대가로 이번 일을 포함, 민간 백련교와 관련해 선생께서 아시는 모든 것들을 비밀에 부쳐 주십시오."

모용풍은 이안의 얼굴과 그가 내민 비단 꾸러미를 번갈아 바라보다가 물었다.

"거절하거나, 혹은 물건만 챙기고 입을 닦는다면 어찌하시겠소?"

이안의 눈빛이 어물전 주인의 것에서 각두의 것으로 바뀌었다. 이런 눈이 되었을 때, 그는 남들이 상상하지 못하는 많은 일들을 행한 바 있었다.

"선생께서는 과거 어떤 집단에 쫓겨 모든 것을 잃으신 적이 있다고 들었습니다. 본인이 장담하건대, 백련교는 그 집단에 못지않을 겁니다."

"지금껏 들은 것 중 가장 무서운 공갈이구려."

"과연 공갈이기만 할까요?"

이안이 반문하자 모용풍은 고개를 저었다.

"아니, 아니오. 게다가 나는 이제 늙었소. 지난 십 년처럼 도망자로 살 자신이 없구려."

모용풍은 오른손을 뻗어 비단 꾸러미를 받았다.

"정보비를 과하게 지불했다고 여기지는 마시오. 미래의 상후商后와 관련된 정보도 포함되어 있으니까 말이오."

"미래의 상후…… 확실히 그 아이에겐 그럴 가능성이 있지요."

이안은 그 가능성이 무척 높을 것이라고 믿었다.

정보 상인도 상인에 포함되는 것은 분명해 보였다. 체통을 따지지 않고 그 자리에 쪼그려 앉아 정보비로 받은 물건을 꼼꼼히 확인한 모용풍이 하나뿐인 손으로도 용케 꾸러미를 다시 묶은 뒤 몸을 일으켰다.

"감정한 결과 말씀하신 대로 훌륭한 물건이구려. 안 그래도 노자가 궁하던 참이었는데 잘됐소."

모용풍이라는 인물은 비밀을 품고 살아가는 사람에게 있어서 독가시처럼 위험한 존재가 아닐 수 없었다. 거래가 끝난 이상 얼른 헤어지는 게 상책임은 잘 알지만, 방금 모용풍이 한 말 중에 등장하는 '노자'라는 단어가 묘하게도 호기심을 불러일으켰다.

그래서 이안이 물었다.

"가시는 곳이 어디기에 그런 귀중품을 노자로 쓰신다는 말씀인지요?"

딱. 따닥따닥닥닥.

때마침 어딘가에서 폭죽 소리가 들려왔다. 낡은 해를 보내고 새로운 해를 맞이하는 제구除久의 의미가 담긴 폭죽 소리였다.

길게 이어지던 폭죽 소리의 여음이 밤안개의 장막 위로 천천히 스러질 무렵, 왠지 모를 아련함이 담긴 목소리로 모용풍이 대답했다.

"낡은 시대와 새로운 시대가 교차하는 곳이라오."

(7)

나무아미다바야 다타가다야 다지야타 아미리도바비…….

선달 그믐밤을 요란하게 들쑤셔 대던 폭죽 소리는 동문 문루의 파루가 울린 오경五更(오전 4시 전후, 인시寅時) 무렵부터 거짓말처럼 잦아들었다. 북경성 내에서 통행금지가 적용되지 않는 몇 안 되는 밤을 즐기던 인간들이, 여느 때라면 통행금지의 해제를 알리는 신호인 저 파루 소리에 맞춰 흥을 거두고 거리에서 물러난다는 사실이 노인에게는 무척 역설적으로 다가왔다.

아침을 알리는 파루가 울리긴 했지만 겨울밤은 아직 다하지 않았다. 노인이 들어앉은 아담한 불당의 양 벽면으로 난 사창 밖은 외벽 쪽에서 두껍게 덮어 놓은 나무 덧문을 치우더라도 여전히 어두울 터였다. 망혼들이 두려워할 그 어둠을 밝히기 위해서는 초가 필요했고, 노인은 포단에서 일어나 밤새 타 녹아 몽당해진 초들을 새것으로 갈았다.

그사이에도 왕생주往生呪는 쉼 없이 이어지고 있었다.

아미리다 실담바비 아미리다 비가란제…….

오경이 끝나면 어둡든 어둡지 않든 아침 향을 올릴 시간. 노인은 포단 옆에 놓인 향갑으로 통통한 손을 뻗어 한 움큼의 향을 쥐어 들었다. 황궁이 아니면 구경할 수 없는, 이십사아문의 환관들이 만든 귀한 향이었다.

향을 들고 제단 앞에 선 노인은 그 위에 나란히 놓인 세 개의 위패와 각각의 위패 앞에 놓인 세 개의 구리 향로를 내려다보며 누구부터 분향을 할까 잠시 생각하다가, 이번에는 역순으로 하기로 마음먹었다.

촛불의 주황색 불꽃 속으로 머리를 들이민 향들이 이내 맵싸한 연기를 피어올리고, 노인의 얼굴 앞에서 서너 차례 천천히

맴돈 다음, 가장 우측에 있던 구리 향로 안으로 자리를 옮겼다.

태어나 고고성을 울린 순간부터 저 하늘의 별처럼 찬란하게 빛나던 손자였다. 명석하고 침착하며 얼굴까지 잘생긴 손자는 학문이면 학문, 무공이면 무공, 주어진 모든 가르침을 마치 물을 빨아들이는 마른 논처럼 자신의 것으로 만들었다. 노인은 그의 대에서부터 새로 시작된 성姓과 가문이 손자의 대에 이르러 만개하리라는 것을 한 번도 의심해 본 적이 없었다. 노인에게는 많은 자랑거리가 있었지만 그중 아무리 값진 것도, 아무리 영예로운 것도 손자보다 우선할 수는 없었다. 손자의 이름이 적힌 위패를 응시하는 노인의 눈꼬리에 작은 물방울이 맺혔다.

다음은 가운데 위패. 그 위에는 손자의 아비이자 노인에겐 아들이 되는 사람의 이름이 적혀 있었다.

사실 노인과 아들은 그리 살가운 관계가 아니었다. 노인은 무척이나 바쁜 장년과 중년을 보냈고, 아들의 성장은 노인의 기억 속에서 그리 연속적인 모습으로 새겨져 있지 않았다. 아장아장 걸음마를 배우던 아들은 어느 날 갑자기 소년으로 자라 있었고, 그다음 어느 날에는 코밑이 거뭇해진 청년의 티를 내고 있었다. 성인이 되어 본격적으로 일을 맡긴 뒤에는 부친에 대한 효심이라기보다는 상관에 대한 충심으로써 노인을 대했고, 노인은 그런 아들에게 신뢰감과 거리감을 동시에 느꼈다. 그러나 그것이 효심이든 충심이든 간에, 아들이 일평생 한 가지 마음으로 노인을 섬긴 것만큼은 분명했다. 아들의 위패를 응시하는 노인의 눈꼬리에 맺혀 있던 물방울이 볼을 타고 아래로 흘러내렸다.

마지막으로 가장 우측의 위패. 그 위에는 노인에게 배다른 아우가 되는 사람의 이름이 적혀 있었다.

노인은 인내심 많고 낙천적인 성정답게 이날 이때까지 살아

오면서 후회라는 것을 많이 하지 않았다. 그런 노인에게도 몇 가지 후회스러운 일이 있었으니, 그중 하나가 저 위패의 주인으로 하여금 스스로 신체를 훼손하도록 강제한 일이었다. 젊은 시절의 노인은 지금처럼 느긋하지 않았다. 가장 강력한 버팀목이 되어 주던 부친이 사망한 직후에는 더더욱 그러했다. 노인의 배다른 아우는, 비록 거친 성격과 천박한 야심의 소유자인 것은 맞지만, 그래도 세상의 때에 물들지 않은 새파란 청년이었다. 주위의 삿된 이간질을 못 들은 척 물리치고 잘 보듬어 키워 주었다면, 죽는 순간까지 노인을 원망하지는—노인은 반드시 그랬을 것이라고 믿었다— 않았을 것이다. 배다른 아우의 위패를 응시하는 노인의 눈동자 위로 돌이킬 수 없는 지난날에 대한 회한이 습기처럼 일렁거렸다.

아침 분향이 모두 끝났다.

지난해와 새해, 두 해에 걸쳐 백팔 회 반복하여 이어지던 왕생주도 마침내 끝났다.

아미라다 비가란다 가미니 가가나 기다가례 사바하…….

포단 위에 앉아 왕생주를 마친 승려가 왼손으로 굴리던 염주를 천천히 목에 걸었다. 굵은 금줄에 매달린 백팔 개의 염주 알은 기복자祈福者에게 극상의 효험을 가져다준다는 천축 보리수의 열매를 깎아 만든 것이었다. 천축 보리수의 열매로 만든 염주는 한 종파의 종주라도 쉽게 구할 수 없는 귀한 법구임에 분명하지만, 평범한 장년의 얼굴을 가진 저 승려가 가진 신분에 비하면 티끌처럼 하찮은 물건에 지나지 않을 터였다.

제단 앞에서 몸을 돌린 노인이 승려에게 고개를 숙였다.

"피붙이들과 마지막으로 작별하는 자리를 영광스럽게도 대법왕께서 함께해 주셨군요. 그 크신 은덕을 이 사람이 어찌 갚을지……."

승려가 담담히 웃었다.

"친교를 맺은 지 한 갑자가 넘는 우리 사이에 그 무슨 섭섭한 말씀이오."

"한 갑자……. 그렇군요. 벌써 그렇게 되었군요."

노인은 그 자리에 선 채로 지난 한 갑자를 돌아보았다. 세월이 꼭 금모래 같다는 생각이 들었다. 반짝이는 알갱이들이 손가락 틈으로 빠져나간 자리에 남은 것은 눈으로 확인하기도 힘들 만큼 작은 금빛 가루들뿐. 그럼에도 무엇인가 아쉬워 자꾸만 움켜쥐려 하는 것은…….

"노욕老慾이었나 봅니다, 모든 것들이."

노인의 말에 승려가 고개를 끄덕였다.

"욕망에서 자유로운 자, 젊든 늙든 누가 있겠소, 그것이 삶인 것을."

지극히 심상한 저 말이 지금은 심상하지 않게 다가왔다. 큰 지혜란 언제나 곁에 머물지만, 대개의 인간은 너무 늦게 그것을 깨닫게 되는 것 같았다.

노인이 승려에게 말했다.

"대법왕께 한 가지 번거로운 청을 드려야 할 것 같습니다."

"말씀해 보시오."

"지난 가을에 죽은 아우 녀석에게는 해당되지 않지만, 아들과 손자 녀석의 경우는 사십구재四十九齋(사람이 죽은 뒤 49일이 되는 날에 지내는 재)까지 시일이 남아 있습니다. 청컨대 이 사람이 북경에 없더라도 재가 제때에 치러질 수 있도록 대법왕께서 신경을

써 주시기 바랍니다."

노인은 승려가 자신의 청을 거절하지 않을 것이라 예상했다. 그러나 그의 예상은 빗나갔다.

"그 청은 들어 드릴 수 없을 것 같소. 자손분들의 사십구재 때에는 본 법왕 또한 이 북경에 있지 않을 것이기 때문이오."

노인의 초승달처럼 둥글게 휘어진 은빛 눈썹이 미간을 향해 역팔자로 모였다.

"보름 뒤인 원소절 날, 작년과 마찬가지로 황실에서 주최하는 법회가 열린다는 것을 아시지 않습니까?"

"그 법회는 마후라가摩睺羅迦에게 맡겨 두었소. 자손분들의 사십구재 또한 그가 알아서 치러 드릴 것이오."

"하면 대법왕께서는?"

무슨 연유인지 잠시 뜸을 들이던 승려가 노인에게 말했다.

"이맘때의 곤륜산은 무척이나 춥고 삭막한 곳이오. 그런 곳에 각주 혼자 보내고서도 한 갑자 친교 운운한다면 실로 가증스러운 일이 아니겠소."

노인을 향한 승려의 눈빛에는 작은 온기가 어려 있었다. 그 작은 온기가, 지난 이십여 일 동안 노인을 지치게 만들었던 지독한 상실감을 잠시나마 씻어 가 주었다. 그러나 노인은 촛농처럼 풀어지려는 얼굴근육에 애써 힘을 주며 승려에게 말했다.

"대법왕의 공력에 의심을 품는 것은 아니지만, 이 대 혈랑곡주는 결코 만만히 여기실 상대가 아닙니다. 게다가 곤륜산에서 본 각과 서역의 인사들에 대해 적개심을 품은 자는 이 대 혈랑곡주 하나만이 아닐 겁니다."

"그래서…… 두려우시오?"

승려가 물었다. 두렵냐고. 노인은 그 질문을 스스로에게 뇌까려 보았다.

두려운가?

두려웠다.

비천대전에 들어온 이 대 혈랑곡주가 구중비천관의 삼백육십 호마철나한을 일 검에 격파했다는 이야기를 전해 듣고는 아들과 손자를 잃은 상실감마저 잊을 만큼 두려움을 느꼈다. 그래서 그자의 호집령이 천하에 선포된 뒤 모든 것을 버리고 달아날 생각마저 떠올렸다.

그러나 어디로 달아난단 말인가?

달아나서 무엇을 한단 말인가?

장부의 복수에는 십 년도 짧다지만, 팔순을 넘긴 노구로는 그 십 년조차 온전히 누린다고 장담할 수 없었다. 복수라니! 필시 밤마다 붉은 늑대가 찾아오는 악몽에 시달리며 어느 이름 모를 촌구석에서 하루하루를 숨죽이며 보내다가 마침내는 몸과 마음 모두에 병을 얻어 개처럼 비루하게 죽어 갈 것이다. 정계와 강호 양 방면으로 수십 년간 떨쳐 온 눈부신 명성은 수다쟁이들의 세 치 혀 위에서 짓이겨지고 난도질당해 흔적조차 남지 않겠지. 그런 비참한 말로를 바라는가? 정녕?

아니다!

노인은 고개를 저었다. 그렇게 자신 안에 있는 나약한 인간을 부정했다.

"지금 와서 생각하니 이 대 혈랑곡주란 자가 고맙다는 마음마저 드는군요."

노인의 말에 승려가 고개를 갸웃거렸다.

"흠, 자손분들의 원수가 고맙다고요?"

"원한이야 금석에 새긴 듯 분명하지만, 그래도 이 늙은이가 당당하게 죽을 수 있는 자리는 마련해 주지 않았습니까."

승려가 눈썹을 이마 쪽으로 올리더니 노인에게 말했다.

"실은 각주께 오래전부터 한 가지 여쭙고 싶은 점이 있었소이다."

"무엇인지요?"

"지난가을 태원에서 검왕이라는 자가 했던 말을 기억하시는지? 각주와 본 법왕 둘이서 나서도 자신의 검을 막지 못하리라는?"

―두 분이 함께 나서도 제 검을 막진 못합니다.

노인은 그렇게 말하던 남자의 눈과, 검과, 그것들 안에 담긴 견고하고 천연한 확신을 떠올렸다.

"물론 기억합니다."

승려가 눈을 가늘게 접으며 노인에게 물었다.

"그 말에 동의하시오?"

노인은 망설이지 않을 수 없었다. 그날 이후 스스로에게 여러 차례 물은 바 있는 질문이지만 단 한 번도 시원한 대답이 나온 적은 없었던 것이다.

"이 대 혈랑곡주라는 자, 직접 손을 나눠 보지는 않았지만, 그날 보았던 검왕이라는 자에 능히 비견될 만한 인물이라는 생각이 드는구려."

승려의 말에 노인이 고개를 끄덕였다.

"이 사람도 그렇게 생각합니다."

"본 법왕은 그날 검왕이라는 자가 우리에게 했던 말이 사실인지 확인해 보고 싶소. 과연 이 하늘 아래에 우리 두 사람을 함께 상대할 수 있는 자가 존재하는지를 말이오. 그래서 함께

가겠다는 것이오, 그 이 대 혈랑곡주라는 자가 기다리는 곤륜산으로 말이오."

승려는 허리를 곧게 펴고 말을 이었다.

"기대되지 않소? 그 생각을 하면, 본 법왕은 갑자기 수십 년은 젊어지는 기분인데."

노인은 승려의 얼굴을 잠시 바라보다가 천천히 포권을 올리며 말했다.

"오랫동안 존경해 온 분이지만 오늘처럼 친근하게 느껴지기는 처음이군요."

승려가 짐짓 눈살을 찌푸리며 되받아쳤다.

"또, 또! 한 갑자가 넘게 사귀어 온 친구에게 그 무슨 섭섭한 말씀이오."

두 사람은, 서로의 눈을 마주 보다가 웃었다.

그 웃음이 끝날 즈음, 불당 밖에서 아이의 부름 소리가 들려왔다.

"노야, 대내에서 손님들이 찾아오셨습니다."

문 쪽을 흘끗 돌아본 노인이 승려에게 말했다.

"사내도 아닌 자에게 인내심을 기대하기란 힘든 일인가 봅니다. 명색이 춘절인데 연갱年羹(춘절에 먹는 떡) 한 쪽 먹을 여유도 주려 하지 않는군요."

승려가 혀를 찼다.

"딱한 일이오."

노인은 두 사람이 앉았던 포단을 제단 옆으로 치운 뒤 문가로 걸음을 옮겼다.

동이 트려면 아직 시간이 조금 남았지만, 불당 앞 잡석이 촘촘하게 깔린 뜰은 주위를 둘러싼 수많은 횃불들로 인해 대낮처럼 훤했다. 문을 열고 바깥을 둘러보던 노인, 잠룡야 이악이 문 바로 앞의 돌계단 위에 서 있던 소동, 해아를 내려다보았다.

"얼마나 졸았는지 얼굴에 잠이 덕지덕지 붙었구나."

해아가 두 손바닥으로 얼굴을 벅벅 문지르며 소리쳤다.

"조, 졸지 않았습니다!"

속이 빤히 보이는 아이의 언행에 이악은 빙그레 웃은 뒤, 눈길을 다른 곳으로 돌렸다. 그의 눈길을 받은 사람이 흠칫 놀라며 몸을 숙이려다가 엉거주춤한 자세 그대로 헛기침을 내뱉었다.

"흠, 흠. 동창의 좌첩형이 비각의 노각주님께 인사드리오."

저리 어색하게 구는 것도 이해가 되었다. 옥천관에서 목 없는 귀신이 된 무류도 조휘경의 후임으로 저 삼비객三秘客 신굉申宏을 천거한 사람이 바로 이악이었으니까. 본래 결원이 생긴 고급 비영으로 쓰기 위해 점찍어 둔 자인데, 옥천혈효로 말미암아 거의 공황에 빠진 제독태감 왕진을 달래기 위해 어쩔 수 없이 상납한 공물인 셈이었다.

이악은 그 공물이 은쟁반 위에 받쳐 들고 있는 황금색 봉서를 바라보았다.

"보아하니 만세야의 칙명을 전하러 오신 모양이오."

"그, 그렇소이다."

그러면서 본격적으로 봉서를 개봉하려는—그 과정이 보통 번잡한 게 아니었다. 황칠을 입힌 키 작은 탁자를 가져다 놓고, 두 무릎을 꿇고 앉은 다음, 두 손으로 받쳐 든 은쟁반을 탁자에 올리고, 거기에 아홉 번 머리를 조아린 연후에야 봉서에 손을 댈 수 있으니 말이다— 신굉의 수고로움을, 이악이 덜어 주었다.

휙-.

황금빛 봉서가 은쟁반 위에서 훌쩍 떠올라 이악의 수중으로 빨려 들어가는 동안, 신괭은 바보처럼 눈을 끔벅이는 것 말고는 아무 행동도 취할 수 없었다.

비단 위에 풀을 먹여 빳빳하게 각이 잡힌 봉서가 이악의 통통한 손가락들 사이에서 가볍게 구겨졌다. 황제가 내린 물건이라면 하늘하늘한 한지 한 장이라도 함부로 구기지 않는 것이 법도였다. 하지만 이악은 개의치 않았고, 그럴 수 있다는 사실이 그에게 놀라운 해방감을 안겨 주고 있었다.

"어, 어서 확인을……."

빈 쟁반과 이악의 오른손에 쥔 봉서를 번갈아 쳐다보며 어쩔 줄 몰라 하던 신괭이 더듬거리며 말했다. 그러나 이악은 굳이 봉서를 열어 볼 필요성을 느끼지 않았다. 말은 칙명이라고 하지만, 목수가 망치질하듯 천자의 옥새를 마음 내키는 대로 찍어대는 자가 따로 있음은 잘 아는 바. 환복을 입고 옥좌 뒤에서 천하를 쥐락펴락하는 그자가, 이제는 수족이 다 떨어져 나가 고립무원의 처지로 전락한 잠룡야에게 시킬 만한 일은 오직 하나뿐이었다.

곤륜산으로 달려가 천자와 환복천자의 드높은 위세를 한꺼번에 짓밟은 무도한 역적, 이 대 혈랑곡주를 처치하는 것.

혹시라도 복명을 거부하고 달아날 것을 염려하여 새로 얻은 좌첩형에게 동창의 떨거지들을 잔뜩 붙여서 보낸 모양인데, 이악이 보기에는 불필요한 조치였다.

어디로 달아난단 말인가?

달아나서 무엇을 한단 말인가?

이악은 봉서를 쥔 손을 등 뒤로 돌려 뒷짐을 진 뒤, 불당 문설주 앞에 서서 그 모든 광경을 바라보던 한 갑자 친구에게 말했다.

"밤안개가 유난을 떨어 조금 걱정했는데 다행히 눈은 내리지 않을 것 같군요."

천룡팔부중의 수좌이자 아두랍찰의 주지인 데바가 밝아 오는 동녘 하늘을 슬쩍 올려다본 뒤 호응해 주었다.

"그러게 말이오."

이악은 허허롭게 웃었다.

"먼 길 떠나기에는 참 좋은 날씨가 아닙니까."

(8)

달 없는 어둠이 초승달을 낳았다.

초승달이 부풀어 상현달이 되었다.

원소절을 하루 앞둔 정월 십사야十四夜.

검다기보다는 푸른빛에 가까운 야공에는 만월을 딱 하루만큼 앞둔 살진 달이 걸리고, 그 달을 머리에 인 추운 산의 고고한 자태가 얼어붙은 호수 위에 떠올랐다.

그리고 그 모든 정경이 한 남자의 공허한 눈동자에 담겼다.

한산寒山 (二)

(1)

곤륜의 하늘은 압도적이라고 할 만큼 파랬다. 너무나 맑고 너무나 선명하여, 살아오는 동안 줄곧 올려다본 일상의 하늘과 같은 것이라고는 믿기지 않았다. 하늘이 저리 파란 이유가 숨쉬기 거북할 만큼 높은 고도 때문인지, 먼지 한 점 보이지 않는 깨끗한 공기 때문인지, 만년설 위에서 백색으로 용약하는 눈부신 태양빛 아래에서도 이빨들을 다닥다닥 부딪게 만드는 지독한 추위 때문인지, 우낙은 도무지 답을 알 수 없었다.

우낙이 모르는 것은 그것만이 아니었다.

"거참, 끌어도 너무 끄는구먼."

"윤곽 잡혔으면 적당히 하고 좀 빠지시구려. 기다리는 사람들 생각도 좀 해야지, 그 자리 세낸 것도 아니고."

"어허, 조금만 기다리시오. 화공이 다 됐다질 않소."

오랜 풍상에 닳고 깎인 거대한 화강암 비석 주위는 사람들로 바글거리고 있었다. 묘한 사실은, 일견 비석을 향해 무질서하게 몰려든 것 같은 그들 가운데에도 일정한 질서가 유지되고 있다는 점이었다. 비석의 사방 네 면 앞에는 호화로운 겉옷을 차려입은 네 사람이 근엄한 자세로 서 있고, 그들 각각으로부터 몇 발짝 떨어진 곳에는 양손에 붓과 먹물 통을 든 화공 넷이 바닥에 쭈그려 앉아 저마다 펼쳐 놓은 하얀 비단 위에 비석을 배경으로 서 있는 전방의 인물을 옮겨 놓고 있었다.

중앙에는 화강암 비석, 그 주위에는 네 명의 해모楷模(모델), 그 앞쪽으로는 네 명의 화공.

그 여덟 명을 제외한 대다수의 사람들은 화공들이 이루는 보이지 않는 선 뒤에 꿀 냄새 맡은 개미 떼처럼 다닥다닥 들러붙은 채 동심원을 이루고 있으니, 전체적인 형국이 흡사 부러진 차축을 하늘로 세우고 넘어진 거대한 수레바퀴를 보는 듯했다. 그런 상태로 입 달린 모든 자들이 한마디씩 지껄여 대는데 시끄럽기가 이루 말할 수 없었다.

"뭐 하는 짓들인지, 쯧쯧."

우낙은 작게 혀를 찼다. 하지만 비석을 둘러싼 저 웃지 못할 촌극이 무엇 때문에 벌어졌는지를 모르는 것은 아니었다. 호랑이는 죽어 가죽을 남기고 사람은 죽어 이름을 남긴다고 했던가. 그러므로 불원천리, 아니 불원만리도 마다 않고 이 곤륜산을 찾아온 사람들이 천하지대사天下之大事의 산증인이 된 스스로를 어떤 식으로든 기념하기를 바라는 것은 자연스러운 현상이라고 할 터였다. 문제는, 사람들의 이러한 욕구를 귀신같이 예측한 장사치 하나가 손 빠른 화공 넷을 달고 곤륜산에 모습을 드러낸

데서부터 시작되었다.

그 장사치가 곤륜산 무망애 아래 진을 치고 앉아 원소절이 오기만을 기다리는 중인들 앞에 내건 깃발에는 다음과 같은 문구가 적혀 있었다.

역사의 현장에서 느낀 감동을 후손들에게!
감숙성 제일의 화공들이 즉석에서 그려 드립니다.
고급 족자 포함, 한 장당 은 일곱 냥.

천하지대사의 무대인 곤륜산 무망애 아래에는 비석 하나가 서 있었다. '북악신무'로 시작하여 '만용천선'으로 끝나는, 반백 년 전 이곳에서 열린 곤륜지회의 다섯 주역을 기리는 스무 자가 새겨진 비석이었다. 그 비석을 배경 삼아 서 있는 자신의 모습을 화폭에 옮기는 일이 이 자리에 모인 사람들에게 있어서 얼마나 매력적으로 다가왔겠는가!

그래서 저 난리인 것이다. 시간에 쫓겨 필연적으로 졸작이 될 수밖에 없는 그림 한 장 사려고. 심지어 몇몇 졸장부들은 그 그림 한 장 손에 쥐기가 무섭게 여장旅裝을 걷어치우고 하산했다는 얘기도 들렸다. 역사의 그날을 하루 앞두고서 말이다. 그러고도 고향에 돌아가면 사방팔방 떠들고 다니겠지. '보아라! 이 그림이 내가 이 차 곤륜지회에 참가했다는 증거다!'라면서.

뭐, 그 심정을 모르지는 않았다. 소문난 잔치에 구경이나 하자고 찾아왔다가 이름만 들어도 오금을 저리게 만드는 천하 고수들이 속속 당도하는 것을 보고 켕기는 마음이 일 법도 하겠지. 그런 참에 제 모습이 고스란히 박혀 있는 기념 그림을 수중에 넣었으니 졸장부의 조막만 한 간담으로 더 이상 무엇을 바랄까.

정작 우낙이 모르겠는 것은 따로 있었다.

"대체 이게 뭔 꼴이람."

우낙은 피에 물든 자신의 앞자락을 내려다보며 투덜거렸다. 지금 그의 앞에는 다 자란 황소만큼이나 커다란 짐승 하나가 털가죽이 벗겨져 시뻘건 속살을 드러낸 채 누워 있었다. 잘려 나간 머리통이 있던 부위부터 사타구니까지의 동체는 일자로 길게 갈라진 상태였고, 그 안에서 꿈틀거리던 장기들은 말끔히 들어내져 그의 발치에 놓인 대광주리 안에 쌓여 있었다. 짐승의 체온은 우낙의 예상보다 높은 모양이었다. 멱을 딴 지 한 식경이나 지났음에도 장기들이 담긴 대광주리에서는 여전히 피비린내 섞인 김이 피어오르고 있었다. 삶의 자취는 곧 죽음의 증거이기도 했다.

한 식경 전만 해도 멀쩡히 살아 돌아다니던 짐승을 이런 꼴로 바꿔 놓은 것은 한 자루 칼이었다. 자신의 오른손에 들려 있는, 칼날은 물론이거니와 호수구와 자루 부위까지 핏물과 혈병으로 떡이 진 칼을 바라보는 우낙의 눈이 침울하게 가라앉았다. 쫄딱 망해 버린 전 직장에서 퇴직금 조로 받아 온 번쩍거리는 새 칼—명색이 보도寶刀였다!—의 첫 번째 용도가 도축이라니……. 게다가 도축의 대상이 된 짐승을 생각하면 더욱 마음이 아팠다.

우낙은 저만치 치워 놓은 짐승의 머리통을 바라보며, 하지만 눈은 마주치지 않으려고 노력하며, 씁쓸한 후회를 곱씹었다.

"가엾은 것. 이럴 줄 알았으면 오는 동안 배불리 먹이기나 할 것을."

본래 이 짐승은 우낙이 청해靑海를 건너오는 과정에서 구입한 두 마리 이우犛牛(야크) 중 하나였다. 서역의 고산지대에서 일소 대용으로 키운다는 그 이우는 한 쌍의 커다란 뿔과 발목까지 내

려오는 긴 흑갈색 털을 가진 놈이었고, 이국적인 위엄을 풍기는 외양과 달리 성격이 온순하여 이번 곤륜산행에 적지 않은 도움을 준 바 있었다. 그런 멋지고도 고마운 짐승을 제 손으로 도축하는 일이 어찌 달가울 수 있겠는가. 매화 향기 그윽한 화산의 검을 버리고 피비린내 자욱한 흑도의 칼을 잡은 이래로 귀문도 우낙은 잔인함에 대해 별다른 반감을 품지 않고 살아왔지만, 그래도 그 일만큼은 피하고 싶었다. 그러나 피할 수 없었다.

새 주인의 명이 그만큼 지엄했기 때문이다.

—산서 출신이라고 했지?

—어, 그게…… 산서에서 태어난 것은 아닙니다만 거의 고향이나 마찬가지입니다.

—그렇다면 양은 신물 나게 잡아 봤겠군.

—예?

—잡아 봤어, 안 잡아 봤어?

—젊을 적에 몇 마리 잡아 보긴 했습니다만…….

—그럼 됐어. 오줌싸개, 너는 지금부터 저놈들 중 하나를 잡아서 잘게 토막을 내 놓도록 해라. 뼈는 한 뼘보다 길면 안 되고, 살코기는 네 주먹보다 커서 안 된다. 아, 간과 염통과 위는 버리지 말고 잘 씻어서 챙겨 놓도록. 서둘러라. 해가 떠 있는 동안 일을 마쳐야 하니까.

우낙이 이제부터 섬기기로 한 새 주인, 제초온이 대식가라는 점에는 이견의 여지가 없었다. 남들보다 곱절 이상 큰 몸집을 유지하려면 남들보다 곱절 넘게 먹어야 할 테니까. 하지만 아무리 대식가라도 앉은자리에서 소 한 마리를 먹어 치우지는 못한다. 그리고 그 명령을 내릴 때의 제초온은 그리 허기져 보이지도 않았다. 하면 저장용으로 장만해 두라는 의미일까?

"알 게 뭐람. 하라면 하면 그만이지. 뼈는 한 뼘, 고기는 한 주먹."

사실 제초온과 우낙의 주종 관계는 순전히 우낙의 애걸에 의해 맺어졌다고 해도 과언이 아니었다.

눈보라와 죽음과 벼락이 광란을 부리던 그날이 지나간 뒤, 우낙은 집단으로 우울증에 걸려 버린 것 같은 각원들과 함께 단천원을 수습하는 일에 나섰다. 장원 곳곳에 널린 시신들을 거두고, 폐허로 변한 비천대전을 치우고, 망가진 지휘 체계를 정비하여 언제 다시 들이닥칠지 모르는 적들에 대비하고……. 그 과정에서 아무도 예상치 못했던 놀라운 지도력을 발휘한 사람이 바로 육비영, 거경 제초온이었다.

비영 서열 여섯 번째인 제초온에게 지휘권이 돌아갔다는 사실 자체가 비각의 난국을 보여 주는 단적인 증거라 할 것이다. 배신자로 드러난 삼비영 연벽제는 논외로 치더라도, 일비영 이명이 죽고, 이비영 문강은 실종되고, 사비영 이군영도 죽고, 오비영은 당초 누군지도 모른다. 그러니 다음 서열인 제초온이 전면에 나설 수밖에 없었던 것이다.

물론 그 과정에서도 작은 소란은 있었다. 칠비영 패륵이 역천뢰에 수감 중인 죄인에게는 상급 비영으로서의 권한이 없다며 딴죽을 걸고 나선 것이다. 설마 이참에 각주 노릇 한번 해보고 싶었던 것일까? 만일 그랬다면 패륵은 거경 제초온이라는 인물에 대해 심각하게 오판하고 있었다는 비난을 면치 못하리라. 혈랑곡도들과 사투를 벌이느라 몸뚱이 이곳저곳이 망가진

제초온이지만, 졸렬한 주제에도 심술보만 발달한 늙은 낙타 한 마리를 굴복시킬 힘은 남아 있었기 때문이다.

—좋은 의견이오, 법왕.

어딘지 모르게 즐거워하는 듯한 이 말과 함께 날아든 쇠망치 같은 주먹에 맞아 널브러진 서역의 보패장륵동방법왕은 그날 이후 모습을 찾아볼 수 없었다. 호화찬란하던 숙소가 메뚜기 떼가 쓸고 간 논처럼 깡그리 비었다고 하니, 그간 축재한 금붙이를 바리바리 싸 들고 그리운 고향 절간으로 달아난 모양이었다.

각설하고, 제초온은 생존한 각원들을 독려하며 여드레 걸쳐 단천원을 수습, 최소한 겉보기로는 예전의 상태로 돌려놓는 데 성공했다. 하지만 겉보기는 겉보기일 뿐, 속은 이미 회복 불가능한 상태였다. 단천원은 망했고, 비각도 망했다. 내심 그렇게 결론 내린 사람은 우낙 혼자만이 아니었을 것이다.

그 결론에 쐐기를 박는 사건이 아흐레째 날인 섣달 보름에 터졌다. 동창의 우첩형이라는 고자 놈—세세한 사정은 모르지만 지난가을 단천원을 방문한 홍향이라는 자는 아니었다—이 단천원 정문을 기세 좋게 열어젖히며 나타나더니, 황제의 교서를 들이밀면서 자신이 단천원의 임시 관리자로 임명되었음을 공표한 것이다. 황제가 지시한 것치고는 지나치게 상세한 그 교서에 따르면, 우선 단천원은 동창의 대외 사업 지부 중 한 곳으로 편입되었고, 비각의 각원들은 당분간 기존의 모든 업무를 접어 둔 채 울주에서 진행될 예정인 마장 건설 현장에 투입될 것이며, 마장 건설이 완료되는 대로 직위와 능력에 따라 동창이 관리하는 각 기관에 새로이 배치될 거라고 했다.

교서를 다 읽은 고자 놈이 맨송맨송한 얼굴 가득 양양한 빛을 띠며 각원들을 바라보았다. 바로 그때, 각원들의 선두에서 팔짱을 끼고 서 있던 제초온이 툭 내뱉은 한마디에 우낙은 홀딱 반해 버렸다.

—지랄하네.

뭘 잘못 들었다고 여겼는지 눈을 끔뻑거리는 고자 놈의 얼굴 한복판에 육비영의 신표—단단하기가 무쇠 같다는 박달나무로 만든 목패였다—가 정통으로 틀어박혔다. 코와 입으로 피를 쏟으며 자빠진 고자 놈이 앞니가 부러져 분명치 않아진 발음으로 "저 역적 놈을 당장 포박하라!"라고 악을 써 댔지만, 거대한 참마도를 뒷목에 걸어 잡고 덤비면 죽인다는 살기를 전신으로 뿜어내는 거대한 남자에게 선뜻 달려들 만큼 용감한 부하는, 적어도 고자 놈이 데려온 동창의 무리 중에는 없는 것이 분명했다.

—팔자에도 없던 감투, 이제는 넌더리가 난다. 나는 오늘부로 사직할 테니 황제에게 안부나 전해 다오.

제초온은 이 말을 남긴 채 분노를 참지 못해 온몸을 와들거리는 고자 놈의 면전을 떠났고, 우낙은 자신도 모르게 그 뒤를 쫓아갔다. 그날 입은 부상의 여파로 절룩거리는 기미가 약간 남아 있는 제초온의 걸음이 향한 곳은 단천원의 보화를 보관하는 일급 재물 창고였다. 때마침 그곳에는 비각의 재무를 책임진 십삼비영이 장부를 정리하기 위해 와 있었다.

—육비영께서 어쩐 일로……?

—퇴직금 정산하러 왔다.

십삼비영, 새소하 범옥이 뭐라 대꾸하기도 전, 제초온은 창고 안으로 성큼성큼 들어가더니 작은 장작만 한 금덩이 한 개를 들고 나왔다.

—노각주님을 위해 마지막으로 해 드릴 일을 감안하면 과한 퇴직금은 아닐 것이다.

창고 문밖에 우두커니 서 있던 우낙이 제초온과 눈을 마주친 것은 그 말이 끝난 직후였다. 제초온은 고약한 물건이라도 대하듯 미간을 찌푸리면서 우낙에게 물었다.

-뭐냐, 오줌싸개?

-저, 저도 육비영님처럼 그만두려고요!

-그래? 그러면 너도 퇴직금을 받아야겠군.

다시 창고 안으로 들어갔다가 나온 제초온의 손에는 고색창연한 칼집부터가 범상치 않아 보이는 칼 한 자루가 들려 있었다. 지금 짐승의 뼈와 살코기를 토막 내는 데 쓰이고 있는 칼이 바로 그 물건이었다. 아무렇게나 골라잡은 것치고는 너무 값비싼 물건이었던 것일까? 제초온은 칼을 바라보며 물고기처럼 입만 뻐끔거리는 십삼비영에게 심드렁하게 말했다.

-각을 위해 죽을 고비도 여러 번 넘긴 놈인데 이 정도 물건은 가질 자격이 있겠지.

제초온은 우낙에게 칼을 휙 던져 준 다음 뒤도 돌아보지 않고 단천원 정문 쪽으로 걸어갔다. 양손으로 받쳐 든 칼과 멀어져 가는 제초온의 뒷모습을 번갈아 쳐다보던 우낙의 입에서 어느 순간 커다란 외침이 터져 나왔다.

-육비영님, 저도! 저도 데려가 주세요!

돌이켜 보면, 그날 역천뢰의 옥방에서 무서운 난쟁이—조그만 칼 한 자루를 이 손 저 손으로 놀려 대던—의 고문 아래 넝마 쪼가리처럼 찢겨 죽었을 자신이 아니었던가. 그런 우낙을 구해 준 은인은 다름 아닌 제초온이었다. 그러고 보니 혈랑곡주가 다녀간 날 이후부터 달아나고 싶은 욕망을 억누르며 단천원에 붙어 있었던 까닭이 무엇인지도 뒤늦게야 깨닫게 되었다. 세상에는 소나무처럼 독야청청한 사람이 있는 반면, 덩굴처럼 버팀목을 필요로 하는 사람도 있다. 우낙은 물론 후자에 속하는 사람이었다. 혈랑곡주가 다시 올지도 모른다는 극심한 공포 속에서도 그가 단천원을 쉬 떠나지 못한 것은 남은 생을 책임져 줄 버팀목을 찾지 못했기 때문인데, 마침내 찾았다. 거경 제초온! 노후의 든든한 후원자! 부하가 아니라 몸종이면 어떠랴. 우낙은 바람직한 주종의 전범을 알고 있었다. 얼마 전까지 인검원에 머물던 검왕 연벽제와 청강마조 두전이 바로 그 전범이었다. 검왕의 곁에 두전이 있었다면, 거경의 곁에 우낙이 있지 말란 법이 어디 있겠는가! 우낙은 거머리처럼 제초온에게 달라붙었다.

—육비영님, 아, 아니, 주인님, 이 시간부터 목숨을 바쳐 모시겠습니다! 제발 소인을 종으로 받아 주십시오!

다행히도 제초온은 '이거 웃기는 놈일세.'라는 식의 야릇한 표정만 지었을 뿐, 우낙의 애원을 외면하지는 않았다.

그러므로 영문을 알지 못한다 한들, 그리고 말 못 하는 축생에 몹쓸 짓을 저지른다 한들, 우낙은 제초온의 명령에 따를 수밖에 없었다. 아니, 무슨 명령이든 기쁨과 신명으로써 받들 작정이었다.

"음?"

비석 부근이 갑자기 소란스러워졌다. 보아하니 같잖은 이름자 내세우며 새치기하려는 얌체가 등장한 모양인데, 사실 저 그림 장사가 시작된 뒤 한두 번 벌어진 일은 아니었다.

"어허! 내가 누군 줄 알고 감히!"

"흥! 당신이 낙양의 묵룡검이면 누가 겁먹을 줄 알아?"

하지만 소란은 곧 가라앉을 것이고, 비석을 둘러싼 질서는 다시금 유지될 것이다. 눈길만 마주쳐도 발광을 하는 강호인들이 저렇듯 골목길에서 말싸움이나 벌이는 늙은 아낙들처럼 입만 놀려 대는 까닭을 우낙은 잘 알고 있었다. 호랑이의 영역에 들어선 들개는 함부로 이빨을 드러내지 못하는 법. 호칭이 무엇이든 간에 저들은 들개에 불과했고, 오늘 이 일대는 호랑이들의 각축장이 될 터였다. 그중에서도 가장 무서운 호랑이는…….

시리도록 파란 하늘을 배경으로 우뚝 선 무망애를 올려다본 우낙은 자신도 모르게 어깨를 부르르 떨고 말았다.

우낙이 도축한 이우는 팔백 근이 넘는 커다란 놈이었다. 게으름을 부리지 않고 부지런히 칼을 놀렸음에도 해체가 마무리되는 데에는 제법 오랜 시간이 필요했다.

"후우."

우낙은 쭈그려 작업을 하느라 뻐근해진 허리를 젖히며 긴 숨을 내쉬었다. 바닥에 깔아 놓은 커다란 범포 위에는 한 뼘 크기로 잘린 뼈와 한 주먹 크기로 잘린 살코기가 두 무더기로 나뉜 채 수북이 쌓여 있었다. 미물에 대한 측은지심은 그리 오래가지 않았다. 생명을 잃고 이제는 온기마저 잃어버린 불그스름한 덩어리들 위로 얇은 얼음 막이 덮이는 광경을, 우낙은 만족스러운 눈길로 지켜보았다. 오랜만에 발휘한 솜씨치고는 괜찮다고 자부해도 좋을 만한 결과물이었다.

다음은 내장 차례. 장기로부터 추려 내어 얼음장 같은 호수물에 깨끗이 씻어 둔 간과 염통과 위가 범포 옆에 놓인 대광주리 안에서 우낙의 손길을 기다리고 있었다. 잘못 손질한 내장 한 덩이가 모든 요리를 망쳐 버릴 수 있었다. 그 점을 잘 아는 우낙이기에 막창 끄트머리에 달라붙은 지방을 제거하는 칼질은 더할 나위 없이 신중할 수밖에 없었다.

겨울 산의 하루는 그리 길지 않았다. 내장 손질이 거의 끝날 무렵에는 서쪽 산봉우리들 위로 자홍빛 노을이 물감처럼 번져 나가고 있었다. 아침나절 명령만 내려놓고 코빼기도 비치지 않던 주인이 우낙의 앞에 모습을 드러낸 것은 그 즈음이었다.

"다 됐나?"

제초온이 물었다. 우낙은 피와 기름으로 더러워진 두 손을 공손히 모으고 직접 확인하시라는 듯이 범포 앞에서 한 발짝 비켜섰다. 제초온은 큰 걸음으로 성큼 다가와 우낙이 아침나절부터 장장 네 시진에 걸쳐 작업한 결과물을 살펴보았다.

"잘했다. 자, 상이다."

우낙은 제초온으로부터 날아와 발치에 툭 떨어진 은엽銀葉을 얼른 주워 챙겼다. 비굴하다는 자괴감은 전혀 들지 않았다. 제초온은 격식에 큰 의미를 두지 않는 야인이었고, 타인을 상대함에 있어 예의 따위는 주로 무시했다. 대체로 이런 유형의 인물은 남의 시선도 의식하지 않는다. 그래서일까? 네 시진 만에 다시 나타난 제초온은 몇 가지 물건들을 가지고 있었는데, 그중 하나는 일견하기에도 무척이나 비상식적인 것이었다.

"그게…… 뭔가요?"

우낙은 제초온의 왼쪽 어깨에 얹혀 있는 그 비상식적인 물건을 바라보며 조심스럽게 물었다.

"보고도 모르나?"

심드렁한 반문과 함께 제초온이 어깨 위의 물건을 바닥에 내려놓았다. 그 순간 절간의 범종 소리를 닮은 둔중한 소리가 울려 나왔다.

둥!

제초온은 거인이었다. 그런 거인조차 버거워 보일 만큼 큰 솥이란 대체 얼마나 큰 것일까?

우낙은 입을 반쯤 벌린 채 군영에서나 쓰일 법한 어마어마한 크기의 무쇠 솥을 바라보다가 다시 물었다.

"이 솥을 대체 어디서 가져오셨습니까?"

"그건 알아서 뭐하게."

알려 주지 않아도 짐작 가는 바는 있었다.

무망애 아래에 자리 잡은 얼음 호수 주변은 며칠 전부터 몰려든 사람들로 인산인해를 이루고 있었다. 오늘 아침 일찍 호숫가로 내려갔다가 그들이 숙영지 입구마다 내건 색색의 깃발들을 살펴본 우낙은 호기심이 인간을 얼마나 부지런하게 만드는가를 깨닫고는 새삼 놀라지 않을 수 없었다. 이 대 혈랑곡주가 천하를 상대로 발동한 호집령에 응한 것은 비단 강호인들만이 아니었다. 호숫가에 진을 친 자들 중에는 근자 들어 세력을 넓히기 시작한 신흥 상단의 무리도 있었고, 한 지방에서 왕처럼 떵떵거리는 족벌 토호의 무리도 있었으며, 놀랍게도 진짜 왕부에서 나온 황족의 일행도 있었다. 그러다 보니 보통의 강호인들처럼 열 명 안쪽의 조촐한 인원으로 구성된 게 아니라 오십 명을 훌쩍 넘기는 대인원으로 구성된 곳도 여럿 눈에 띄었는데, 저 거대한 솥은 그중 한 곳에서 강탈—제초온의 성격상 빈말로라도 빌려 달라는 요청 따위는 했을 턱이 없기에—해 온 것이 분명했다.

두말하면 잔소리겠지만 우낙은 눈치가 무척 빠른 사람이었다. 그는 제초온이 가져온 거대한 솥과 자신이 네 시진에 걸쳐 작업해 놓은 결과물 간에 밀접한 연관성이 있으리라는 사실을 금세 알아차렸다. 그것들로 할 수 있는 일은 한 가지로 한정되어 있었다. 바로 요리.

우낙이 제초온에게 물었다.

"탕으로 할까요, 찜으로 할까요?"

제초온은 싱긋 웃었다.

"물론 탕이지."

그러면서 어깨에 걸고 있던 망태 하나를 툭 던져 놓는데, 댓살의 틈바구니로 삐죽삐죽 나온 줄기들을 보아하니 적기에 수확하여 잘 말려 놓은 채소와 향채임을 알 수 있었다.

저 망태의 원주인이 누구인지 짐작하기란 그리 어렵지 않았다. 제초온은 솥과 망태, 두 가지 물건을 두 군데서 나누어 강탈해 올 만큼 배려심 많은 인물이 아니었으니까. 강탈당한 입장에서는 마른하늘에 날벼락을 맞은 격이겠지만, 우낙이 신경 쓸 바는 아니었다. 우낙은 잠시 생각하다가 말했다.

"탕이면 원소탕原宵湯이겠군요."

정월 십오일 저녁에 끓여 먹는 원소탕은 춘절의 긴 명절 분위기를 마무리하는 동시에, 닥쳐올 여름 더위를 건강하게 이겨 내자는 의미도 갖고 있었다.

"끓일 줄은 아나?"

제초온이 물었다. 우낙은 망태 안을 들여다보며 대답했다.

"말린 채소밖에 없는 게 흠이긴 하지만…… 대충 비슷하게는 끓일 수는 있을 겁니다."

"대충은 안 돼. 반드시 제대로 끓여야 한다."

정색이 담긴 제초온의 경고에 긴장한 우낙은 앞으로 자신이 해야 할 요리의 단계를 머릿속으로 그려 보았다.

"그래도 고기는 신선하니까 국물은 괜찮게 나올 겁니다. 음, 건량으로 가져온 밀떡이 있으니 완자 대용으로 쓰면 될 테고…… 거기에 채소와 향채를 넉넉히 넣어서 사천식으로 얼큰하게 끓여 보겠습니다."

"흠, 사천식이라."

"예, 아마 실망하시지는 않을 겁니다."

말을 하는 동안 심상이 구체화되었다. 뽀얗게 끓어오르는 고기 국물, 고소한 살코기, 쫄깃한 내장, 국물을 머금고 흐물흐물해진 채소 줄거리와 동동 떠다니는 말랑말랑한 밀떡, 그리고 그 모든 것들이 한데 어우러진 뜨끈뜨끈한 원소탕 한 그릇. 우낙은 입안에 군침이 고이는 것을 느꼈다.

"국경을 넘은 뒤로 허구한 날 건량밖에 못 먹어서 몸뚱이가 곯던 참이었는데, 이번 기회에 보신 좀 할 수 있겠군요."

그러나 제초온의 다음 말이 떨어진 순간, 우낙은 그만 낙담하고 말았다.

"너는 먹지 못한다."

새로 만난 주인이 비록 난폭하기는 하지만 야박하지는 않은 줄 알았는데, 그게 아닌 모양이었다. 고개를 푹 숙인 그가 갑자기 무의미하게 여겨지는 지난 네 시진의 수고를 씁쓸히 곱씹고 있을 때, 제초온이 말을 이었다.

"너무 서운해 마라. 나도 안 먹을 거니까."

"예?"

우낙은 고개를 번쩍 들고 제초온을 올려다보았다.

"우리 손으로 끓인 원소탕, 우리가 안 먹으면 대체 누가 먹는단 말씀입니까?"

제초온의 얼굴이 돌연 엄숙해졌다.

"자격이 있는 자들이다."

"자격이라고요?"

"그렇다. 자격."

하지만 원소탕을 먹는 데 무슨 자격이 필요하다는 얘기는 금시초문이었다. 속내를 알지 못하는 우낙이 눈만 끔벅거리는데,

제초온이 픽 웃더니 바닥에 놓인 나무 물통 두 개—이우의 선지를 받는 데 사용된 것이었다—를 눈짓으로 가리켰다.

"화덕은 내가 만들 테니 너는 내려가서 물이나 길어 와라."

탕을 끓여 먹으려면 솥과 화덕과 물 외에도 몇 가지 도구들이 더 필요할 테지만, 그 문제는 걱정하지 않아도 될 것 같았다. 제초온은 풀 더미가 든 망태 외에도 또 하나의 망태를 어깨에 걸어 메고 왔는데, 그 안에 탕을 끓여 먹는 데 필요한 도구들—커다란 나무 도마와 식칼, 긴 자루가 달린 국자, 나무로 만든 사발 등등—이 들어 있음을 보았기 때문이다. 게다가…….

'어? 저건 장작이잖아?'

제초온에 의해 열린 솥뚜껑 아래로 장정 팔뚝만 한 장작들이 그득 담겨 있음을 발견한 우낙은 자신의 새 주인이 생김새답지 않게 꼼꼼한 성정의 소유자임을 새삼 깨닫게 되었다. 그런 주인을 실망시키지 않으려면 서둘러야 할 필요가 있었다.

"후딱 다녀오겠습니다!"

우낙은 나무 물통을 양손에 나눠 쥐고 호숫가를 향해 달리기 시작했다.

호수는 거대한 암반처럼 딴딴히 얼어붙어 있었고, 물을 긷기 위해서는 부득불 호심湖心 부근까지 나아가야 했다. 며칠 전 곤륜파崑崙派의 장로라는 자가 뚫어 놓은 얼음 구멍—그 앞에는 저녁 준비를 나온 자들로 긴 줄이 만들어져 있었다—을 이용해 가져간 나무 물통 두 개를 채운 우낙은 추호도 지체하지 않고 제초온이 기다리는 곳으로 달려갔다. 두 말 반들이 물통 두 개면 백오십 근이 훨씬 넘는 무게지만, 귀문도 우낙에게 아직 그만한 근력은 남아 있었다.

"다녀왔습……니다."

우낙은 제초온에게 보고를 올리던 중에 주변 환경이 달라져 있음을 발견했다. 가장 눈에 띄는 변화는, 떠날 때만 해도 비석 주변에 구름처럼 모여 떠들어 대던 사람들이 지금은 연기처럼 사라져 버렸다는 점이었다. 호수에서 물을 길어 오는 데 걸린 시간이 한 식경을 넘지 않았음을 감안하면 놀라운 일이 아닐 수 없었다. 비석을 배경으로 기념 그림을 그려 주던 화공 넷이서 단체로 손에 쥐라도 나지 않았다면 일어나기 힘든 일일 텐데…….

한데 다시 생각해 보니 그 많던 사람들을 잠깐 사이에 모두 달아나게 만들 만한 일이 아주 없지는 않았다. 예를 들면, 갑자기 맹수가 뛰어들어 난동을 부렸다든지 하는 식의.

'그거로군. 분명해.'

주위에 점점이 뿌려진 핏자국을 발견한 우낙은 자신의 부재중에 이 일대에서 무슨 일이 벌어졌는지를 능히 유추할 수 있었다.

"어, 왔나."

필시 말도 못 할 만큼 난폭한 수단으로 사람들을 쫓아 보냈을 맹수가 우낙을 돌아보며 말했다. 지금 이 순간 맹수의 얼굴은 벌겋게 달아올라 있었다. 비석 옆에다 넓적한 돌들을 쌓아 만든 임시 아궁이—이 또한 전과 달라진 환경 중 하나였다—를 뜨겁게 데운 대가일 터였다. 아궁이 속 장작은 타닥타닥 소리를 내며 주황빛으로 타오르고 있었고, 그 위에 얹힌 빈 무쇠 솥의 표면에서는 허연 김이 뭉클뭉클 피어오르고 있었다. 원소탕을 끓이기에는 충분한 화력이었다.

제초온이 이마에 맺힌 땀방울을 훔치며 말했다.

"빨리 끓여라. 밤이 되면 손님들이 찾아올 테니까."

"맡겨만 주십시오."

우낙은 곧바로 탕을 끓이기 시작했다. 무쇠 솥에 길어 온 물을 붓고, 물이 끓은 뒤에는 뼈와 살코기와 내장을 삶고, 국물이 대충 우러난 뒤에는 단맛을 내는 건채를 넣고, 그다음에는 완자를 대신할 밀떡을 잘라 띄우고, 맨 마지막에는 누린내를 잡아 줄 향채를 다져 넣고……. 원소탕이 완성되기까지는 그로부터 한 시진 가까운 시간이 소요되었다.

그사이 서쪽 하늘을 붉게 물들이던 해가 저물고 어둠이 깔렸다. 솥에 넣은 살코기가 채 무르기도 전, 원소절의 둥근 달이 동쪽 봉우리 위로 모습을 드러냈다. 우낙은 아궁이 곁을 떠나지 않고 긴 자루가 달린 국자를 열심히 휘저었다. 솥에서 피어오르는 구수한 고깃국 냄새는 점점 짙어져 갔다.

어느 순간, 우낙은 비석 주위로 사람들이 다시금 모여들고 있음을 알아차렸다. 위로는 달빛, 아래로는 장작불의 불빛을 빌려 형상을 갖춘 그들은 낮 동안 비석 주변을 소란스럽게 만들던 허명뿐인 자들과는 근본부터가 달라 보였다.

보름달이 점점 더 위로 솟아오를수록 그들의 눈빛은 점점 더 강렬해졌고, 원소탕으로부터 피어오르는 구수한 냄새는 점점 더 진해졌고, 무쇠 솥 안을 팔자八字로 휘젓는 국자의 움직임은 점점 더 느려졌고, 우낙의 목덜미 위로 배어 나오는 땀방울은 점점 더 많아졌다. 그러나 아궁이 옆에 팔짱을 낀 채 석상처럼 서 있는 제초온은 번뜩이는 고리눈으로 전방을 주시할 뿐 미동조차 하지 않았다.

입을 벌려 말하는 사람은 누구도 없었다. 일 차 곤륜지회를 상징하는 비석이 있는 곳이자 무망애로 오르는 유일한 길목은 무겁고 팽팽한 침묵과 긴장감만이 감돌 따름이었다.

그렇게 얼마나 지났을까?

우낙이 기어들어 가는 목소리로 제초온에게 속삭였다.

"탕이 다 끓은 것 같습니다."

제초온은 역시 꼼꼼했다. 우낙에게서 받아 든 국자로 국물을 떠서 입으로 가져간 그는 눈을 지그시 감고 맛을 음미하다가 고개를 천천히 끄덕였다.

"이만하면 됐다."

이 말이 우낙에게는 사면령이나 다름없었다. 그는 진땀으로 흠뻑 젖어 무거워진 몸을 비칠비칠 뒤로 물렸다. 장작이 활활 타는 아궁이 앞에서 한 시진 가까이 서 있긴 했지만 정작 그가 진땀을 흘리는 이유는 그것과 무관했다. 밤이 시작되며 비석 앞에 새로이 모여들기 시작한 사람들, 그들 각자가 풍기는 기파를 견뎌 내는 것은 결코 쉬운 일이 아니었던 것이다.

다행히도 이제 국자는 제초온에게 넘어갔다. 우낙은 더 이상 그들의 시선을 받아 낼 필요가 없었다.

아궁이 앞으로 나선 제초온은 뽀얀 국물이 부글부글 끓어오르는 무쇠 솥을 그 국자로 휘휘 저은 뒤 듬뿍 퍼 올려서 나무 사발에 담았다. 그런 다음, 비석 앞에 모여든 사람들을 향해 우렁우렁한 목소리로 말했다.

"나, 거경 제초온은 오늘 밤 무망애에 오르지 않을 것이오. 그러므로 내가 인정하지 않는 자는 무망애에 오를 수 없소. 혈랑곡주 앞에서 쟁선의 자격을 증명코자 하는 자, 혈랑곡주와 만날 자격을 이 자리에서 증명토록 하시오. 그럴 만한 자격이 있는 자에게는 이 원소탕을 한 그릇 대접하리다."

제초온은 왼손에 든 나무 사발을 높이 쳐들었다. 그의 고리눈이 아궁이 속 장작처럼 이글거렸다.

"누가 이 제초온의 원소탕을 받겠소?"

(2)

자홍빛으로 타오르던 노을이 가신 하늘가로 대보름의 달이 백황색 둥근 얼굴을 드러내고 있었다.

바야흐로 원소야元宵夜.

주위가 어둑해질수록 공기는 더욱 차가워졌다. 하지만 우낙은 계속, 끊임없이 배어 나오는 진땀을 주체할 수 없었다. 어두운 땅거미 속에 더욱 어두운 윤곽으로 자리 잡은 인물들 가운데는 단지 존재하는 것만으로도 우낙 정도 수준의 강호인을 열병에 걸린 환자처럼 만들어 버릴 만큼 극고한 강자들이 다수 포함되어 있었다. 우낙은 그들이 뿜어내는 절등한 기파를 느꼈고, 그들이 조장하는 긴장감에 절로 숨을 죽일 수밖에 없었다. 천하의 고수들이 모두 이 자리에 모여 있는 것 같았다.

그러나 제초온은 우낙과 달랐다. 자신이 서 있는 비석의 앞자리를 제집 앞마당처럼 여기는 듯 당당해 보였고, 심지어는 즐거워 보이기까지 했다. 몸집만 고래인 게 아니라 담력도 고래인 모양이었다. 이에 우낙은 심장을 옥죄는 압박감 속에서도 참을 수 없는 호기심을 느꼈다. 저 고래 같은 남자 앞에서 누가 첫 번째로 스스로의 자격을 증명해 보일 것인가!

첫 번째 도전자로 나선 인물은, 최소한 겉보기로는 우낙의 기대에 부합하는 늠름한 풍모를 지니고 있었다. 머리에는 큼직한 비취가 박힌 영웅건, 일신에는 타오르는 듯한 붉은 장포, 가장자리에 은장식을 두른 요대에는 손잡이를 따라 붉은 어피魚皮가 촘촘히 감겨진 고색창연한 장검 한 자루……. 이처럼 멋들어진 차림을 하고서 원소탕이 끓고 있는 화덕 앞으로 걸어 나온 남자가 제초온을 향해 포권을 올렸다.

"곤륜파의 이조웅李照雄이오."

코밑에 단정히 다듬어진 새카만 팔자수염은 그 남자의 중후한 인상에 중년의 강인함을 더하고 있었다.

제초온은 답례 대신 허리를 펴고 고개를 빳빳하게 치켜들었다. 그럼으로써 한 자쯤 더 커진 거인이 심드렁한 목소리로 첫 번째 도전자를 맞이했다.

"곤륜파의 수석 장로께서 납시셨군."

적하검赤霞劍 이조웅이라면 우낙도 들어 본 적이 있는 이름이었다. 청해성 일대에서 손꼽히는 명문인 곤륜파 내에서도 일이위를 다투는 검객이라던가. 저 아래 얼음 호수에 커다란 구멍을 뚫음으로써 멀리서 찾아온 손님들을 위한 임시 우물을 만들어 낸 이도 바로 이조웅이었다. 이조웅이 얼굴 앞에 모아 올린 두 주먹을 풀며 근엄한 목소리로 말했다.

"다른 곳도 아닌 곤륜산에서 벌어지는 행사에 우리 곤륜파가 빠진다면, 장차 강호의 동도들 앞에 어찌 얼굴을 들고 다닐 수 있겠소. 제 형께서는 이 점을 헤아려 주시기 바라오."

우낙은 고개를 작게 끄덕였다.

'암, 똥개도 제집 앞에서는 짖는 소리가 커지는 법이지. 일리 있는 주장이야.'

그러나 제초온의 생각은 다른 것 같았다.

"곤륜파의 체면이 내 원소탕보다 비쌀 것 같지는 않소만."

이 대답이 마음에 들지 않았는지 이조웅의 팔자수염이 위아래로 실룩거렸다. 오만한 눈길로 그 모습을 지켜보던 제초온이 말을 이었다.

"내가 정한 가격에 동의하지 않는 모양이오."

그러면서 오른손을 뻗어 옆자리에 길쭉하게 세워져 있는 작대기의 중동을 슬그머니 움켜쥐었다. 칼날의 절반 이상이 땅바닥 깊숙이 꽂힌 탓에 본래의 모습을 확인하기는 힘들었지만, 우낙은 이 일대에 모인 모든 자들이 저 작대기의 정체를 짐작하고 있으리라 확신했다. 거경 제초온의 청강참마도는 그만큼이나 유명한 병기였으니까.

"나는 동의할 수 없소."

이조웅이 낯빛을 굳히며 말했다. 제초온은 코웃음을 쳤다.

"흥정은 깨졌군."

이 말에 적하검 이조웅의 자세가 슬쩍 낮아졌다.

"제 형의 뜻이 정히 그러시다면 이 모가 직접 그 원소탕을 가져가겠소."

왼쪽 옆구리 아래로 돌아간 이조웅의 오른손이 손때로 반질반질한 어피 검자루를 말아 쥐었다.

싹-.

어느 순간, 장검이 강철의 창백한 검신을 드러내 보였다. 적당한 예도와 적당한 과시와 적당한 전의가 잘 어우러진, 실로 명문의 장로다운 발검이라 할 터였다. 그러나…….

푸악!

곤륜파 수석 장로의 예도와 과시와 전의에 대한 강호제일 마두의 반응은 너무도 직선적이었고, 야만적이었다. 왼손으로 쥔 나무 그릇을 여전히 가슴 앞으로 내민 채, 제초온은 바닥에 거꾸로 박혀 있던 청강참마도를 오른손 하나만으로 단번에 잡아 뽑아 수직으로 내리꽂았다. 시퍼런 칼 빛이 그의 머리 위로 커다란 반원을 그리고, 소름 끼치는 파공성이 폭음처럼 번져 나갔다.

꽝!

허공을 돌아 내리꽂힌 청강참마도의 넓적한 칼날이 틀어박힌

곳은 발검 자세를 취한 이조웅이 제초온을 향해 내밀고 있는 오른발로부터 한 뼘도 안 떨어진 자리였다.

인간도 가차 없었고, 병기도 가차 없었으며, 그 둘이 함께 뿜어내는 의도 또한 가차 없었다. 그 가차 없음이 곤륜파의 수석 장로를 얼어붙게 만들었다. 이조웅이 뽑던 장검의 검봉은 아직 검집을 벗어나지 못한 상태였다.

제초온이 으르렁거리듯 말했다.

"내 칼이 빗나갔다고 생각한다면 그 검을 마저 뽑아도 좋소."

하지만 이 자리에서 거경의 청강참마도가 빗나갔다고 생각하는 사람은 아무도 없을 것이 분명했다. 이조웅도 마찬가지였다. 장검의 자루를 움켜쥔 오른손 손등 위로 굵은 힘줄이 지렁이처럼 꿈틀거렸지만, 장검의 검봉은 결국 검집 밖으로 뽑혀나오지 못했다.

발검을 완성하지 못한 이조웅이 긴 한숨을 내쉬었다.

"아무래도 오늘 밤 이 모에게는 원소탕을 먹을 복이 주어지지 않은 것 같구려."

찰칵.

장검의 호수구와 검집의 입구에 달린 쇠테가 작은 금속성과 함께 맞물렸다.

"곤륜파는 무망애에 올라가지 않겠소."

이조웅은 조금 핼쑥해진 얼굴로 제초온을 향해 포권을 올렸다. 제초온은 참마도를 다시 뽑아 원래 있던 자리에 박아 놓은 뒤 이조웅에게 말했다.

"원소탕을 먹을 복이 주어지지 않은 것은 나도 마찬가지지요. 이 말이 곤륜파의 체면을 지키는 데 작은 도움이나마 될 수 있기를 바라오."

그 말이 곤륜파의 체면을 지키는 데 도움이 되었는지 여부는 알 수 없지만, 이조웅 개인의 체면을 지키는 데는 도움이 된 모양이었다. 어둠 속으로 조용히 물러나는 첫 번째 도전자의 발길은 발검조차 못 해 본 사람의 것치고는 그리 처져 보이지 않았다.

곧바로 등장한 두 번째 도전자는 군청색 비단 장포 위에 값비싼 검은담비 갖옷을 걸친 비쩍 마른 노인이었다. 해금령海禁令(명나라 초기에 시행되던 대외 무역 금지령)이 유명무실해진 몇 년 전부터 남방 항로를 통해 무섭게 성장하기 시작한 신흥 상단, 사해상회四海商會의 회주가 노인이 직접 밝힌 신분이었다. 노인은 첫 번째 도전자와 달리 날붙이가 아닌 물건을 무기로 삼았다.

"가져와라."

노인이 뒤를 향해 말했다. 그러자 수행원으로 보이는 듯한 사내들이 제초온의 발 앞에다가 노인의 무기를 차곡차곡 쌓아 올리기 시작했다. 아궁이에서 타오르는 장작불의 화광이 그것들 위에서 누런 광채로 흘러내리고 있었다. 제초온은 아무런 말도, 아무런 행동도 없이 그 모습을 지켜보기만 했다.

제초온의 발치에 수북하게 쌓인 자신의 무기를 자랑스러운 눈길로 내려다보던 노인이 뒷짐을 지며 양양하게 말했다.

"황금으로 스무 관이오. 이 정도면 만세야의 침소라도 구경할 수 있을 것이오."

제초온이 뒷전으로 물러나 있던 우낙을 돌아보며 히죽 웃었다.

"황금이 자그마치 스무 관이란다. 당분간 끼니 걱정은 하지 않아도 되겠구나."

우낙은 의아함을 느꼈다. 황금이라면 언제나 환영이지만, 그것을 입장료로 받고 사람을 올려 보내는 것은 제초온답지 않은 일 처리라는 생각이 들었기 때문이다. 하지만 그런 의아함은 오래가지 않아 해소되었다.

"자, 이제 그 원소탕을 내게 주시오."

노인이 앞으로 나서며 손을 내밀었다. 제초온은 다시 고개를 돌려 노인의 얼굴과 검버섯이 피어나기 시작한 늙은 손을 내려다본 다음, 차갑게 말했다.

"안 돼."

노인의 안색이 변했다.

"왜……?"

"황금으로 황제의 잠자리는 구경할 수 있을지 몰라도 내 원소탕을 사지는 못한다."

"하, 하지만 방금 저 사람에게 하신 말씀은……."

제초온은 아연해하는 노인을 무시하고 우낙에게 말했다.

"챙겨라."

주인이 시키면 즉시 따르는 게 종의 본분이었다. 우낙은 두말 않고 앞으로 나와 제초온의 발치에 쌓인 금덩어리들을 챙기기 시작했다. 노인의 눈이 얼굴 밖으로 튀어나올 것처럼 커졌다.

"이런 법이 세상에 어디 있소이까? 원소탕을 주지 않을 거면 내 황금을 돌려주시오!"

제초온이 다시 말했다.

"안 돼."

"대체 왜 안 된다는 거요?"

"그래야 쇠붙이 냄새로 강호인의 명예를 더럽히려는 너 같은 얼간이가 더 이상 나오지 않을 테니까."

사해상회주가 절규하듯 부르짖었다.

"남의 숙영지에 다짜고짜 들이닥쳐 온갖 부엌 도구들을 강탈해 간 것도 모자라, 이제는 내 황금까지 꿀꺽하겠다고? 이런 날강도 같은……!"

우낙은 그제야 원소탕을 끓이는 데 사용된 솥과 장작과 조리 도구의 원주인이 누구인지를 알게 되었다.

제초온이 청강참마도의 자루 쪽으로 손을 뻗었다.

"모든 날강도는 살인강도이기도 하지."

황금 스무 관이라면 아무리 부자라도 쉽게 포기할 수 없는 거금이었다. 노인은 도움을 구하듯 주위를 둘러보았다. 그러나 이 자리에 모인 사람들 중에서 노인에게 동정의 눈길을 보내는 이는 노인의 일행 말고는 아무도 없었다. 황금의 힘을 빌려 천하의 대사에 어떻게든 한 발 담가 보려는 장사치의 속심俗心을 모두가 한마음으로 경멸하고 있었던 것이다.

결국 두 번째 도전자 또한 한 방울의 원소탕도 맛보지 못한 채 어깨를 축 늘어뜨리고 물러날 수밖에 없었다.

세 번째 도전자는 우렁찬 갈도성喝道聲(높은 벼슬아치의 행차 때 하인들이 앞에서 외치는 소리)과 함께 등장했다.

"워이! 물럿거라! 소왕야少王爺의 행차시다!"

인파의 한 귀퉁이가 갈라지더니 청포를 입은 무사들 넷이 우르르 쏟아져 나와 길을 텄다. 이어 그 사이로 싯누런 빛으로 전신을 치장한 청년 한 명이 팔자걸음으로 천천히 걸어 나왔다. 말상의 길쭉한 얼굴에 어린 오만함은 주위 사람들의 시선을 전혀 의식하지 않는 듯했다. 청년이 유달리 긴 턱의 각도를 상방을 향해 고정한 채 입술만을 놀려 지시를 내렸다.

"고하라."

그러자 길을 튼 무사들 중 하나가 앞으로 달려 나왔다.

"이분께서는 남경왕부南京王府에서 나오신 기린공자麒麟公子시니라!"

기린공자라면 제법 유명한 인사라고 할 수 있었다. 우낙은 전설의 동물보다 실재의 동물을 더욱 닮은 저 청년이 당금 천자와 사촌지간임을 알고 있었다. 불운의 대물림이라고 해야 할까? 청년의 부친인 정정왕鄭靖王은 차남으로 태어난 탓에 황제가 되지 못했고, 청년 또한 차남으로 태어난 탓에 정식 왕야의 자리를 물려받을 수 없었다. 그 과정에서 흥미로운 사실 하나는, 태어난 순간부터 꺾여 버린 어린 황족의 야망이 새롭게 눈독을 들인 무대가 바로 호방한 사내들의 세상, 강호라는 점이었다.

'필시 엉터리 같은 이야기책을 너무 많이 읽은 게지.'

정정왕의 권세에 힘입어 각지의 이름 난 고수들을 왕부로 초빙, 나름대로 정종의 무공들을 연마한 그 황족은 약관을 넘김과 동시에 기린공자라는 다소 유치한 자호를 달고서 강호에 나왔다. 그러나 호위 무사들을 꼬리처럼 매단 채 벌이는 기린공자의 강호 행각은 황족의 권위와는 무관하게 뭇 강호인들로부터 조롱만 샀을 따름이었다. 물론 웬만한 간담으로는 그 조롱을 청년의 면전에서 드러내지는 못할 테지만.

문제는 큰 고래의 간담이 웬만하지 않다는 데 있었다. 제초온의 입술이 길쭉해지며 불퉁한 심경이 그대로 실린 한마디가 툭 튀어나왔다.

"그래서?"

당당한 목소리로 주인의 신분을 고한 호위 무사가 당황한 표정으로 주인을 돌아보았다. 기린공자의 턱이 보일 듯 말 듯 움직였다. 호위 무사가 고개를 무겁게 끄덕인 뒤 제초온을 향해 말했다.

"남경왕부의 소왕야이신 기린공자께서는 이 차 곤륜지회에 참석하시기를 희망하신다. 평민은 썩 비켜서도록 하라."

거기에 남경왕부의 소왕야이신 기린공자께서 거만하게 덧붙이셨다.

"누린내 나는 탕국은 필요 없다고 알려라."

우낙의 눈썹이 꿈틀거렸다. 누린내를 없애기 위해 그가 기울인 온갖 노력이 저 한마디로 깡그리 무시당했기 때문이다. 그는 분기에 찬 눈으로 주인을 올려다보았다. 그는 주인에게는 종의 억울함을 풀어 줄 의무가 있다고 믿었다.

과연 제초온은 종의 믿음을 저버리지 않았다. 하지만 제초온이 꺼낸 다음 말은 너무도 황당한 것이어서, 우낙은 자신의 귀가 잘못되지는 않았는지 의심해야 했다.

"바지를 벗어 봐라."

황당함에 강타당한 사람은 우낙만이 아닌 듯했다. 기린공자의 길쭉한 얼굴 위로 뭐라 형용하기 힘든 괴상한 표정이 떠올랐다.

"방금 내게 바지를 벗으라고 했느냐?"

제초온은 얼굴을 찌푸리며 새끼손가락으로 귀를 후볐다.

"잘난 놈들치고 귓구멍 제대로 뚫린 놈 드물다더니만, 이거야 원……."

이 말에 호위 무사들이 집단으로 발작했다.

"감히!"

"이놈! 무엄하다!"

기린공자가 신경질적으로 손을 내저어 악머구리처럼 들끓기 시작한 호위 무사들을 침묵시켰다. 그가 제초온에게 물었다.

"그런 망령된 말을 입에 담은 이유가 무엇인고?"

제초온은 두툼한 새끼손가락 끝에 묻어 나온 귀지를 훅 불어 날린 뒤 대답했다.

"주씨의 세상이 아니라 고자의 세상 아니더냐. 네가 바지를 벗

고 고자임을 입증하면 내 기꺼이 저 위로 가는 길을 열어 주마."

젊은 황족은 면전에서 퍼부어진 조롱을 참지 못했다.

"무엇들 하느냐! 저 미친놈을 당장 포박하여 내 앞에 무릎을 꿇려라!"

권력의 개들은 그래도 황금의 개들보다는 기개가 있는 것 같았다. 아니면 눈치가 없는 것인지도 모르지만.

"이얍!"

기린공자가 데려온 네 명의 호위 무사들은 저마다 병기를 뽑아 들고 우렁찬 기합을 터뜨리며 제초온에게 달려들었다. 그런 다음 제초온이 한 손으로 대충 내뻗는 주먹질에 차례차례 얻어맞았고, 얼어붙은 땅바닥 위로 차례차례 얼굴을 처박았다.

우낙이 보기에 제초온에게는, 최소한 지금까지는, 사람을 크게 상하게 할 의도가 없는 것 같았다. 거경의 거령권에 어떠한 위력이 담겼는지는 천하가 다 아는 바인데도, 기린공자의 호위 무사들은 시퍼런 멍 자국과 불그죽죽한 핏자국으로 엉망이 된 얼굴로도 금세 몸을 일으켰고, 자신들을 간단히 패퇴시킨 커다란 주먹을 공포에 질린 눈길로 바라보았다.

제초온은 더 이상 주먹을 낭비하지 않았다. 그가 겁먹은 네 마리 개들 너머에 서 있는 개 주인에게 말했다.

"귀한 몸뚱이 상하기 전에 어서 가려무나."

기린공자는, 너무 심하게 떨리는 탓에 쉽게 알아듣기 힘든 목소리로 오늘 이후 제초온이 겪어야 할 귀찮은 미래에 대해 몇 마디 엄포를 늘어놓은 뒤, 갔다. 사람들 속으로 사라지는 그의 뒷모습은 곧바로 뒤를 따르는 네 마리 개들에 비해 전혀 존귀해 보이지 않았다. 곤륜산의 터줏대감이 물러나고, 황금이 쫓겨 가고, 권력이 꼬리를 말았다. 그사이 제초온의 왼손에 들린 그릇

안의 탕국은 미지근하게 식어 버렸다. 뼈와 고기와 내장을 함께 끓여 만든 탕국은 무척 진했다. 조금만 더 시간이 지나면 표면의 기름이 굳어 덩어리가 질 것이 뻔했다.

'어이구, 내가 어떻게 끓인 탕국인데…….'

우낙은 앞으로 나설 네 번째 도전자에게는 앞선 세 명의 도전자들과 달리 저 원소탕을 먹을 자격이 있기를 바랐다.

네 번째 도전자는 일행을 거느리지 않은 단신이었고, 세 번째 도전자만큼이나 젊어 보였다. 동글동글한 얼굴에 사냥꾼 차림을 한 그 청년은 쾌활해 보이는 눈매와 달리 금방이라도 주저앉을 것처럼 처량한 표정을 짓고 있었다. 청년이 말했다.

"노자가 간당간당해서 이틀이나 굶었지요. 그래서 나는 그 원소탕을 반드시 먹어야겠습니다."

세상에는 아무리 배가 고파도 넘봐서는 안 되는 음식이 있었다. 비유하자면 살아 있는 호랑이에 달린 간이 그런 음식인데, 제초온의 손에 들린 원소탕이라면 호랑이의 간보다 만만하지 않을 터였다.

'쯧쯧, 생긴 건 멀쩡한데 맛이 살짝 간 모양이군.'

이렇게 생각하며 제초온에게로 눈길을 돌린 우낙은, 곧바로 헛바람을 들이켜고 말았다.

제초온은 이전과 같은 자세로 서 있었지만, 이전과 확연히 달라져 있었다. 더욱 진지해졌고, 더욱 사나워졌다.

그런 모습을 하고서, 호기심과 전의로 번뜩이는 두 눈을 청년의 얼굴에 고정한 채, 제초온이 우낙에게 느릿하게 말했다.

"탕을 저어라. 손님들이 슬슬 오시려는 모양이다."

우낙은 긴 자루가 달린 국자를 쥐고 열심히 탕을 저었다. 하지만 한쪽으로 바짝 쏠린 그의 눈동자는 제초온의 면전에 나선 통통한 청년의 전신을 샅샅이 훑고 있었다. 토끼며 오소리 같은 작은 짐승의 털가죽을 기워 만든 차림새만 놓고 보면 영락없는 사냥꾼이었다. 그러나 겉이 그렇다고 해서 속까지 그럴 리는 없었다. 제초온이 비록 맹수 같은 남자이기는 해도, 사냥꾼에게 이를 드러내는 진짜 맹수는 아니기 때문이었다.

우낙은 궁금했다. 제초온에게서 강호제일의 마두의 본령을 끌어낸 저 청년은 대체 누굴까?

청년이 말했다.

"십만대산에서 온 고월입니다."

십만대산이면 정말로 멀리서 온 손님이라고 할 수 있었다. 그리고 고월. 수수한 겉모습과 딴판으로 뭔가 내력이 깃든 이름처럼 들렸다. 그러나 그게 전부였다. 우낙의 궁금증은 더욱 커져만 갔다. 제초온이 도끼로 내려찍는 듯한 기세로 청년에게 물었다.

"내 원소탕을 먹겠다고 했느냐?"

우낙이라면 저 한마디에 질려 얼른 고개를 저었을 테지만, 고월은 전혀 겁먹은 기색을 드러내지 않았다.

"그렇습니다."

제초온은 코웃음을 쳤다.

"먹겠다고 해서 먹을 수 있는 음식이라면, 앞서 그냥 돌아간 손님들의 체면이 뭐가 되겠느냐?"

고월은 두 손바닥으로 자신의 통통한 배를 감싸 안았다.

"자격 없는 자들의 체면까지 고려해 주기엔 지금 너무 배가 고프군요."

"자격?"

제초온의 입가에 흰 금이 그려졌다.

"그 자격이 네게는 있음을 무엇으로 입증할 테냐?"

통통한 배에서 떨어져 나온 두 개의 손바닥이 제초온을 향해 내밀어졌다. 우낙은 몸집에 비해 유달리 커 보이는 그 손바닥 전체에—심지어는 한복판의 장심까지도— 빽빽이 뒤덮인 철흑색 굳은살들을 목격할 수 있었다.

고월의 양 볼에 작은 볼우물이 파였다.

"이것으로 입증해 보지요."

제초온은 원소탕이 든 나무 그릇을 슬쩍 내밀며 말했다.

"해 봐라."

고월은 사양하지 않았다. 고개를 끄덕인 뒤 제초온을 향해 성큼 걸음을 내딛는 그에게서는 젊음의 패기와 강자의 여유가 동시에 묻어 나왔다. 우낙을 포함한 모든 사람들이 숨을 죽인 채 서로 간의 거리를 좁혀 가는 두 남자를 지켜보았다.

고월이 걸음을 멈췄다. 제초온과는 여섯 자가 조금 넘는 거리. 제초온은 온 세상이 인정하는 거인이었고, 고월은 몸집에 비해 유달리 긴 팔의 소유자였다. 양쪽에서 팔만 뻗으면 서로 닿을 수 있는 근거리를 사이에 두고, 두 쌍의 눈이 마주쳤다.

불똥을 떨어뜨릴 듯이 이글대는 제초온의 부리부리한 눈.

개의치 않는다는 듯이 반짝거리는 고월의 동글동글한 눈.

그리고…….

제초온의 왼손에 달린 굵은 다섯 손가락이 움켜잡고 있던 나무 그릇의 가장자리에서 툭 떨어졌다.

'음?'

우낙은 눈을 깜빡거렸다. 그 순간 제초온과 고월 사이에서 시작된 움직임들이 착시가 아닌 실제인지를 확인하기 위함이었다. 그 움직임들은 그만큼이나 빠르고 불분명했다.

'어? 저 그릇…….'

지금 이 순간 원소탕이 담긴 큼직한 나무 그릇은 허공에 뜬 채 상하좌우로 가볍게 출렁거리고 있었다. 그리고 그 나무 그릇의 투박한 바닥 면 아래로는 거무스름하기도 하고 희끄무레하기도 한 움직임들이 어지러운 잔영들을 무궁무진 만들어 내며 폭주暴走하고 있었다. 좌에서 우로, 또 우에서 좌로 치달리는 모든 움직임들의 끝에는 바로 원소탕이 담긴 나무 그릇이 떠 있었다. 두 남자가 가진 네 개의 손 중 어느 하나는 언제나 나무 그릇을 노렸고, 다른 하나는 언제나 그 손을 저지했으며, 나머지 두 손은 나무 그릇이 바닥에 떨어지거나 공중에서 뒤집히지 않도록 보호하는 것 같았다.

파파파파—.

광풍이 갈대숲을 후려치는 듯한 기성이 끊임없이 울려 나오는 가운데, 네 개의 발은 단 한순간도 자리에서 떨어지지 않았고, 네 개의 손은 단 한순간도 움직임을 멈추지 않았다. 제초온과 고월, 두 사람 중 누구도 상대가 나무 그릇의 주인이 되는 것을 용납하지 않았다. 그 결과 아무도 나무 그릇의 주인이 될 수 없었다.

우낙은 두 팔이 있어야 할 자리를 불분명한 잔영들로 대신하고 있는 두 남자의 얼굴을 번갈아 바라보았다. 제초온은 눈썹을 일그러뜨린 채 입술을 굳게 다물고 있었고, 고월은 양 볼에 바람을 부풀린 채 동그란 눈을 더욱 동그랗게 뜨고 있었다.

그러던 어느 순간, 모든 움직임들이 거짓말처럼 정지했다. 제초온은 왼손을, 고월은 오른손을 앞으로 뻗어 낸 상태였다. 그리고 각각의 손들은 나무 그릇의 가장자리를 단단히 움켜쥐고 있었다.

"놔라."

"놓으시지요."

두 남자가 나무 그릇 저편에 있는 상대에게 동시에 요구했다.

"쳇."

"흥."

두 남자가 나무 그릇 저편에 있는 상대에게 동시에 대답했다. 다음 순간, 두 남자의 손 사이에 낀 나무 그릇에서 시허연 증기가 맹렬한 기세로 솟아오르기 시작했다.

취이이이-.

우낙은 저 나무 그릇 안에 담긴 원소탕이 이미 식은 상태임을 알고 있었다. 다 식은 탕국이 저렇게 미친 듯이 끓어오르는 까닭은 오직 그릇을 맞잡고 있는 두 남자에게서만 찾을 수 있을 터였다. 국물이 모두 증발한 다음은 건더기 차례였다. 살코기와 내장과 채소 들이 백열하는 숯불 위에 던져진 가랑잎처럼 순식간에 타 붙으며, 인간의 비위를 뒤집어 놓는 역한 누린내가 사방으로 번져 나갔다. 그러나 두 남자는 나무 그릇을 붙잡은 손을 놓지 않았다. 누린내 밴 연기가 다하고, 나무 그릇 자체가 주황의 빛 덩어리로 달아오를 때까지도.

나무 그릇의 표면으로부터 뿜어 나오던 빛이 눈을 시리게 만들 만큼 강렬해졌다. 그런 다음, 사라졌다.

팍.

작은 소리와 함께 나무 그릇이 재 가루로 부서져 내렸다. 바닥에 고정된 채 미동조차 하지 않던 두 남자의 발이 약속이나 한 것처럼 한 발짝씩 물러났다. 제초온이 굵은 손가락으로 볼따구니를 북북 긁으며 중얼거렸다.

"건곤혼원기를 견디다니 제법이군."

고월은 오른손을 얼굴 앞으로 올려 손바닥에 묻은 검댕을 망연히 바라보다가 울상을 지었다.

"내 탕…… 내 원소탕이……."

아까워서 죽을 것 같은 표정을 짓는 고월에게 제초온이 퉁명스럽게 물었다.

"사문이 어디냐?"

고월은 텅 빈 오른손에서 눈길을 떼지 못한 채 처연한 목소리로 대답했다.

"양의문입니다."

"양의문?"

제초온은 고개를 갸웃거렸고, 우낙도 고개를 갸웃거렸다. 저처럼 흔한 이름이 저처럼 귀에 설게 들리는 것도 신기한 일이었다.

"천하는 과연 넓군."

제초온의 무거운 혼잣말에는 고월의 재주를 인정한다는 의미가 담겨 있었다.

우낙은 제초온의 거구 뒤쪽에 거꾸로 꽂혀 있는 백이십 근 청강참마도를 흘깃 돌아보았다. 저 무지막지한 무기가 뽑히기 전까지는 거경의 진정한 실력이 발휘되었다고 보기 힘들겠지만, 그래도 고월에게는 제초온에게 인정받을 만한 특별한 면이 있어 보였다. 주종의 마음이 통한 것일까? 제초온이 우낙에게 손짓을 보냈다. 눈치 빠른 우낙은 그 손짓의 의미를 금방 알아차리고, 제초온에게 달려가 들고 있던 국자를 머리 위로 받쳐 올렸다. 국자를 받아 든 제초온은 무쇠 솥이 놓인 화덕 쪽으로 성큼성큼 발길을 옮겼다.

"네게는 자격이 있다."

다시 돌아와 고월을 향해 내밀어진 제초온의 왼손에는 새 나무그릇에 담긴 원소탕이 먹음직스러운 김을 피워 올리고 있었다.

"아아!"

고월은 제초온에게서 받은 원소탕을 맛있게, 탕을 끓인 우낙의 입가에 저절로 흐뭇한 미소가 맺힐 정도 맛있게 먹었다. 그런 다음 팔짱을 끼고 선 제초온에게 포권을 올린 뒤, 장작이 타오르는 화덕과 일 차 곤륜지회를 기리는 스무 자구 비석을 지나쳐 무망애로 올라갔다.

마침내 첫 번째 통과자가 나온 것이다.

멀리 십만대산에서 온 청년이 한 그릇의 원소탕을 얻기 위해 거경 제초온을 상대로 치른 시험은 그 광경을 지켜본 모든 사람들의 마음에 강렬한 인상을 심어 준 것이 분명했다. 그리고 우낙은 이 차 곤륜지회를 향한 많은 야심과 욕망, 호기 들이 그 인상에 의해 꺾여 버렸음을 알 수 있었다.

어둠이 깔린 산길 위로 고월의 모습이 사라진 뒤, 제초온은 또 다른 나무 그릇에 뜨거운 탕국을 가득 퍼 내밀었다.

"다음!"

시간이 제법 지나도록 새로운 도전자는 나오지 않았다. 이제는 모두가 알 터였다, 앞서 시험에 통과한 고월보다 능력이 떨어지는 자는 결코 저 탕국을 얻지 못하리라는 사실을.

기다림에 지루해진 제초온이 주위를 둘러보며 비아냥거렸다.

"실망이군. 쟁선을 자처하는 영웅들이 늙은 여편네들처럼 눈치 싸움이나 벌이고 있다니."

어딘가에서 울린 투박한 목소리가 제초온의 말에 호응했다.

"동감이외다. 도박장도 아닌데 눈치 싸움이 너무 심한 것 같구려. 선배가 주는 이번 원소탕, 내가 받아 보겠소."

목소리의 주인은 목소리만큼이나 투박한 흑의 차림에, 역시 그만큼이나 투박한 얼굴을 가진 장년 남자였다. 꺼칠한 피부에 순박한 눈매, 그리고 수더분한 표정…….

'사냥꾼 다음은 농사꾼인가?'

그러나 우낙의 이 생각이 맞을 리 없는 것이, 그 남자의 뒤에는 눈처럼 하얀 백의를 입은 청년 하나가 그림자처럼 붙어 있었다. 얼굴 윗부분을 가린 부스스한 앞머리 사이로 언뜻언뜻 내비치는 청년의 두 눈은 모종의 감정으로 인해 격렬히 이글거리고 있었다. 그리고 우낙은 청년이 입은 백의 가슴팍에 금실로 수놓인 어떤 짐승의 대가리를 볼 수 있었다.

'백의에…… 호랑이 대가리라……. 이런!'

우낙은 정신이 번쩍 드는 기분이었다. 백호를 호위처럼 달고 다니는 자가 평범한 농사꾼일 없었다. 거물, 그것도 진짜 거물이 등장한 것이다! 제초온은 앞으로 나선 두 사람을 바라보며 눈매를 가늘게 여몄다.

"북악의 새 주인이신가?"

농사꾼이 가장 어울릴 것 같은 얼굴을 가진 흑의 남자가 밝게 웃으며 대답했다.

"그렇소."

그러나 먼저 예를 표하지는 않았다. 제초온의 눈꼬리가 실룩거렸다.

"북악의 허리가 말랑말랑할 리 없겠지."

북악의 새 주인, 배신한 호랑이의 가죽을 벗기고 신무전의 전주 자리를 되찾은 철인협 도정이 당연하지 않느냐는 듯 고개를 끄덕거렸다.

제초온이 말했다.

"도 전주에게는 물론 이 원소탕을 먹을 자격이 있소."

저 말에, 우낙은 이 자리에 모인 모든 사람들이 제초온의 시험을 거쳐야 하는 것은 아님을 알았다. 강호에는 이름만으로도 거경에게 인정받을 수 있는 진정한 강자들이 존재했다. 북악의 주인이면 당연히 그 안에 포함되었다. 하지만 함께 온 애송이는? 그 애송이가 그 점을 입증받겠다는 듯이 도정의 옆으로 나섰다. 제초온의 눈꼬리가 또 한 번 실룩거렸다.

"홍안투광 증훈, 독안호군의 후임자라고 했던가?"

백의 청년, 홍안투광 증훈의 붉은 입술이 질긴 가죽을 씹듯 울근거렸다.

"당신은 내 앞에서 그 더러운 이름을 입에 담은 것을 사과해야 할 것이오."

그러면서 눈알을 희번덕거리는 저 증훈이란 놈은, 우낙의 눈에는 누군가와 싸우지 못해 안달이 난 것처럼 보였다. 누가 지었는지 몰라도 '싸움 미치광이[鬪狂]'라는 별호에 기가 막히게 들어맞는 놈이 아닐 수 없었다. 그러나 싸우고자 하는 '누군가'가 만일 저기 서 있는 제초온이라면, 상대를 잘못 골랐다고 충고해 주고 싶었다. 그가 아는 거경 제초온은 저런 애송이에게 절대로…….

"재미있는 놈이군. 알았다, 내가 사과하지."

제초온은 곧바로 말했고, 우낙은 아래턱에서 쩔꺽 소리가 울릴 정도로 입을 떡 벌리고 말았다.

종놈이 놀라거나 말거나, 제초온은 왼손에 들고 있던 원소탕을 도정에게 건넨 뒤, 다시 한 그릇의 원소탕을 그릇에 퍼 담아 증훈에게 내밀었다.

"지금 모자란 자격은 미래에 대한 기대로 대신하마. 받아라."

증훈이란 애송이는, 우낙이 보기에 정말 뻔뻔스럽게도, 강호 제일 마두가 보인 저 믿기지 않는 호의에 대해 전혀 고마워하지 않는 것 같았다. 놈은 '내가 바란 것은 이따위가 아니다.'라는 듯 입매를 불퉁하게 일그러뜨린 채 제초온이 내민 원소탕을 노

려보기만 했다. 만일 곁에 있던 도정이 픽 웃으며 원소탕을 대신 받아 억지로 쥐여 주지 않았다면, 이 밤이 다하도록 그런 얼굴을 하고 버텼을지도 모른다.

어쨌거나 두 그릇의 원소탕은 말끔히 비워졌고, 젊은 신무전주와 더 젊은 백호대주는 제초온의 앞을 떠나 무망애로 올라갔다.

북악이 올라간 길, 남패가 빠지는 것은 말이 되지 않으리라.

잠시 뒤 유유한 걸음걸이로 제초온의 앞으로 나선 사람은 수수한 청의 무복 위에 잿빛 털조끼를 걸친 중년인이었다.

희끗한 빛이 섞여 들기 시작된 머리카락, 이마에서 시작되어 미간으로 이어지는 굵은 상처, 호수처럼 차분히 가라앉은 두 눈, 곧은 콧날, 양털처럼 북슬북슬한 턱수염, 털조끼의 나달나달한 어깨 보풀 위로 삐죽 솟은 손때 묻은 검자루 그리고 그 모든 요소들이 한데 어우러져 자아내는 범접할 수 없는 고적함.

검은 고독하고 검객 또한 고독하다.

세상은 여전히 엄동의 맹위에 갇혀 있건만, 고독한 검객이 남기는 발자국마다에는 은은한 매화 향이 점점이 피어나는 듯했다. 천하에 이런 검객은 오직 한 사람뿐이리라.

"그가 왔다."

"고검! 고검이다!"

우낙은 전방을 에워싼 사람들로부터 벌레 소리처럼 숨죽여 울려온 웅성거림이 들리기 전부터 그 중년 남자의 얼굴을 알아보았고, 심장이 수직으로 곤두박질치는 듯한 아득한 추락감에 휩싸였다. 그가 비각의 그늘에 몸을 감춘 이유, 바로 저 남자의 눈길로부터 벗어나기 위함이었다. 그 뒤 얼굴 마주칠 일을 애써 피해 다녔건만, 중원도 아닌 이 이역만리에서 마침내 딱 걸리고 만 것이다.

고검 제갈휘가 제초온 앞에서 발길을 멈췄다. 대소와 장단의 척도가 항상 절대적인 것만은 아닌 모양이었다. 우낙은 몸뚱이를 자꾸만 오그라뜨리는 지독한 공포 속에서도, 제초온의 산악처럼 우람한 어깨가 지금처럼 작아 보일 수 있다는 점을 신기하게 여겼다.

"제갈휘, 무양문을 대표하여 곤륜에 왔소."

제갈휘의 두 손이 얼굴 앞으로 올라갔다. 거의 동시에, 제초온의 커다란 두 손도 포권의 예로 뭉쳐졌다.

"제초온이 고검 제갈휘 형께 인사드리오."

여기에는 인간의 눈과 귀와 마음을 함께 잡아당기는 기이한 울림이 깃들어 있었다. 우낙은 고독한 검객과 거대한 마인이 부연 달빛을 받으며 서로에게 예를 올리는 광경을 홀린 듯이 바라보았다. 제갈휘가 포권을 풀고 말했다.

"본 문의 문주께서는 뜻하시는 바가 달라 이번 회합에 참석하지 않으셨소. 하여 제 형의 시험은 내가 대신 받아야 할 것 같소."

"시험?"

제초온은 허리를 젖히고 껄껄 웃더니 말을 이었다.

"가당치 않은 말씀! 거경이 고검을 시험하다니, 이야말로 조그만 자벌레가 만리장성을 재겠다고 꿈틀거리는 격이 아니겠소. 내 얼굴은 그런 민망함을 견딜 만큼 두껍지 못하오."

제갈휘가 고개를 살짝 옆으로 기울였다.

"제 형께선 이 사람을 포함, 신오대고수로 공칭되는 다섯에게 평소 불만이 많으셨다고 들었소만?"

이 질문에 뭔가를 떠올린 듯 제초온의 얼굴이 살짝 붉어졌다.

"예전에는 분명히 그랬었소. 하지만 지금은 아니오. 그동안 나는 다섯 중 둘을 만나 보았고, 그중 검왕에게는 머리와 칼날을 함께 숙임으로써 스스로 아래임을 인정하기도 했소. 천하가 아무리 넓다 하나 검왕과 어깨를 나란히 할 자, 고검이 아니면 그 누구겠소? 날붙이를 쓰는 몸으로 일대 검호의 고격한 검법을 한 수 배워 보고 싶은 마음 물론 간절하지만, 문지기 노릇을 자처하고 있는 이 자리에서는 아니라고 생각하오."

거경이 고검을 상대로 사용한 것은 날붙이가 아니라 조리도구였다. 그는 손에 쥔 국자를 시원스럽게 휘둘러 퍼 담은 원소탕 한 그릇을 제갈휘에게 내밀었다. 제갈휘가 그 그릇을 받으며 빙긋 웃었다.

"이번 일은 내가 무양문에서 맡는 마지막 임무였소. 제 형의 수고 덕분에 편안하고 순조롭게 치르게 된 점, 감사드리오."

"마지막 임무……."

작게 뇌까린 제초온이 제갈휘를 따라 씩 웃었다.

"참 공교롭지 않소? 나 또한 이번 일이 각원으로서 맡은 마지막 임무라오. 그 임무를 가치 있게 만들어 주신 점, 감사드리오."

두 남자가 자아낸 마법 같은 울림에서 우낙이 벗어난 것은 바로 그 직후였다. 제갈휘의 차분한 눈길이 제초온을 떠나 자신에게로 옮겨 온 순간, 우낙은 무서운 기세로 되살아난 공포감에 어깨를 추켜올리며 딸꾹질을 하기 시작했다.

"힉, 히끅."

제갈휘가 우낙을 향해 말했다.

"이상한 장소에서 만나게 되는군요, 사숙."

무양문에서도 당연히 사람을 보내리라는 점은 예상하고 있었다. 다만 그 사람은 제갈휘가 아니라 문주인 서문숭 본인일 줄 알았다. 만일 무양문의 대표가 제갈휘라는 사실을 미리 알았다면, 탈바가지라도 한 개 구해 뒤집어쓰고 다니지 이렇듯 맨 얼굴로 다니지는 않았을 것이다. 우낙으로서는 천만다행히도, 제갈휘는 이상한 장소에서 만나게 된 막내 사숙이자 화산파의 반도인 그에게 별다른 적개심을 드러내지 않았다.

"둥지가 헐면 알들이 새어 나가는 법이지요. 돌이켜 보면 사숙도 그리고 저도, 모두 그런 알들이었나 봅니다. 헌 둥지는 제가 고쳐 보겠습니다. 나중에 한번 화산으로 놀러 오십시오. 후아주 한잔 대접하겠습니다."

나이 차도 몇 살 나지 않는 사질의 담담한 소회가 끝났을 때, 우낙의 입안에서는 어린 시절 사문의 술 창고에서 사형들과 몰래 맛보았던 후아주의 달콤하고도 진한 향기가 맴돌고 있었다. 그동안 잊고 살아온 화산의 아름다운 사계가 주마등처럼 눈앞을 스쳐 지나가고, 두려움에 경련하던 눈가로 뜨끈한 눈물이 핑 돌았다.

"큰사질…… 흐끅, 난…… 나는…… 힉, 히끅."

망할 놈의 딸꾹질 같으니라고! 우낙은 벌게진 눈으로 이를 악물었다. 그러나 제갈휘는 더 이상 우낙을 바라보지 않았다. 그는 원소탕의 국물 한 모금을 마시고, 그 안에 든 살코기 한 점을 우물거리고, 거대하고도 호방한 시험관과 작별의 포권을 나눈 다음, 무망애로 오르는 산길 방향으로 걸음을 옮기기 시작했다. 암향暗香을 머금은 듯한 검객의 뒷모습은 진실로 그림처럼 고아한 광경이라 아니할 수 없는데……. 어디선가 터져 나온 질그릇 깨지는 듯한 외침이 작품을 망쳐 놓았다.

"어이, 일군장님, 의리 없이 혼자만 올라가기우?"

……필시 괴상한 표현이겠지만, 똥을 본 것 같았다.

달아오른 눈시울을 훔치던 우낙이 사람들을 헤치고 나타난 그 대머리 남자를 보고 가장 먼저 떠오른 생각은 그랬다. 아무리 운치 그윽한 풍경이라도 한 덩이의 똥만 떨어져 있으면 엉망

이 되어 버린다. 지금이 바로 그 경우 같았고, 저 대머리 남자가 바로 그 똥이었다. 우선 생김새부터가 이 차 곤륜지회의 참가자를 검증하는 이 역사적이고도 근엄한 시험대에 전혀 어울리지 않았다. 그냥 뒷골목 왈패라면 딱 어울릴 만한 천박한 불량기가 대머리 남자의 못생긴 이목구비를 통해 줄줄 흘러나오고 있었다. 사람의 신경을 거슬리는 불퉁한 말투며 건들건들 자발머리없는 태도는 그런 생김새와 찰떡궁합을 이루는 듯했다.

믿기지 않는 사실 하나는, 대머리 남자에게는 번듯한 수행원이 넷씩이나 붙어 있다는 점이었다. 노인 하나, 장년인 둘, 청년 하나로 이루어진 그 수행원들은 도살장에 끌려가는 소처럼 비척비척 따라와 대머리 남자로부터 세 발짝쯤 뒤처진 곳에 병풍처럼 죽 늘어섰다. 한 군데 고정되지 못하고 이리저리 옮겨 다니는 시선으로 미루어, 그들이 선두에 나선 대머리 남자를 그리 자랑스러워하지 않는다는 것을 짐작할 수 있었다.

대머리 남자가 왼손 엄지손가락으로 스스로를 가리키며 제초온에게 말했다.

"나, 마석산이야. 알지? 무양문 최고 용사."

주위가 쥐 죽은 듯이 조용해졌다. 그러나 그런 정적은 오래 가지 않았다. 어느 순간 일어나기 시작한 수군거림은 금세 시장통의 소음만큼이나 시끄러워졌다. 그 소음 중에서 가장 높은 빈도를 차지한 것은 마석산이라는 인간을 내면과 외면 두루 가장 잘 표현하는 단어, 바로 '무쇠 소'였다.

"마석산. 물론 알지."

제초온이 팔짱을 끼며 대꾸했다. 대머리 남자, 무양문의 무쇠 소 마석산은 그 대꾸 안에 뚜렷하게 새겨진 경멸과 혐오와 짜증의 기색을 눈치채지 못한 것이 분명했다.

"덩치 양반, 나 바쁜 사람이니까 후딱 한 그릇 말아 보라고. 국물은 조금, 건더기는 많이."

맡겨 놓은 물건을 찾는 사람처럼 당당하게, 게다가 말미에 특별 주문까지 덧붙이는 것을 보면 장님만도 못한 눈치의 소유자임을 쉽게 짐작할 수 있었다. 제초온이 심드렁하게 물었다.

"뭐가 그리 바쁜데?"

"뭘 모르는군. 원래 일등으로 올라갈 작정이었는데 일군장님이 늑장 부리는 바람에 여태 참고 있었다니까. 저 양반, 다 좋은데 좀 굼뜬 면이 있단 말이야. 지금도 저렇게…… 어? 같이 가자니까요, 일군장님!"

그러면서 제갈휘를 향해 손을 냅다 흔들어 보지만, 제갈휘는 내 알 바 아니라는 듯 어둠 속으로 유유히 멀어져 갈 따름이었다. 하지만 우낙은 제갈휘가 어느 순간엔가 내쉰 한숨 소리를 들은 듯한 기분이 들었다. 제갈휘의 모습이 보이지 않자 마음이 급해졌는지, 마석산은 양손을 들어 자신 쪽으로 손부채 부치듯 팔랑거리며 재촉하기 시작했다.

"뭐 하고 있어, 빨리 안 주고. 내가 같은 말 두 번 하는 거 얼마나 싫어하는 줄 알아?"

"나도 같은 말 두 번 하는 것을 좋아하지 않지."

"암, 남자란 당연히 그래야지. 그러니까 빨리……."

제초온이 말했다.

"안 줘."

마석산은 이 간단한 말도 제대로 알아듣지 못한 것 같았다. 고개를 쭉 빼고 눈알을 뒤룩거리던 그가 제초온에게 물었다.

"안 준다니 뭐를? 설마 나한테 고깃국 안 준다는 말은 아니겠지? 아하, 재들! 재들은 안 줘도 돼. 저 위로는 나만 올라갈 거니까."

애꿎은 수행원들을 끌어들이는 마석산에게 제초온이 한 음절씩 힘주어 다시 말했다.

"너에게는 원소탕을 주지 않겠다."

마석산이 부르짖었다.

"아, 왜!"

제초온의 대답은 무척 명쾌했다.

"자격이 없으니까."

마석산은 떼가 난 아이처럼 발을 마구 구르며 소리쳤다.

"아까 신무전의 허여멀건 애송이는 자격 모자라도 된다면서! 뭐랬더라? 맞아, 미래에 대한 기대! 나는 그걸로 못 올라가는 거야?"

"미래에 대한 기대? 너의?"

처음부터 말이 안 통하는 종자라는 것은 명백했다. 제초온 성격에 이제껏 말을 섞어 준 것이 신기할 따름이었다. 하지만 인내심도 마침내 바닥난 듯, 제초온은 오른손을 뻗어 바닥에 거꾸로 박아 둔 청강참마도의 중동을 움켜잡았다.

"무쇠 소의 가죽이 질기다는 얘기는 익히 들었다만, 내 칼도 안 박힌다고는 믿지 않는다."

무양문의 골칫덩이이자 강호 전체의 골칫덩이이기도 한 마석산은, 지금처럼 눈알이 뒤집힌 다음에는 앞뒤를 분간할 줄 모르는 위인인 것 같았다.

"이 어르신에게 뭘 박겠다고?"

발작을 하며 제초온에게 몸을 던지려는 마석산을, 한발 앞서 달려온 수행원들이 제지했다. 쏜살같이 달려와 마석산의 사지 하나씩에 문어처럼 감겨드는 네 사람을 보면서, 제초온은 청강참마도를 마저 뽑아야 할지 말아야 할지를 망설이는 눈치였다.
"이거 안 놔!"
용을 쓰는 마석산에게 죽을힘을 다해 달라붙으며 네 사람이 한마디씩 부르짖었다.
"군장님, 참으세요!"
"보는 사람들이 한둘이 아닙니다!"
"상대를 보고 싸우셔야지요!"
"붙으면 군장님이 진다니까요!"
마석산은 격분으로 말미암아 더욱 까매진 얼굴로, 그러나 이전보다는 작아진 소리로 물었다.
"내가 진다고? 저 덩치가 그렇게 세?"
"거경이라는 이름도 못 들어 보셨습니까?"
"나, 사람 이름 잘 못 외우는 거 알잖아. 우리 애들 이름도 아직 다 못 외웠는데……."
"으이그!"
명색이 대문파의 간부라는 자가 강호사마의 으뜸인 거경의 이름을 모른다는 말에 우낙은 놀라움을 넘어 한심함을 느끼고 말았다.
"그렇단 말이지."
가늘게 접은 눈으로 제초온의 위아래를 훑어보던 마석산이 불신에 가득 찬 목소리로 물었다.
"그렇게 세다면서 아까 신무전의 애송이 앞에서는 왜 그리 말랑말랑했던 거니?"
제초온은 코웃음을 쳤다.
"안 그러면 죽을 때까지 덤빌 놈이었으니까. 여기서 죽기엔 아까운 놈이었거든."

"누굴 겁쟁이로 아나, 나도 죽을 때까지 덤빌 수 있거든. 한 번 해볼래?"

"그래도 넌 안 줘."

마석산은 양팔에 매달린 두 장년인까지 마구 흔들어 대며 강력하게 항의했다.

"왜 나만 안 주는데!"

제초온이 근엄하게 말했다.

"넌 바보잖아."

환자에게 치명적인 병증을 말해 주는 의사의 진단 같은 이 선고보다는, 선고가 떨어진 직후에 나온 수행원들의 반응이 더 신랄했다.

"아하."

마석산에게 매달린 네 사람의 고개가 큰 깨우침을 얻은 선승들의 것처럼 아래위로 크게 움직였다. 늙고 젊은 네 개의 얼굴에는 같은 표정이 떠올라 있었다. 그렇구나. 바보라서 그런 거구나……. 그들에게 다행스러운 점은, 앞서도 말했거니와 마석산은 눈치하고는 담을 쌓은 위인이라는 것이었다. 마석산은 사지로부터 울려나온 작은 탄성이 무슨 의미인지 알아차리지 못했다.

"그래서 나는 정말 못 올라간다는 거야?"

"같은 말 두 번 하게 만들지 마라."

"그럼 안 올라가는 대신 고깃국이라도……."

제초온은 다시금 청강참마도를 움켜잡았다. 바닥 깊이 박혀 있던 칼날이 이번에는 단호하게 뽑혔다. 청강참마도를 어깨에 걸어 멘 그가 말했다.

"귀찮게 굴지 말고 그냥 덤비려무나. 네 말대로 죽을 때까지 덤빌 수 있다면, 이 기회에 시원하게 죽여 주마."

아마도 진심인 듯, 곤륜파 수석 장로를 검조차 뽑지 못하도록 만든 숨 막히는 패도가 제초온의 전신을 통해 뿜어 나오기 시작했다. 마석산의 시커멓던 얼굴이 조금은 하얘진 듯했다.

"죽기는 누가 죽는다고. 농담 한번 해 본 거 가지고 되게 뭐라네. 나 이래 봬도 할 일 많은 사람이라고. 봉 가 놈한테 뺏긴 마누라 딸도 찾아 줘야 하고."

구시렁거리는 마석산의 귓전에 네 명의 수행원들 중 콧수염을 멋들어지게 기른 장년인이 속삭였다.

"고깃국은 저희들이 끓여 드리겠습니다. 그만 돌아가시지요."

마석산이 바닥에 침을 뱉은 뒤 몸을 돌렸다.

"내가 거지도 아니고, 맛도 없는 탕 더럽고 치사해서 안 먹는다, 안 먹어! 가자!"

마석산은 주저앉은 콧대를 하늘로 한껏 치켜세운 채, 수치심과 해방감이 반반씩 섞인 얼굴을 한 수행원들을 줄줄이 매달고 시험대 앞을 떠났다.

'서문숭이 인물은 인물이구나.'

우낙은 저런 흉물을 휘하에 두고서도 화병으로 안 죽고 살아 있는 무양문주에게 경의를 표할 수밖에 없었다. 무쇠 소가 휘젓고 간 난장의 후유가 작지 않은 듯, 제초온 또한 지친 얼굴을 절레절레 흔들고 있었다. 거지가 아니라면서 자존심을 세우고 떠난 마석산의 다음 차례는…… 진짜 거지였다. 허리에 감긴 금빛 철포가 그 거지의 신분을 알려 주고 있었다.

철포결 우근.

천하제일 대방인 개방의 방주.

개방 방주의 첫마디에는 고단한 시험관에 대한 진심 어린 위로가 담겨 있었다.

"욕봤소."

그 마음이 고마웠던 것일까? 제초온은 손가락으로 볼따구니를 몇 번 긁은 뒤, 아무 소리도 하지 않고 원소탕을 한 그릇 퍼 담아 우근에게 내밀었다.

"고맙소."

그 자리에 선 채로 원소탕을 먹기 시작한 우근을 우낙은 긴장한 눈으로 쳐다보았다. 거지 왕초 주제에도 미식가로 소문난 우근이 아니던가. 미식가에게 자신이 요리한 음식을 대접한 숙수는 긴장할 수밖에 없는 것이었다.

"정말 맛있군. 특히 향채를 아주 제대로 썼소."

우근의 칭찬에 우낙의 얼굴이 환하게 피어났다.

우근에게서 빈 그릇을 돌려받은 제초온은 역시 아무 소리도 하지 않고 뒤쪽을 가리켰고, 우근은 뒷전에 서 있는 소 닮은 청년—우낙은 오늘 하루 소를 너무 많이 본다는 생각이 들었다—에게 산 아래에서 기다리라는 말을 남긴 뒤 무망애로 올라갔다.

개방 다음에는 그 이름도 쟁쟁한 소림이었다. 소림의 대표로 곤륜산을 찾은 인물은 지나치게 젊은 게 아닌가 싶은 청년승이었다. 청년승은 제초온을 향해 소림 특유의 독장례를 올리며 말했다.

"아미타불, 소림에서 온 적송이라고 합니다. 방장님의 명을 받아 금번 곤륜에서 열리는 집회에 참가하려 하오니, 시주께서는 소승의 자격을 시험해 주시기 바랍니다."

제초온은 픽 웃었다.

"나한불의 환생이라는 대사의 명성은 이미 천하를 진동하고 있소. 그런 마당에 이 마두의 시험이 무슨 필요겠소?"

그런 다음, 원소탕이 끓고 있는 무쇠 솥 안에 국자를 찔러 넣었다가 아차 하는 표정을 지었다.

"비린내 나는 음식으로 수행자의 청정함을 더럽힐 뻔했구려."

적송의 준미한 얼굴에 고아한 웃음이 떠올랐다.

"색즉시공色卽是空이니, 먹은 것과 먹지 않은 것이 무슨 차이가 있겠습니까."

제초온이 어깨를 으쓱거렸다.

"마두에게는 너무 고상한 가르침이군. 가시오."

적송은 제초온에게 다시 독장례를 올린 뒤, 연꽃을 지르밟는 것 같은 우아한 걸음걸이로 시험대를 지나쳐 무망애로 올라갔다.

소림 옥나한에 뒤이어 등장한 인물은 우낙이 오늘 하루 접한 모든 사람들 가운데 가장 추악한 얼굴을 가진 남자였다. 달빛 아래 드러난 남자의 반면은 검보라색 살덩이로 일그러져 있어서 눈, 코, 입의 경계를 분간하기가 힘들 지경이었다.

'어디서 저런 추물이…….'

우낙은 자신도 모르게 오만상을 찡그렸다. 그러나 제초온의 반응은 달랐다. 다소 지친 듯 보이던 전신에 갑자기 맹렬한 활력이 감돌기 시작하고, 언제나 위협적으로 보이던 고리눈은 지기를 만난 양 초승달처럼 둥글게 휘어져 있었다.

"왔군, 강동제일인."

(3)

참으로 이상한 일이었다.

"……강동제일인."

그저 별호를 한 번 작게 되뇌었을 뿐인데, 추괴함은 이미 그 남자를 규정하는 가장 중요한 특징이 아니게 되었다. 우낙은 자

신이 얼마나 큰 경이감에 사로잡혔는지 알아차리지도 못한 채 제초온에 의해 강동제일인이라 불린 정신없이 바라보았다.

지난 한 해 동안 천하를 진동시킨 가장 놀라운 인물 둘을 꼽으라면, 그중 하나가 이 대 혈랑곡주요, 다른 하나가 강동제일인이라는 점에는 누구도 토를 달지 못할 것이다. 옥천관에서 정난칙사를 비롯한 오백 인의 목을 일 검에 참하고 태원에서 천하의 군웅들을 상대로 호집령을 발동한 이 대 혈랑곡주가 공포와 경악을 몰고 다니는 마왕처럼 간주된다면, 남부의 언덕에서 독문의 복수행을 격파하고 북부의 곽로에서 이족의 진군을 패퇴시킨 강동제일인은 찬사와 흠모를 불러오는 영웅으로 추앙되었다.

그런데 진실로 놀라운 점은, 그 두 사람이 한 아버지의 피를 물려받은 형제라는 사실이었다. 이제는 모르는 사람이 없을 만큼 널리 알려진 그 비화 아닌 비화가 지금 이 순간 우낙에게는 이상하리만치 비현실적으로 여겨지고 있었다.

'핏줄이 남다른 덕분일까?'

그렇다면 아직 세상에 두각을 나타내지 못한 효웅들은 부친으로부터 '석'이라는 성을 물려받지 않았음을 원망해야 할지도 모른다는 생각이 들었다. 그 정도로 천하인들의 이목은 강동의 석씨를 주목하고 있었다.

"반갑소, 제 선배."

강동제일인 석대문이 추괴한 얼굴과는 전혀 어울리지 않는 중후한 목소리로 제초온에게 인사를 건넸다. 강호제일의 마두 앞에서도 천연함을 잃지 않는 태도. 화상 자국으로 말미암아 대칭을 잃어버린 입술이 보기 흉하게 일그러졌지만, 우낙은 그것이 미소임을 알아볼 수 있었다.

제초온은, 마치 하루 종일 혹사당하다가 이제야 끼니거리를 찾은 곰처럼 즐거워하며 대답했다.

"곤륜으로 오는 내내 혹시라도 자네가 안 오면 어쩌나 걱정했다네."

석대문이 고개를 살짝 갸우뚱거렸다.

"왜 그런 걱정을 하셨소?"

"왠지 자네는 이런 식의 요란한 놀이를 좋아하지 않을 것 같았단 말이지."

추면이 다시 한 번 웃음으로 일그러졌다.

"동생이 만든 자리에 형이 빠질 수는 없는 노릇이지요."

"맞아, 자네들은 형제지."

제초온은 눈을 가늘게 접으며 말을 이었다.

"그게 참 신기하단 말이야."

"뭐가 말씀이오?"

"나는 자네 형제를 둘 다 만나 보았거든. 음, 둘 다와 싸워 보았다고도 할 수 있으려나? 어쨌든. 처음에는 형제가 어떻게 이렇게 다를 수 있을까 신기해했네. 그런데 곰곰이 생각해 보니 그게 아니더라고. 자네 형제는 묘하게도 닮은 구석이 많아. 만일 형의 삶을 동생이 살고 동생의 삶을 형이 살았다 해도, 내가 강동제일인과 이 대 혈랑곡주를 만난 것에는 결국 변함이 없었을 것이라는 뜻이지. 그게 바로 운명 아니겠나?"

"운명이라……."

석대문은 잠시 생각하다가 고개를 끄덕였다.

"그 말씀에는 동의하지 않을 수 없군요."

제초온은 입꼬리가 귀밑까지 늘어지는 큼직한 미소를 벙싯 걸더니, 은근한 목소리로 물었다.

"운명 얘기가 나와서 말인데…… 저번에 헤어질 때 내가 한 말 기억하는가?"

석대문은 다시 한 번 고개를 끄덕였다.

"운명을 믿는다고 하셨지요."

"그래그래, 우리가 다시 만나 병기를 맞댈 운명을. 어떤가, 내 선견지명이?"

으스대듯이 물으며, 제초온은 양팔은 늘어뜨린 채 어깨 관절만을 돌리기 시작했다. 처음에는 왼쪽, 다음에는 오른쪽. 그런 다음 양어깨를 한껏 긴장시키며 목을 뒤로 젖히니, 뼈가 부러지는 듯한 섬뜩한 소리가 둔탁하게 울려 나왔다.

뿌드득.

"으으하아!"

그 시원함을 온몸으로 표현하며, 제초온이 말했다.

"이건 너절한 시험 따위가 아니라는 점을 미리 밝혀야겠군. 내게는 한 그릇의 탕국조차 먹을 자격이 없지만, 자네에게는 저 솥째로 먹어도 될 자격이 있으니까. 자격 없는 자가 어찌 자격 있는 자를 시험하겠는가? 다만…… 나는 자네의 귀염둥이를 보고 싶을 뿐이라네."

석대문의 두 눈이 빛났다.

"귀염둥이?"

"그래, 까만 귀염둥이."

제초온은 오른손을 뻗어 바닥에 거꾸로 박혀 있는 청강참마도의 칼자루를 움켜잡았다.

"내 펑퍼짐한 마누라가 빨리 그 귀염둥이와 붙고 싶다며 날마다 바가지를 긁어 대는 통에 아주 환장할 지경이거든."

석대문이 어깨를 으쓱거렸다.

"이 후배를 기진맥진시켜 저 위로 올려 보내실 작정이시오?"

제초온은 씩 웃었다.

"겸손은."

그 순간 정靜과 동動이 자리를 바꾸었다.

쿵!

지축을 울리는 발 구름 소리와.

쑤아아앙!

대기를 찢는 파공성이 동시에 터져 나오고…….

듣는 이의 가슴을 떨리게 만드는 그 두 소음의 여운이 끝나기도 전, 청강참마도의 넓적한 칼날은 밤하늘에 거대하고도 살벌한 반원을 그리며 석대문의 정수리를 수직으로 쪼개 가고 있었다. 귀신처럼 웃고 있는 제초온의 커다란 얼굴이 머리카락을 휘날리며 그 뒤를 따라붙었다.

다음 순간, 우낙은 낭창낭창한 동체를 꿈틀거리며 석대문의 허리에서 튀어나온 먹빛의 뱀이 수직으로 떨어지는 청강참마도의 칼날을 향해 솟구치는 광경을 목격했다.

그리고 먹빛 파도들이 일어나기 시작했다.

휘랑– 휘랑– 휘랑–.

검은 뱀의 궤적으로부터 일어나고 일어나고 또 일어난 파형波形의 묵광들이 청강참마도의 칼날을 받아 내고 받아 내고 또 받아 냈다.

병기 간 충돌의 소음은 전혀 들리지 않았다. 검은 뱀은 무한한 탄력을 가진 보자기처럼 달려드는 모든 것들을 자신의 검은 광채 안으로 가둬 넣었다. 그 보자기에 칼날이 잡아먹히고, 청강참마도가 잡아먹히고, 큰 고래마저 잡아먹힐 것 같았다.

제초온의 얼굴에서 웃음이 사라졌다. 양 볼이 풍선처럼 부풀어 오르고, 어깨 근육이 우람하게 부풀어 오르고, 청강참마도를

짓누르는 역도 또한 맹렬하게 부풀어 올랐다.

거센 와류를 사방으로 휘날리며, 파도처럼 출렁거리는 검은 광채를 가르고 내려가는 넙데데한 칼날!

실제로는 아무 소리도 들리지 않건만, 우낙은 어금니를 시큰하게 만드는 날카로운 금속성이 소리 아닌 다른 형태로 머릿속을 직격하는 듯한 기분에 사로잡혔다.

그러던 어느 순간…….

"음!"

제초온이 짧고 무겁고 강렬한 신음을 흘리며 한 발짝 물러섰다. 한 마리 검은 뱀이 만들어 낸 먹빛 파도들로부터 벗어난 청강참마도가 장대한 자루를 부르르 떨고 있었다. 그 모습이 마치 힘겹게 헤쳐 나온 물살 속으로 다시 뛰어들기를 거부하는 소년을 보는 듯했다. 석대문 또한 한 걸음을 물러났다. 제초온과 마주 서서 대화를 나눌 때까지만 해도 비어 있던 석대문의 오른손에는 지금 이 순간, 새카만 광채로 반들거리는 장검 한 자루가 들려 있었다. 일 년 전만 해도 저 검의 이름을 아는 자는 거의 없었을 것이다. 하지만 검과 주인이 함께 이룩한 경천동지할 영웅담들이 그 이름을 온 강호에 회자시켰다.

묵정검.

그 검은 정말로 요요한 흑수정처럼 보였다.

"이거야 원. 두 해도 안 지났는데 완전히 다른 사람이 되었군."

푸념하듯 중얼거린 제초온이 청강참마도의 칼날을 아래로 돌려 내렸다. 그 모습을 본 석대문이 멀쩡한 반면을 찡긋거렸다.

"더 안 하시는 건가요?"

제초온은 뭔가 심각한 갈등에 빠진 사람처럼 아랫입술을 질근질근 깨물다가 고개를 저었다.

"안 해야겠어. 더 하다가 완전히 깨져 버리면, 다음에는 상대도 안 해 줄 게 아닌가."

그러고도 손에 쥔 청강참마도를 힐끔거리며 몇 차례 더 입술을 깨물던 제초온이 "시끄러, 이 여편네야!"라고 작게 윽박지르며 칼날을 땅바닥 깊숙이 박아 버렸다. 다른 사람들의 귀에는 들리지 않는 청강참마도의 앙탈은 그의 큰 손이 칼자루에서 떨어진 뒤에야 잠잠해진 모양이었다.

제초온이 숨을 길게 내쉰 뒤 말했다.

"얼마 전에 어떤 늙은이들하고 진짜로 지독하게 싸워 보았다네. 용케 살아남고 나니, 내 도법에 뭔가 막힌 것이 있다는 생각이 들더군. 그 뒤로 시간 날 때마다 막힌 것을 뚫기 위해 열심히 궁리를 하고는 있는데…… 머리가 나빠 그런지 아직은 막막한 점이 많아. 하지만 머지않아 뚫어 낼 것 같기는 하네. 너무 오래 걸리지는 않을 거라는 뜻이지. 젠장, 그동안 마누라에게 바가지 긁힐 걸 생각하면 벌써부터 골치가 아파 오긴 하지만, 자네의 까만 귀염둥이하고는 그때 가서 제대로 붙어 보기로 하지."

그러면서 주위를 한 번 둘러본 뒤 덧붙였다.

"귀찮은 구경꾼들이 없을 때 말일세."

석대문은 묵정검을 허리에 둘렀다. 연검은 얌전한 숙녀처럼 제자리로 돌아가 요대가 되었다.

"선배와의 약속은 언제나 즐겁지요."

제초온이 미간을 모았다.

"나를 만만하게 본다는 뜻은 아니겠지?"

"그럴 리가 있겠소."

저 말을 믿지 못하겠다는 듯이 눈을 한 번 더 찌푸린 제초온이 원소탕을 한 그릇 퍼서 석대문에게 내밀었다.

"핏줄을 만나러 온 사람을 눈치도 없이 너무 오래 붙들어 둔 건 아닌지 모르겠군."

석대문은 얼어붙은 호수 위로 그림자를 얹기 시작한 둥근 달을 올려다본 뒤 말했다.

"밤은 이제 막 시작되었을 뿐이오."

제초온이 히죽 웃었다.

"그래, 이제 시작이지. 나는 정말로 궁금하다네, 이 밤이 과연 어떤 밤이 될지."

이 밤은 과연 어떤 밤이 될까?

그 역사적인 밤에 합류하기를 바라는 손님들은 원소탕을 비운 강동제일인이 제초온의 앞을 지나간 뒤에도 계속 모습을 드러냈다. 그러나 그들 모두가 우낙이 끓인 원소탕을 먹을 수 있었던 것은 아니었다.

정사지간의 인물로 십여 년 전부터 주목을 받던 청면사靑面蛇 맹륙신孟陸愼은 성명절기인 청령기靑靈氣를 발휘하여 제초온의 거령권을 여덟 번 받아 낸 뒤, 아홉 번째 주먹이 날아들기 전 자신의 부족함을 인정하고 물러났다. 하지만 땀으로 뒤덮인 그의 얼굴에서는 부끄러워하는 기색을 조금도 찾아볼 수 없었다.

점창파 현 장문 도장의 둘째 제자이자 다음 대 장문 도장 자리를 놓고 사형과 경쟁을 벌인다고 알려진 휴경休慶 도인은 저 유명한 사일검법射日劍法을 다섯 초도 펼쳐 보기 전에 청강참마도의 칼자루에 뒤통수를 강타당하고 혼절, 사제들에게 들려 나갔다. 우낙이 보기에 오늘 밤 안에는 정신을 차리지 못할 것 같았다.

그러나 가장 비참한 꼴을 당한 자가 삼리강의 채주 장십구도라는 점에는 의심의 여지가 없을 것이다. 삼도혈전에서 칠성노조 곽조와 더불어 대패를 당한 주제에도 곧바로 섬서와 호북의 녹림도들을 규합, 주인을 잃은 태행산 칠성채를 점령하고 녹림의 맹주를 자처하고 나선 이 승냥이 같은 인물은, 오늘 밤 열리는 이 차 곤륜지회에 한 자리를 차지함으로써 거지들에게 꺾인 체면을 회복하고 녹림의 새 주인으로서의 입지를 다질 수 있으리라 내심 기대한 눈치였다. 다만 아쉬운 사실은, 그 기대를 이루기 위해 넘어야 할 문지기가 '배은망덕'이라는 네 글자를 얼마나 증오하는 인물인지를 미처 고려하지 못했다는 점이리라.

배은망덕한 도전자를 대하는 제초온의 마음가짐이 앞서 청면사와 휴경 도인을 상대할 때와 사뭇 다르다는 것은, 훨씬 난폭하고 훨씬 단호하여 생사가 오가는 실전을 방불케 한다는 것은, 허공을 맴도는 청강참마도에서 울려 나오는 바람 소리만 들어도 충분히 알 수 있었다.

황! 황! 화아아악!

결과는 참혹했고, 어찌 보면 치명적이라고도 할 수 있었다. 제초온의 벼락같은 일 도에 자신이 그동안 살해한 열아홉 개의 목숨을 실금으로 촘촘히 새겨 넣은 칼과 그 칼을 휘두르던 오른팔을 한꺼번에 잘려 버린 장십구도는 더 이상 녹림의 맹주로도, 그리고 장십구도라는 의미심장한 이름으로도 행세하기 힘들 것 같았다.

"노조를 대신해 내리는 교훈이다."

절반으로 줄어든 오른팔을 왼팔로 감싼 채 피와 땀을 비처럼 흘리며 물러나는 그를 향해 제초온이 던진 말이었다.

'인생 끝났군.'

우낙은 녹림이라는 세계가 다리 잘린 승냥이를 대접해 줄 만큼 인정 많은 곳이 아님을 알고 있었다. 조만간 저자에게는 이제껏 타인에게만 제공해 오던 배은망덕의 쓰디쓴 독배를 직접 맛볼 기회가 찾아올 것 같았다. 자승자박이라고나 할까.

낡은 양의도포를 걸친 계피학발의 늙은 도사 하나와 차림새는 멀쩡하지만 인간에게 중요한 무엇인가를 결여한 듯한 얼굴을 한 중년 도사 하나가 시험대 앞에 등장한 것은, 오만상을 찡그린 우낙이 제초온의 발치에 떨어진 팔 조각과 칼 조각을 치우고 있을 무렵이었다.

"말코 비린내가 온 산에 진동을 하더니만."

코밑을 손가락으로 문지르며 투덜거린 제초온이 늙은 도사에게 물었다.

"무당파의 현유 도장, 맞소?"

늙은 도사가 고개를 끄덕였다.

"그렇다네."

제초온의 굵은 목이 옆으로 삐딱하게 기울어졌다.

"고검의 천외일매 앞에서 정신 줄을 완전히 놓았다는 소문이 있던데…… 내가 잘못 들은 거요?"

누구라도 알아들을 수 있는 선명한 비웃음이 담긴 이 질문에도 현유 도장은 노하지 않았다. 노하지 않았을 뿐만 아니라 어떤 종류의 감정도 드러내지 않았다. 그의 노안은 너무도 평온하여 숫제 살아 있는 사람 같지도 않아 보였다.

"갑자기 나타난 벽과 마주친 인간은 왕왕 미친 것처럼 보이기도 할 테지."

현유 도장의 말에 제초온의 얼굴이 별안간 진지해졌다.

"묘하게 마음에 와 닿는 말이군."

"미치광이는 무엇도 개의치 않고 오직 한 가지에만 몰입할 수 있다네. 그러한 몰입이 때로는 벽을 깨트리는 쇠망치 역할을 해 줄 수도 있지."

현유 도장으로부터 흘러나오는 기운은 지극히 초연하여 무엇도 개의치 않는다는 자신의 말을 입증해 보이는 것 같았다.

"몰입……."

고리눈을 잔뜩 찌푸리고 턱수염이 까칠하게 돋은 턱을 손바닥으로 쥐어 잡으며 잠시 뭔가를 생각하던 제초온이 어느 순간 눈을 빛내며 물었다.

"나 같은 마두에게 왜 이런 충고를 해 주는 것이오?"

현유 도장은 허허롭게 웃었다.

"흙은 천지에 깔려 있고 비는 구석구석까지 내리네. 흙 알갱이를 품고 빗물을 마셔 아름다운 송이를 피우는 것은 온전히 꽃의 공로라고 하겠지. 충고는 아무나 할 수 있지만 그것으로부터 무엇인가를 얻어 내는 사람은 극히 드물다네."

제초온의 입가가 실룩거렸다.

"제기랄, 기분 한번 더럽군. 냄새 나는 말코에게 이따위 소리를 들어야 하다니. 어차피 도장은 상관없소. 무당오검의 수좌에게는 내 원소탕을 먹을 자격이 충분하니까. 하지만……."

제초온의 눈길이 현유 도장의 뒤쪽에 구부정한 자세로 서 있는 일행을 향했다.

"저 물건은 뭐요? 도장의 제자인가?"

어깨 너머를 일별한 현유 도장이 대답했다.

"사형의 제자였지, 지금은 고치에 불과하지만."

"고치?"

"어쭙잖게 세상에 나온 나비를 다시 고치 속으로 집어넣느라고 고생을 좀 했다네. 태중의 아기가 한 명의 인간으로서 면모를 갖추지 못한 것처럼, 고치 속의 굼벵이 또한 한 마리의 나비로 간주하기는 힘들지 않겠는가."

두 사람이 자신을 놓고 왈가왈부함에도 장년의 도사는 아무런 반응을 보이지 않았다. 바람과 추위에 트고 갈라진 입술은 무슨 주문 같은 소리를 끊임없이 중얼거리고 있었고, 침침하고 혼탁한 두 눈은 아무것도 없는 허공의 한 점에 붙박여 있을 따름이었다.

"흠, 나비가 아닌 굼벵이에게는 시험이 필요 없다?"

어딘가 못마땅하다는 식의 제초온의 말에 현유 도장이 반문했다.

"그보다는 이 굼벵이가 대체 어떤 나비로 다시 태어날지 궁금하지 않은가?"

제초온이 코웃음을 친 뒤 국자를 잡았다.

"그런 건 잘 모르겠고, 모름지기 문지기라면 공정할 필요가 있겠지. 도장에게 도움을 받았으니 도장이 데려온 굼벵이에게도 한 그릇을 주리다."

숙수의 입장에서는 못내 섭섭한 일이지만, 무당파에서 온 늙고 젊은 두 도사는 제초온에게서 받은 탕 그릇에 입술만 슬쩍 갖다 댄 뒤 시험대를 지나쳐 갔다. 다음 차례는 염소수염에 꼬장꼬장해 보이는 얼굴을 가진 노인이었다.

'외팔이?'

우낙은 그 노인의 왼팔 옷자락이 밤바람을 맞아 힘없이 너풀거리는 것을 놓치지 않았다.

제초온이 외팔이 노인을 향해 야유했다.

"정말 오지랖 하나는 알아줘야 할 영감쟁이로군. 오만 가지 일에 안 끼는 데가 없단 말이야."

외팔이라는 외적 특징과 오지랖이 넓다는 내적 특징이 심상 위에서 하나로 결합했을 때, 우낙은 그 노인의 정체를 알게 되었다. 자칭 강호사가江湖史家, 남들에게는 귀 밝은 원숭이[順風耳]로 불리는 모용풍이 바로 저 노인의 정체일 터였다. 모용풍이 가진 남다른 면은 오지랖 한 가지만이 아니었다. 우낙은 비각에서 요직이라 할 만한 자리에 한 번도 올라 보지 못했지만, 그 요직들이 저 영감을 잡느라 얼마나 골머리를 앓았는지에 대해서는 잘 알고 있었다. 비각의 집요한 추적을 십 년이나 피해 다녔으니, 그만하면 강호제일의 도망꾼이라고 불러도 좋으리라.

모용풍은 제초온의 비난을 인정하려 들지 않았다.

"아니지, 이 영감쟁이는 정말로 중요하지 않은 일에는 끼어들려 하지 않는다네."

이제까지는 대체로 도전자 쪽에서 시험관에게 다가왔는데, 이번에는 반대였다. 제초온은 팔소매를 거칠게 걷어붙이며 모용풍에게로 성큼성큼 다가섰다. 가뜩이나 비쩍 곯은, 그것도 팔 하나를 잃은 노인이 제초온 같은 거인과 마주 서니 그 왜소함이 어떠해 보이겠는가. 그러나 모용풍은 소 닭 보듯 덤덤히 올려다볼 뿐. 제초온이 두 주먹을 말아 쥐고, 그것들로부터 울려 나온 뼈마디 부딪는 소리가 우낙의 마음을 섬뜩하게 만들어도, 모용풍의 약간 심드렁한 듯 보이는 표정엔 변화가 없었다.

"따질 거라도 있는 사람 같은 얼굴이군."

모용풍의 말에 제초온이 어금니를 뿌드득 갈아붙였다.

"신오대고수라는 개방귀 같은 소리, 영감이 만들었지?"

모용풍은 고개를 끄덕였다.

"내 기억이 맞는다면 분명히 그런 것 같군."

제초온의 얼굴이 붉게 상기되었다.

"강동 촌구석의 애송이에게까지 돌아간 자리에 감히 내 이름은 빼 놔? 영감 눈에는 이 제초온이 그렇게 우습게 보였나 보지?"

모용풍은 제초온의 얼굴을 빤히 올려다보다가 픽 웃었다.
"그깟 일 때문에 그러는 건가?"
"그깟 일? 영감 때문에 내가 무슨 취급을 당한 줄 알기나 하고 하는 소리야? 유붕 같은 인간쓰레기와 한 묶음으로 불리는 심정이 어땠는지 알아?"
"이봐, 거경, 뭔가 오해하고 있나 본데, 내가 강호오괴라는 이름을 짓고 그 안에 나를 집어넣은 것이 아니듯, 강호사마라는 이름도 내가 지은 게 아니라네."
"아니긴 뭐가 아니야! 영감이 그 애송이 대신 나를 신오대고수에 꼽았다면, 내가 왜 그 빌어먹을 강호사마란 이름으로 불렸겠어? 그래도 영감의 책임이 아니란 말이지!"
버럭버럭 소리를 지르는 제초온을 보며 우낙은 혀를 찼다.
'맺힌 게 많았나 보네.'
제초온은 대체로 솔직한 편이지만, 그래도 저렇게까지 적나라하게 속마음을 까 보이는 모습은 무척이나 낯설어 보였다. 하긴 어디서라도 강호사마라는 소리만 들으면 참지 못하고 폭발하던 그가 아니던가.
"쯧쯧, 그건 아니지."
손가락 하나를 세워 좌우로 가볍게 흔들어 보인 모용풍은 곧바로 허리를 펴고 눈을 가늘게 여몄다. 마치 학동에게 중요한 잘못을 지적하려고 하는 훈장님의 얼굴 같았다.
"자네도 겪어 보지 않았나, 그 애송이가 실제로는 전혀 애송이가 아니라는 점을."
"지금이야 그렇지만 예전에는……!"
모용풍의 눈빛이 별안간 신랄해졌다.
"예전의 그 애송이가 천하제일의 영웅으로 성장하는 동안,

거경 자네는 대체 무엇을 하고 있었는가?”

이 질문이 마치 날카로운 비수처럼 제초온을 찌르는 것 같았다. 제초온은 어깨를 흠칫하며 거대한 몸을 움츠렸다.

“나는…… 하지만 나도 나름대로는…….”

창백해진 얼굴로 뭐라 더듬더듬 변명을 하려는 제초온에게 모용풍이 차분한 목소리로 말했다.

“언제나 가파른 물살 위에서 위태롭게 살아가야 하는 우리 같은 사람들에게 현상 유지 따위란 없네. 나아가지 못하면 도태될 뿐. 그래서…… 음…… 저 위에 있는 그자가 말한 ‘쟁선’이란 어쩌면 우리가 살아가는 방식을 규정하는 가장 핵심적인 요소일지도 모른다네. 벗어나는 순간 모든 것을 버려야만 하는 혹독하고 야박한 규칙이기도 하고.”

모용풍은 작게 한숨을 쉬었다.

“불행인지 다행인지, 나는 처음부터 쟁선을 좇지 않았다네. 그 대신 쟁선하려는 자들 곁에서 기록하고 분석하고 평가하기를 즐겼지. 그래서 그자를 두 번 다시 만나지 않겠다는 맹세를 깨고 저 위에 올라가려고 하는 거라네. 어떤가, 이런 내게 탕국 한 그릇 내줄 용의가 있는가?”

제초온은 부리부리한 모용풍을 똑바로 노려보았다. 그 눈빛이 얼마나 살벌한지, 저러다 탕국은커녕 한칼 내려찍는 게 아닌지 염려될 정도였다. 그러나 그 거대한 마두는 천천히, 마치 석공이 비석에다 한 자씩 새기는 것처럼 말했을 뿐이다.

“영감, 언젠가는 나에 대해 내렸던 평가를 반드시 수정하게 될 거요.”

모용풍이 빙긋 웃었다.

“이제까지 한 번도 그런 생각을 해 본 적은 없지만, 오늘 밤이 자리를 지키고 있는 자네를 보니, 나 또한 그런 날이 오기를 바라고 싶어지는구먼."

"제기랄, 재수 없이 히죽거리기는. 자, 이거나 처먹고 얼른 꺼지시오."

넌더리가 난다는 듯 고개를 절레절레 흔든 제초온은 원소탕을 한 그릇 퍼 담아 모용풍에게 내밀었다.

뜨끈한 고깃국으로 배를 채운 귀 밝은 원숭이가 텅 빈 소맷자락을 휘적거리며 무망애로 올라간 뒤, 한동안은 아무도 제초온의 앞으로 나서지 않았다. 우낙은 주위를 여전히 메우고 있는 그림자들을 둘러보았다. 저들 중 역사적인 회합에 참석하고 싶은 욕심을 가진 자야 아직도 많겠지만, 이미 무망애로 올라간 면면을 기억하는 그들로서는 감히 어깨를 나란히 할 엄두를 내지 못할 터였다.

그리고…….

마침내 마지막 손님들이 등장했다. 이 자리에 모인 사람들 중에서 그 손님들의 정체를 알아본 이는 극소수에 불과할 것이 분명했다. 공교롭게도 우낙은 바로 그 극소수에 포함되었다. 그는 자신도 모르게 털썩 무릎을 꿇고, 나타난 두 사람 중 담황색 비단 장포 위에 여우 털로 만든 새하얀 목도리를 두른 비대한 노인을 향해 머리를 조아렸다.

오늘 같은 달밤과 참으로 잘 어울리는 그 노인에게, 동행한 평범한 얼굴의 장년 밀승이 마치 평판 좋은 다루에라도 온 듯 태연한 신색으로 말했다.

"부럽소, 각주. 참으로 듬직한 수하를 두셨구려. 덕분에 번다한 소란을 피할 수 있게 된 것 같소이다."

노인의 혈색 좋은 입술 위로 인자하고 여유로운 미소가 맺혔다.

"그러게 말입니다. 진작 알았다면 강이에게 말해 녹봉이라도 올려 주었을 것을, 주인 된 몸으로 수하의 장점을 너무 늦게 알아본 것 같아 미안할 따름입니다."

제초온이 거대한 몸을 똑바로 세운 뒤 노인을 향해 깍듯한 포권례를 올렸다.

"육비영 제초온, 각주께 인사 올립니다."

비각의 각주, 잠룡야 이악이 제초온을 향해 엄지손가락을 치켜세웠다.

"참으로 멋진 인사야. 그 멋진 인사를 오늘 이후로는 받을 수 없다는 게 아쉽군."

차가운 땅바닥에 엎드린 채 고개만 빼꼼 쳐들고 있던 우낙은 문득 궁금함을 느꼈다. 제초온이 비영 직을 사직하고 퇴직금까지 챙겨 나온 것을 알고서 하는 말일까? 그래서 앞으로는 얼굴 대할 일이 없을 것이라는 뜻일까? 하지만…… 그런 것 같지는 않은데?

"그런…… 겁니까?"

제초온이 침울하게 반문했다. 이악은 잘 자란 호박처럼 둥근 얼굴을 천천히 끄덕거렸다.

"역시 그렇군요."

제초온의 표정이 납덩이처럼 무거워졌다. 이악이 다가와 마치 장성한 아들을 달래는 아버지처럼 거인의 두툼한 상박을 툭툭 두드려 주었다.

"얼굴 펴게. 장부는 그런 표정 짓는 게 아니야."

"하지만……."

"여러 말 말고, 자네가 끓인 원소탕 맛이나 보세. 멀리서 구경하다 보니 정말로 입안에 군침이 돌아 못 견디겠더군. 내가 장담하건대, 오늘 불참한 서문숭은 아마 그 진미를 먹지 못한 것을 두고두고 후회하게 될 걸세."

제초온이 뒤통수를 긁으며 말했다.

"끓인 사람은 제가 아니라 저기 있는 우낙입니다."

"그래?"

그 순간 우낙과 이악의 눈길이 딱 마주쳤다. 어이쿠, 하며 황급히 머리를 조아리는 우낙의 옆으로 작고 단단한 무엇인가가 툭 떨어졌다. 곁눈질로 살펴보니 새끼손톱 반만 한 금강석이 박힌 금반지였다.

"산서의 귀문도에게 요리 재주까지 있는 줄은 몰랐군. 탕국값일세."

이제껏 적지 않은 자들이 우낙이 끓인 원소탕을 먹었지만 식대—그것도 어마어마한!—를 치른 사람은 각주님이 유일했다. 감사와 존경심이 조수처럼 밀려들었다.

우낙이 포갠 두 손으로 금반지를 받쳐 올린 채 몸을 부들거리는 사이, 제초온은 두 그릇의 원소탕을 퍼 이악과 장년 밀승, 데바에게 건넸다. 호식가인 이악은 말할 나위도 없고, 데바 또한 불제자답지 않은 식욕을 보이며 탕국을 맛있게 비웠다.

빈 그릇을 제초온에게 돌려주며 이악이 말했다.

"염치없지만 부탁할 게 하나 더 있군."

제초온이 허리를 숙였다.

"말씀하십시오."

"명이와 군영이의 무덤은 단천원 안에 마련했겠지?"

"그렇습니다."

"돌이켜 보니 우리 삼대三代, 함께 시간을 보낸 적이 별로 없더군. 어른으로서 자식들에게 못할 짓을 한 게지."

이악의 입가에 어린 미소가 조금 허허롭게 변했다.

"무슨 말씀을 하시려는지 알겠습니다."

제초온이 말했다. 그의 눈자위는 조금 붉어져 있었다.

"고마우이."

제초온을 향한 이악의 눈에 깊은 신뢰가 물처럼 일렁거렸다.

자격을 갖춘 자들은 모두 올라가고 자격을 갖추지 못한 자들은 모두 남았다.

제초온은 시뻘겋게 달아오른 무쇠 솥의 가장자리를 맨손으로 움켜잡고 "끙!" 하고 용을 썼다. 원소탕을 맛본 자가 적다고 할 수는 없지만, 서역의 소 한 마리를 통으로 잡아 끓인 만큼 그 양은 어마어마했다. 솥 안에 거의 대부분 남겨져 있던 탕국이 시허연 수증기를 피워 올리며 얼어붙은 바닥 위로 세차게 번져 나갔다.

그것으로도 모자랐는지 청강참마도를 한 차례 크게 휘돌림으로써 장작불이 이글거리던 화덕까지 박살 내 놓은 제초온이 중인들을 향해 엄숙하게 선포했다.

"영업 끝!"

영업은 끝났다. 시험도 끝났다.

이 차 곤륜지회의 입장을 결정하는 관문이 두껍고도 거대한 칼날의 문을 내린 것이다. 남은 것은 쟁선에 대한 본격적인 논쟁이 벌어질 이 차 곤륜지회뿐. 그러나 그 논쟁의 시작과 과정과 결말은 결코 말로만 이루어지지 않을 터였다. 우낙은 고개를 들어 검푸른 밤하늘을 올려다보았다.

어느덧 중천으로 오른 원소야의 밝은 달이 무망애를 내려다보고 있었다.

한산寒山 (三)

(1)

무망애에는 초행이 아니었다.

모용풍은 황서계의 계주로서 왕성한 의욕과 정력을 보이던 이십오륙 년 전, 국경을 넘고 청해를 건너 곤륜산을 주유한 바 있었고, 역사적 현장을 넘어 신화적 현장으로 자리매김한 이 무망애에 올라 그 가슴 벅찬 소회를 짧은 기록으로 남기기까지 했다. '영락永樂 십구 년 팔월 십일 일. 연왕燕王(영락제)이 남부의 황도를 북변으로 옮긴 해, 강호사가는 동방을 벗어나 서역의 영봉에 올랐다.'라는 구절로 시작되는 그 기록의 마지막을, 그는 지금도 똑똑히 기억하고 있었다.

……때문에 나는 어떤 이름을 떠올릴 때마다 그 이름에 깃든 선악

과 미추를 고려하고 판단하여 기록으로써 남기려 애써 온 것이다.

그러나 세상에는 하루하루 버텨 나가기에도 힘든 사람들이 너무 많고, 그런 그들에게 그들의 삶과 어느 정도 유리된 것처럼 보이는 역사에 대해 마음속 깊숙이 새기고 살기를 강요하는 것은 무익할뿐더러 불가능한 일에 가깝다. 정난靖難이라는 미명하에 어린 조카를 몰아내고 보좌를 강탈한 숙부의 무치함이 얼마간의 평화와 얼마간의 소란, 그리고 그것들의 부침으로 이루어진 얼마간의 세월에 묻혀 세인의 기억 속에서 어느덧 희미해져 버린 것이 그 단적인 증거라고 할 것이다.

하지만 모든 역사가 시간의 풍상에 쓸려 속절없이 깎여 나가기만 한다면 사필史筆을 잡은 자들은 얼마나 의기소침해지겠는가!

다행히 어떤 이름들과, 그 이름들이 만들어 낸 위대한 역사는 신령한 봉우리처럼 단단하고 뚜렷하다. 석년 바로 이 자리에서 펼쳐진 북악의 드높은 위엄과 남패의 호방한 웅심과 구중의 음험한 모계와 혈랑의 신이한 권능과 그 모두를 품고 조율하여 강호의 대역사로 탈바꿈해 낸 만용의 갸륵한 공로만큼은 이 곤륜산이 무너져 사라지지 않는 한 결코 퇴색되는 일이 벌어지지 않으리라고 나는 확신한다.

글 중에서도 적시했듯이 모용풍은 스스로를 강호사가로 여겼고—그 점에 대한 일부 독설가들의 야비한 조롱에 대해서는 크게 신경 쓰지 않았다— 사가란 역사를 기록하는 자를 뜻한다. 기록되지 않는 역사는 진정한 역사라고 하기 힘들다. 그러므로 그는 이번 두 번째 곤륜행에서도 당연히 기록을 남길 작정이었다. 이는 쟁선의 가치관과 무관하게 살아온 그가 무망애에 발을 들인 이유이기도 하며, 제초온 또한 그 점을 인정했기에 별다른 시험 절차 없이 그의 통과를 허락해 준 것이리라.

원소야의 달이 아무리 밝아도 태양처럼 하계를 밝힐 수는 없었고, 무망애는 강호의 기인마저도 어려움을 느낄 만큼 험준했다. 정상에 가까워질수록 호흡은 점점 거칠어졌고, 허벅지와 정강이의 근육은 누적되어 가는 피로를 호소하고 있었다. 그러나 모용풍의 심장을 이토록 두근거리게 만드는 요인은 육체적인 고통만이 아니었다. 그는 마음속에서 소용돌이치며 뒤엉키는 기대감과 공포감의 자극적인 냄새를 맡았고, 매 걸음마다 점증되는 책임감과 부담감의 버거운 무게를 느꼈다.

반백년의 절반에 해당하는 세월 만에 다시 오른 이 영봉에서, 강호사가는 대체 어떤 기록을 남기게 될까?

현지인들에게는 '하늘 문'이라 불리는, 곤륜의 자연이 빚어낸 천연의 석문石門을 지나자 정상으로 통하는 마지막 관문이 나왔다. 길이라고 할 만한 곳을 아예 찾아볼 수 없는 깎아지른 절벽—무망애에 절벽 애崖 자가 붙은 데에는 다 이유가 있다—이 바로 그 관문이었다. 외팔이가 된 다음 불편해진 일이 어디 한두 가지겠냐마는, 저런 종류의 고약한 지형과 마주친 경우에는 특히 곤란함을 느낄 수밖에 없었다. 하지만 지금은 그리 걱정할 필요 없었다. 사라진 한 팔을 대신하여 그에게 도움을 줄 사람이 절벽 앞에서 대기하고 있었기 때문이다.

굵은 밧줄이 네 개 묶인 커다란 나무 광주리 옆에 서서 무망애 정상에 오르려는 자들을 기다리는 초로인을 본 순간, 모용풍이 처음 느낀 감정은 우울한 동질감이었다. 동병상련의 불편한 역설이라고 해야 할지도 모른다. 외팔이가 외팔이를 만나는 일은 사람들이 생각하는 것처럼 반갑지가 않았으니까.

혈랑곡도 특유의 붉은 장포를 걸친 그 외팔이는 쇠가죽처럼 강인해 보이는 얼굴의 소유자였지만, 그 얼굴은 창백하고 피곤해 보였다. 모용풍은 강호제일의 정보통답게 지난해 말 단천원에서 벌어진 혈사血事의 전말을 파악하고 있었고, 그중에는 얼음강시로 화신한 강동의 명숙과 사투를 벌이다가 외팔이가 되었다는 옛 금철하후가의 후예에 관한 이야기도 포함되어 있었다.

세상에! 금철하후가라니!

모용풍은, 만일 상황만 예사로웠다면 오지랖 넓기로 소문난 순풍이가 저 남자를 붙잡고 얼마나 많은 질문을 퍼부었을지 짐작도 가지 않았다. 그러나 상황은 예사롭지 않았고, 그래서인지 두 외팔이 모두 한마디 인사말조차 나누지 않은 채 각자에게 주어진 일을 묵묵히 행할 따름이었다.

상대의 손짓에 따라 모용풍이 나무 광주리에 오르자, 금철하후가의 후예가 절벽 위로부터 늘어진 네 개의 밧줄 중 하나를 두 번 잡아당겼다.

드드득!

밧줄 심이 울리는 빠근한 비명 소리와 함께 모용풍을 태운 나무 광주리가 바닥을 떠나 절벽을 따라 올라가기 시작했다.

상승 속도는 제법 빨랐고 나무 광주리는 그리 안정적이지 못했다. 모용풍은 하나뿐인 손으로 허리 높이까지 오는 나무 광주리의 목제 테두리를 붙잡은 채, 좌우로 흔들리며 쭉쭉 밀려 내려가는 절벽 면을 바라보았다. 과거에는 덩굴로 엉킨 관목과 폭포수처럼 흘러내리는 이끼와 시커먼 곰팡이 같은 석이石耳 들로 덮여 있던 절벽 면이 지금은 오직 눈얼음밖에는 찾아볼 수 없었다. 당시에는 젊은 팔다리에 기댄 기운 찬 경신술로 이 절벽을 원숭이처럼 날렵하게 타고 올랐건만……. 그는 씁쓸한 눈길로 자신의 사라진 왼팔 자리를 돌아본 뒤 고개를 들어 점차 가까워지는 무망애의 정상을 올려다보았다. 지금 저 정상에 올라

있거나 혹은 이후로 올라올 자들 중 당시 그의 경지에 미치지 못하는 하수는 노소 불문하고 한 명도 없을 것 같았다. 그러니 지금 그를 태우고 올라가는 이 조잡하고 투박한 승강 장치는 아마도 손님들을 편히 모시기 위한 주재자의 작은 배려에 지나지 않을 것이다.

'이런 방면으로는 목석처럼 무심한 자인 줄 알았는데…… 오해였던가?'

생각의 물꼬가 그자에게로 향할 때마다 애써 돌리려 노력했던 모용풍이지만 오늘 밤만은 예외였다. 오늘 밤 벌어질 모든 사건들의 중심에는 바로 그자가 있을 것이기 때문이었다. 모용풍은 자신의 손으로 기록될 이번 역사에서 누구의 이름이 가장 크고 굵은 글자로 새겨질지 알고 있었다.

이 대 혈랑곡주 석대원!

혈랑기와 함께 겨울 폭풍처럼 등장하여 불과 한 계절 만에 피와 파괴와 공포의 상징이 되어 버린 자!

나무 광주리가 상승을 멈췄다.

드디어 무망애 정상.

급조한 것치고는 제법 튼튼해 보이는 거중기를 이용해 광주리를 끌어 올린 자는 말과 꼭 닮은 얼굴을 한 노인이었다. 절벽 가장자리를 후려치는 차가운 바람이 그자의 붉은 장포를 밀어붙여 길고 앙상한 팔다리의 윤곽을 그대로 드러나게 만들었다.

말상, 그리고 유달리 긴 팔다리.

첫 번째는 몰라도 두 번째는 참기 힘들었다. 모용풍은 광주리에서 벗어난 즉시 그자에게 말을 걸었다.

"임자는 양각천마로구먼."

과거 천하제일의 신투로 이름을 날리다가 의문의 실종을 당한 양각천마 최당이 광주리를 다시 절벽 아래로 내려보내려다 말고 모용풍을 힐끔 돌아보았다.

"헹, 한자고가 선생을 두고 그러더군. 목에 칼이 들어와도 궁금증은 기필코 풀어야 직성이 풀리는 위인이라고. 호기심을 못 이겨 패가망신까지 당해 놓고도 그 버릇을 여전히 못 고치는 걸 보면, 천성이란 게 정말로 있긴 있는 모양이지?"

초면에 무례하게도 상대의 아픈 곳을 사정없이 찌른 최당이 히죽 웃더니 덧붙였다.

"하지만 나를 그 이름으로 부르지는 말아 주시게나, 순풍이 선생. 최소한 오늘까지는 혈랑곡의 전령이니까."

"한자고? 하면 그 친구도 이곳에 왔는……?"

말을 꺼낸 즉시 후회했다. 혈랑검동은 혈랑곡주의 그림자, 혈랑곡주가 있는 곳에 혈랑검동이 빠질 리 없었다. 전대에도 그렇거니와, 당대에는 더더욱 그렇다는 사실을 눈으로 확인한 사람이 바로 모용풍 본인이 아니던가. 모용풍은 말꼬리를 슬쩍 얼버무리며 질문의 내용을 바꿨다.

"오늘까지라는 건 무슨 뜻이지? 오늘이 지나면 혈랑곡의 전령 노릇을 그만둔다는 말인가?"

최당은 어깨를 으쓱거리며 애매한 말로 대답을 대신했다.

"뭐, 나도 눈치란 게 아주 없는 사람은 아니니까."

"그건 또 무슨 소린가?"

재차 묻는 모용풍을 향해 최당이 고개를 세차게 내저었다.

"애먼 사람 귀찮게 굴지 말고 얼른 자리나 찾아가시게. 팔자에도 없는 공역功役을 하느라 힘들어 죽겠는데 말이야."

"자리?"

이번에는 애매한 대답조차 아닌 턱짓만이 돌아왔다. 모용풍

은 최당의 불룩 튀어나온 하관이 가리키는 방향으로 고개를 돌렸다. 그곳에는 바닥으로부터 창처럼 솟구쳐 오른 크고 작은 바위들이 무작위하게 서 있는 잡석림이 자리하고 있었다.

"지난번 곤륜지회가 열렸던 그 암반을 말하는 겐가?"

하지만 최당은 이미 완강히 등을 돌린 채 밧줄을 조작해 광주리를 절벽 아래로 내릴 뿐이었다.

머쓱해진 모용풍은 최당의 뒷모습을 바라보고, 잡석림을 돌아보고, 하늘에 떠 있는 보름달을 올려다보고, 절벽 아래로 펼쳐진 곤륜의 광막한 야경을 부감하고, 다시 잡석림 쪽으로 눈길을 돌리고, 숨을 길게 내쉬고, 그 빈자리를 맑고 차가운 공기로 채워 마음을 새롭게 다진 뒤, 걸음을 떼어 놓았다. 최당의 말이 맞았다. 오늘 밤 그는 일생일대라 할 만큼 거대한 호기심을 풀 예정이지만, 그 대상이 최소한 저 최당은 아니었던 것이다.

기억하기에 그 화강암 암반은 원래부터 넓었지만, 지금은 실제 면적에 비해 지나치게 넓은 느낌을 주었다. 모용풍은 암반 앞에 당도하기도 전에 그 이유를 알아차릴 수 있었다. 달궈진 인두가 구깃구깃한 옷감을 눌러 펴듯, 인간의 영혼과 육신을 동시에 납작하게 만드는 무시무시한 침묵이 암반과 그 주변의 땅을 짓누르고 있었던 것이다.

모용풍에 앞서 원소탕을 받은 선객들은 넓이가 백오십 평은 너끈히 나갈 그 넓은 암반을 가운데 두고, 마치 큰 수레바퀴에 점점이 들러붙은 진흙 자국들처럼 띄엄띄엄 둘러앉아 있었다. 그들을 위해 마련된 자리는 높이가 적당하고 상부가 편편하여 의자처럼 앉기에 불편함이 없는, 바위라고 부르기에는 조금 작고 돌이라 부르기에는 조금 큰 암석들이었다. 색깔과 모양새로 보아 그가 지나쳐 온 잡석림에서 맞춤한 것을 골라 가져다 놓은 것 같았다.

선객들 대부분의 얼굴 위에는 그들을 짓누르는 침묵의 일부가 이목구비만큼이나 뚜렷하게 자리 잡고 있었고, 원소야의 밝은 달빛이 그런 그들의 면면을 비추고 있었다. 그들 모두는 지금껏 강호를 움직여 온, 혹은 장차 강호를 움직여 나갈 대단한 인물들이지만, 이 차 곤륜지회라는 이름에 부여된 무게감과 그에 따른 긴장감을 완전히 떨쳐 내지는 못한 듯했다. 예외가 있다면 지옥의 한가운데서도 여일하게 고고할 것 같은 무양문의 대표 제갈휘와 그로부터 두 자리 건너에 있는 듯 없는 듯 자리하고 있는 무당파의 대표 현유 도장 정도랄까.

모용풍은 그들의 얼굴을 일일이 확인한 뒤, 이번 회합의 주재자가 아직 모습을 드러내지 않았음을 알아차렸다. 이는 본격적인 회합이 아직 시작되지 않았음을 의미했다. 그는 암반 주위를 다시 한 번 둘러본 다음, 대여섯 개 남아 있는 빈자리 중 하나를 향해 걸음을 옮겼다.

모용풍이 자리를 잡고 앉자 우측으로 가장 가까운 자리—가깝다고는 해도 삼 장이 넘는 거리였다—에 팔짱을 끼고 앉아 있던 구지레한 차림의 중년인이 남루한 고개를 작게 까딱이며 눈인사를 보내왔다. 여느 때라면 조카뻘 되는 거지 왕초의 무성의하고 무례한 태도에 역정부터 부렸겠지만, 지금은 그저 비슷한 종류의 눈인사로 응해 줄 따름이었다. 새로 합류한 그를 포함, 모두가 알고 있는 것이다. 지금은 조용히 기다려야 할 때임을 말이다.

……하지만 이 자중의 규칙을 완전히 받아들이지 않은 자도 있음이 금세 밝혀졌다.

"날씨는 오지게 춥고, 자리는 오지게 차고. 젠장, 이러다 고뿔, 치질 다 걸리는 건 아닌지 모르겠네."

다소 과장된 목소리로 투덜거리며 자리에서 일어선 사람은 십만대산에서 왔다는 사냥꾼 차림의 통통한 청년, 양의문의 고월이었다. 젊음의 특권이라고 할까? 위 세대에 비해 결여된 참을성과 과다한 과감성을 거침없이 드러내면서, 이십 대 새파란 청년은 암반 위로 성큼 발을 들여놓았다. 하기야 제초온의 시험대를 가장 먼저 통과한 도전자가 바로 그인 만큼 이 위에서 가장 긴 기다림을 강요받았으리라는 사실도 능히 짐작할 수 있었다. 시시각각 합류하는 대호들을 지켜보는 과정에서 강호 초출의 저 젊은 호랑이가 통통한 몸속에 쌓아 올렸을 무지막지한 긴장감을 생각하면 측은한 마음마저 일 정도였다.

고월은 주위를 한 바퀴 둘러본 뒤 입을 열었다.

"아래에서 밝혔으니 소개는 생략하겠습니다. 모이실 분들은 대충 모이신 것 같은데, 이 대 혈랑곡주가 왜 아직 모습을 보이지 않는지 의아합니다. 이 시점에 이르러 나는 운남에 사는 어떤 촌로로부터 두세 해 전에 들은 이야기를 떠올리지 않을 수 없군요. 화전민이었던 그 촌로는 닭도 몇 마리 키우고 있었습니다. 한데 인근 숲에서 밤마다 내려오는 살쾡이며 오소리 따위의 등쌀에 닭이 남아나질 않았다고 하더군요. 그래서 초로는 궁리 끝에 함정을 파서 닭을 지키기로 했습니다. 닭장 뒤편에 깊고 넓은 구덩이를 판 다음 댓살로 가리고 흙을 덮는 일에는, 흠, 과거 그에게서 달걀 몇 알을 공짜로 얻어먹은 나를 동원했지요."

목소리도 좋고 말투도 구수하고 태도 또한 열정적이었지만, 안타깝게도 이 이야기꾼은 청중들로부터 철저히 무시당하고 있는 것처럼 보였다. 마치 자중의 규칙 바로 아랫줄에 무시의 규칙이 준비되어 있기라도 한 것처럼 말이다.

사람들의 냉담한 반응에 조금 당황한 듯, 이야기꾼은 목소리를 한층 더 높였다.

"며칠 뒤 다시 가 보니 촌로의 집 입구에 살쾡이와 오소리의 가죽이 걸려 있었습니다. 아시는 분은 아시겠지만, 그것들은 보통 날쌔고 사나운 게 아닙니다. 아무리 함정에 걸렸다고 해도 활이나 장창 같은 도구가 없으면 쉽게 죽일 수 있는 짐승들이 아니라는 뜻이지요. 평범한 화전민에게 그런 도구가 있을 턱이 있겠습니까. 그래서 제가 촌로에게, 대체 어떻게 두 마리 모두를 잡았느냐고 물어보았습니다. 그랬더니 촌로 왈, '나는 한 일이 아무것도 없다네. 밤중에 닭장 쪽에서 앙칼지게 울어 대는 소리가 들려서 나가 보니 저 두 놈이 구덩이 안에서 싸우고 있더군. 보통 저놈들은 숲에서 마주쳐도 서로를 꺼리며 멀찍이 피해 가곤 하는데, 공교롭게도 함께 구덩이에 떨어지는 바람에 피할 자리가 없어져 버렸지. 그래서 별수 없이 서로 싸우게 되었고, 내가 함정 가에서 내려다보는 동안 살쾡이가 죽고, 아침 일찍 다시 와 보니 오소리도 죽어 있더군…….'"

고월은 잠시 말을 끊음으로써 청중들의 관심을 마지막으로 한 번 더 유도해 본 뒤, 별 효과가 없음을 확인하고는 우울한 얼굴로 이야기를 맺었다.

"나는 걱정됩니다. 이 대 혈랑곡주가 아직 모습을 드러내지 않는 이유가 구덩이 속에 떨어진 살쾡이와 오소리가 서로를 향해 발톱과 이빨을 드러내기를 기다리기 때문은 아닌가 하고 말입니다. 여러분들은 이 점에 대해 어떻게 생각하십니까?"

모용풍은 고개를 작게 끄덕였다. 고월의 비유에는 제법 합리적이라고 할 만한 논리가 담겨 있었다. 때문에, 만일 자신이 석

대원이라는 인물을 그저 파괴와 살육의 마왕으로만 알았다면 저 의견에 무릎을 치며 동조했을지도 모른다는 생각마저 들었다.

하지만 모용풍은 석대원이라는 인물에 대해 알고 있었고, 이 자리에 모인 모든 인물들 간에 얽히고설킨 복잡한 인연들을 파악하고 있었다. 석대원이 아직 모습을 드러내지 않은 이유는 살쾡이와 오소리의 상잔과는 무관했다. 이유는 오직 하나, 자리가 아직 채워지지 않았기 때문이다.

그래서 모용풍은 고월에게 적용하던 무시의 규칙을 계속 이어 가기로 마음먹었다. 암반을 둘러앉은 모든 이들과 마찬가지로 말이다.

……하지만 이 무시의 규칙을 완전히 받아들이지 않은 자도 있음이 금세 밝혀졌다.

"웃기는 촌놈이군. 여기 모인 사람들 중에서 누가 살쾡이고 누가 오소리라는 거냐?"

이야기꾼의 입장에서는 무시보다 반발하는 청중이 더 고마운 것일까? 신임 신무전주의 옆자리에서 울려 나온 불퉁한 목소리에 고월의 얼굴에는 반색이 떠올랐다. 고월은 그쪽으로 재빨리 몸을 돌리며 말했다.

"아, 소형제로군."

증훈이 흐트러진 앞머리 너머로 붉은 안광을 번득이며 반문했다.

"소형제?"

"암, 이 자리에 모인 누구에게 물어보더라도 자네보다는 내가 몇 살 위라고 대답할 테니까. 아마 실제로도 그럴걸."

고월의 저 말에, 다른 사람은 몰라도 모용풍은 전적으로 동의했다. 오늘 곤륜산에 모인 사람들의 눈에는 거경의 시험을 첫 번째로 통과한 저 고월이 마치 하늘에서 뚝 떨어진 것처럼 갑작스럽게 등장한 청년 고수로 비쳤을 것이 분명하지만, 천하제일의 정보통인 모용풍에게는 아니었다. 그는 저 청년을 탄생시킨 일인전승의 신비 문파 양의문에 대해 알고 있었고, 양의문의 당대 계승자이자 저 청년에게는 사부가 되는 심우거사尋牛居士에 대해서도 알고 있었으며, 이번 곤륜행에 나서면서 급조한 듯한 고월이라는 멋진 이름 이전에 저 청년이 사용하던 촌스러운 본명이 무엇인지에 대해서도 알고 있었다. 그가 올해 안에 선정을 마치고 발표하리라 마음먹은 '다음 시대를 이끌어 나갈 다섯 준재', 이른바 '후랑오준後浪五俊'의 후보에 저 청년의 이름이 오른 것은 이미 오래전의 일이었던 것이다.

모용풍이 파악한 고월—본인의 의도를 존중하는 뜻에서 촌스러운 본명 대신 이 이름으로 부르기로 하자—의 현재 나이는 스물넷. 약관을 막 넘긴 신임 백호대주보다는 확실히 몇 살 연상이었다. 그러나 강호는 장유유서의 도리를 그리 높이 쳐 주는 세상이 아니었고, 젊을수록 또 싸움을 좋아할수록 그런 경향이 두드러졌다. 홍안투광이라는 별호 안에 그 두 가지를 다 담고 다니는 증훈이 고월의 신소리에 코웃음을 친 것은 당연했다.

"촌놈, 헛소리 집어치우고 묻는 말에나 대답해라. 누가 살쾡이고 누가 오소리란 말이냐?"

증훈이 반복해 묻자 고월은 뒤통수를 긁적였다.

"사실 나는 촌놈이 맞네. 어릴 때도 촌놈이었고 지금도 촌놈이니까. 굳이 그 촌놈의 대답을 듣겠다면, 소형제는 살쾡이 쪽에 가깝다고 말해 주고 싶군."

"살쾡이? 왜?"

증훈이 으르렁거리듯 물었다. 고월이 통통한 볼에 보조개를 만들며 유들유들한 목소리로 대답했다.

"먼저 죽었거든. 원래 약한 놈이 먼저 죽는 법이지."

저런 소리까지 나온 이상, 더 이상 증훈을 말리는 것은 누구도 불가능해 보였다. 그나마 약간이라도 가능성이 있는 사람은 상관이 유일할 텐데…….

"저 촌놈에게 진짜로 먼저 죽는 쪽이 누구인지 가르쳐 주고 오겠습니다."

증훈의 살벌한 요청에도 그의 상관인 도정은 묘한 미소를 지으며 어깨만 으쓱거릴 따름이었다. 이 애매한 표정과 몸짓을 승낙의 의미로 받아들인 듯, 증훈은 도정에게 고개를 한 번 숙여 보인 뒤 암반 위로 성큼 발을 올려놓았다. 신무전의 미래를 짊어지고 나갈 백색 전사의 일거수일투족에는 자신감과 패기가 넘쳐흐르는 것 같았다. 그러나 모용풍은 고개를 작게 저을 수밖에 없었다.

'그 촌놈에게 뭔가를 가르쳐 주기란 그리 쉬운 일이 아닐걸.'

그 촌놈은 보통 촌놈이 아닌, 모용풍과 제초온이 동시에 인정한 촌놈이기 때문이었다.

이십 대의 끓는 피에게는 대결 전에 간단한 격식을 나누는 일조차도 번거로운 모양이었다. 암반 위에서 내딛은 두 번째 걸음부터 달리기 시작한 증훈은 어느새 뒤춤에 꽂아 둔 두 자루 철괴를 뽑아 들고 있었다. 고월은 신형을 반자쯤 낮추며 두 개의 커다란 손바닥을 가슴 앞으로 들어 올렸다. 동작은 침착하고 여유롭지만 얼굴에 떠오른 웃음기만큼은 이미 사라진 상태였다.

고월을 향해 질주하던 증훈이 바닥을 박차며 솟구쳐 올랐다.

"하앗!"

쐐앳!

주인과 함께 허공으로 솟구쳐 오른 음양철괴가 우렁찬 기합과 섬뜩한 파공성을 꼬리처럼 매달며 고월의 머리를 향해 떨어져 내렸다. 모용풍에게는 낯설지 않은, 한 달여 전 용주보의 곽로 위에서 증훈이 상대편 선봉인 림포포 요툼바를 상대로 펼친 바 있는 쌍홍관연雙虹貫淵의 수법이었다. 당시 남국 출신의 검은 용사에게는 무려 일곱 자루나 되는 도끼들이 있었지만 저 수법으로부터 이어지는 격렬한 연환 공격을 막지 못하고 목숨을 잃고 말았다. 반면에 십만대산에서 온 촌놈에게 있는 것은, 남보다 크고 질겨 보이긴 해도 결국은 피륙으로 이루어진 두 개의 손바닥뿐.

그 손바닥이 기묘한 호선을 그리기 시작했다.

사라랑-.

두 개의 손바닥이 그리는 호선은 어느 한 점에서도 멈추거나 끊어지지 않고 면면부절綿綿不絕하게 이어졌다. 열고[開], 닫고[閉], 펴고[展], 오므린[縮] 손 그림자들이 허공에서 날벼락처럼 내리꽂히는 두 자루 철괴를 맞이해 갔다.

'저것이…… 양의조화수?'

모용풍은 저 아래 시험대에서 강동제일인이 물결처럼 중첩되는 검초로써 거경의 청강참마도를 받고, 감싸고, 되돌리던 광경을 목격한 바 있었다. 비록 모든 방면에서 석대문의 경이로운 검법에는 미치지 못할 테지만, 모용풍의 눈을 즐겁게 해 주기에는 부족함이 없는 교묘함이 고월의 두 손바닥을 통해 흘러나오고 있었다. 모용풍은 천하에서 가장 광박한 견문가인 자신조차도 불분명한 풍문의 파편으로만 알고 있던 조화일맥造化一脈의 양의조화수를 단 한순간이라도 놓치는 우를 범하지 않기 위해 두 눈을 크게 뜨고 정신을 집중해야만 했다.

무음 중에 끝나 버린 첫 합 이후, 맹렬하게 때리며 나아가는 증훈의 요철이합과 엄밀하게 막아 내며 물러서는 고월의 양의 조화수는 한동안 이어졌다. 그러나 공攻과 방防, 진進과 퇴退로써 둘 사이의 우열을 판단하는 데에는 무리가 있을 것 같았다. 맹렬한 기세로 상하좌우를 부단히 난타해 가는 증훈의 음양철괴와 비교할 때, 그것들을 막고, 비키고, 밀어냄으로써 결과적으로는 팽팽한 국면을 유지하도록 만드는 고월의 쌍수는 조금의 모자람도 없어 보였다.

"어이, 소형제, 잠깐만."

열 번째 공방이 끝났을 때, 얼음판을 지치는 듯한 기묘한 보법으로 몸을 물린 고월이 어깨 높이로 들어 올린 두 손바닥을 아래위로 털어 대며 투덜거렸다.

"줄곧 맞기만 하니 조금 억울하다는 생각이 드는군."

"억울하면 그쪽도 때려 보든가."

증훈이 양손에 쥔 음양철괴를 얼굴 앞에서 땅땅 부딪치며 냉랭하게 대꾸했다.

"그럴 생각이네. 지금부터 양의문의 무궁층無窮層이 사람을 얼마나 잘 때릴 수 있는지 가르쳐 주지."

고월의 선언에 모용풍은 내심 쾌재를 불렀다.

'오늘 눈이 호강하는군.'

무궁층이 조화일맥이 자랑하는 세 가지 절학, 무궁삼법無窮三法 중 하나임을 알고 있기 때문이었다.

고월이 예의 기묘한 보법을 발휘하며 증훈과의 거리를 좁혀 나갔다. 그러면서 만세를 부르듯 하늘로 번쩍 올린 두 손을 짧게 떨며 아래로 내리는데, 두 손이 네 손이 되고, 네 손이 여섯 손이 되고, 다시 여덟, 열, 열둘…… 마치 천수관음의 화신이라도 되는 양 손의 개수를 무궁히 늘려 나가는 것이었다.

모용풍은 고월의 동체로부터 날개처럼 펼쳐진 각각의 손바닥 위로 희뿌연 기운이 솜뭉치처럼 맺혀 오르는 것을 보았다. 그런 다음, 증훈의 치렁한 앞머리에 가려진 두 눈 위로 긴장의 기색이 어리는 것을 보았다.

무궁층은 요란한 바람 소리와 더불어 시작되었다.

후아아아앙-.

고월의 모든 손들이 일제히 쏟아져 내린 순간, 증훈의 음양철괴가 모습을 감췄다. 그러나 손들의 진로 앞에서 터져 나온 둔탁한 금속성은 병기의 시각적 부재不在가 사실과 다름을 말해 주고 있었다.

빠다다다다!

한바탕 이어지던 금속성이 거짓말처럼 뚝 그치고, 그사이에 팔 많은 부처에서 팔 둘인 인간으로 돌아온 고월은 처음 선 자리에서 세 걸음이나 물러난 상태로 어깨를 들썩거리고 있는 증훈을 향해 물었다.

"무궁층을 막아 내다니 제법인걸. 그 수법의 이름이 뭔가, 소형제?"

조화일맥의 절학에 의해 가볍지 않은 충격을 받았음이 분명해 보임에도, 증훈은 고분고분하지 않았다.

"촌놈이 그건 알아 뭐하게."

고월이 콧잔등을 찡그렸다.

"촌놈이 맞는다고 하지 않았는가. 하지만 맞는 말도 자꾸 들으면 불쾌해지는 법이라네."

증훈은 끝까지 고분고분하지 않았다.

"불쾌함을 주둥이로 푸는 건 사내놈이 할 짓이 아니지."

고월은 눈매를 좁혔다.

"무례하군."

증훈은 침을 뱉었다.

"꼰대질은."

몇 마디 불퉁한 대거리로써 수그러진 전의를 재충전한 두 청년이 눈빛을 사납게 교환한 뒤 다시 한 번 한 덩어리로 엉켜들었다. 고월의 두 손은 더욱 교묘해졌고, 증훈의 두 철괴 또한 더욱 맹렬해졌다. 매서운 기합이 쟁쟁 울리고, 젊은 육신은 격렬하게 약동했다. 이번에는 앞서와 달리 공격과 방어의 역할을 따로 분담하지 않는, 모든 수법마다 공방의 묘리를 함께 담은 본격적인 전면전으로 보이지만…… 과연 그럴까?

음양, 즉 양의를 좌우로 나누어 그 조합으로부터 상승과 보완의 묘용을 취한다는 측면에서 보면, 두 청년을 빚어낸 소림일맥의 쌍괴문과 조화일맥의 양의문은 하나의 줄기에서 갈라진 두 개의 가지라고도 할 수 있었다. 그래서인지 격돌의 횟수가 늘어날수록 당초의 살풍경한 투기鬪氣가 조금씩 희석되더니, 어느 시점부터는 마치 동문의 사형제끼리 대련을 펼치는 듯한 박자감마저 깃들기 시작했다. 증훈이 때리면 고월이 막고, 고월이 밀어붙이면 증훈이 물러난다. 이리하든 저리하든, 잘 짜 만든 목재의 장부처럼 딱딱 들어맞는다.

그 모습을 지켜보던 모용풍은 하나뿐인 손으로 턱수염의 끄트머리를 꼬며 인상을 찌푸렸다.

'저래서야…… 쉽게 끝나긴 글렀군.'

언제까지 이어질지 알 수 없던 고월과 증훈의 대전을 멈추게 만든 것은 어처구니없게도 주위의 훈수였다.

제자리에 팔짱을 끼고 앉아 있던 신무전주가 못마땅하다는 투로 말했다.

"증 대주, 자세가 자꾸 높아지고 있어."

음양철괴를 교대로 찔러 대며 공세를 펼치던 증훈이 엉덩이를 뒤로 빼며 자세를 낮추었고, 그 바람에 흐름이 흐트러져 오히려 수세에 몰리게 되었다. 그러나 고월에게 찾아온 호기는 그리 오래 이어지지 않았다.

"양의가 태극으로 감기려면 화기火氣를 더 누그러뜨려야 할 텐데."

태극의 묘리를 일찌감치 터득한 것으로 알려진 늙은 도사의 한마디에 고월이 휘돌리던 두 팔의 움직임이 별안간 어색해졌고, 증훈은 다시 반격의 전기를 잡았다.

물꼬가 트이니 봇물이 넘쳐흘렀다.

이번에는 강동제일인이…….

"거기서는 좌보를 한 치쯤 당겨 디뎌야지."

이어서 신무전주가…….

"쯧쯧, 또 높아지네, 또 높아져."

잠시 후 개방 방주까지.

"그러려면 중기中氣를 좌하방으로 내리고…… 아니, 아니, 자네 말고!"

다음 시대를 이끌어 갈 두 준재의 대전에 관심을 가진 이가 모용풍 한 사람만이 아니었음은 그렇게 밝혀졌다. 모용풍이 한 것처럼 상체를 앞으로 당긴다든지 눈을 크게 뜬다든지 하는 식으로 티를 내지는 않았지만, 이 자리에 모인 모든 이들은 강호인들이었고, 강호인들에게 있어서 실력 있는 자들 간의 비무란 그 어떤 취미보다 흥미로운 종목이었던 것이다.

설상가상으로 그들 모두는 고수였다. 강호의 어느 자리에서

건 철중쟁쟁鐵中錚錚으로 칭송받을 만한 굉장한 면면들이 한자리에 모였으니, 그 보는 안목이 얼마나 지고至高할 것이며 그 뱉는 일성이 얼마나 심장深長할 것인가!

공자님 앞에서 문자 쓰지 말라는 말이 있는데, 불행히도 이 자리에는 그 공자님이 많아도 너무 많았다. 주위로부터 훈수 한 토막이 날아들 때마다 고월과 증훈은 마치 비수에라도 찔린 사람들처럼 몸을 움찔거렸고, 그럴 때마다 공격의 날카로움은 무뎌지고 방어의 견고함 또한 엉성해졌다. 이런 마당인데, 기세가 칠 할은 먹고 들어간다는 일대일 대전이 제대로 이어질 리 없다. 시간이 갈수록 두 청년은 피곤해했고, 괴로워했다.

후욱. 후욱.

지친 소의 것처럼 거칠어진 그들의 숨소리가 사람들의 귓전을 울리고 있었다.

그리고…….

생각지도 못한 방향으로부터 날아온 마지막 한마디가 두 청년 모두에게 결정타로 작용했다.

"두 사람, 춤을 추는 건가, 싸움을 하는 건가?"

고월과 증훈은 백 명을 상대로 악전고투를 치른 것처럼 지친 얼굴과 후줄근해진 어깨를 하고서 전장으로부터 두 발짝씩 물러섰다. 그들의 시선이 향한 곳에는, 그리고 모용풍을 포함하여 암반 주위에 둘러앉은 모든 이들의 시선이 향한 곳에는, 담황색 장포 위에 새하얀 털목도리를 두른 비대한 노인과 높은 보관에 번쩍이는 금란가사로 성장盛裝을 한 장년의 승려가 차가운 밤바람에 옷자락을 날리며 서 있었다. 창백한 달빛이 두 사람의 그림자를 암반 끝에 올려놓고 있었다.

이악과 데바.

이번 회합의 마지막 참가자가 마침내 무망애 위에 모습을 드러낸 것이다.

(2)

매불은 말했다.

—추운 산을 내려와 따듯한 계단에 오르면…….

추운 산, 그리고 따듯한 계단.

천선기는 추운 산에 오르기 전에 추운 산을 보여 주었다. 그렇다면 지금 눈앞에 희붐한 끈들로 그려진 저 수직의 구조물은 이 추운 산에서 내려간 뒤 마주하게 될 따듯한 계단일 공산이 컸다. 천선기의 언어는 빛의 파편처럼 몽혼한 끈과 꿈속에서나 들을 법한 음악적인 울림으로 이루어져 있었다. 그것으로는 불명했고, 부족했다. 거대한 분노에 휩싸여 호집령을 발동하기 전까지는 추운 산이 어디인지 전혀 알 수 없었듯이, 따듯한 계단이 대체 어디쯤에 있을지 지금으로써는 짐작이 가지 않았다.

그러나 석대원은 조급해하지 않았다.

'오래 걸리지는 않겠지.'

추운 산에 대해서 저절로 알게 되었듯이 따듯한 계단에 대해서도 결국에는 알게 되리라. 마음이 차분해지고, 발광충처럼 심상을 어지럽히던 끈들이 그러한 차분함에 실려 서서히 흩어졌다. 현실감을 되찾은 그의 시야 속으로 들어온 것은 양손에 각각 나눠 쥔 가면 두 개였다.

고목처럼 말라붙은 왼손에 들린 가면은 혈랑곡주의 늑대 탈

이었다.

눈보라가 태원을 뒤덮던 날, 붉은 늑대들을 이끌고 단천원 정문을 들어설 때만 해도 이 가면을 쓰는 것은 이번이 마지막이라고 생각했건만……. 얼음벽 위에 피어난 붉은 꽃과 천선기가 보여 준 운 노사부의 회귀는 그 생각을 잘못된 것으로 만들었다. 그날로부터 사십 일이 지난 오늘까지도 늑대 탈은 여전히 유효했다. 추악한 과거로부터 비롯된 붉은 가면과의 인연은 그의 예상보다 조금 더 길었던 것이다.

그리고 오른손에 들린 가면은…….

이제 석대원은 오른손에 들린 가면을 보기 위해 굳이 시선을 움직일 필요가 없었다. 그의 시각적인 인지 방식은 이미 예전과 달라져 있었다. 예전에 비해 훨씬 작은 수고로도 훨씬 많은 것을 볼 수 있게 되었고, 그 방식은 일반적인 인간의 것을 따르지 않았다. 그의 의지는, 혹은 의지라고 표현할 수 있는 마음의 발로는 그로 하여금 예전에는 생각조차 하지 못하던 많은 일들을 가능케 만들었다. 그 가운데 그는 계속 강해졌고, 때로는 무소불위해진 듯한 기분마저 들었다. 하지만 그런 사실이 그를 고양시키지는 못했다. 잿더미 위에 뿌린 염료는 그 색깔이 아무리 선명하고 화려한들 결국에는 잿빛의 불쾌한 얼룩으로 스러질 따름이었다, 공허하게도.

석대문의 오른손에 들은 가면은 왼손에 들린 늑대 탈과는 달리 금속으로 만들어졌다. 무애하게 떨어지는 밝은 달빛 아래에서 그것은 검고 차가운 질감으로 반들거리고 있었다. 석대원은 다시 한 번 비애를 느꼈고, 아직도 무엇인가에 슬퍼하고 있는 스스로의 모습에 약간 놀랐다.

이 금속 가면은 비각의 책사에 의해 빙벽이라는 괴물로 환생

한, 정확히는 '재활용'되었다고 표현해야 옳은 숙부의 유일한 유품이었다. 비록 무문관의 끝없는 윤생을 통해 유년의 기억이 희미해진 석대원이지만, 양무청이 아무리 강조해도 과하지 않을 정도로 좋은 숙부였다는 점만큼은 자신 있게 말할 수 있었다. 숙모와의 금슬은 어느 부부 못지않게 좋았지만 불행히도 후사를 보지 못한 양 숙부는, 석가장의 꼬맹이들을 친자식처럼 아껴 주었다. 그런 양 숙부에게서 목숨을 빼앗은 것으로도 모자라 혼백 없는 얼음 강시로 만들어 놓았으니, 그 한 가지 죄악만으로도 비각의 책사는 결코 용서받을 수 없을 터였다. 그러나…….

……그자 또한 비틀린 과거의 추악한 제단에 바쳐진 한낱 제물에 지나지 않았음이 드러났을 때, 석대원은 그자에 대한 모든 종류의 응징을 포기할 수밖에 없었다, 친인을 자기 손으로 살해한 데 대한 가책이 어떤 종류의 형벌보다 무겁고 신랄하다는 점을 누구보다 잘 알기에.

그자는 지금 어디에 있을까?

구멍 뚫린 마음을 무엇으로써 달래고 있을까?

한 가지는 알 수 있었다. 그자는 지금 자신만의 무문관에 갇혀 있을 것이고, 석대원에게 공문삼기가 도움을 내렸듯 누군가로부터 구원의 밧줄이 내려오기 전에는 그 참혹한 지옥에서 쉬 빠져나오지는 못하리라는 것을. 그러나 그것은 그자의 이야기, 그자의 길이었다. 석대원은 자신의 길과 불편한 각도로 겹쳐졌다가, 지금은 완전히 떨어져 나간 그 길을 외면하기로 마음먹었다.

각설하고, 양 숙부의 유일한 유품이 인간의 뼈가 아니라 차가운 금속붙이라는 점은 당시 그의 상황이 얼마나 비참했는지를 보여 주는 단적인 증거일 것이다. 눈보라가 그친 뒤 혈랑곡도들과 함께 태원의 교외에서 운 노사부와 양 숙부의 시신을 화장했을 때, 소소하나마 유골을 수습할 수 있었던 운 노사부—아들의 유골함에 합부合祔하여 강동으로 가져갔다는 얘기를 들었다—와는 달리 양 숙부에게선 육신 위에 걸치고 있던 몇 가지 금속붙이를 제외한 그 무엇도 건지지 못했다. 중음中陰의 한기로 동작하던 사이한 얼음 강시가 타오르는 불길의 세례 위에서 아무것도 남기지 못한 것은 어찌 보면 당연한 결과라 하겠다.

이 금속 가면은 양 숙부의 가장 비참한 시기를 상징하는 불길한 물건임에 분명하지만, 그래도 유품은 유품이었다. 아마 형이라면 이 물건을 강동에 사시는 숙모에게 전해 줄 수 있으리라. 이 물건을 받은 숙모는 필시 무척 슬퍼하시겠지. 그러나 그 위에 피비린내처럼 서린 불길함에 관해서는 알지 못한 채 사당에 고이 안치하고, 향을 피우고 지전을 살라 제사를 지내 주실 것이다. 강동의 호방한 협객은 가장 비참했던 시기를 그렇게 배제당한 채 누군가로부터 기림을 받을 것이다. 이를 다행으로 여겨야 할까, 불행으로 여겨야 할까…….

"소주."

작지만 그 안에 담긴 떨림을 분명히 감지할 수 있는 목소리가 석대원을 불렀다. 한로였다.

석대원의 앞에 다가선 한로는 김이 피어오르는 사발 하나를 내밀고 있었다. 밤바람을 피하며 이 봉우리 위 어느 구석에선가 끓여 왔을 따듯한 물 한 사발.

한서寒暑의 장애를 이미 초월한 석대원이지만 저 김에 어린 늙은 친인의 신실한 온정마저 느끼지 못하는 것은 아니었다. 석대원은 숙부의 유품을 품속에 단단히 갈무리한 뒤, 오른손을 내밀어 사발을 받았다.

목젖을 넘어간 물의 온기가 배 속으로 부드럽게 퍼져 나갈 즈음, 한로가 다시 말했다.

"모두들 올라왔소."

고개를 끄덕인 석대원은 자리에서 일어나 들고 있던 사발을 발치에 떨어뜨렸다. 그런 다음 그 위로 오른발을 슬쩍 내디뎠다.

파작.

사기로 만든 사발이 커다란 발밑에서 작은 비명으로 부서졌다. 열네 살 어린 나이에 타의로 올라서게 된 이 저주스러운 길을, 이제는 끝낼 때였다.

석대원은 왼손에 쥐고 있던 늑대 탈을 얼굴에 쓰고…… 마지막으로 혈랑곡주가 되었다.

모용풍은 이악의 정체를 단번에 알아보았다. 하면 다른 사람들도 그랬을까?

이악은 잠룡야라는 별호가 말해 주듯 구중궁궐의 첩첩한 담벼락 뒤에 오랜 세월 몸을 감춘 채 살아온 신비한 인물이었다. 강호에서 벌어진 수많은 기이한 사건들 뒤에는 그의 존재가 그림자처럼 드리워져 있었지만, 그것들 중 사실로 판명 나거나 입증된 것은 극히 드물었다. 그가 정가의 거물이 아닌 강호인의 신분으로 모습을 드러낸 것은 아득한 과거의 일이었으며, 그의 본모습을 본 자들의 대부분은 세상을 등진 지 오래였다.

그럼에도 불구하고, 놀랍게도, 십만대산에서 온 촌놈을 제외한 모두가 이악을 알아본 것 같았다. 그들은 곤륜산에 오기 전부터 알고 있었던 것이다. 이 자리의 주재자가 석대원이라면,

이 자리의 진정한 주빈은 바로 저 이악이라는 사실을.

초전을 펼치던 고월과 증훈이 암반 위에서 내려가 각자의 자리로 돌아갈 즈음, 교대하듯 암반 위에 발을 들인 강동제일인이 예의를 통해 그 점을 확인시켜 주었다.

"잠룡야께서 오셨군요."

고개를 가볍게 끄덕임으로써 후배의 포권에 답례한 이악이, 얼굴 앞에서 정중하게 모았던 두 주먹을 푸는 석대문을 향해 온화한 목소리로 물었다.

"자네가 바로 강동제일인이겠군. 아니지, 중양회주라고 불러주기를 바라는가?"

"무엇으로 부르시건 상관없습니다."

석대문은 이악과 어깨를 나란히 한 장년의 밀승을 일별한 뒤 말을 이었다.

"서역의 대종사와 함께 오셨군요."

서역의 대종사, 아두랍찰의 당대 주지이자 천룡팔부중의 수좌인 데바가 이 밤처럼 차가운 눈을 석대문에게 고정했다.

"본 법왕은 북변의 장성 위에서 백사흑마파白獅黑馬派의 다섯 종주들을 돌려세운 자에 관한 이야기를 들었소. 악귀의 얼굴과 천신의 검을 가졌다고 하여 귀면신검鬼面神劍이라는 이름을 얻었다던가? 시주가 바로 그자로구려."

사실 지금의 석대문을 강동제일인으로 부르는 것에는 문제가 있었다. 독중선 군조의 복수행을 좌절시킨 시점부터 강동은 그의 명성을 한정하기에 지나치게 좁았던 것이다. 그래서 강호인들이 새롭게 입에 올리기 시작한 별호가 바로 귀면신검인데, 하지만 모용풍은 동의하지 않았다. 석대문에게 가장 잘 어울리는 별호는 무슨 신검도, 어디의 제일인도 아닌, 판검대인이었다.

왜냐하면 석대문을 드러내는 가장 적확한 표현은 '대인'이라는 두 글자라고 확신했기 때문이다.

그리고 지금 석대문은 모용풍의 그런 확신이 잘못되지 않았음을 몸소 입증해 보이고 있었다. 데바에게 포권을 올린 석대문이 진심의 울림을 담은 목소리로 말했다.

"뜻하는 바가 달라 충돌이 벌어졌고, 그 과정에서 몸을 상한 이들이 나오게 되었습니다. 그 점, 유감스럽게 생각합니다."

이악이 너털웃음을 흘렸다.

"허허, 고약한 친구로군. 그리 진지하게 나오니 화를 내려야 낼 수가 없지 않은가."

하지만 이악의 웃음은 석대문의 곁으로 한 사람이 나선 순간 사라졌다. 개방의 방주 우근이 바로 그 사람이었다. 남루한 차림과 극명한 대조를 이루는 허리의 금빛 철포가 이름표만큼이나 뚜렷하게 그의 신분을 말해 주고 있었다.

이악이 우근에게 말했다.

"칠성노조는 내 오랜 친구였네."

우근의 표정이 차갑게 가라앉았다.

"그가 당신의 오랜 친구가 아니었다면, 나는 지금도 그를 숙부로 부르고 있었을 것이오."

"그런가? 그를 죽게 만든 것도 결국 나란 말이로군."

"아니라고 말하지는 않겠소."

이악은 냉소했다.

"자네의 무명장법이 이제는 항룡장降龍掌이라고 불린다던데……."

항룡장은 삼도혈전, 혹은 개적대전이라 불리는 전장에서 칠성노조 곽조를 쓰러뜨린 뒤 우근과 그의 장법에 함께 붙은 이름이었다. 그러나 우근 입장에서는 그리 달가운 상이 아닌 모양이었다. 그는 자신의 두 손바닥을 내려다본 뒤 음울하게 중얼거렸다.

"이 손바닥으로 백룡을 잡은 것은 분명하니까."

이악은 고개를 작게 흔들었다.

"나는 믿지 못하네."

우근의 굵은 눈썹이 털벌레처럼 꿈틀거렸다.

"당신은 믿어야 하오."

이악이 뒷짐 진 손을 풀며 말했다.

"믿게 해 보게."

이 말과 함께 담황색 장포의 소맷자락으로부터 빠져나온 새하얗고 통통한 왼손이 우근을 향해 슬쩍 내밀어졌다.

모용풍이 보기에는 단지 그뿐이었다.

그러나 왼손을 하늘로, 오른손을 땅으로 향한 우근이 양 볼을 둥글게 부풀리며 쌍수를 힘차게 합쳤을 때, 그의 전면에서 터져 나온 요란한 폭음은 이악의 가벼운 손짓에 실로 많은 의미가 담겨 있었음을 가르쳐 주었다.

빠-앙!

폭음을 중심으로 발생한 거센 풍압이 모용풍의 전신을 세차게 후려쳤다. 이 자리에 모인 인물들에 비해 상대적으로 공력이 떨어지는 그는 돌 의자에서 넘어지지 않기 위해 두 다리에 힘을 주며 상체를 한껏 앞으로 숙여야 했다.

잠룡야와 항룡장의 접장接掌에서 손해를 본 쪽은 뚜렷하게 드러났다. 바람이 지나간 뒤 급히 상체를 든 모용풍은 우근의 전면 바닥에 마치 쇠망치로 내리찍은 것처럼 선명하게 새겨진 세 개의 족적을 발견할 수 있었다.

모용풍은 숨을 들이켜며 속으로 부르짖었다.

'몽인장夢刃掌이구나!'

잠룡야에게는 일 차 곤륜지회에서조차 펼치지 않은 두 가지 절학이 있다는 사실을 모용풍은 알고 있었다. 무형무음의 살인 장법, 몽인장과 인간의 시각 반응을 넘나드는 경신술, 답뇌홀멸踏惱忽滅이 바로 그것들이었다. 두 가지 절학 모두 주인의 삶을 반영하듯 음험했고, 위험했다. 그중 하나가 드디어 중인들 앞에 공개된 것이다.

서 있던 자리에서 세 걸음 물러난 우근은 두 손바닥을 단전에 올린 채 호흡을 가다듬고 있었다. 새끼줄을 두른 머리카락은 흐트러져 있었고, 삭풍에 튼 얼굴은 약간 상기되어 있었다.

이악이 고개를 갸웃거렸다.

"피를 토하고 고꾸라지지 않은 것은 칭찬할 만하지만, 그래도 실망스럽군. 아무래도 내 친구는 내 생각보다 약했던 모양이야."

이 말에 담긴 조롱기가 우근의 얼굴을 더욱 붉게 만들었다.

우근의 낭패한 모습에 가장 먼저 반응한 사람은 이 자리에 모인 이들 중에서 그와 가장 친분이 두터운 석대문이었다. 석대문은 우근의 앞으로 나서며 허리에 감긴 연검의 손잡이 위에 오른손을 슬며시 얹었다.

"방금 전 이 노야가 하신 행동을 어떻게 받아들여야 좋을지 모르겠군요."

이악은 어깨를 으쓱거리며 능청스러운 미소를 지었다.

"무슨 행동? 먼저 간 친구를 위해 거지에게 손바람 한 번 날린 것 말인가? 이런, 이런, 큰 인물이 되려면 사소한 것에 너무 마음 쓰지 않는 게 좋을 걸세."

석대문의 눈동자 속으로 단호한 빛이 어렸다. 오른손은 아직

연검의 자루를 잡지도 않았건만, 높은 파도처럼 웅장한 검기가 그의 넓은 어깨 위로 흘러넘치는 듯했다.

그러자 마치 자석에 끌린 쇳가루처럼, 데바가 한 걸음 앞으로 나섰다.

"본 교의 종맥이 내리는 가르침은 아마도 시주가 겪은 백사흑마파의 그것과 다를 것이오."

하나의 반응은 다음 반응을 야기한다. 이른바 연쇄반응. 석대문의 개입은 데바를 불러냈고, 데바의 준동은 또 다른 인물을 움직이게 만들었다.

"아미타불."

모용풍이 이 장소에 들어선 이래 줄곧 자신의 자리를 지킨 채 미동도 않고 있던 소림의 적송이 나직한 불호를 읊조리며 몸을 일으키더니 사뿐한 걸음걸이로 암반에 올라섰다. 흑백이 선명한 데바의 눈이 옥나한의 고아한 신형을 훑어 나갔다.

'이건…… 섬서대회전의 연장일까?'

꿀꺽.

모용풍은 자신의 목젖 아래로 침이 떨어지는 소리를 똑똑히 들을 수 있었다. 지금 암반 위에서 펼쳐지고 있는 대립은 인간과 인간의 대립을 넘어 세력과 세력의 대립, 나아가 목적과 목적의 대립이라고 할 수도 있었다. 그 누구도 물러서거나 양보하려 하지 않는다. 이 복잡하고도 중의적인 대립 구도를 평화적으로 해소하기란 지금 시점에서는 이미 불가능한 것처럼 보였다.

이악과 데바, 그리고 우근과 석대문과 적송이 피워 올리는 기세가 그들을 중심으로 수파水波처럼 번져 나가기 시작했다. 포목점에 걸린 색색의 비단 천들처럼 뚜렷이 구별할 수 있는 그 기세들이 암반 위를 가득 메운 것은 순식간이었다.

혹한이 무뎌졌다.

공기는 무거워졌다.

그 속에서 모용풍은 몸뚱이가 깊은 물속으로 빠져드는 듯한 압박감을 받았다. 그렇다면 다른 사람들은 어떨까? 그는 뻣뻣한 고개를 힘겹게 돌려 주위를 둘러보았다.

앞서 건강한 송아지들처럼 젊음을 뽐내던 고월과 증훈은 허옇게 질린 낯으로 전신의 근육을 잔뜩 긴장시키고 있었다. 그러나 증훈의 옆에 앉은 도정은 팔짱을 낀 채 정광이 번뜩이는 눈으로 암반 위를 응시하고 있었고, 그 맞은편에 앉은 제갈휘는 무릎 위에 자연스럽게 얹어 놓은 오른손을 천천히 쥐었다 펴기를 반복하고 있었으며, 두 자리 건너에 앉은 무당파의 현유 도장은 반개한 눈으로 그런 제갈휘를 주시하고 있었다. 오직 사숙의 뒷전에 허수아비처럼 서 있는 수결 혼자만이 오불관언으로 제 생각에만 골몰하고 있었다.

사방은 바짝 마른 섶투성이였고, 그것들을 일제히 점화시킬 불꽃은 코앞까지 닥쳐와 있는 것 같았다. 그 지극한 위태로움 앞에서는 밤하늘의 보름달도 숨을 죽이는 듯했다.

그때, 모용풍은 누군가의 발소리를 들었다.

자박. 자박. 자박. 자박.

동판 위에 떨어지는 빗소리를 연상케 하는 경쾌한 발소리를 울리며 이 숨 막히는 공간 속으로 달려 들어온 왜소한 그림자가 암반 아래에 몸을 세운 뒤, 구부정한 허리를 펴 올렸다. 그리고…….

극한으로 치닫는 모든 대립들과 그것들이 야기한 팽팽한 긴장감을 단칼에 잘라 내는 카랑카랑한 목소리가 무망애 위에 울려 퍼졌다.

"혈랑곡주 납시오!"

(3)

모용풍은 석대원을 보았다.

지난해 말 장성 아래에서 헤어진 뒤 처음이니 일 년하고도 두 달 만의 일이었다.

오랜만에 본 석대원은 과거 함께 다니던 시기에 보던 모습과는 많이 달라져 있었다. 나무로 만든 붉은 늑대 가면에 가려진 얼굴은 확인할 길이 없지만, 그 아래로 유난히 헐렁해 보이는 붉은 장포는 마치 대나무 인형 위에 씌워 놓은 포대를 연상케 했다. 바람도 그리 세게 불지 않건만 앙상한 사지에 친친 휘감긴 장포 자락은 마치 주인의 몸뚱이를 금방이라도 집어삼키려 하는 것 같았다.

달라진 것은 단지 체형만이 아니었다. 모용풍은 기억에 새겨진 쾌활하고 느긋한 성격의 덩치 큰 청년을 떠올려 보고는, 다시 한 번 석대원을 바라보았다. 그를 온통 감싸고 있는 붉은색은 창백한 달빛 아래에서 마치 말라붙은 지 오래된 핏자국처럼 불길해 보였다.

'수척한 붉은 거인…….'

재회한 석대원에 대한 모용풍의 소감은 그러했다.

석대원은 모든 것과 무관해 보였다. 지금 이 일대에는 그와 피를 나눈 친형이 있었고, 우정과 의리로써 결연結緣한 의형이 있었고, 길지 않은 강호행을 통해 안면을 튼 지인이 있었으며, 그를 둘러싸고 벌어진 모든 악업의 원흉이라 부를 만한 대적大敵마저도 있었다. 그러나 그는 그들 중 누구에게도 관심을 보이지 않는 것 같았다. 늑대 탈의 퀭한 눈구멍 안에 어둡게 침잠한 광물 같은 눈동자는 활기, 혹은 생기라고 부를 만한 모든 요소들을 결여하고 있었다. 비상식적으로 크고 비상식적으로 마른 저 괴인은 이 세상 어디에서건, 심지어 자신의 고향에서조차 이방인처럼 보일 것 같았다.

그럼에도 불구하고, 석대원의 등장이 무망애 위의 분위기를 일신시켰다는 점에는 의심의 여지가 없었다. 암반 위에서 둘과 셋으로 나뉘어 대치하던 비각과 중양회의 인사들은 "혈랑곡주 납시오!"라는 한자고의 카랑카랑한 외침이 울린 순간 각자 끌어 올리고 있던 기세를 약속이라도 한 듯이 누그러뜨렸다. 그들에게 짓눌려 신음하던 공기가 안도하며 짜부라진 몸집을 부풀렸고, 그 사이로 곤륜의 엄동이 다시금 고개를 들이밀었다.

살갗을 쥐어 비트는 듯한 혹독한 한기에 저도 모르게 몸을 움츠리면서도, 모용풍은 외침이 울려온 방향으로 시선을 돌렸다. 그때 그는 혈랑검동 차림을 한 한자고를 보았고, 그 뒤편에 장대처럼 솟구쳐 있는 석대원을 보았고, 기억과 달라진 모습에 왠지 모를 찡한 감정을 느꼈고, 그 직후 석대원의 이름 앞에 의당 붙어야 하는 신비하고도 두려운 별호를 새삼스레 떠올리게 되었다. 그것은 바로…….

혈랑곡주!

천하를 경동시킨 호집령의 주인공이자 금번 곤륜지회의 주재자!

그 혈랑곡주가 움직였다. 앞세운 혈랑검동을 지나쳐 암반 위로 올라왔을 뿐인데, 그 기묘하리만큼 느닷없는 움직임이 지켜보는 모용풍의 어깨를 움찔거리게 만들었다.

혈랑곡주의 존재감은 다른 말이 필요 없을 정도로 굉장했다. 다섯 사람이 올라 있던 너른 암반 위에 단 한 사람이 추가되었을 따름이건만, 더 이상은 누구도 올라갈 수 없을 것처럼 꽉 찬

분위기를 연출하고 있었다. 기존의 다섯 사람이 어떤 면면인지를 감안하면 실로 불가사의하다고 표현할 수밖에 없었다.

다음 순간, 재 가루처럼 공허한 목소리가 사람들의 귓전을 울렸다.

"내려가시오. 나는 아직 누구에게도 이 쟁선대爭先臺 위에 올라오는 것을 허락한 적이 없소."

말은 곧 법이 되었다.

왜 그렇게 되었는지 이유는 알 수 없지만, 혈랑곡주의 말이 떨어진 순간 사람들은 이 암반의 새로운 이름이 쟁선대라는 것을 알게 되었고, 그것을 밟기 위해서는 한 사람의 허락이 필요하다는 규칙을 받아들였다. 최소한 모용풍이 보기에는 그랬다.

다만, 모두가 그런 것은 아니었다.

저마다 다른 감정을 품은 눈길로 혈랑곡주를 바라보다가 묵묵히 몸을 돌려 각자의 자리로 돌아가는 중양회의 세 주역들과는 달리, 이악과 데바는 암반 위에 버티고 선 두 발을 움직이려 들지 않았다. 그들과 혈랑곡주 간의 이 대 일 대치가 불가피하게 이루어진 것이다.

이악이 혈랑곡주에게 물었다.

"쟁선대라면 앞을 다투는 자들을 위한 무대란 뜻이로군. 내 생각이 맞는가?"

모든 것을 바라보는 듯하기도 하고 반대로 아무것도 보지 않는 듯하기도 하던 늑대 탈의 눈구멍이 비로소 표적을 찾았다. 잠시 이악의 얼굴을 굽어보던 늑대 탈이 아래위로 천천히 끄덕거렸다.

"그렇소."

이악은 눈썹꼬리를 아래로 내리며 재차 물었다.

“하지만 자네는 앞을 다투는 데는 별 뜻이 없는 사람 같더군. 그게 아니라면 천자의 칙사의 목을 베어 효수하는 엄청난 짓은 저지르지 않았겠지. 이 말도 맞는가?”

늑대 탈이 이전과 같은 움직임을 보였고, 그 안에서 흘러나온 대답 역시 이전과 같았다.

“그렇소.”

이악이 어깨를 으쓱거린 뒤, 마치 다른 사람들이 들으라는 듯이 목소리에 힘을 실어 말했다.

“참으로 이상한 일 아닌가. 앞을 다투는 데 뜻이 없는 자가 앞을 다투는 무대를 주재하다니 말일세. 게다가 여기는 무망애라네. 자네가 혈랑곡주의 후예라는 것은 인정하네만, 자네의 사부에게는 만부막적萬夫莫敵의 능력이 있었지만 이 무망애 위에서만큼은 주재자를 자처하지 못했다는 점을 잊지 말기 바라네.”

이악의 말에는 나름의 풍자가 실려 있었지만 혈랑곡주는 전혀 개의치 않는 것 같았다.

“못 하신 게 아니라 안 하셨을 뿐이오. 그 사실을 누구보다 잘 아는 사람은 바로 당신이오.”

이악의 얼굴에서 유들유들한 기색이 서서히 가셨다. 혈랑곡주가 말을 이었다.

“이번 회합을 위해 준비해 둔 홀기笏記(의식의 순서)가 있소. 거기서 당신이 나설 순서는 맨 처음이 아니었소. 하지만 당신이 정히 이 쟁선대에서 내려가지 않겠다면, 그 순서를 바꿔 줄 용의도 있소.”

협박일까? 그렇다고 하기에는 그 목소리며 말투가 지나치게 공허했다. 그러나 모용풍은 저 말이 자신이 이제껏 들었던 어떤 것보다 실현 가능성이 큰 협박임을 알 수 있었다. 그 증거가 이

제는 완전히 바뀌어 버린 이악의 얼굴이었다. 돌처럼 굳은 얼굴이 된 이악은 의견을 구하듯 곁에 선 데바를 돌아보았다. 데바가 작게 고개를 끄덕였다.

이악은 안색을 다시 부드럽게 하여 혈랑곡주를 향해 말했다.

"매는 먼저 맞는 것이 낫다는 말이 있지만, 그보다는 자네가 준비한 그 홀기라는 것을 마지막까지 구경해 보고 싶다는 생각이 드는군."

정계의 거물다운 노회한 수사로써 구겨진 체면을 세워 보려는 것인데, 혈랑곡주는 그마저도 허락하지 않았다.

"마지막까지 구경하지는 못할 것이오."

이악의 얼굴이 다시 한 번 굳었다.

이악과 데바가 쟁선대에서 내려와 비어 있던 자리 중 두 곳에 앉았다. 이제 넓은 쟁선대의 주인은 오직 혈랑곡주 혼자였고, 모든 사람들의 시선은 그에게 집중되어 있었다. 가히 천애天涯라 부를 만한 무망애에 달빛을 받고 서 있는 수척한 붉은 거인은 천지간에 혼자인 것처럼 외로워 보였지만, 본인은 그런 점에 어떤 영향도 받지 않는 것 같았다. 그 무감함이 어찌나 철저하고 지독한지 마치 세상 모든 것으로부터 분리된 듯한 분위기마저 풍겼다. 이제 모용풍은 대체 무엇이 저자에게 영향을 끼칠 수 있을 것인지 궁금해지기까지 했다.

그때, 혈랑곡주가 말했다.

"이 차 곤륜지회를 시작하겠소."

쾅…….

거대한 망치가 공간을 직격한 것 같았다.

그리 크지도 않은 이 간결한 선포에 담긴 무엇인가가 사람들의 안색을 바꿔 놓았다. 다음 순간, 모용풍은 그 '사람들'의 범주가 이 무망애 위에 모인 참가자들에만 국한되지 않는다는 사실을 깨닫고는 망연자실해지고 말았다. 제초온을 비롯해 무망애 아래에 모여 있는 모든 사람들도 이 자리에 모인 사람들만큼이나 또렷하게 저 선포를 들었으리라는 점이, 상식적으로는 말도 안 되는 그 상상이, 두 눈으로 똑똑히 목격하여 도저히 반박할 수 없는 엄연한 사실처럼 너무나 당연하게 받아들여진 것이다.

그것은 내공, 혹은 무공에 의해 만들어진 현상이 아니었다. 만약 그랬다면 모용풍을 놀라게 만들망정 망연자실시키지는 못할 터였다. 모용풍은 저런 종류의 내공, 혹은 무공이 천하에 존재한다고는 믿지 않았다. 아무리 현묘하고 고절한 내공, 혹은 무공도 모용풍처럼 광박한 견문가의 안목으로는 해석 가능한 한도를 벗어나지 않는 '인간의 기예'일 따름이었다. 그러나 지금은 전혀 그런 생각이 들지 않았다.

신이나 악마의 언어가 있다면 바로 저렇지 않을까?

이런 생각—혈랑곡주가 한 선포를 직접 듣기 전에는 분명 망상으로 치부했을—에 사로잡힌 자가 자기 혼자만은 아닐 거라고, 모용풍은 확신했다.

혈랑곡주가 말했다.

"쟁선대는 앞을 다투는 자들을 위한 자리요. 그 앞은 무공일 수도 있고, 패권일 수도 있으며, 생존일 수도 있고, 과거의 영광과 현재의 욕망과 미래의 가능성, 그 무엇도 될 수 있소."

거대한 망치가 공간을 계속 쾅…… 쾅…… 두들겨 납작하게 만들고 있었다. 공기가 또 한 번 터무니없이 무거워졌지만, 그 느낌이 아까와는 사뭇 달랐다. 인간 사이에 팽배하던 긴장감 따위는 감히 끼어들 엄두도 내지 못했다. 주위를 지배하는 것은 이 곤륜산처럼 압도적인 위엄, 바로 비인간非人間의 위엄이었다. 그 위엄이 이 자리에 모인 쟁쟁한 인물들을 말 잘 듣는 학동들처럼 고분고분하게 만들고 있었다.

혈랑곡주가 말했다.

"나는 우선 그대들에게 이 쟁선대를 빌려 줄 것이오."

혈랑곡주가 말했다.

"그다음은 장차 앞을 다툴 자들을 강제할 것이오."

혈랑곡주가 말했다.

"그다음은 한 마리의 '괴물'에 대하여 이야기할 것이오."

혈랑곡주가 말했다.

"그리고 마지막으로 그 '괴물'을 소멸시킬 것이오."

지금 이 순간 모용풍에게 가장 절실한 것은 강적을 벨 수 있는 날카로운 보검이 아니라 모든 것을 기록할 수 있는 부드러운 세필이었다. 그는 혈랑곡주가 한 말을 한 자도 놓치지 않기 위해 늙은 머릿골을 필사적으로 가동해야만 했다.

혈랑곡주가 말했다.

"앞을 다투고자 하는 자, 쟁선대로 올라오시오."

그러면서 말라붙은 왼손을 내밀어 암반 위를 가리켰다. 만물이 죽어 버린 듯한 무시무시한 정적이 무거워진 공기에 실려 주위에 내려앉았다. 오랫동안 누구도 움직이지 않았다. 움직이지 못했는지도 모른다. 혈랑곡주의 친형도, 의형도, 지인도, 그리고 대적도.

……철벽처럼 단단하고 영겁처럼 무한할 같은 그 정적을 최초로 깬 사람이 혈랑곡주와는 거의 무관한 것처럼 보이는 무당파의 늙은 도사라는 점은 모용풍에게 있어서 뜻밖의 일이 아닐 수 없었다. 비인간이 창조해 낸 압도적인 위엄 아래서도 별반 위축된 기색 없이 몸을 일으킨 것 하나만으로도 현유 도장에 대

한 기존의 평가는 수정되어야 마땅할 터였다.

사락.

양의도포의 아랫자락으로 암반의 가장자리를 가볍게 쓸며 쟁선대 위로 올라선 현유 도장이 혈랑곡주에게 말했다.

"아래에서 누군가 그러더이다. 늙은 말코에게선 고약한 비린내가 난다고. 곡주가 마련한 역사적인 무대를 말코의 비린내로 더럽히게 된 점, 너무 탓하지는 말아 주시오."

모용풍이 듣기에 불필요한 겸양이요, 과장된 너스레였다. 어쩌면 객쩍은 말을 통해서라도 심중의 압박감을 이겨 보려는 의도인지도 모른다.

혈랑곡주가 말했다.

"무당파의 현유 도장, 그대는 장강에서는 건정회의 주장을 맡은 바 있고, 옥천관에서 내게 죽은 현학 도장과는 사형제 간이라고 알고 있소. 맞소?"

현학 도장이 고개를 끄덕였다.

"맞소."

혈랑곡주의 자세가 약간 높아졌다.

"복수도 쟁선의 일환이 될 수 있소. 그대는 나를 상대로 쟁선을 논하고자 하오?"

현학 도장은 이번에는 씁쓸하게 웃으며 고개를 저었다.

"아니오. 건정회는 강호 정기라는 미명하에 만들어진 괴뢰에 지나지 않았고, 사형은 한순간에 생겨난 그릇된 아집을 버리지 못하여 종래에는 자신의 청명清名에 스스로 먹칠을 하고 말았소. 거기에 곡주의 책임은 없음을 알고 있으니, 곡주는 신랄한 말로써 늙은 말코를 더 이상 부끄럽게 만들지 마시오."

현학 도장의 차분하지만 혹독한 자아비판에 늑대 탈의 눈구

멍 속에 자리 잡은 혈랑곡주의 눈빛이 작게 흔들렸다.
"그렇다면 그대가 바라는 쟁선의 방식을 밝히시오."
주재자가 엄숙히 요구했다.
"쟁선……."
그 표현이 몸에 맞지 않는 옷이라도 된다는 양 학의 깃털처럼 새하얀 눈썹을 슬쩍 찡그린 현학 도장이 고개를 돌려 쟁선대 아래에 앉아 있는 한 사람을 바라보았다.
"쟁선은 아닐지도 모르오. 무당의 귀원은 단지 화산의 매화를 보고 싶을 따름이니까."
매화의 주인, 고검 제갈휘가 그 눈길에 반응하여 몸을 일으켰다. 그가 쟁선대 위에 서 있는 현유 도장에게 물었다.
"귀원이라고 하셨습니까?"
"그렇소."
제갈휘는 고개를 살짝 숙이고 잠시 무엇인가를 생각하다가 다시 현유 도장과 눈길을 맞췄다.
"귀원이라면 태극의 집이겠군요."
현유 도장의 눈꼬리가 둥글게 말려 내려왔다.
"과연……. 고검이라면 구구한 말이 필요 없을 줄 알았소."
제갈휘가 쟁선대 위로 올라왔다. 현유 도장과 삼 장의 거리를 두고 마주 선 그가 암반 한쪽에 서 있는 혈랑곡주를 돌아보았다.
"무양문의 대표가 아닌 화산파의 제갈휘가 무당파의 귀원검을 견식하고자 하네. 하지만 도장께서 말씀하신 것처럼 우리의 행위를 쟁선이라고 표현하는 데에는 무리가 있을 것 같군. 그럼에도 이 쟁선대를 빌릴 수 있겠는가?"
혈랑곡주가 대답했다.

"화산과 무당의 지고한 검법을 치기 어린 언어로 한정 지을 생각은 없습니다. 두 분께 기꺼이 쟁선대를 빌려 드리겠습니다."

제갈휘가 고개를 끄덕여 보였다.

"고맙네."

혈랑곡주는 장신을 돌려 쟁선대 아래로 내려갔다. 요지부동일 것만 같던 그의 존재감이 고개를 숙이며 잠시 숨을 고르는 사이, 쟁선대는 무당파와 화산파, 유서 깊은 두 검맥劍脈을 대표하는 검객들의 차지가 되었다.

모름지기 검객이라면 검이 있어야 했다. 언제나 그랬듯이 검을 등에 메고 온 제갈휘와 달리 현유 도장은 늙은 소나무 같은 일신에 어떠한 날붙이도 가지고 있지 않았다.

"가져오너라."

현유 도장이 고개를 돌려 말하자, 그와 함께 무망애에 오른 수결이 비척거리는 걸음으로 쟁선대 위로 올라와 허리에 매달려 있던 무당파의 송문고검을 검집째 뽑아 제미로 건넸다. 현유 도장은 사질에게서 받은 검집을 양의도포의 요대에 찔러 넣고는 마치 난초 줄기를 쓰다듬듯 오른 손바닥으로 그 표면을 부드럽게 쓸어 올려, 발검했다. 원소야의 밝은 달빛이 백련을 거친 정강 위에서 잔물결을 닮은 광채로 어룽거린다.

무게를 가늠하려는지 수중의 검을 허공에 대고 가볍게 휘둘러 본 현유 도장이 제갈휘에게 말했다.

"빈도의 검은 지난 백 일간 머물던 무당산의 나무 구멍 속에다 두고 왔소. 마음의 때가 다 벗겨지기 전에는 그 검을 잡지 않겠노라는 결심 때문인데, 이제 와 생각하니 한낱 노욕에 불과했던 모양이오. 때를 벗기기는커녕 그 때가 무엇인지 찾아내지도 못한 것 같으니 말이오. 어쨌거나, 그 탓에 남의 검으로 고검을 상대하는 결례를 범하게 되었으니 먼저 용서부터 구해야 할 것 같소."

제갈휘가 빙그레 웃었다.

"후배를 얼마나 더 난처하게 만드실 작정이십니까? 도장의 말씀을 감당하기 어렵습니다."

그러고는 어깨 위로 오른손을 돌려 검자루를 잡고 당겨 올리니, 검이 검객을 닮은 음전하고 고결한 빛을 달빛 아래로 드러낸다.

모용풍은 숨을 잔뜩 죽이고 쟁선대 위에 고정한 두 눈을 있는 대로 부릅떴다. 지난가을 장강의 강안에서 초현初顯했다는 고검의 천외일매를 이 눈으로 직접 보지 못한 것은 죽는 날까지 통탄해할 만한 일이었다. 그런데 그 한이 한 계절 만에 해소되는 행운이 찾아왔다. 게다가 무당파의 귀원검이라니! 금상첨화라는 말에 이보다 잘 들어맞는 경우도 찾기 힘들 것 같았다. 지금의 모용풍에게는 인간의 눈이 두 개뿐이라는 점이 아쉬울 따름이었다.

두 사람의 검객이 마주 섰다.

두 자루의 검이 마주 향했다.

달빛과 눈빛과 검 빛으로 충분했던 것일까? 시작을 알리는 어떠한 신호도 없었다. 두 사람의 검객이 물처럼 움직이고, 두 자루의 검이 반기듯 용약踊躍했다. 그리고…….

모용풍은 환상을 보았다.

밤은 거대한 화폭이다.

부연 빛무리에 감싸인 두 개의 검봉은 그 화폭 위를 오가는 붓이다.

화폭이 기름막이 낀 수면처럼 펴지고 말리고 왜곡되더니 다종다양한 형상들을 만들어 내기 시작했다. 각각의 형상은 이전의 형상 위에 중첩되었고 이후의 형상 밑에 중첩당했다. 그것들은 찰나의 수명을 가진 꽃봉오리와 같아서 탄생과 동시에 소멸되었지만, 그 생멸에는 어떤 애잔함도 끼어들지 않았다. 모든 것은 오직 즐거움. 무너지고 다시 세워지는 신기루 같은 형상들 가운데 두 자루 강철의 붓이 그려 내는 무한한 희락喜樂만이 맑고 높은 검명의 홍소哄笑를 끊임없이 터뜨리며 중인들의 눈과 귀와 영혼을 사로잡는다…….

우위이이잉- 이아아아앙-.

하-하-하-하-하-.

어느 순간 모용풍은 흐뭇하게 웃고 있는 자신의 모습을 발견했다. 지금 고검과 현유는 싸우는 것이 아니다. 겨루는 것도 아니다. 천고의 세월을 함께 살아온 두 그루 덩굴나무처럼 너무나도 아름답고 너무나도 조화로운 공존을 보여 줄 따름이었다. 그 안에서 무당의 검은 돌아가고 돌아가고 돌아가며, 화산의 검은 줄어들고 줄어들고 줄어든다. 그러나 돌아감은 후퇴가 아니요, 줄어듦 또한 축소가 아니다. 귀원으로 안돈한 태극은 더 이상 혼란스럽지 않고, 일매로 피어난 십매는 여전히 향기롭기만 하다.

인간은 움직인다.

검은 춤춘다.

그러나 저들이 어찌 검객일 수 있으랴.

그러나 저것이 어찌 검법일 수 있으랴.

시간이 달팽이처럼 더디게 기어가고 있었다. 그 느려진 시간 속에서 두 사람이 합작, 합주하는 예술은 영속될 것만 같았다.

이 공전절후한 예술의 한 귀퉁이를 어그러뜨린 것은, 현유의

표현대로라면 '어쭙잖게 세상에 나왔다가 고치로 되돌아간 나비'였다. 쟁선대의 한쪽 구석에 밀려나 있다가 고검과 현유가 검을 마주한 순간부터 초점 잃은 눈과 꺼칠해진 입술을 함께 만개한 채 두 사람의 비무 아닌 비무를 바라보던 수결이 갑자기 어깨와 무릎을 움직거리면서 덩실덩실, 어정어정, 앞으로 걸어 나오기 시작한 것이다. 모용풍의 눈에 비친 그의 움직임은 검법도 아니고, 무공도 아니며, 결국 그 무엇도 아니었다.

쟁선대 위에서 펼쳐지던 세 가지 움직임 중 두 가지가 멈췄다. 제갈휘와 현유 도장이 검을 거두고 한 발씩 물러난 것이다. 두 사람이 합작, 합주해 낸 예술의 여운이 화강암 암반 위로 아지랑이처럼 일렁이는 가운데, 수결 혼자만이 팔을 휘젓는 등 다리를 들어 올리는 등 곱사등이춤 같은 우스꽝스러운 동작을 계속해 나갈 따름이었다.

제갈휘가 수결을 보며 말했다.

"좋은 그릇입니다."

현유 도장이 수결을 보며 대답했다.

"아직 담아야 할 게 많은 표주박이오."

그 겸손을 제갈휘의 은근한 눈웃음이 받았다.

"큰 나무는 그늘이 넓지요. 무당이라면 그 그릇을 채우기에 부족함이 없으리라 믿습니다."

여전히 넋이 나가 있는 듯한 사질을 바라보며 잠시 무엇인가를 생각하던 현유 도장이 다시 제갈휘에게 시선을 돌렸다.

"빈도 혼자서는 자신이 없구려. 아무래도 도움을 청해야 할 것 같소이다."

제갈휘가 고개를 끄덕였다.

"그 말씀을 안 꺼내셨다면 서운했을 겁니다."

제갈휘와 현유 도장이 서로를 향해 빙긋 웃었다. 그들의 웃음에 어린 신뢰는 그들이 딛고 있는 쟁선대만큼이나 견고해 보였다. 다음 순간, 앞서 펼쳐진 것과는 비교할 수 없을 만큼 날카롭고 위험한 기세가 그들로부터 뻗어 나왔다.

쑤아아앗!

더없이 고격한 예술의 전시대가 순식간에 살풍경한 수라장으로 바뀐 듯했다. 모용풍은 두꺼운 솜옷에 가려진 늙은 살갗 위로 좁쌀 같은 소름들이 오스스 일어나는 것을 느꼈다.

화산검법과 무당검법의 최고봉들로부터 뻗어 나온 지극히 사나운 두 줄기 검기가 목표한 것은 혼자만의 세상에 빠져 혼자만의 몸짓으로 허우적거리는 가련한 도사였다.

쟁선대는 모루였다. 수결은 한껏 달궈진 쇠였다.

그 위로 두 개의 망치가 인정사정없이 떨어졌다.

…….

수결이 간질을 일으킨 것처럼 몸을 세차게 떨었다. 그러더니 그 자리에서 두어 바퀴 맴돌다가 풀썩 무릎을 꿇었다.

"아…… 아……."

벌어진 입에서 마치 노인의 단말마와 같은 기이한 신음이 걸쭉한 침에 섞여 흘러나왔다. 부들부들 떨리던 오른손 인지가 어느 순간 화들짝 놀라 경직되더니, 이내 딱딱한 돌바닥 위에 원을 그리기 시작했다. 휘어져 말려 들어가는 선이 태극을 이루고, 그 태극은 줄어들고 줄어들고 줄어들다가…… 돌아가고 돌아가고 돌아가다가…… 마침내 하나의 점에서 멈췄다.

수결은 위를 올려다보았다. 아스라한 군청색 밤하늘 한가운데, 작게 보면 태극을 닮았고 크게 보면 점을 닮은 만월이 그를 굽어보고 있었다. 그 속에서 그의 마음속 태극은 점으로, 일원으로 줄어들고, 돌아갔다. 어그러진 입술 위로 미소가 피어오른다. 그러나 눈꼬리에 맺힌 한 방울의 눈물은 더러운 볼을 타고 아래로 또르르 흘러내린다.

현유 도장이 검을 요대의 검집으로 돌려 넣은 뒤 제갈휘를 향해 포권을 올렸다.

"도움에 감사드리오. 덕분에 본 파의 종통을 이어 나갈 수 있게 되었으니 이 은혜를 어찌 갚아야 할지……."

제갈휘가 검을 등의 검집으로 돌려 넣은 뒤 역시 포권으로 답례했다.

"달리는 말에 가한 조그만 채찍을 은혜라고 표현하시니, 제 쪽에서 오히려 몸 둘 바를 모르겠군요."

포권을 푼 두 사람이 다시 한 번 깊은 신뢰가 담긴 웃음을 서로에게 보여 주었다.

그다음은 각자에 대한, 그리고 그들이 함께 만든 예술에 대한 촌평이 뒤따랐다. 제갈휘가 먼저 운을 띄웠다.

"도장의 귀원검은 아직 변화하고 있는 것 같습니다."

현유도장이 고개를 천천히 끄덕이며 대답했다.

"변화하지 않는 것이 천지간에 어디 있겠소. 고검의 천외일매 또한 여기서 멈출 리는 없으리라고 보오."

제갈휘가 작게 한숨을 쉰 뒤 말했다.

"잘 보셨습니다. 요즘에는 하나 남은 매화마저 밟아 짓뭉개고 싶다는 생각이 자꾸 들더군요. 사람들이 저를 마귀라고 부르는 것에는 다 이유가 있는 모양입니다."

현유 도장이 놀랐다는 듯 흰 눈썹을 쫑긋거리고는 말했다.

"그러시오? 이 늙은이는 욕심이 많아서인지 어렵사리 돌려놓은 하나를 백 개 천 개로 불려 볼 생각이라오. 아무짝에도 쓸모

없는 나무, 잎사귀라도 많아야 보기 좋지 않겠소?"

말을 멈춘 현유 도장은 그들 가운데 무릎을 꿇고 앉아 밤하늘을 올려다보고 있는 수결에게 시선을 주었다. 흰 눈썹과 주름 사이에서 빛나는 노도사의 눈에 자랑스러워하는 기색이 떠올랐다.

"이 늙은이가 아니라도 누군가는 그리할 수 있으리라는 생각이 드는구려."

공감한다는 듯 고개를 끄덕인 제갈휘가 몸을 똑바로 세우고 공근하게 요청했다.

"문득 도장의 그 말씀이 실현되는 것을 정말로 보고 싶다는 생각이 들었습니다. 천 일 뒤 무당으로 찾아뵙는 것을 허락해 주시겠습니까?"

현유 도장이 빙그레 웃었다.

"천주봉 북쪽 낭떠러지에 일심초一心草라는 차종이 있는데 끽다하기에 제법 은근하다오. 잘 덖어 말려 놓고 고검의 왕림을 기다리리다."

제갈휘와 현유 도장은, 검법을 예술의 경지로, 나아가 천외천의 경지로 승화시킨 두 거장은 그렇게 천일지약千日之約을 맺고, 서로를 향해 정중한 작별 인사를 올린 뒤, 좋은 꽃구경이라도 다녀온 사람들처럼 홀가분하고 흔쾌한 얼굴로 쟁선대에서 내려갔다.

잠시 후 바닥에 무릎을 꿇고 있던 수결이 부스스 몸을 일으켜 사숙을 따라 쟁선대에서 내려가더니 본래 있던 자리에 시립했다. 그의 얼굴은 여전히 수척하고 더러웠지만, 쟁선대를 오르내린 사이 그의 몸 안에서 생겨난 무엇인가가 그의 존재를 완전히 다른 사람으로 바꿔 놓은 듯했다. 그것은 우화羽化에 비유할 만했다. 고치는 나비가 되었고, 세상을 향해 막 펼친 그 날개는 작고 여리지만 이루 말할 수 없이 아름다웠다.

'한 치 앞을 모르는 게 세상일이라더니.'

새로 태어난 수결을 곁눈질로 살펴보며 모용풍은 그렇게 생각했다. 현학 도장이 옥천관에서 혈랑곡주에게 허망하게 살해된 뒤, 사람들은 무당파의 쇠락을 기정사실인 것처럼 받아들이게 되었다. 그러나 이제 모용풍은 확신할 수 있었다, 무당파의 진정한 황금기는 오늘 밤 저 쟁선대 위에서 시작되었다는 것을. 뿌리 깊은 나무는 쉬 흔들리지 않는 것이다.

'어디 보자, 오늘부터 천 일이면…….'

자신이 빠진 장소에서 강호의 대사가 벌어진다는 것은 상상하기조차 싫은 오지랖 넓은 순풍이는 벌써부터 그 날짜를 계산하고 있었다.

그사이 쟁선대의 권리는 다시금 혈랑곡주에게로 온전히 돌아가 있었다.

혈랑곡주가 말했다.

"앞을 다투고자 하는 자, 쟁선대로 올라오시오."

혈랑곡주의 압도적인 위엄은 여일했고, 그 위엄에 모두가 또 한 번 숨을 죽여야만 했지만, 이번의 정적은 처음의 것처럼 오랜 이어지지는 않았다.

"내 차례가 온 것 같군."

짧은 정적을 깨고 몸을 일으킨 사람은 신무전의 젊은 주인, 철인협 도정이었다. 걸치고 있던 자홍색 비단 단포短袍를 벗어 옆자리에 있는 증훈에게 휙 던진 그가 쟁선대 위로 올라왔다. 배신자 호랑이의 가죽을 벗겼다는—진짜로!— 무시무시한 소문의 주인공답게 누구의 눈치도 보지 않는 듯한 당당한 걸음걸이였다.

"그대가 바라는 쟁선의 방식을 밝히시오."

혈랑곡주의 요구에 도정이 낮게 웃었다.

"후후, 초연물외超然物外하신 두 명가들과는 달리 나는 어쩔 수 없는 속물이라서 쟁선에 욕심이 많소. 아까 곡주는 여러 가지 것들이 쟁선에 포함될 수 있다고 했는데, 강호의 명성도 물론 그 안에 포함되리라 보오. 안 그렇소?"

혈랑곡주가 고개를 끄덕였다.

"물론 포함되오."

도정의 미소가 더욱 커졌다.

"말했듯이 나는 쟁선을 무척 좋아하고, 앞으로도 그렇게 살 작정이오. 기왕 쟁선을 할 바에야 가장 앞자리가 탐나는 것도 사실이고. 그러려면 먼저 되찾아 와야 할 명성이 있는데……."

도정의 눈길이 쟁선대 아래의 누군가를 향했다.

"요즘 바깥나들이를 할 일이 좀 생겨서 세간에 떠도는 풍문을 들을 기회가 많아졌다오. 한데 그중에 조금 이상한 소리가 섞여 있더이다. 칠성노조의 백룡을 잡은 개방의 항룡장이 천하장법의 으뜸이라나. 참으로 웃기는 소리 아니오? 그 명성, 원래는 우리 북악 거였고, 나는 여전히 사부님의 팔진수를 능가하는 장법은 이 세상에 존재하지 않는다고 믿는데 말이오."

개방 방주, 철포결 우근의 얼굴에 달린 굵은 눈썹이 마치 저 말을 규탄이라도 하듯 세차게 꿈틀거렸다. 이를 못 보았는지 아니면 보고도 못 본 체하는 것인지, 도정은 여전히 싱글거리는 얼굴로 우근에게 물었다.

"어떠시오, 이리로 올라오셔서 내 생각이 틀리지 않았음을 증명해 주지 않으시겠소? 설마 노인네한테 손바람 한 번 맞은 일을 가지고 꼬리를 빼지는 않으실 테지요?"

모용풍은 우근을 어린 시절부터 보아 온 사람이었다. 그가 아는 우근은 상대의 도발을 참거나 비슷한 말로 받아 넘기는 유들유들한 성격이 못 되었다. 그는 진솔하고, 강경하며, 직선적이다. 자신이 익힌 장법처럼.

그 우근이 천천히 몸을 일으켰다. 각진 얼굴은 이미 얼마쯤 상기되어 있었다.

“노인네의 손바람에 비실거린 주제에 감히 천하제일장天下第一掌의 명성을 두고 누구와 다툴 염치는 없지만, 신무대종의 팔진수라면 그래도 구미가 당기는군.”

말을 마친 우근이 걸음을 성큼 내디뎌 쟁선대로 올라왔다. 팔짱을 끼고서 그 모습을 지켜보던 도정이 마치 허락이라도 구하듯 혈랑곡주에게 눈짓을 보냈다. 검과 검의 쟁선이 가능했던 만큼 장과 장의 쟁선 또한 가능하다고 여긴 걸까? 혈랑곡주는 가타부타 말하지 않았지만, 장신을 돌려 쟁선대를 내려감으로써 두 사람의 쟁선을 허락했다.

우근과 도정, 다부지고 단단하기로는 엇비슷해 보이는 두 명의 강맹한 권법가가 열 걸음 남짓한 거리를 두고 마주 섰다. 쟁선대 주위에 둘러앉은 누군가의 목구성에서 울려 나온 침 삼키는 소리가 모용풍의 귓전에 천둥처럼 들렸다.

먼저 말을 꺼낸 사람은 우근이었다.

“신임 신무전주께서는 어떤 방식으로 이 사람과 쟁선하고자 하는가?”

백도의 거대 문파인 신무전과 개방은 두 사람의 위 세대부터 크고 작은 교류를 크고 지내 온 터였다. 그들이 이미 구면인 것은 당연한 일인데, 연장자로서 우근이 보이는 자연스러운 하대에 대해 도정은 신무전주로서의 권위를 딱히 내세우지 않고 순순히 받아들였다.

"글쎄올시다……."

도정은 미간을 좁히고 아래턱을 쥐어 잡으며 잠시 궁리하는 시늉을 하다가 입을 열었다.

"명색이 천하제일을 다투려는 우리들인데 시정잡배들처럼 드잡이를 벌이는 것도 꼴사나운 일이겠고……."

우근이 고개를 주억거렸다.

"흠, 그건 확실히 체면 안 서는 일 같군."

도정은 양손의 인지를 위로 세워 보였다.

"그래서 나는 개방 방주께 일장일보지쟁一掌一步之爭의 품위 있는 방식을 제안하고 싶소."

"일장일보지쟁?"

"규칙은 간단하오. 일정한 거리를 두고 서로가 동시에 일 장씩 때리고, 그다음에 일 보씩 다가서는 것이오."

도정을 향한 우근의 눈에 정광이 번득이더니 이윽고 묘한 웃음기가 떠올랐다.

"그 미련한 짓을 어느 한쪽에서 일 보를 내딛지 못하게 될 때까지 계속하자는 얘기로군."

우근의 말에 도정이 히죽 웃었다.

"돌아가신 사부님께서는 늘 나더러 소처럼 미련한 놈이라고 하셨지요. 어떻소, 내 방식이 마음에 드시오?"

우근이 짧게 내뱉었다.

"무척."

도정이 물었다.

"열 걸음쯤?"

우근이 대답했다.

"적당하겠지."

우근이 두 주먹을 모아 올림으로써 일장일보지쟁의 규칙을 정식으로 받아들였다. 도정 또한 두 주먹을 모아 올려 상대의 용인에 감사를 표했다.

포권을 푼 우근과 도정이 뒤로 돌아서서 걸음을 옮기기 시작했다. 서로에게 등을 보이고 멀어지면서 목을 좌우로 번갈아 꺾고, 어깨 관절을 빙빙 돌리고, 양 손바닥을 들어 탈탈 털어 대는 품이 마치 거울에 비친 상처럼 닮아 보였다.

두 사람의 요란한 몸 풀기는 두 사람의 걸음이 멈춤과 동시에 그쳤다. 그들이 내디딘 걸음의 수는 사전에 정한 대로 열. 두 사람 사이의 거리는 어느새 삼십 보로 떨어져 있었다. 원형이라기보다는 타원형에 가까운 쟁선대의 장축 방면으로 대척된 끝 지점에 위치하게 된 셈이었다.

도정과 우근이 서로를 향해 돌아섰다. 상의를 터뜨릴 듯 부풀어 오른 어깨와 상박과 팔뚝의 근육은 눈에 잡힐 듯 생생한데, 명성을 좇아 쟁선을 선언한 두 권법가의 얼굴에는 담담한 결의가 감돌고 있었다.

'이 또한 장관이 아닌가!'

모용풍이 고개를 좌우로 번갈아 돌리며 바라보는 사이, 두 사람은 양팔을 움직여 자신이 수련한 절학의 기수식을 취했다.

허공의 여덟 방위를 부드럽게 찍어 나가던 도정의 쌍장이 가슴 앞으로 합장하듯 모였다.

좌장으로 하늘을, 우장으로 땅을 겨눈 우근은 철벽같은 좌천우지세를 이루었다.

이어 두 사람 모두 우장을 앞으로 약간 내밀더니, 왼팔을 구부려 오른 손목을 감싸 잡았다. 두껍고 딱딱한 굳은살이 장심 부위에 박인 모습까지 닮아 있는 두 개의 거무튀튀한 손바닥이 삼십 보 떨어진 곳에 서 있는 적수를 똑바로 겨누었다.

"시작하겠소."

도정이 말했다.

"오게."

우근이 답했다.

제일 장.

궁!

이 차 곤륜지회의 처음을 장식한 두 검법가의 쟁선이 공전절후하다고 표현할 수 있다면, 그 뒤를 이은 두 장법가의 쟁선 또한 공전절후하다고 표현할 수 있을 터였다. 그것은 지극히 저돌적이고 야만적인 방식으로 진행되었다. 삼십 보 거리를 두고 서로를 향해 일 장씩 날린 우근과 도정은 동시에 일 보씩 걸음을 내디뎠다. 서로를 향해 날아간 안개처럼 희끗한 덩어리들은 이미 두 사람 간 중간 지점에서 맞부딪쳐 상쇄된 뒤였다. 그때 쟁선대 주위로 번져 나간 풍압은 바람 심한 사월의 어느 날을 연상케 했다. 거칠지만, 관전하는 모용풍을 힘들게 만들지는 않았다.

그러나 그것은 시작에 불과했다.

제이 장.

궁!

소리가 약간 커지고, 바람이 약간 세진 점을 제외하면 일 장 때와 별 차이 없는 것 같았다. 두 걸음을 내디딤으로써 이십육 보 거리로 줄어든 두 사람은 아무런 영향도 받지 않은 듯 눈썹 하나 까딱하지 않았다. 하지만 모용풍의 얼굴은 살짝 일그러졌고, 그의 목 옆에는 퍼런 힘줄 한 가닥이 불거 나와 있었다.

그렇게 제삼 장, 제사 장, 그리고…….

제오 장.

구—웅—!

모용풍은 소리와 풍압으로부터 자신을 보호하기 위해 내공을 운기해야만 했다. 소리는 뇌운 바로 밑에서 울리는 천둥소리 같았고, 풍압은 폭풍이 날뛰는 바다 한가운데 떠 있는 것 같았다. 곁눈질로 살펴본 바, 쟁선대를 둘러싼 모든 이들의 안색이 굳어 있었다. 그리고 이 상황을 만들어 낸 장본인들은…….

다섯 걸음을 내디딤으로써 이십 보 거리로 줄어든 두 사람은 골난 것처럼 눈을 치뜨고 양 볼에 잔뜩 바람을 집어넣고 있었다. 모용풍은 그들의 이마와 목덜미에 돋아 오른 지렁이 같은 힘줄을 볼 수 있었다. 그러나 그들의 가슴은 여전히 활짝 펴져 있었고, 하체는 소나무의 밑동만큼이나 튼튼하게 상부를 받쳐 주고 있었다.

접장은 계속 이어졌다. 제육 장에 제칠 장, 이어서…….

제팔 장.

구—우—웅—!

둘 사이의 거리는 십사 보. 모용풍은 돌 의자 위에서 휘청거리는 상체를 바로잡기 위해 이를 악물었다. 머릿속이 빙빙 돌고 눈알이 터질 것처럼 아팠다. 그 와중에도 서로를 쪼개고 때리는 두 종류의 장법, 항룡장과 팔진수를 놓치지 않기 위해 눈을 부릅뜨고 있었기 때문이다.

우근의 항룡장은 곰 같았다. 우직하게 나아가고, 한 치의 물러섬이 없었다. 반면에 도정의 팔진수는 표범 같았다. 영활하게 비틀고, 무언가를 끊임없이 모색했다. 하지만 지극히 남성적이며 원초적이라는 점만큼은 두 사람 모두, 두 장법 모두 닮았다. 힘과 힘, 기세와 기세의 충돌은 정정당당하기만 했고, 삿된 수단으로 상대를 기만하려 들지 않았다. 항룡장과 팔진수, 이 희대의 두 절학들은 지극한 묘의를 담고 있었지만, 이 상황에서는 오직 단순한 형태로만 표출될 따름이었다.

"음!"

우근의 부릅뜬 눈가에 잔 경련이 일었다.

"흐으……."

도정의 오금이 해진 문풍지처럼 부들거렸다.

그러나 두 사람은 육신의 고통에 굴하지 않고 그다음 아홉 번째 장력을 때려 갔다. 그 모습이 흡사 머리 뿔을 앞세우고 외나무다리 양쪽에서 마주 달려오는 두 마리 고집 센 염소들을 보는 듯했다.

그러고는 일 보를 더 디뎌서…….

제십 장.

구-우-우-웅!

모용풍은 두 눈동자를 가운데로 모으며 하나뿐인 손으로 한쪽 귀를 막았다. 손이 두 개라면 당연히 양쪽 모두를 막았을 것이다. 소리는 고막 바로 옆에서 천둥이 울리는 것 같았고, 풍압은 받은 숨조차 내쉬기 힘들 정도였다.

우근과 도정의 거리는 맨 처음 이야기를 나누던 때와 같은 십보. 모용풍이 앉은 위치에서 볼 때 두 사람의 모습을 한눈에 담을 수 있을 만큼 가까워져 있었다.

모용풍은 두 사람의 우람한 상체가 종잇장처럼 휘청거리는 광경을 목격했다. 우근의 윗니가 아랫입술을 파고들었고, 도정의 귀는 붉은 물감을 칠한 것처럼 달아올라 있었다. 무엇보다 모용풍 본인이 견디기 힘들었다. 이만하면 됐으니 이제 멈추라고 소리치고 싶었지만, 자신이 소리친다고 해서 두 사람에게 들릴 것 같지도 않았고, 입을 벌리는 즉시 토할 것만 같아 포기하

고 말았다.

"후우우읍!"

우근이 양어깨를 목덜미 쪽으로 긴장시키며 용을 썼다.

"끄으으읍!"

도정이 상체를 구부정히 숙이며 등 근육을 부풀렸다.

어느 순간, 두 사람 중 누구의 것인지 분간할 수 없는 우렁찬 고함이 쟁선대 위에서 터져 나왔다.

"으아아앗!"

제십일 장.

……!

이제는 벌레가 우는 듯한 이명 외에는 어떤 소리도 들리지 않았다. 모용풍은 자신의 콧수염을 적시고 있는 뜨듯한 액체의 정체가 무엇인지 생각할 겨를조차 없었다.

흔들리고 흐릿해진 모용풍의 시야 속으로, 십 보의 거리를 두고 일 장씩을 때린 우근과 도정이 일장일보지쟁의 규칙에 따라 앞으로 걸음을 내딛기 위해 버둥거리는 모습이 담겼다. 그저 한 걸음을 내딛기만 하면 되는 간단한 일이었다. 하지만 두 사람의 이마와 목덜미에서 금방이라도 터질 것처럼 돋아 오른 힘줄들은 어린아이라도 할 수 있는 그 간단한 일이 얼마나 어려운 것인지를 똑똑히 보여 주고 있었다. 그럴 수밖에 없었다. 그들이 이제껏 받아 온 압력—열한 차례의 접장에 걸쳐 점증하고 누적되어 온—은 바위를 부수고 쇳덩이를 으스러뜨릴 정도여서 인간의 육신이 감당할 수 있는 수준을 넘어선 상태였다. 그 가공할 압력을 이겨 내고 다시 한 걸음 내딛는 일은 결코 간단하지 않았던 것이다.

먼저 걸음을 내딛는 데 성공한 것은 우근이었다.

더러운 발싸개 위에 낡은 짚신을 덧신은 거지 왕초의 오른발이 족쇄라도 채워진 듯 무겁고 느리게 두 자 남짓한 허공을 건넜고, 화강암 암반을 뚫고 복사뼈까지 박혀들었다. 그런 다음, 저러고도 이빨이 온전할까 염려스러울 정도로 이를 힘껏 갈아붙이더니 몸뚱이를 끌어당겨 오른발 위로 가져다 놓았다. 그 모습이 마치 태산이라도 옮기듯 힘겹고 아슬아슬해 보였다. 팔은 안으로 굽는다는 말처럼 모용풍은 우근의 분투를 마음으로 응원했고, 우근이 열한 번째 걸음을 내딛는 데 성공한 순간 저절로 터져 나오려는 환호성을 애써 배 속으로 밀어 넣어야 했다.

'잘했다, 소아귀!'

우근의 각진 얼굴 위로 강렬한 성취감이 횃불처럼 떠올랐다. 그는 '어떠냐?'라는 듯한 양양한 눈길로 아홉 걸음 건너편에 있는 상대를 바라보았다.

지금 이 순간 도정은 신무전주의 위엄에 걸맞지 않게 우스꽝스러운 모습을 연출하고 있었다. 바닥에서 떼어 놓은 오른발을 앞으로 내딛기 위해 안간힘을 다하고 있었지만, 그 발은 맞바람을 맞은 작은 새처럼 허공에서 주춤거리며 맴돌기만 할 뿐 좀처럼 앞으로 나아가지 못하고 있었다. 모든 사람들의 눈길이, 현재의 강호와 미래의 강호의 주인이랄 수 있는 쟁쟁한 인사들의 관심이 그의 오른발 위로 집중되었다.

쿵.

도정의 발소리와 함께, 마비되었던 모용풍의 청각이 되돌아왔다. 모용풍은 열한 번째 장력을 때려 낸 자리에서 단 한 치도 앞으로 나오지 못한 도정의 오른발을 바라보며 묘한 안도감에 사로잡혔다.

쟁선은 끝났다. 승부도 판가름 났다. 우근은 일 보를 내디뎠고, 도정은 일 보를 내딛지 못했다. 우근은 앞으로 나아가는 데 성공했고, 도정은 그러지 못했다. 쟁선을 판가름하는 데 이보다 더 명쾌한 결말이 있을까?

우근은 타인에게든 자신에게든 감춤 없이 솔직한 사람이었다. 그는 무지막지한 항룡장을 열한 차례나 토해 낸 오른손을 주먹으로 불끈 쥐더니, 허공을 향해 번쩍 들어 올림으로써 승리의 기쁨을 가감 없이 드러냈다.

모용풍은 인중과 콧수염과 입술을 함께 물들인 코피를 남몰래 소맷자락으로 닦아 내며 중얼거렸다.

"너무 솔직한 것도 문제라니까."

이곳은 시정의 싸움판이 아니었고, 두 사람이 벌인 쟁선은 왈패들끼리의 주먹다짐이 아니었다. 자신의 행동이 얼마나 유치했는지를 그제야 깨달은 듯, 우근은 벌어진 입가를 얼른 오므리더니 왼손을 들어 오른팔 겨드랑이를 벅벅 긁기 시작했다.

"흠흠, 빈대가 물었나, 겨드랑이가 왜 이리 가렵지?"

그 말을 들은 모용풍은 한숨을 내쉬고는 또다시 작게 중얼거렸다.

"멍청한 놈, 변명이랍시고 꺼내는 소리 하고는……."

아니나 다를까, 침울해 있던 도정의 얼굴이 쓸개라도 씹은 것처럼 우그러졌다.

"우 방주의 신위가 아무리 대단해도 팔진수를 빈대에 비유하는 것은 너무하지 않소?"

"뭐? 어어, 그런 뜻이 아니라……."

불필요한 오해를 사게 된 우근이 눈을 동그랗게 뜨고 양손을 급히 내저었지만, 애당초 자승자박인 것을 누구를 탓하랴.

우근으로서는 다행하게도, 도정은 상대의 말꼬리를 물고 늘어지지는 소인배가 아니었다. 험악한 얼굴로 우근을 노려보던 그가 이내 히죽 웃더니 왼 주먹으로 목덜미를 툭툭 두들기며 투덜거렸다.

"제기랄, 정말이지 굉장한 장법이었소. 뼈마디 억세기로는 남에게 뒤지지 않는다고 자부해 온 몸인데, 지금은 온몸이 으스러지는 것 같구려. 아이고, 어깨야."

우근이 표정을 바로 하여 도정에게 말했다.

"전주의 팔진수도 굉장했네."

"이런, 동정하시는 거요?"

가늘게 뜬 눈으로 자신을 바라보는 도정에게, 우근이 천천히 고개를 저으며 말했다.

"그럴 리가 있겠는가. 만일 내가 삼도에서 기연을 만나지 못했다면, 이번 싸움의 승리는 아마 전주에게 돌아갔을 걸세. 게다가 전주는 지난가을 이후로 수련할 시간이 부족하지 않았는가."

"음?"

"신무전이 병부에 새로 줄을 대기 위해 움직인다는 얘기가 들리더군. 그새 북경에도 여러 번 다녀왔다지?"

도정이 깜짝 놀라며 주위를 둘러보았다.

"이 양반이 다들 듣는 데서!"

우근이 엄숙하게 말했다.

"환복천자의 눈과 귀가 개방보다 밝지 않다고 생각하면 오산일세. 이 자리만 해도 신무전의 움직임을 아는 사람이 최소한 셋은 된다는 사실을 명심하게나."

도정은 쟁선대 아래에 앉아 있는 모용풍을 쳐다보고, 다시 이악을 쳐다보았다. 그가 어깨를 으쓱거리더니 시무룩한 목소리로 중얼거렸다.

"하기야 오래 유지될 수 있는 비밀이라고 여기지는 않았소. 방주의 고언, 앞으로 더 조심하라는 충고로 받아들이리다."

우근이 빙긋 웃었다.

"어쨌거나 전주와의 일장일보지쟁은 무척 재미있었네. 내 평생 이렇게 즐겁게 싸우기는 처음인 것 같아. 나중에 한가해지면 개봉으로 놀러 오게. 개봉은 유서 깊은 고도古都라서 풍물이 꽤나 번성하다네. 맛난 먹을거리도 다른 데보다 많은 편이지. 진탕 먹고서, 진탕 싸워 보세."

도정은 구슬픈 얼굴로 한숨을 쉬었다.

"아쉽게도 신무전의 전주는 개방의 방주처럼 팔자 좋지 못하다오. 진탕 먹고 진탕 싸울 만큼 한가해지는 날이 대체 언제쯤에나 오게 될는지……."

이 한탄을 끝으로 두 번째 쟁선의 주역들은 상대에게 포권을 올리고 쟁선대에서 내려갔다. 이제는 태양이 동쪽에서 떠오르는 것만큼이나 당연하게, 혈랑곡주가 쟁선대 위로 수척하고 붉은 장신을 드러냈다.

혈랑곡주가 말했다.

"앞을 다투고자 하는 자, 쟁선대로 올라오시오."

더 이상 호응하는 자는 없었다. 쟁선에 뜻을 둔 자가 더 이상 없다는 뜻은 아닐 테고, 아마도 혈랑곡주가 준비했다는 다음 홀기를 기다리는 것 같았다.

잠시 시간을 두고 기다리던 혈랑곡주가 고개를 살짝 끄덕이더니 쟁선대 아래 한 곳을 향해 오른손을 뻗었다. 그곳에 석상처럼 시립하고 있던 혈랑검동이 주인의 앞으로 총총히 달려 올라왔다. 한 자루 붉은 검이 혈랑검동의 손에서 혈랑곡주에게로 전해졌다. 혈랑검동이 다시 쟁선대 아래로 달려 내려갔다. 이

자리에서 한자고는 오직 혈랑검동일 뿐이었고, 그래서인지 주인을 제외한 누구에게도 눈길을 주지 않았다. 만년지우晩年之友인 모용풍에게조차도.

혈랑곡주는 혈랑검동에게서 받은 붉은 검을 고목처럼 말라붙은 왼손에 옮겨 잡았다. 자루까지 붉은색으로 칠해진 그 검은 혈랑곡주를 완성시켜 주는 듯했다.

혈랑곡주가 말했다.

"지금부터 혈랑곡주의 이름으로 장차 앞을 다툴 자들을 강제하겠소."

앞서와 마찬가지로 공허하기만 한 목소리. 그러나 모용풍은 허공에서 떨어져 내린 날카로운 갈고리에 목덜미를 꿰인 듯한 오싹함을 느꼈다.

(4)

석대원이 말했다.

"지금부터 혈랑곡주의 이름으로 장차 앞을 다툴 자들을 강제하겠소."

오늘 밤 무망애 위로는 과거와 현재와 미래의 강자들이 올라왔다. 그리고 지금 이 쟁선대 주위에는 드러난 세상의 주역들과 드러나지 않은 세상의 주역들이 저마다의 존재를 부각하며 자리를 지키고 있었다. 그러므로 그들 모두를 강제한다는 것 자체가 어불성설일지도 모른다. 이는 강호 전체를 강제한다는 것과 다름이 없기 때문이었다.

하지만 석대원은 개의치 않았다. 이 순간 그를 움직이는 것은 가능성에 대한 자신감 따위가 아니었다. 오직 당위當爲였다.

처음에는 자신에게 닥친 불행을 개인적인 것으로만, 그의 삶에 원래부터 내재된 비극적인 운명의 발로라고만 여겼다. 어젯밤 꾼 악몽이 아무리 끔찍해도 나 아닌 다른 사람에게는 가벼운 웃음거리밖에 될 수 없듯이, 개인적인 불행은 그 정도가 아무리 심해도 결국은 개인적인 문제로 끝날 뿐이라고만 여긴 것이다.

그러나 비천대전의 넓고 침침한 지하 공간 안에서 반백년도 넘도록 서로의 존재조차 모르고 살아온 운리학과 문강 부자가 상잔하는 장면을 목격했을 때, 석대원은 끔찍한 악몽을 꾼 사람이 자신 혼자만이 아님을 알게 되었다. 당시 그가 느꼈던 분노는, 무문관에서 나온 뒤 고대의 유적처럼 황폐해진 감정을 뚫고 솟아오른 거대한 분노는 바로 악몽을 공유한 자의 처참한 동질감을 원천으로 삼았다. 석대원 본인 말고도, 그들 책사 부자 말고도 얼마나 많은 사람들이 악몽 같은 운명에 시달렸고, 지금 시달리고 있고, 또 앞으로 시달릴 것인가. 그의 분노는 자연히 악몽 같은 운명을 조장하는 악덕으로 향했고, 그는 그 악덕을 '앞을 다투는 모든 것', 즉 '쟁선'이라고 규정했다. 그러므로 이번 이 차 곤륜지회에서 그가 행하려는 모든 강제는 그의 입장에서는 당위적일 수밖에 없었고, 그것은 경고와 응징의 형태로 드러날 터였다.

세 번의 경고와 한 번의 응징.

그중 첫 번째 경고가 이제 막 시작되었다.

석대원이 말했다.

"북악과 남패의 대표들은 쟁선대로 올라오시오."

쟁선대는 넓고, 북악과 남패의 대표로서 이번 회합에 참가한 도정과 제갈휘는 쟁선대 아래 서로 맞은편이라고 할 수 있는 자리에 앉아 있었다. 석대원이 선 위치에서 두 사람을 동시에 바라보는 것은 인간의 신체 구조상 불가능할 테지만, 석대원은 자신의 말이 떨어진 순간 그들의 얼굴에 떠오른 표정의 변화를, 도정의 입술 꼬리가 불편하게 실룩거리는 것과 제갈휘의 상처 자국이 곤혹스럽게 일그러지는 것을 똑똑히 관찰할 수 있었다. 그는 그것을 불만, 혹은 불낙의 의미로 해석했다. 주지하다시피 북악 신무전과 남패 무양문은 수십 년간 강호를 북쪽과 남쪽으로 양분하여 군림해 온 거대 문파였다. 그런 곳을 대표하는 인물들로서는 누군가로부터 올라와라 내려와라 지시를 듣는다는 것 자체가 참기 힘든 모욕으로 여겨질 수도 있었다.

그러나 정작 그 모욕적인 지시를 내린 석대원은 미동조차 하지 않고 기다렸다. 그가 오늘 밤 행할 모든 언행은 당위에 의한 것이었고, 그는 저 두 사람이 자신의 말에 따르리라는 점을 의심하지 않았다, 쟁선의 가장 앞자리에 오른 존재가 석대원 본인임을 의심하지 않듯이.

그래서 쟁선대라 명명한 것이다. 쟁선대 위에서의 발언권은 바로 쟁선의 순위에 의해 결정된다.

먼저 움직인 쪽은 제갈휘였다. 잠시간 그를 사로잡았던 곤혹은 이미 떨어낸 듯 암반 위에 발을 올리는 표정은 담담하기만 했다. 그런 남패의 대표와는 달리 북악의 대표는 조금 꾸물거리고 있었다. 도정은 쟁선대 위에 올라선 제갈휘가 석대원으로부터 열 걸음쯤 떨어진 곳에 멈춰 선 뒤에야 돌 의자 위에 앉힌 몸을 천천히 일으켰다.

"명색이 북악남패인데…… 저 양반은 체면 좀 세워 볼 기회도 안 주는군."

작게 투덜거리면서 쟁선대에 올라온 도정이 제갈휘에게서, 그리고 석대원에게서 열 걸음쯤 떨어진 곳에 발을 멈추니, 세 사람이 솥발의 형국으로 마주 보게 되었다. 북악과 남패 그리고 그들을 강제하겠노라는 혈랑곡주의 삼각 대치는 지켜보는 사람들의 눈에는 팽팽해 보일지 모르고, 어쩌면 도정과 제갈휘 또한 그렇게 여길 수 있었다. 그러나 석대원은 아니었다.

우선은 확인할 필요가 있었다.

"북악의 대표는 북악의 주인이오. 그러나 남패의 대표는 남패의 주인이 아니오."

석대원이 제갈휘에게 물었다.

"남패의 대표가 남패를 진정으로 대표할 수 있음을 믿어도 되겠습니까?"

제갈휘가 침착하게 대답했다.

"나는 복건을 출발하기 전 문주님으로부터 이번 행사에 대한 모든 것을 위임받았네. 이 자리에서 내가 하는 모든 언행은 문주님의 언행과 다르지 않네."

"좋습니다."

이어 석대원이 모두를 향해 말했다.

"북악과 남패가 강호에서 차지하는 위상이 어떠한지, 그리고 북악과 남패가 서로를 바라보는 시각이 어떠한지는 이 자리에서 새삼스럽게 언급하지 않겠소. 그러나 그대들 사이에 맺어진 악연은 신주소가와 여산백련교 대로 올라가며, 그 악연의 시작에 외부로부터 비롯된 악의가 깊숙이 개입되었음은 분명히 밝혀야겠소."

신주소가의 가주 소대진과 여산백련교의 교주 서문호충은 국초에 벌어진 여산혈사 때 양패구상했고, 그 사건의 이면에는 원나라 황실에서 명나라 주씨 황실로 주인을 갈아치운 음험한 사냥개, 비영사의 음모가 감춰져 있었다.

석대원이 말했다.

"악의는 일면으로 성공했소. 신주소가와 여산백련교는 주인을 잃고 오랜 침체를 겪어야 했으니까. 하지만 일면으로는 실패했소. 각기 걸출한 후인들이 나타나 신주소가를 신무전으로, 여산백련교를 무양문으로 중생重生시켜 오늘날까지 이어 오는 것까지 막아 내지는 못했으니까."

북악과 남패의 대표들은 아무 말 없이 석대원의 이야기를 듣고 있었다.

"그러나 북악과 남패의 악연은 끝나지 않았고, 그 악연을 이용하려는 악의 또한 여전히 숨 쉬고 있소."

석대원의 시선이 도정을 향했다. 그가 쓴 늑대 가면은 조금도 움직이지 않았지만, 그는 도정의 탄탄한 어깨선을 따라 번져 나가는 긴장의 기미를 읽을 수 있었다.

석대원이 도정에게 말했다.

"올바른 후계자가 사악한 찬탈자의 수중에서 신무전주의 권좌를 되찾는 데 성공하지 않았다면 그 악의는 전면에 드러났을 것이고, 이번 겨울의 산하는 북악과 남패의 전면적인 쟁투가 흘린 피로 붉게 물들었을 것이오."

도정이 어깨를 으쓱거렸다.

"공감할 수밖에 없는 말이군."

석대원은 도정에게 시선을 거두어, 아니 시선의 다른 하나를 제갈휘에게 나누어 주며 말을 이었다.

"악연이 존재하는 한 악의는 다하지 않을 것이오. 악의의 주체가 사라진다 해도 악의 자체는 여전히 남아, 마치 태곳적부터 존재해 온 망령들처럼, 새로운 주체를 찾아 끝없이 모색함으로써 마침내 새로운 악의로 거듭나게 될 것이오. 그리고 그 악의

가 성공을 거두는 날, 그대들과 무관한 수많은 무고한 삶들은 피와 눈물을 흘리게 될 것이오. 그러므로……."

석대원은 눈을 잠시 감았다가 떴다. 천선기가 움직인다. 빛들이 뛰어 다니고 끈들이 춤을 춘다. 바즈라-우파야가 이에 호응하듯 고개를 들고, 이마에 핀 세 송이 꽃이 발광發光하며 늑대가면 전체가 혜성처럼 붉은빛에 감싸인다.

석대원이 천선기와 바즈라-우파야의 권능이 담긴 언어로 말했다.

"혈랑곡주로서 명하오. 북악과 남패는 향후 십 년간 상대를 향한 모든 적대 행위를 금함으로써 그대들의 악연을 씻도록 하시오."

첫 번째 경고가 몰고 온 정적은 우레 같았다.

뭍에 올라온 붕어처럼 뻐끔거리기만 하던 도정의 입에서 불신에 찬 반문이 흘러나온 것은 한참이 지난 뒤의 일이었다.

"시, 십 년이라고? 일 년도 아니고 오 년도 아닌 십 년?"

제갈휘도 무겁게 중얼거렸다.

"십 년은 너무 길군."

석대원은 같은 말을 반복하지 않았다.

"불복할 기회는 주겠소. 단, 지금은 아니오."

도정의 눈빛이 매섭게 빛났다.

"그 기회가 언제요?"

불행히도 석대원은 친절한 주재자가 될 생각이 없었다.

"알게 될 것이오."

석대원이 말라붙은 왼손을 들어 올렸다.

"북악과 남패의 대표들은 쟁선대를 내려가시오."

혈랑곡주로부터 첫 번째 경고를 받은 자들의 퇴장은 그 입장과 어딘지 닮아 있었다. 뭔가 숙고하는 표정을 짓던 제갈휘가 쟁선대 아래로 선선히 내려가 자리에 앉은 뒤에야 도정이 불만에 가득한 눈길을 거두며 몸을 돌렸다.

첫 번째 경고의 자취를 지우기 위해 잠시 짬을 두었던 석대원이 다시 말했다.

"소림과 남패의 대표들은 쟁선대로 올라오시오."

어차피 올라올 것이라면 그냥 남아 있으라고 해도 무방했다. 그러나 첫 번째 경고와 두 번째 경고는 그 내용이 엄연히 달랐고, 경고를 하는 자의 입장에서는 구분할 필요가 있었다. 이런 석대원의 의중을 짐작했는지 제갈휘는 불쾌한 내색을 전혀 드러내지 않고 쟁선대 위로 다시 올라왔고, 소림의 대표로서 쟁선대 위에 몸을 세우는 적송과 눈을 마주쳤다.

석대원이 말했다.

"악연은 또 다른 악연을 잉태했소. 소림은 여산혈사에 참가하여 여선백련교를 멸망시키는 데 일조했고, 그 보복으로 여산백련교의 후예는 소림의 방장을 살해하고 소림을 비롯한 백도의 제 문파들에 십 년 봉문을 강제했소."

남패 무양문의 시작과 궤를 같이하는, 강호의 역사에 '낙일평의 치'라는 이름으로 기록된 사건이었다.

"이에 절치부심한 소림은 급기야 정종 불문의 고결함을 스스로 훼손하기에 이르렀고, 존귀하고 성스러워야 할 불당을 마귀의 숨결로 더럽히고 말았소. 악의가 초래한 처음의 업이 있었고, 그것을 갚는다는 명목으로 또 다른 업이 지어졌으며, 또 다른 업에 대한 반동으로 세 번째 업이 움트려 한 것이오."

적송의 준미한 얼굴이 참괴한 빛으로 물들었다.

"아미타불, 아미타불……."

천선기와 바즈라-우파야가 다시 발동했다. 빛의 끈이 움직이고, 늑대 가면이 붉은빛에 휩싸였다.

석대원이 말했다.

"그러므로 혈랑곡주로서 명하오. 소림과 남패는 이 해가 끝나기 전에 전대의 업을 씻는 세업불회洗業佛會를 공동으로 개최하시오. 한 번은 여산에서, 또 한 번은 낙일평에서 불회를 개최함으로써 처음의 업과 그 업에 대한 또 다른 업을 씻고 불자로서의 본연을 회복하도록 하시오."

이 말이 끝났을 때, 쟁선대 아래 앉아 있던 무당파의 현유 도장으로부터 혼잣말 같은 탄성이 흘러나왔다.

"악업을 사라지게 하는 것은 피 묻은 칼이 아니라 화친의 술잔이겠지. 세업이라, 참 좋구나."

적송이 석대원에게 독장례를 올렸다.

"언젠가 폐사의 방장 사형께서 전대의 업을 씻기 위해 무양문의 서문 문주를 찾아가실 거라고 기대하던 소승의 생각이 지극히 어리석었음을 이제 알겠습니다. 업을 상쇄하는 유일한 방편은 같은 업이 아니라 공덕이라는 불문의 가르침을 소승과 소림 모두가 망각하고 있었나 봅니다. 곡주의 말씀, 방장 사형께 그대로 전하겠습니다. 방장 사형께서도 큰 깨달음을 얻으실 것이라 믿습니다."

제갈휘도 흔쾌한 얼굴로 말했다.

"무양문의 뿌리 또한 불문이지. 문주께서는 그 종맥의 주인이기도 하시고. 곡주의 명은 아마 그대로 이루어질 걸세."

두 번째 강제에 대해서는 아무런 반발도 나오지 않았지만, 석대원은 기뻐하지 않았다.

"소림과 남패의 대표들은 쟁선대를 내려가시오."

적송과 제갈휘가 쟁선대를 내려갔다.

첫 번째 경고가 끝났을 때와 마찬가지로 약간의 시간이 흐른 뒤, 석대원이 세 번째 경고를 준비했다.

"중양회의 대표들은 쟁선대로 올라오시오."

쟁선대 아래에서 작은 동요가 일기 시작했다. 그도 그럴 것이, 이 자리에 모인 사람들 모두가 혈랑곡주와 중양회주의 관계를 알고 있기 때문이리라.

동생이 형을 강제할 작정인가?

사람들은 그 점을 궁금히 여기고 있을 것이다. 그러나 석대원은 여전히 개의치 않았다. 모든 것을 부감하면서도 어떤 것에도 얽매이지 않는 공허한 눈으로, 쟁선대 위로 올라오는 중양회의 인사들을 지켜볼 따름이었다.

석가장의 주인이자 중양회의 회주인 석대문, 개방 방주 우근, 소림의 적송, 중양회를 대표하는 세 사람이 쟁선대 위에 어깨를 나란히 하고 석대원을 마주했다.

석대원이 말했다.

"중양회는 하나의 목적을 달성하기 위한 한시적인 회합으로 알고 있습니다. 맞습니까?"

석대문은 속내를 짐작하기 힘든 복잡한 눈빛으로 동생이 쓴 늑대 가면을 바라보다가 고개를 끄덕였다.

"맞다."

석대원이 말했다.

"그 목적의 대부분은 중양회가 섬서에서 치른 분투로써 달성되었다고 생각합니다. 그러나 자신들이 가진 힘이 얼마나 강한지 안 뒤에는 그 힘을 좀처럼 놓으려 하지 않는 것이 인간이고, 인간의 야심입니다. 이는 보검의 예리함을 알게 된 검객이 쉬 그

보검을 검집으로 되돌리지 못하는 것과 같은 이치일 겁니다."

쟁선대 아래 앉아 있던 제갈휘와 현유 도장, 당금 천하에서 가장 고매한 두 검객이 고개를 작게 끄덕여 공감을 표했다.

신, 혹은 악마의 언어가 이어졌다.

"그러므로 혈랑곡주로서 명하겠습니다. 중양회를 오늘부로 해체하십시오."

석대문이 천천히 팔짱을 꼈다. 그러고는 주먹 쥔 오른손으로 턱을 툭툭 두드리기 시작했다. 석대원은 과거 부친을 통해 보았었고, 인간이던 시절 자신도 종종 내보이던 저 투박한 행동에 어떤 의미가 담겨 있는지 안다. 지금 형은 고민하고 있었다, 무척이나 심각하게.

고민에 빠진 중양회주에게 중양회의 두 기둥들이 눈길을 보냈다. 그러나 자신들의 의견을 밝히지는 않았다. 그들은 회주를 믿었고, 회주로부터 나올 결정을 전폭적으로 지지할 준비가 되어 있는 것처럼 보였다.

이윽고 석대문이 팔짱을 풀며 입을 열었다.

"곡주가 말한 대로 지난달 섬서에서 치른 전투를 통해 우리 중양회의 목적은 많은 부분 달성되었다. 하지만 전부 달성되었다고 하기에는 부족한 부분이 있겠지. 본 회의 적은 분명히 쇠약해졌지만 그 수뇌는 여전히 건재하기 때문이다."

석대문은 말을 끊고 쟁선대 아래 있는 한 노인에게 눈길을 보냈다. 석대원은 통통하고 인자해 보이던 그 노인의 얼굴 위로 돌처럼 단단한 경직이 번져 나가는 모습을 묵묵히 지켜보았다.

"그러므로 아직은 중양회를 해체할 때가 아니다."

다시 동생에게로 시선을 돌린 석대문이 무거운 목소리로 말을 맺었다.

"불복할 기회는 드리겠습니다. 단, 지금은 아닙니다."

석대원이 잠시 생각한 뒤 덧붙였다.

"그리고 그때가 되면 아마 제 말을 따르실 겁니다."

말을 마친 석대원이 말라붙은 왼손을 들어 올렸다. 석대문을 포함한 세 사람이 그 손짓에 따라 쟁선대를 내려가 각자의 자리로 돌아갔다.

경고는 끝났다. 이제 응징을 시작할 때였다.

석대원이 말했다.

"비각과 밀교의 대표들은 쟁선대로 올라오시오."

북악의 주인은 혈랑곡주의 강제에 대해 생각했다.

남패 무양문과의 십 년 불가침. 그 자체만 놓고 말하면 나쁘지 않은 조건이었다. 아니, 오히려 바라던 바라고 할 수도 있었다.

신무전은 지난가을 이른바 제남혈사濟南血事라고 불리는 사건을 통해 복구하기 힘들 만큼 극심한 손실을 입었다. 세인들이 당시의 사건을 가리켜 감히 '붕악崩嶽'이라는 극단적인 용어로까지 표현한 데에는 그럴 만한 이유가 있었던 것이다.

그러나 신무전은 무너지지 않았다. 변질되지도 않았다. 그리고 그 견고한 버팀의 중심에는 북악의 새로운 주인, 철인협 도정이 있었다. 도정은 단 한 번의 전격적인 반격으로써 배신자 무리를 처단했고, 스승인 신무대종을 능가하는 놀라운 수완을 발휘하여 뿌리부터 흔들리는 문파를 안정시켜 나갔다. 그 과정에서 이전부터 심각한 문제로 대두되었던 노쇠한 조직을 일신한 것도 전적으로 그의 공이라고 할 터였다.

하지만, 그럼에도, 아직은 여러모로 부족한 것이 사실이었다. 설령 신무전이 과거 전성기의 성세를 되찾는다 해도 남패 무양문과의 격차는 여전히 컸다. 도정이 개인 수련을 포기하다시피 한 채 북경을 오가며 병부에도 줄을 대려 한 데—그 일에 대해 개방 방주가 눈치채고 있다는 것은 의외였지만 내막을 온전히 파악한 것 같지는 않아 안심했다—에는 강남 지방에 지대한 영향력을 행세하는 병부상서 우겸과의 관계를 돈독히 함으로써 남패의 준동을 조금이라도 견제해 보려는 의도가 적잖이 작용하고 있었던 것이다.

그런 상황에서 십 년 불가침의 얘기가 나왔다. 십 년이면 강산도 변할 수 있는 시간, 젊은 피를 잔뜩 채운 신무전이 무양문을 상대로 건곤일척의 승부를 결할 준비를 갖추기에는 부족하지 않은 시간이었다.

일 년도 아니고 오 년도 아니고 자그마치 십 년이다!

짐짓 앙앙불락한 모습으로 쟁선대를 내려온 도정이 자꾸만 풀어지려는 얼굴 근육에 잔뜩 힘을 주고 있어야만 하는 이유가 바로 그 십 년이라는 기간이 주는 든든함에 있었다. 면종복배面從腹背라는 말이 있지만 지금 도정의 경우는 정반대였다. 얼굴로는 배척하지만 마음으로는 희희낙락하며 따른다고나 할까. 그런즉, 그로서는 혈랑곡주의 강제에 불복할 생각도, 이유도 없는 것이다.

그렇다면 북악의 대척점에 있는 남패는 어떨까?

도정은 남패의 대표로서 혈랑곡주로부터 자신과 마찬가지인 십 년 불가침의 강제를 당한 제갈휘를 곁눈질로 살펴보았다.

고검 제갈휘가 가진 상징성이 남패의 지존인 서문숭에 못지않다는 데에는 의심의 여지가 없었다. 그러므로 제갈휘가 조금 전 혈랑곡주 앞에서 한 말, 자신의 언행이 서문숭의 언행과 같은 효력을 발휘한다는 장담은 믿어도 좋았다.

'게다가 현재의 무양문은 함부로 움직일 수 있는 입장이 아니지.'

무양문은 지난해 치른 폭풍 같은 원정을 통해 중원 전체를 뒤흔들어 놓은 바 있었다. 혈랑곡주가 옥천관에서 벌인 말도 안 되는 짓—도정은 그렇게 판단했다—이 모종의 전기로 작용해 반년간의 원정을 마감하고 복건으로 회군하기는 했지만, 그들이 짧은 기간 안에 다시금 일을 벌일 가능성은 그리 높지 않았다.

그렇다면 혈랑곡주로부터 발동된 십 년 불가침은 무양문 입장에서도 손해 볼 것이 별로 없는, 단지 체면만 약간 깎이는 선에서 그치는 강제일 터. 거기에 의형제를 맺을 만큼 절친하다는 제갈휘와 혈랑곡주의 개인적인 관계까지 더한다면, 제갈휘가 그 강제에 대해 불복하고 나설 공산은 그리 높지 않을 것 같았다.

그래서인지 돌 의자에 앉아 쟁선대 위를 응시하고 있는 제갈휘는 맑은 호수처럼 평온한 얼굴을 하고 있었다. 도정은 저 고상하신 눈빛이며 표정을 자신의 추측이 잘못되지 않았다는 증거로 받아들였다. 북악과 남패 간의 십 년 불가침은 별 탈 없이 이루어질 것이다.

'이것이야말로 의외의 소득이 아닌가!'

도정은 허리를 피며 팔짱을 끼는 짧은 시간 동안 어느새 길쭉해진 입매를 재빨리 오므렸다. 명색이 북악의 주인이 되어, 어쨌거나 남들 보기에는 자존심 상할 만한 일을 당하고도 히죽거리는 것은 옳지 않았다.

각설하고, 저 쟁선대 위에서 혈랑곡주에게 강제를 당한 사람은 도정과 제갈휘만이 아니었다. 가자미의 것처럼 가늘어진 도정의 눈길이 다음으로 향한 것은 제갈휘의 옆자리에 앉은 준미한 청년 승려였다.

사대무보四大武寶의 주인인 사형들을 어느 틈엔가 젖히고 사부인 범도 신승의 뒤를 이어 소림제일인少林第一人의 명성을 쌓아 나가기 시작한 옥나한은 혈랑곡주로부터 당한 기묘한 강제를 종교적인 깨우침처럼 받아들인 눈치였다. 눈을 감고 생각에 골몰하다가, 눈을 떠 밤하늘을 올려다보고, 다시 눈을 감고 염불 닮은 것을 남남이 읊조리는 적송은 어수선해 보이는 외면을 통해 뭔가에 크게 감동받은 내면을 가감 없이 드러내고 있었다. 저러다 눈물이라도 한 방울 흘린다면 더욱 극적으로 보일 텐데.

'역시 순진한 친구로군.'

배신자 호랑이를 때려죽이고 신무전을 되찾는 날 처음 만나 본 적송은 나이를 초월하는 심후한 공력이 무색할 만큼 순진해 빠진 불제자처럼 보였고, 그러한 첫인상이 틀리지 않았음을 지금 확신할 수 있었다. 저 순진함을 바탕으로 절차탁마한 소림의 정종 무공은 필시 대단할 테지만, 순진한 인간 자체는 대국에 큰 영향을 끼치지 못한다. 저 적송으로 인해 소림의 무공은 더욱 깊어지고 넓어지겠지만, 그것이 소림사에 상징적인 지위 이상을 가져다주지는 못할 것이라는 생각이 들었다.

'하긴 소림만이 아니지.'

무당도 난형난제였다. 문풍門風이 단번에 바뀌는 일은 흔치 않지만, 전대 장문 진인이 당한 불행에 등 떠밀려 졸지에 문파의 최고 어른이 된 현유 도장과 그의 가르침을 받아 장차 무당파를 이끌어 갈 수결에게서는 대국에 영향을 끼치는 데 반드시 필요한 능소능대能小能大와 권도權道의 냄새를 맡을 수 없었다. 그래서인지 현유 도장은 사형을 살해한 혈랑곡주를 상대로 한

복수를 몇 마디 자조 섞인 말로써 선선히 포기했고, 그럼으로써 무당의 미래가 쟁선과는 무관할 것임을 암시했다.

그리고 중양회.

중양회는 지난해 말 섬서에서 벌인 두 번의 비장하고 영웅적인 전투를 통해 중원 강호에 떠오르는 강자가 되었다. 사실 중양회를 구성하는 각각의 집단들, 강동제일가—거기에 사자검문을 더하더라도—와 개방과 소림은 나뉘어 있을 때에는 별문제가 되지 않는다. 그러나 그들이 하나의 기치 아래 모이면 얘기가 전혀 달라진다. 만일 중양회가 조직적인 체제를 갖추고 상시적으로 단일한 목소리를 내게 된다면, 강호를 불문율처럼 지배해 오던 북악남패의 양쟁兩爭 구도는 이미 와해된 것이나 다름없었다. 그렇게 되면 삼파전의 양상으로 흘러갈 것이 뻔한데, 제남혈사로 말미암아 큰 타격을 받은 신무전으로서는 차석이 아니라 차차석으로 내려가는 수모를 겪을지도 모른다. 신무전의 새 주인으로서는 무양문과 균형을 맞추는 일과 별개로 충분히 골머리를 썩일 만한 심복의 우환이 될 만했다.

그런데 이번에도 혈랑곡주가 도움을 주었다. 믿을 수 없게도, 가형이 수장으로 있는 중양회에 대해 즉각적인 해체를 강제하고 나선 것이다!

쟁선대 위에 선 혈랑곡주로부터 그 말이 떨어졌을 때, 도정은 허벅지 위에 올려놓고 있던 주먹을 자신도 모르게 불끈 움켜쥐었다. 그것이 남패와의 십 년 불가침보다 더한 호재임을 곧바로 알아차렸기 때문이다. 도정은 변화를 두려워하는 사람이 아니지만 그가 바라는 변화의 중심에는 반드시 그 자신이 서 있어야 했다.

그러므로 강동제일가는 이름 그대로 강동의 제일가로 남고,

개방은 천하제일 대방답게 천하 구석구석에 꼬질꼬질한 냄새를 풍기고 다니고, 소림은 세인들의 마음속에 강호의 영원한 태산북두로 아름답게 상징되라지. 그 대신 천하의 패권은 앞으로도 북악과 남패가 나눠 가질 것이며, 언젠가는 남패를 이겨 낸 북악만이 만인 위에 오롯이 서게 될 것이다. 그런 의미로 볼 때, 오늘 밤의 혈랑곡주는 북악의 어떤 맹우보다 고마운 존재가 아닐 수 없었다.

그 기꺼움을 이제는 억제하기 힘들었다. 도정은 두 팔로는 팔짱을 끼고서, 눈은 쟁선대 위로 느릿느릿 올라가고 있는 이악과 데바에게 고정한 채, 마침내 큼직한 미소를 지었다.

그때 옆자리에 앉아 있던 증훈이 심중의 긴장이 그대로 묻어나는 전음을 보내 왔다.

"혈랑곡주가 과연 저 둘을 한꺼번에 당해 낼 수 있을까요?"

잠룡야 이악은 개방 방주 우근을 상대로 펼친 단 한 번의 손바람을 통해 자신의 경이로운 무위를 입증해 보였다. 우근과 일장일보지쟁에서 패배한 도정으로서는 이악이 자신보다 상수—그것도 두어 수나!—임을 인정하지 않을 도리가 없었다.

하기야 일 차 곤륜지회의 주역들 중 이 회합에 참가한 유일한 인물이 아니던가. 사부인 신무대종마저 피해 가지 못한 세월의 굴레로부터 자유롭다는 사실 하나만으로도 잠룡야가 가진 초월적인 능력은 충분히 짐작할 수 있었다. 그런 잠룡야에다가 천룡팔부중의 수장이라는 낙타 대가리까지 함께 상대한다는 것은, 아마도 쟁선대 아래 앉아 있는 그 누구에게도, 심지어 가장 고수라고 짐작되는 고검 제갈휘에게조차도 불가능한 일일 것 같았다.

그러나 혈랑곡주에게는 남다른 면모가 있었다. 지난겨울 강호를 강타한 사건, 옥천관에서 그자가 행했다는 엄청난 사건—

일 검에 오백을 베었다던가?— 때문만은 아니었다. 강호의 소문이 어떤 식으로 부풀려지는지는 배신자 호랑이를 한주먹만으로 때려죽였다는 도정 본인에 대한 소문만 봐도 알 수 있는 일이었으니까.

하지만 도정은 옥천혈효가 단지 과장만이 아닐지도 모른다는 섬뜩한 상상을, 제갈휘와 함께 혈랑곡주를 마주한 그리 길지 않은 시간 사이에 떠올리게 되었다. 몰아치는 폭풍을 상대로 투지를 일으킬 수 있을까? 떨어지는 벼락을 상대로 호승심을 발휘할 수 있을까? 혈랑곡주가 바로 그랬다. 투지나 호승심 자체를 불허하는 존재. 마주한 순간 마치 자연재해를 앞둔 듯 아득한 기분에 사로잡히게 만드는 항거 불능의 존재.

그러므로 지금 쟁선대 위에서 벌어지고 있는 이 대 일의 대치는, 그리고 아마도 잠시 후에 벌어질 이 대 일의 대결은 결과를 예단하기가 쉽지 않았다. 세 사람 모두가 도정의 수준에서는 가늠하기 힘든 강자들이기 때문이었다. 물론 도정도 대다수 강호인들이 볼 때는 발군의 강자였다. 그는 스스로를 강자라고 믿었고, 그 믿음은 독안호군 이창과의 일대일 대결에서 승리한 뒤 확신으로 바뀌었다. 하지만 강약은 어디까지나 상대적인 기준이었고, 강자는 더 강한 자 앞에서 약자일 수밖에 없었다.

도정은 감히 저 세 사람 앞에서 강자임을 자부할 수 없었다. 우근에게 당한 패배는 못내 아쉬운 일이지만, 그것은 그야말로 종이 한 장 차이의 석패惜敗였고, 오래지 않아 갚아 줄 자신이 있었다. 그러나 만일 상대가 저 세 사람이었다면? 가까운 미래는 물론이거니와 먼 미래에도 설욕이 가능할 것 같지 않았다. 그보다 여러 살 젊은 혈랑곡주의 경우에는 더더욱 그랬다.

그래도 굳이 결과를 예상하라고 한다면…….

-돈을 걸라면 혈랑곡주 쪽에 걸겠네.

도정이 전음으로 증훈의 질문에 답했다. 혈랑곡주로부터 나온 강제의 대부분이 그와 신무전에 유리하게 작용한다는 점까지 감안하면 자리에서 일어서서 응원이라도 보내고 싶은 심정이었다. 하지만 혈랑곡주가 이기더라도 승부가 일방적으로 갈리는 일은 없을 것이라고 보았다. 이악과 데바를 상대로 일방적인 승리를 거둘 수 있는 인간은, 최소한 도정이 아는 이 세상에는 존재하지 않을 것이기에.

그러나 도정의 생각이 바뀌는 데에는 그리 오랜 시간이 필요하지 않았다.

"그대들에 대한 강제는 응징이오."

이런 경우를 가리켜 불문곡직이라고 할 터였다. 이악은 눈살을 찌푸리다가 항의하듯 말했다.

"저 아래에서 이제껏 지켜본 바로 이 대 혈랑곡주가 꽤나 달변이라고 생각했는데, 그런 내 생각이 아마 틀렸나 보군. 다짜고짜 응징이라. 반드시 그리해야만 하는 명분 같은 것을 가르쳐 줄 아량은 없는가?"

혈랑곡주가 말했다.

"그것은 내 아량과 무관한 문제요. 비각이 그간 강호에서 행한 그 어떤 일 한 가지라도 정당한 명분이 있었다면, 나 또한 응징에 대한 명분을 밝힐 용의가 있소."

잠시 곱씹어 본 이악은 저 말에 담겨 있는 신랄한 비난을 간파할 수 있었다. 그는 픽 웃었다.

"작정을 하고 온 모양이군."

혈랑곡주가 물었다.

"당신도 작정을 하고 오지 않았소?"

이악은 혈랑곡주의 통찰력에 감탄했다. 맞다. 그 또한 작정을 하고 왔다. 각오를 하고 왔다고 표현하는 것이 더 정확할 것이다. 삶과 죽음을 결판낼 극단적인 각오!

생각이 거기 미치자 자책감의 형태로 깊숙이 가라앉아 있던 원한이 감정의 수면 위로 날카로운 지느러미를 드러내기 시작했다. 그는 지금 자신이 아들과 손자를 살해한 원수와 마주하고 있다는 점을 새삼스럽게 인식했고, 그런 종류의 원한은 오직 목숨으로만 대갚음된다는 점을 스스로에게 주지시켰다.

"그렇군. 그게 강호의 방식이었지."

이악이 혼잣말을 중얼거렸다.

정계의 일에 너무 오랫동안, 그리고 너무 깊숙이 발을 담그고 살아오다 보니 어느 결엔가 잊고 있었다. 자신의 혈관 속에도 무인의 피가, 강호인의 뜨겁고 격렬한 피가 흐르고 있다는 사실을. 강호인에게 있어서 복수는 취사선택의 대상이 될 수 없었다. 기회가 닿으면 무조건 해야만 하는 절대적인 명제였다. 혈랑곡주와 생사를 결함에 있어 남들에게 알려야 할 거창한 명분 따위는 애당초 필요치 않았던 것이다.

그러자 목덜미의 솜털이 한 올씩 곤두서는 것이 느껴졌다. 느른하던 근육이 팽팽해지고, 전신의 살갗은 서리라도 맞는 양 짜릿하게 오그라들고 있었다. 대체 얼마 만에 느껴 보는 기분일까? 죽이지 못하면 죽어야 하는 생사지적生死之敵을 앞둔 긴장감이 이악을 실로 오랜만에 참다운 무인으로 바꾸어 놓고 있었다.

이악이 말했다.

"내가 어리석었네. 우리 사이에 긴말은 필요 없겠지."

혈랑곡주는 대답하지 않았다. 붉은 늑대 가면 속에 광물처럼 침잠된 혈랑곡주의 눈을 잠시 바라보던 이악이 고개를 돌려 자신과 어깨를 나란히 하고 있는 오랜 친구의 얼굴로 눈길을 주었다.

"부끄럽지만 솔직히 말씀드려야겠습니다. 저 혼자만으로는 도저히 자신이 없군요."

데바가 고개를 무겁게 끄덕였다.

"부끄러워하실 필요 없소이다. 본 법왕도 노각주와 같은 심정이니까."

이것은 이악이 잠룡야라는 명호를 얻은 뒤 세 번째로 맛보는 열패감이었다. 첫 번째는 사십여 년 전 열린 일 차 곤륜지회에서 혈랑곡주를 가장하고 등장한 석무경과 마주했을 때였고, 두 번째는 지난가을 안방과 다름없는 단천원에서 벼락과 비검의 주인인 연벽제와 마주했을 때였다. 자신보다 강할 것이 분명한 이를 상대로 투지를 끌어 올리는 것은 쉬운 일이 아니었고, 그것은 이악과 같은 고수에게도 예외일 수 없었다. 다행히 이 자리에는 이악 본인과 맞먹는 방수가 있었다. 천룡팔부중의 수좌이자 아두랍찰의 주지승이 당금 천하에서 다섯 손가락 안에 드는 강자임은 의심의 여지가 없었다. 그러나…….

지난가을 연벽제는 확신에 찬 목소리로 말했다.

—두 분이 함께 나서도 제 검을 막지는 못합니다.

정말로 그랬을까?

실제로 일어나지 않았으니 결과 또한 알 수 없었다. 다만 당시 연벽제의 말에 정면으로 반박하고, 그것이 사실이 아님을 증명해 보이지 못하게끔 만든 무엇인가는 몇 달이 지난 지금까지도 이악의 자존심을 무시로 찔러 대는 가시로 남아 있었다. 이악은 그 가시를 지금 뽑고 싶었다.

이악이 혈랑곡주에게 말했다.

"응징의 대상을 우리 두 사람으로 잡았다는 것은, 우리 두 사람을 함께 상대할 자신이 있다는 뜻으로 받아들여도 되겠나?"

혈랑곡주는 주저하지 않고 대답했다.

"그렇소."

이악은 몸을 바로 세웠다.

"우선 우리가 자네보다 하수임을 인정하네. 까마득한 후배를 상대로 합공하는 것은 선배의 도리가 아님을 잘 알지만, 약자가 강자를 상대로 합공하는 것을 반드시 부끄러운 일이라고 할 수만은 없겠지. 다만 지금이라도 자네가 마음을 바꿔 우리의 합공을 승낙하지 않는다면, 적수가 되지 못한다는 사실을 안다고 해도 결코 우리 두 사람이 함께 나서는 일은 없을 걸세. 나, 이악의 이름을 걸고 하는 약속이라네."

진심이었다. 이악과 데바는 동서방을 대표한다 해도 좋을 만한 무학의 대종사였고, 그들의 자존심은 때로는 그들의 목숨보다 소중했다. 아무리 승산 없는 싸움이라고 해도 자존심을 팽개치면서까지 승산을 높이려 하지는 않을 것이었다. 때문에 이악은 두 사람의 합공을 순순히 용인해 준 혈랑곡주의 용기에 대해, 어쩌면 만용에 대해 일말의 감사한 마음까지 품게 되었다.

그러나 늑대 가면의 입구멍에서 공허한 한마디가 흘러나온 순간, 그 고마운 감정은 씻은 듯이 사라져 버렸다.

"당신의 약속 따위는 필요치 않소. 하나든 둘이든 내게는 무의미하니까."

그리고 혈랑곡주의 다음 말이 떨어진 순간, 이악은 아연해지고 말았다.

"십 초를 양보하겠소. 그리고 그다음 일 초로 그대들을 응징하겠소."

십 초의 양보와 일 초의 응징.

이악과 데바를 향해 던진 광오한 선언이 어떤 반응을 불러올지는 모르지 않았다. 쟁선대 아래 관전자들에게 번져 나가는 경악과 쟁선대 위 당사자들을 사로잡은 격앙은 너무나도 뚜렷하여 그것들을 감지하기 위해 굳이 천선기의 도움을 받지 않아도 될 정도였다. 그러나 저들의 반응이 어떠하든 반드시 그렇게 할 필요가 있었다. 그것은 과잉된 자신감이나 유치한 과시욕의 발로가 아니었다.

사십 일 전 단천원의 고래 등 같은 담장을 앞에 두고서, 석대원은 그날 자신이 내디딜 걸음이 혈랑곡주로서 내딛는 마지막 행보일 거라고 여겼다. 그것은 예상이라기보다는 의지에 가까웠고, 그는 그 의지를 현실로 옮길 작정이었다. 그러나 예상은 빗나갔고 의지는 바뀌었다. 운리학과 문강 부자의 상잔으로 야기된 거대한 분노 속에서 그는 혈랑곡주의 행보를 불가피하게 연장시켜야만 했고, 그 고단한 걸음이 멈춘 장소가 바로 이 차곤륜지회, 이 쟁선대 위였다.

이제는 정말 마지막이어야 했다. 더 이상 혈랑곡주의 행보가 연장되는 일은 없어야 했다.

지금 이 순간 석대원은 혈랑곡주로서 행하는 강제가 당초 계획한 대로 세 번의 경고와 한 번의 응징으로 마무리되기를 원했다. 이는 세 번의 경고 중 그 무엇도 또 다른 응징으로 전이되는 것을 원치 않는다는 뜻이기도 했다.

그러기 위해서는 앞으로 보여 줄 응징의 모든 과정이 쟁선대 아래에 있는 사람들의 뇌리에 강렬하게 새겨질 필요가 있었다. 압도적인 단계를 넘어 절대적인 단계로까지 각인시킬 필요가 있는 것이었다. 그래서 십 초를 양보하는 것이고, 그래서 일 초로 응징하는 것이다.

그는 십 초의 양보를 통해 이악과 데바의 능력을 보여 줄 계획이었다.

그다음 일 초의 응징을 통해 혈랑곡주의 능력을 보여 줄 작정이었다.

그리되면 또 다른 응징은 필요치 않게 된다. 응징이란 야만스러운 번제燔祭처럼 제물을 요구한다. 석대원은 쟁선의 피비린내 나는 제단에 더 이상의 제물을 바치고 싶지 않았다.

"으하하하!"

이악이 갑자기 웃음을 터뜨렸다. 그가 이제껏 즐겨 보여 주던 호호영감의 여유 있는 웃음이 아닌, 분노에 찬 귀신의 살기 넘치는 웃음이었다.

"방자한 자로다."

반면에 데바는 더욱 무표정해졌다. 장년의 면목을 가진 세수 구십의 서역 대법왕은 푸른 기운이 감도는 차가운 눈으로 석대원을 노려보았다.

이악이 통통한 쌍장을 가슴 높이로 들어 올렸다. 장심에서 일어나기 시작된 희끄무레한 기류가 다섯 손가락의 첨부를 향해 뭉클거리며 밀려 올라가고 있었다. 그 모습이 마치 다섯 마리의 짧고 통통한 지렁이가 꿈틀거리는 것처럼 보였다.

데바가 오른손을 법복의 소맷자락 밖으로 꺼냈다. 옥수라고 표현해도 좋은 그 손이 그러쥔 것은 양 끄트머리에 다섯 가랑이의 갈래가 달린 밀교의 법구, 오고저五鈷杵였다. 오고저 위로 번들거리는 묵광이 새하얀 손등과 뚜렷한 대비를 이루고 있었다.

석대원은 무감하고 공허한 눈으로 그런 두 사람을 바라보았다. 그의 긴 팔은 아래로 축 늘어져 있었고, 한로에게서 받은 혈랑검은 여전히 검집 안에 날을 숨기고 있었다. 무문관에서 나온 그가 만난 가장 강한 상대는 태극의 검법에 달통한 무당파의 장문 진인도 아니고, 기관 장치에 의해 날뛰던 비천대전 속 강철 인형도 아닌, 소림의 마승 범제였다. 소림 절학의 새로운 지평을 연 범제의 무위는 복건에 머무는 동안 몇 차례 손속을 나누어 본 무양문주 서문숭의 것에 버금간다고 할 터였다.

그 범제와 비교할 때 저들의 경지는 어떠할까?

서역에서 갈라져 나왔으나 서역의 본류를 오히려 추월했다는 잠룡야의 옴다라니진력唵多羅尼眞力은 말할 나위도 없거니와 데바 대법왕이 완성한 인드라의 힘, 제석천뢰세세帝釋天雷洗世 또한 인력의 경계를 오래전에 뛰어넘은 것으로 알려져 왔다. 각각을 떼어 놓고 보아도 천하를 주름잡을 대종사임에 분명한데, 그 두 사람이 한마음으로 펼치는 합공이야 가위 천번지복의 위력일 것이 불 보듯 뻔했다.

그러나 혈랑곡주는 뜻을 이룰 것이다. 왜냐하면…….

'……이니까.'

석대원은 머릿속에 떠오른 단어 하나를 애써 지워 내며 마음을 호말처럼 가늘게 모았다.

스스스―.

천선기가 일어났다.

우–웅–.

바즈라–우파야가 힘을 더했다.

무망애 위의 모든 인간들이 뿜어내는 감정들이 거대한 용광로 속 쇳물처럼 들끓는 가운데, 천선기는 그 모든 것들을 개개의 상으로 분간하여 전달해 주고 있었다. 빛의 끈들로 이루어진 그 상은 때로는 올곧고 때로는 어그러지며 때로는 음울하게 가라앉고 때로는 유쾌하게 약동한다. 저렇게 분방하게 풀려난 천선기의 신호를 받아들임에 있어서 시각은 의미를 잃은 지 오래였다. 그것을 해석하고 반응하는 것은 또 다른 천선기일 뿐이다.

타래로 얽혀 돌아가는 천선기가 이악과 데바가 움직이기 시작했음을 알려 왔다.

이어.

콰우우우우–.

쩌저저저정–.

눈으로는 볼 수 없는 가공할 폭풍과 반대로 망막을 태울 듯한 강렬한 벼락이 쟁선대 위를 가득 메우며 석대원을 향한 광란의 질주를 펼쳤다.

예상했던 대로 두 대종사의 합공에는 천번지복의 위력이 담겨 있었고, 그 앞에서는 어떤 인간이라도 견뎌 낼 수 있을 것 같지 않았다.

그러나 석대원은 공간의 주인이었다. 공간이 그의 의지에 순응해 바람에 잘 말린 목화솜처럼 결과 결을 천연하게 벌리고, 호말처럼 집약된 그의 마음은 무한하게 확장된 공허 속으로 소리 없이 스며들었다.

심동공허心動空虛.

…….

길고 짧음을 짐작할 수 없는 시간 속에서 십 초가 지나갔다. 동서방의 두 대종사가 전력을 다해 펼친 십 초는, 하지만 석대원의 망망한 공허 속에서 박제된 동물처럼 생명력을 잃어버렸다.

그렇게 마지막 십 초가 무력하고 무의미하게 지나갔을 때, 석대원은 이악의 허옇게 질린 입술이 달싹거리는 것을 보았다. 그 입술 사이로 흘러나온 목소리는 더 이상 억누르지 못하는 두려움으로 인해 토막토막 끊겨 있었다.

"이건 대체……. 넌 대체…… 뭐냐……."

석대원은 씁쓸하게 웃었다.

난 대체 뭘까.

다음 순간, 검집에서 벗어난 혈랑검의 붉은 광채가 창백한 만월이 보석 단추처럼 박혀 있는 밤하늘을 향해 비상했다.

위이이이잉-.

도정은 두 눈은 이악과 데바가 움직이기 시작한 순간부터 더 이상 커질 수 없을 만큼 부릅떠져 있었다.

"아아!"

쟁선대 아래 누군가의 입에서 흘러나온 경탄, 혹은 탄식이 귓전을 스쳐 갔지만 경악에 완전히 점령당한 도정의 머릿속으로는 흘러들지 못했다.

이악과 데바가 보여 준 움직임은 도정의 예상과 인간의 한계를 함께 초월하는 것이었다.

연속적일 수밖에 없는 동작의 굴레에서 벗어나 단속적으로,

끊어졌다가 이어지기를 쉴 새 없이 반복하며 혈랑곡주의 주위를 맴도는 이악의 움직임은 꿈속에서나 나올 법한 정령의 잔영처럼 기이하고 홀연하면서도 음험하기 짝이 없었다.

반면에 데바는 룸비니 동산에서 초현한 석가모니의 화신 같았다. 서 있던 자리에서 분화를 시작한 그에게선 독존獨尊의 탄생게誕生偈가 울리는 듯하고, 그가 내딛는 걸음마다에는 극락의 연꽃처럼 그윽한 묘의가 어려 있는 듯했다.

이어 두 사람의 공격이 시작되었다.

콰우우우우—.

쩌저저저정—.

이악의 공격은 몽환적인 빛무리에 휩싸인 장력이었다. 그것은 인간이 필연적으로 마주치는 사멸의 운명 같기도 했다.

데바의 공격은 번쩍이는 섬광으로 가득 찬 강기였다. 그것은 만물을 살라 잿더미로 바꾸는 하늘의 뇌전 같기도 했다.

'저들의 합공은 인간 중 그 누구도 막을 수 없다!'

그러나 도정의 그런 판단은 한 인간에 의해 즉각 부정당했다. 그러므로 그 인간은 비인간일 수밖에 없었다.

인간이되 비인간인 자, 혈랑곡주가 움직였다.

도정은 곤륜산의 차디찬 공기가 쟁선대 위의 한 부분에서 혈랑곡주의 형상으로 얼어붙는 것을 보았다. 그렇게 이루어진 형상을 이악의 장력이 휩쓸고 지나갔다.

팍.

그러나 혈랑곡주의 형상은 처음 나타난 곳보다 약간 왼편에…… 아니, 오른편인가? 아니면 뒤쪽? 보는 이의 공간 지각력을 교란하게 만드는 어딘가에 애초부터 있었던 것처럼…… 아니, 어쩌면 이제 막 생겨난 것처럼 존재를 이어 나갔고, 그 위로 데바의 강기 다발이 사납게 내리꽂혔다.

팍. 팍. 팍. 팍.

빙결된 붉은 막膜으로써 이루어진 혈랑곡주는 스러지고, 나타나고, 스러지고, 나타나고, 항시 부재하면서도, 어디에서나 상존한다. 쟁선대 위의 공간은 본연의 기준인 앞과 뒤, 왼쪽과 오른쪽, 멂과 가까움을 상실한 채 미증유의 방식으로 왜곡되어 가고 있었다. 그곳은 미지와 불식의 공간, 인간이라면 들어가기는커녕 단지 바라보는 것만으로도 착란과 광기에 사로잡히게 만드는 금단의 공간이었다. 그리고 그 공간은 오직 한 명의 주재자요, 파괴자에 의해 작동하고 있었다.

바로 혈랑곡주!

쟁선대의 주재자에서 한 걸음 더 나아가 공간의 주재자로 등극한 기준의 파괴자!

그러는 가운데 도정은 혈랑곡주가 선언한 십 초의 양보가 어느 틈엔가 지나가 버렸다는 사실을 알아차렸다. 그사이 이악과 데바가 펼친 공세는 살인적이지 않은 게 없고 위력적이지 않은 게 없는 신공절학神功絶學의 경연이라고 할 수 있었다. 그것들이 무위로 돌아갔음을 확인한 순간, 우박처럼 쏟아진 하나의 자각이 도정의 등골을 오싹하게 만들었다.

양보가 끝났다. 그렇다면 다음은?

다음은 검의 비상이었다.

위이이이잉—.

용음처럼 드높은 검명을 뽑아 올리며 흑청색 밤하늘을 가르고 솟구친 붉은 검이 살아 있는 뱀인 양 검봉을 하방으로 틀어 쟁선대 위에 망연한 얼굴로 서 있는 이악과 데바를 겨누었다. 그 모습이 마치 천벌이 겨누어진 것 같았다. 아니, 천벌 자체였다.

혈랑곡주의 오른손이 야공을 가리켰다.

파라라라락—.

허공을 헤엄치며 달려 내려간 아홉 줄기의 벼락이 이악과 데바를 휘감고, 핥고, 점령했다.

이악과 데바는 서 있는 자세 그대로 백열白熱했다. 그 느낌을 말로 표현하려는 듯 그들은 입을 작게 벌렸지만, 그 입에서 흘러나온 것은 암흑으로 타 붙은 침묵이 전부였다.

꿀꺽.

도정은 침을 삼켰다.

그런 다음 자신이 침을 삼킬 수 있다는 사실에, 자신의 이름이 저 압도적인 말살의 명단에 끼어 있지 않았다는 사실에 진심으로 감사했다.

이것이 혈랑곡주의 응징이었다.

(5)

차가운 공기 속으로 재 냄새가 감돌고 있었다. 비상을 마친 혈랑검이 그 냄새의 한 귀퉁이를 예리하게 자르며 지상으로 돌아왔다. 혈랑검은 주인을 사랑하는 강아지가 그러하듯 석대원의 크고 마른 손바닥 안으로 검자루를 밀어 넣고는 가볍게 몸을 떨었다. 인간을 벗어난 자에게 인간과 사물의 구분은 별 의미 없었다. 때로는 강철의 동체가 피와 살로 이루어진 육신보다 더 따듯하고 부드럽게 느껴질 수도 있는 것이다. 이는 지금의 혈랑검이 천하에서 가장 강력한 힘, 검왕의 구중검뢰九重劍雷에 한껏 달궈진 상태이기 때문만은 아니었다. 혈랑검이 주인에게 보내

는 무한한 애정은 혈랑검동의 그것에 못지않았다. 하지만…….

혈랑검의 늘씬하고 아름다운 검신을 내려다보는 석대원의 눈속에 애잔함이 감돌았다.

이악과 데바는 여전히 쟁선대 위에 있었다. 그러나 지금의 형태로부터 이전의 모습을 찾기란 불가능할 것 같았다. 일 장이 채 안 되는 거리를 사이에 두고 수북하게 쌓여 있는 두 무더기의 잿더미. 그것들의 모습은 서로 닮았지만, 한쪽 잿더미 옆으로 삐죽 튀어나온 오고저 덕분에 무엇이 누구였는지를 간신히 구별할 수 있었다.

바람이 불어올 때마다 재 가루가 조금씩 흩어지고 있었다. 이 밤이 다하기 전 누군가 수습해 주지 않는다면, 두 대종사는 이 세상에 존재했었다는 마지막 증거마저 남기지 못한 채 공기 중의 먼지로 사라져 버릴 공산이 컸다. 석대원은 다행히도 이 무망애 아래 충직한 문지기가 대기하고 있다는 사실을 알고 있었다. 저들 삶의 마지막 증거를 수습하는 것이 아마도 그 문지기의 마지막 임무가 될 것이다. 비록 한 줌에 불과한 임무일지라도.

이악과 데바의 유해를 떠난 석대원의 시선이 쟁선대 아래 모인 사람들에게로 향했다.

석대원이 말했다.

"앞서 말한 대로 불복할 기회를 주겠소. 혈랑곡주가 이제까지 내린 강제에 대해 불복하는 자는 쟁선대 위로 올라오시오."

불복하는 자는 아무도 없었다. 사문의 검법을 예술의 경지로 승화시킨 절정의 검객들도, 박력 넘치는 장력으로 서로의 강맹함을 겨루던 호쾌한 권사들도.

혈랑곡주가 단 한 차례의 응징을 통해 무망애 위에서 지워 버린 것은 비단 두 명의 대종사만이 아니었다. 이제 무망애 위에서는 혈랑곡주의 것을 제외한 모든 종류의 기세가 멸종되었다는 점 앞에서는 모두가 동의할 수밖에 없으리라. 그리고 그것은 석대원의 예측과 기대에 정확히 부합했다. 석대원은 다행으로 여겼다. 두 번째 응징은 필요치 않을 것 같았다.

이것으로 강제는 끝났다. 다음은 한 마리의 괴물에 대해 이야기할 차례였다.

이를 위해서는 먼저 밝혀야 할 전대의 비사秘史가 있었다. 천하에서 극소수의 사람들만 알고 있던 이야기. 이제는 그 극소수의 사람들마저 대부분 사라져 전말을 이야기할 수 있는 자는 오직 석대원 혼자라고 봐도 될 만큼 은밀한 이야기. 석대원의 입을 통해 그 이야기가 흘러나왔다.

"두 명의 고아 소년이 있었소……."

고저 없는 무감한 목소리를 질료로 삼은 그것은 무척이나 긴 이야기였다. 하나 지루하지는 않을 터였다.

비각의 전대 주인에게 거둬져 무공과 책략의 천재로 성장한 고아 소년들…… 제국의 출범과 궤를 함께하여 강호의 공멸을 꾀한 비각의 음모…… 서문숭과 무양문의 등장이 촉발시킨 강호 대란의 위기…… 그것을 해소하기 위해 개최된 일 차 곤륜지회…… 당시의 주역인 오대고수가 실제로는 다섯이 아니라 넷이었고…… 그렇게 세상을 속인 두 천재가 이후로 걸어간 비슷하면서도 서로 다른 길…….

전대의 비사는 석대원 본인에 관한 이야기로 자연스럽게 이어졌다.

현재 강동제일가로 불리는 석가장 탄생의 비화…… 믿음직한 부친과 따듯한 모친의 보살핌 아래 형제들과 정겹게 어울려 지낸 행복했던 어린 시절…… 운 노사부가 계획을 세우고 부친과 외삼

촌이 합작한 한 편의 위장 살인극…… 다음 날 아침 석대원의 눈앞에 펼쳐진 끔찍한 비극…… 가문에서 추방되어 사천에 숨어 살던 증조부에게로 보내지고…… 십일 년간의 피나는 수련을 마치고 강호에 나와…… 원수의 집단인 비각을 상대로…… 비각의 일원인 그녀를 만나 인연을 맺고…… 무양문 출정의 명분이 된 여자아이를 찾아 시작한 북행…… 비각의 심장부에서 알게 된 부친의 생존 사실…… 적당의 손에 떨어진 부친을 구해 내기 위해…… 그의 앞을 가로막은 그녀…… 그녀를 향해 찔러 들어간 붉은 검…… 혈마귀…… 외삼촌의 숭고한 희생…… 공문삼기…… 무문관…… 그리하여 마침내 탄생된 이 대 혈랑곡주…….

이야기를 멈춘 석대원은 쟁선대 주변에 새롭게 모습을 드러낸 두 사람에게 슬쩍 시선을 주었다. 단천원에서 얼음 강시로 변한 양 숙부를 가로막다가 한쪽 팔을 잃은 고약장수 하후봉도와 바람처럼 빠른 발로 천하를 누비며 운 노사부의 전령 노릇을 해 온 늙은 도둑 최당이 그들이었다. 얼굴에 떠오른 표정으로부터 그들의 감정을 짐작하기란 어렵지 않았다. 그들은 놀라워하고 있었고, 가련해하고 있었다.

'그래, 저들도 있었군.'

석대원은 저 두 사람과 한로만을 데리고 곤륜산에 왔다. 다른 혈랑곡도들은 단천원을 벗어난 직후 해산시켰다.

혈랑곡은 비각을 베기 위한 목적으로 벼린 칼이었다. 비각이 무너진 이상 존재의 의미를 상실할 수밖에 없었다. 그들을 모은 사람은 운 노사부였고, 그들이 진심으로 따르는 사람도 운 노사부였다. 운 노사부가 죽은 이상 관리의 책임도, 충성의 의무도 함께 사라졌다. 자욱하게 휘날리는 눈보라 저편으로 쓸쓸히 흩어지는 그들이 생의 황혼을 보내기 위해 어디로 가는지 석대원은 알지 못했고 알아야 할 필요도 없다고 생각했다. 다만 대장장이 왕구연이 운 노사부 부자의 유골이 합부된 작은 단지를 강동으로 가져가려고 한다는 점만 한로로부터 들어 알 뿐이었다.

비각이 없어졌듯이 혈랑곡 또한 없어졌다.

곡이 없어졌거늘 허울뿐인 곡주가 무슨 소용일까? 그러므로 남은 일은…….

잠시 마음을 가다듬은 석대원이 이야기를 이어 나갔다.

"일 차 곤륜지회를 기획한 운 노사부에게는 두 명의 아들이 있었소. 그중 한 아들은 비각의 책사가 되어 쟁선의 방편을 모색했고, 다른 아들은 신무전의 군사가 되어 부쟁선의 도리를 궁구했소. 쟁선과 부쟁선, 서로 대척점에 존재하는 그 요소를 두고 운 노사부는 이렇게 말씀하셨소. 높이 오르는 매가 벌레를 더 잘 발견하고 빨리 달리는 승냥이가 토끼를 더 잘 잡는다, 이 세상은 본래 쟁선계인 것을 부쟁선이 어찌 하나의 덕목이 될 수 있단 말인가, 패배하고 낙오한 자의 자기합리화에 지나지 않는다……."

쟁선대 아래로부터는 숨소리조차 들리지 않았다. 처음에는 압도당한 탓이라 여겼는데, 지금 보니 몰입해 있는 것 같기도 했다.

석대원이 말했다.

"쟁선은 삶의 근원에 닿아 있는 요소일지도 모르오. 인간이 태어나 처음으로 울리는 고고성은 쟁선을 향한 시작의 선언일지도 모르고, 인간이 수명이 다하여 마지막으로 발하는 단말마는 쟁선에 대한 아쉬움의 표현일지도 모르오. 하여 나는 운 노사부의 견해에 반박하고 싶지 않소. 세상은 쟁선계이며, 모든 인간은 그 쟁선계 위에서 원하든 원하지 않든 각자의 쟁선을 추구하거나 강요받으며 살아가고 있소. 쟁선은 인간의 가장 원초적인 욕망인 '생존'의 다른 이름일 수도 있기 때문이오. 그러나 그 욕망이 지나치게 달아오르고 기형적으로 부풀어 올라 어떤 정도를 넘어섰을 때, 누군가의 쟁선이 다른 누군가의 쟁선을 극단적으로 간섭하고 침해하는 일이 생기게 되오. 그런 현상이 심화되면 쟁선계는 추해지고 악취를 풍기다가 난쟁亂爭의 지옥으로 바뀌고 마는 것이오. 그리고 그렇게 만들어진 지옥은 어떤 가련한 운명 하나를 선택하여 찢고, 짓밟고, 쥐어짜, 마침내는 한 마리의 괴물로 바꾸어 놓기도 하오."

석대원은 쟁선대를 둘러싼 모든 사람들에게, 석대문에게, 적송에게, 우근에게, 모용풍에게, 도정과 증훈에게, 현유와 수결에게, 고월에게, 제갈휘에게, 그리고 뒷전에 서 있는 혈랑곡도 삼 인에게 말했다.

"지금 그대들의 눈앞에 그 괴물이 서 있소, 혈랑곡주라는 이름의 괴물이."

이 고백을 토해 낸 순간 피곤이 밀물처럼 몰려왔다. 석대원의 눈이 한층 더 공허해졌다. 그러나 아직은 쉴 때가 아니었다. 다음 차례가 남아 있기 때문이었다.

"나는 이제…… 그 괴물을 소멸시킬 것이오."

석대원은 허리에 두른 끈을 푼 뒤 장포의 앞자락 매듭을 잡아 뜯었다. 그리고 혈랑검을 양손으로 옮겨 쥐어 가며 각각을 팔을 소매로부터 빼냈다. 어깨 뒤로 흘러내린 혈랑곡주의 붉은 장포가 그의 발꿈치 뒤에 헐렁한 천 뭉치로 쌓였다. 그 안에 받쳐 입은 것은 낡고 얇은 단삼과 홑바지에 불과했지만, 그는 허전함보다는 홀가분함을 느꼈다.

이어서 석대원은 말라붙은 왼손을 들어 올려 얼굴을 가리고 있던 늑대 가면을 벗었다. 혈랑곡도 중 솜씨 좋은 누군가가 만들었을 그 가면은 정교한 만큼이나 흉측하고 꺼림칙했다. 그는 혈랑곡주의 상징물 중 타인에게 가장 강렬한 인상을 안겨 주는 그 가면을 잠시 응시하다가 댓살처럼 앙상한 왼손 다섯 손가락을 움켜쥐었다. 파삭, 하는 작은 소리와 함께 조각조각으로 바스러진 목편들이 손가락들 사이로 떨어져 내렸다.

그다음은 쉽지 않았다. 오른손에 들린 혈랑검을 내려다보는 석대원의 눈동자 속으로 또 한 번 애잔함이 차올랐다. 무문관을 벗어나기 전 그를 향해 울고 있던 붉은 아이를 가슴 안으로 당겨 안았을 때, 지금과 비슷한 기분을 느낀 것 같았다. 열네 살 이후로 줄곧 좋은 벗이자 가장 든든한 보호자가 되어 준 그 검을 향해, 그는 마음으로 속삭였다.

미안하다.

혈랑검이 주인의 손을 떠나 밤하늘로 솟구쳐 올랐다.

부우우우웃-.

혈랑검이 오늘 밤 두 번째로 터뜨린 검명은 처음의 것과 사뭇 달랐다. 그 검명 안에 짙게 배어 있는 검의 슬픔이 석대원의 마음을 아리게 만들었다. 하지만 석대원은 입술을 깨물고 오른손을 들어 올렸다.

화-악-.

혈랑검이 원소야의 만월 안에서 시뻘건 빛 덩어리로 타올랐다. 날카로운 검봉도, 요요한 검신도, 주인의 손때로 반질반질해진 손잡이까지도. 남은 것은 없었다. 창백한 달빛은 그대로 검의 무덤이 되었다.

"검…… 혈랑검이……."

한로가 바닥에 털썩 주저앉았다.

이어진 침묵이 괴물의 최후를 장엄하게 조문하고 있었다.

모용풍은 석대원의 이야기를 들었다. 황서계주인 자신조차도 알지 못했던 그 기이하고 비극적인 이야기가 국초 이래로 한 갑자가 넘는 장구한 세월에 걸쳐 강호에서 벌어진 핵심적인 사건들에 깊숙이 작용하고 있음을 알게 되었다.

그리고 모용풍은 석대원을 보았다. 혈랑곡주가 처음 쟁선대 아래 모습을 드러냈을 때, 그는 석대원을 보았다고 생각했었다. 하지만 이제는 그 생각이 잘못되었음을 안다. 그때 그가 보았던 자는 단지 혈랑곡주일 뿐이었다. 욕망으로 왜곡된 쟁선계가 만들어 낸 한 마리의 괴물일 뿐이었다. 그 혈랑곡주가 방금 소멸되었다. 붉은 장포가 벗겨지고 늑대 가면이 바스러지고 혈랑검이 만월 속에서 타오른 뒤, 천하를 공포에 떨게 만든 붉은 늑대는 더 이상 존재하지 않았다. 그 자리에는 꽃송이 모양의 상처 세 개가 새겨진 이마와 밭고랑처럼 움푹 꺼진 볼따구니와 까칠한 수염들로 뒤덮인 하관과 너무도 공허해서 구멍 두 개를 연상케 하는 두 눈을 가진 엄청나게 크고 엄청나게 마른 청년이 서 있었다. 바로 석대원이었다.

긴 침묵이 지나고, 석대원의 목소리가 다시 울렸다.

"괴물은 소멸되었소. 오늘 이후 혈랑곡주가 세상에 나오는 일은 두 번 다시 없을 것이오. 그리고 나는 이 쟁선대에서 내려감과 동시에, 내가 원치 않는, 이제껏 한 번도 원했던 적이 없는 쟁선의 길에서도 내려가겠소. 쟁선계를 다시금 그대들에게, 앞을 다투는 자들에게 돌려주겠소."

이악과 데바에게 가해진 절대적인 응징을 목격한 순간부터 지금까지, 혈랑곡주의 신위에 완전히 압도당한 채 죽은 듯이 움츠러들어 있던 사람들 중 몇몇은 석대원의 저 말이 떨어진 뒤에야 비로소 인간적인 반응을 보이기 시작했다. 이해할 수 있는 일이었다. 자신의 능력으로는 도저히 당적할 수 없는 무소불위한—모용풍의 눈에는 그렇게 보였다— 존재가 버티고 있는 한 그들이 추구하는 쟁선은 요원할 수밖에 없는데, 바로 그런 존재가 스스로 쟁선의 길에서 내려가겠노라고 선언한 것이다. 저 선언이 저들에게 얼마나 큰 희망과 기쁨을 주었을지 모용풍은 짐작조차 하기 힘들었다.

그때 석대원이 말했다.

"마지막으로 부쟁선에 대해 말하겠소."

꿈틀거리던 희망과 기쁨에 찬물이 부어졌다. 모용풍은 도정을 포함한 몇 사람의 표정이 다시금 굳는 것을 발견할 수 있었다.

"쟁선과 부쟁선은 욕망과 그 욕망을 현실로 옮길 능력의 크기에 따라 변하는 상대적인 기준이오. 누군가가 추구하는 쟁선이 더 욕심 많고 더 강력한 쟁선을 만나면 자신의 의도와는 무관하게 부쟁선으로 추락할 수밖에 없소. 그래서 운 노사부는 부쟁선을 가리켜 패배하고 낙오한 자의 자기합리화라고 하신 것이오. 그렇소. 세상은 쟁선계고, 쟁선계에서 부쟁선이 쟁선을 꺾는 일은 좀처럼 일어나지 않소. 그러나 가끔은, 정말로 가끔은, 부쟁선이 쟁선을 꺾는 일이 일어날 수도 있다는 생각이 드오. 만일 그대들이 추구하는 쟁선이 다시 한 번 이 쟁선계를 추하고 악취를 풍기는 난쟁의 지옥으로 바꿔 놓을 기미가 보인다면, 그대들이 전혀 알지 못하는 어떤 인물이 나타나 그대들의 쟁선을 다시 한 번 강제할지도 모른다는 생각이 드오."

단어를 고르려는지 주저하던 석대원이 잠시 후 하던 말을 마무리 지었다.

“다만 그 인물은 자신을 삼 대 혈랑곡주가 아닌, 부쟁선의 일맥이라고 소개할 것이오.”

부쟁선의 일맥이라고 했다. 모용풍은 그 이름을 반드시 기억해야 한다고 스스로에게 강조했다. 중원으로 돌아간 뒤 작성할 이 차 곤륜지회에 대한 기록의 말미에 그 이름이 반드시 올라가야 한다고 생각했다.

석대원의 말라붙은 왼손이 위로 올라갔다.

“이것으로 이 차 곤륜지회는 끝났소. 모두 돌아가시오.”

창백한 달빛 아래로 쓸쓸히 울려 퍼진 폐회사. 그때 모용풍은 석대원을 이미 용서한 스스로를 발견하게 되었다. 그가 증오했던 것은 괴물이었다. 내뱉는 말 한마디 한마디가 통곡처럼 들리는 저 가련한 청년이 아니었던 것이다.

괴물은 소멸되었다. 증오도 소멸되었다.

모용풍은 무거운 굴레를 벗어 던진 듯한 개운함을 느꼈다.

쟁선대에서 내려온 석대원이 가장 먼저 다가간 사람은 그때까지도 바닥에 주저앉아 있는 늙은 비복이었다.

한로는 몸속의 중요한 장기 중 한 가지를 잃어버린 사람처럼 보였다. 평생을 검동으로 살아온 그가 검의 죽음으로 인해 받았을 상실감을 굳이 말로 표현할 필요가 있을까? 하지만 석대원은 그 일에 대해 슬픔을 느낄망정 가책을 느끼지는 않았다. 인간은 해방되어야 한다, 언젠가는.

석대원이 한로에게 말했다.

“일어나세요, 아부亞父.”

아부는 부친 다음가는 사람이라는 뜻이다. 상한 달걀처럼 게게 풀려 있던 한로의 눈이 끔벅거렸다.

"방금…… 뭐라 하셨소?"

"일어나세요, 아부라고 했습니다."

한로가 석대원을 올려다보며 다시 물었다.

"노주님의 유물과도 같은 검을 버리더니 이제는 아예 미친 거요? 갑자기 노복을 왜 그렇게 부르는 거요?"

석대원의 입술이 슬쩍 비틀렸다.

"처음 만난 십이 년 전부터 제게는 부친 같은 분이셨지요. 앞으로도 쭉 빌붙어 살기 위해서라도 그렇게 부르는 게 옳다고 생각했습니다."

한로가 코웃음을 친 뒤 차가운 목소리로 석대원을 비난했다.

"참 못됐소. 다 늙어서 이제야 편해지려나 싶었더니만, 아주 죽는 날까지 두고두고 부려 먹을 심보로구려."

석대원은 웃었다. 이미 불그죽죽하게 달아오른 한로의 눈가가 말과는 다른 본심을 보여 주고 있었기 때문이다.

한로의 곁에는 두 사람이 서 있었다. 하후봉도와 최당이었다. 하후봉도가 석대원에게 고개를 숙였다.

"이 차 곤륜지회를 잘 마무리하신 것을 축하드립니다."

석대원은 하후봉도의 고개가 올라오기를 기다려 말했다.

"이제는 혈랑곡도, 혈랑곡주도 없습니다. 굳이 제게 그런 태도를 취하실 필요 없습니다."

그러나 하후봉도는 아랫사람으로서의 공손한 태도를 바꾸려 하지 않았다. 석대원이 혈랑곡주일 때에는 오히려 뻣뻣하게 굴던 사람이었는데도 말이다.

"곡주님의 뜻은…… 아, 이제는 석 공자님이라고 불러 드려야겠군요. 석 공자님의 뜻은 잘 알겠습니다. 하지만 말년에야 비로소 시작하게 된 천명天命을 단 한 번의 행사로 끝내기에는 너무 아쉽다는 게 이 늙은이의 심정입니다."

하후봉도가 텅 빈 쟁선대 위를 일별한 뒤 말을 이었다.

"저 위에서 마지막으로 하신 말씀이 무척 감명 깊었습니다. 부쟁선의 일맥을 이어 가시는 일에 이 늙은이가 도움 되는 일이 하나쯤은 있으리라고 생각합니다. 불구 영감쟁이를 거둔다고 귀찮게 여기시지만 않는다면 말입니다."

석대원은 잠시 생각하다가 고개를 끄덕였다.

"본시 솜씨 좋은 고약장수란 쓸모가 많은 법이지요. 끼니가 궁해지면 시장통에라도 내돌릴 수 있으니까요. 단, 떠나시고 싶을 때는 언제든 떠나셔도 좋습니다."

하후봉도가 빙긋 웃었다. 석대원의 시선이 외팔이 고약장수에 이어 늙은 도둑을 향했다.

"최 노인도 소생을 따르시겠습니까?"

최당은 히죽 웃더니 고개를 저었다.

"아니, 난 그러지 않겠소. 이제 자유의 몸이 되었으니 전부터 미뤄 두었던 황제의 옥새를 훔쳐 볼 작정이거든. 만일 거사에 성공하면 한가 놈에게 자랑할 겸 한번 찾아가도록 하지요."

한로가 눈씨에 힘을 주었다.

"흥, 늙은 도둑놈이 군사를 몰고 올 작정이군. 찾아오면 누가 받아 줄 줄 알고?"

그때 두 사람이 석대원에게로 다가왔다. 석대원은 굳이 고개를 돌리지 않고도 그들이 누구인지 알 수 있었다. 의형과 가형, 제갈휘와 석대문이었다.

두 사람은 석대원과 사적인 이야기를 몇 마디 나눈 뒤 아우가 자신을 보고 싶어 한다는 이야기는 작지 않은 울림을 안겨 주었지만 석대원은 별다른 내색을 하지 않고 양 숙부의 가면을 꺼내 가형에게 내밀었다. 양 숙부의 가면을 받아 든 가형은 크게 탄식했다. 양 숙부의 실종 사건이 강동제일인의 이번 강호행에 시발이었음을 석대원은 이때야 처음 알게 되었다. 자신들이 누군가로부터 부탁받은 말들을 전하고 돌아갔다. 참으로 공교롭게도, 그들에게 말을 전하라고 한 사람들은 같은 성씨를 가진 부자지간이었다.

제갈휘는 무양문의 문주 서문숭의 말을 전했다.

"문주께서 한번 보자고 하시더군."

석대문은 무양문의 부문주 서문복양의 말을 전했다.

"네가 찾는 보물은 무양문주에게 있다고 한다."

문주 그리고 보물.

석대원은 문득 하나의 손바닥을 머릿속으로 떠올렸다. 한 가지 일을 함께하자며 그의 커다란 손바닥에 마주쳐 오던 작고 하얀 손바닥이었다.

—상숙!

작고 하얀 손바닥이 빛의 끈들로 올올이 흩뿌려진다. 그리고는 다시 하나의 길쭉한 상으로 뭉쳐진다.

저 위쪽 어딘가로 이어지는 기나긴 계단…….

하얗고 몽실몽실한 실오라기들로 감싸인 그 계단은 추운 산과 달리 무척이나 따듯해 보였다.

온계溫階

(1)

–오늘은 그만 돌아가고 나중에 이모랑 또 나오자꾸나.
–상숙, 그때에도 무등 태워 줄 거지?
–태워 주고말고.
–약속하는 거다?
–아무렴, 약속하마.

햇차 향기 가득한 차시茶市의 어떤 다관에서 손바닥과 손바닥을 마주 댐으로써 이루어진 그 소박한 약속을 지키기 위해 얼마나 먼 길을 돌아와야 했던지…….

당시 조그만 불구 여자아이와 그 약속을 한 사람은 옥천관에서 일 검으로 오백 인을 참살한 희대의 살인마, 혈랑곡주가 아니라 아이를 불쌍히 여기고 무엇 하나라도 더 해 주고 싶어 쩔쩔매던 마음씨 좋은 코끼리 아저씨, 상숙이었다. 혈랑곡주를 소멸하고 쟁선의 길에서 내려온 석대원은 상숙으로 돌아가고 싶었고, 그래서 그 약속을 지키기 위해 무양문에 다시 왔다. 달이 바뀌어 이월도 어느덧 저물어 가는 어느 화창한 봄날이었다.

석대원이 물었다.

"계단은 어디 있습니까?"

"계단이라면……."

석대원이 마주한 단구의 대머리 노인, 육건은 성긴 콧수염이 달린 인중을 두어 번 실룩거리다가 별수 없다는 투로 털어놓았다.

"전륜계를 말하는 게로군."

석대원은 아무 말도 하지 않았다. 그 침묵이 오히려 거북했는지 수염을 배배 꼬고 옷깃을 매만지는 둥 딴청을 부리던 육건이 이제야 발견했다는 듯이 눈을 크게 뜨며 화제를 돌렸다.

"얼굴이 많이 안 됐군. 마음고생이 심했던 모양일세."

그간에 겪은 온갖 고초를 그저 마음고생이란 말로 표현할 수 있을까? 하지만 석대원은 아무 말도 하지 않았다.

"곤륜산에서 바로 오는 길인가? 본 문에서 파견 보냈던 친구들보다는 며칠 늦게 당도한 것 같은데. 어디 들렀다 오는 길인가?"

어디 들렀다 온 게 맞다. 부쟁선을 결심한 자에게도 숨어 살 둥지는 필요했으니까. 하지만 석대원은 역시 아무 말도 하지 않았다. 육건이 한숨을 푹 내쉰 뒤 양 손바닥을 겹쳐 자신의 가슴 위에 얹고는 침울한 목소리로 물었다.

"나를 원망하지 않는가?"

석대원이 담담히 반문했다.

"제가 왜 군사 영감을 원망해야 합니까?"

육건의 눈이 가늘어졌다.

"고검은 돌아오지 않았지만 일군의 부군장 종리관음이 그의 편지를 본 문으로 가져왔다네. 거기에는 순찰통령이 태원에서 겪은 일들에 관해 상세히 적혀 있더군. 그래, 자네도 알다시피 관아는 태원에 있지 않았네. 아니, 애당초 납치되지도 않았지. 자네도 만나 본 적이 있는 관아의 늙은 호위가 목숨을 바쳐서 그 일을 막아 냈거든. 그런 사실을 누구보다 잘 알면서도 자네를 태원으로 보낸 장본인이 바로 이 늙은이라네. 그래그래, 교주께서 당부하셨네. 자네가 관아의 문제에 개입하는 일이 생기지 않도록 무슨 조치를 취해 달라고. 그래서 자네를 본 문 밖으로 내보내야겠다고 생각했고, 기왕이면 자네와 비각이 좀 더 부딪쳐서 자네가 본 문의 힘을 더욱 필요로 해 주기를 바랐네. 그러니 자네의 태원행은 순전히 이 늙은 머리통 속에서 나온 계획이라고 할 수 있지."

"그래서요?"

육건은 다시 한 번 담담하게 반문하는 석대원을 보며 당황한 기색을 감추지 못했다.

"아니, 그러니까…… 고검의 편지에는 자네가 태원에서 끔찍한 비극을 겪었고, 그 비극으로 말미암아 인간으로서는 감당하기 힘든 커다란 희생을 치러야 했다고…… 아닌가?"

석대원이 고개를 끄덕였다.

"희생이라, 그렇게 표현할 수도 있겠군요."

그 담담함에 질린 듯, 육건이 포갠 손바닥으로 제 가슴을 퍽퍽 두드리며 소리쳤다.

"그런데도 나를 원망하지 않는다는 말인가!"

물론 원망했었다. 그러나 그 원망의 대상은 저 머리 좋은 노인네가 아니었다. 무문관의 무수한 윤생을 통해서도, 그리고 무문관을 나와 붉은 늑대의 껍질을 뒤집어쓰고 사람들을 죽이고 다니던 과정에서도, 석대원이 원망하고 또 원망한 대상은 다른 누구도 아닌 그 자신이었다. 한 항아리의 먹물에 다른 색깔의 물감을 한 방울 떨어뜨려 봤자 검은색은 전혀 희석되지 않는다. 그에게는 벼랑에 매달린 것처럼 한 방향으로만 쏠리는 그 무겁고 견고한 원망을 다른 누군가에게로 분산할 여력이 없었다.

석대원은 작은 한숨을 내쉰 뒤 육건에게 물었다.

"제가 군사 영감을 원망할 거라고 예상하셨다면 지금보다는 많은 사람을 데려 나오셨어야 하지 않을까요?"

오늘 아침 무양문으로 들어온—아직은 객원순찰통령의 직분이 유지되고 있을 테니 복귀했다고 표현해도 좋을 것이다— 석대원이 가장 먼저 찾은 곳은 육건의 거처인 통유각이었고, 육건은 그가 과거 몇 차례 만난 적 있는 피둥피둥한 관사 하나만을 대동한 채 통유각 앞뜰에 나와 그를 맞이했던 것이다.

"많은 사람?"

육건이 절레절레 고개를 젓더니 한숨을 푹 쉬었다.

"이 자리에 설령 호교십군의 군장들 전원을 모아 놨다고 한들 과연 자네가 하고자 하는 일을 막을 수 있을까? 고검의 편지에는 자네가 곤륜산 위에서 행했다는 이야기들이 적혀 있더군. 하나같이 믿기 어려운, 정말로 기적 같은 이야기들이었지. 하지만 고검이 거짓말을 하거나 허풍을 칠 사람이 아님을 잘 아니 믿을 수밖에."

석대원은 픽 웃었다. 고검 제갈휘는 거짓말쟁이나 허풍선이와는 정말로 어울리지 않는 인물이기 때문이었다. 육건의 말이 이어졌다.
"게다가 요사이에는 십군장 모두가 무척 바쁘다네. 고검이 일군장직을 사직하고 철삭교 반외암이 칠군의 해적 아이들을 이끌고 본 문을 이탈한 뒤, 십군 전체가 대대적인 조직 개편에 들어갔거든. 뭐, 마석산 같은 놈은 곤륜산에서 돌아오자마자 승진시켜 달라고 난리를 치고 있고. 꼴에는 단식투쟁 중이라는데, 호공당에서 올라온 보고로는 십군 인근에 있는 양계장의 계두鷄頭 수가 갑자기 비기 시작했다나. 나쁜 놈 같으니라고."
인간 가운데는 단지 언급하는 것만으로도 저절로 욕을 불러오는 망종도 있었다. 마석산이 바로 그런 망종이었다.
"어디 그뿐인 줄 아는가. 축융의 열쇠를 가져온 그 스님은……음, 그 일에는 자네의 책임도 작지 않다고 할 수 있지, 하여튼 그 스님의 요구대로 개량 화포 일백 문을 제작하느라 호공당의 장인들과 별수재들은 물론이거니와 이 집의 하인들까지도 눈코 뜰 새 없이 바빠진 상황이라네. 그러니 이 늙은이가 어쩌겠나. 너무 게을러서 집 지키는 일 외에는 써먹을 데가 없는 관사 놈 하나만을 대동하고 자네를 맞이할 수밖에."
그러고 보니 육건의 뒷머리에 들러붙은 거미줄처럼 가느다란 백발이 몇 달 전에 비해 많이 줄어든 것을 알 수 있었다. 눈두덩이 웅덩이처럼 때꾼한 게 잠도 제대로 못 자는 듯.
육건이 처량한 얼굴로 말을 이었다.
"그러니 자네가 나를 원망한다고 한들, 그래서 그 책임을 지우려 나선다고 한들, 내게는 자네를 말릴 수 있는 명분도 막을 수 있는 능력도 없다네. 그저 도마 위에 올라간 물고기처럼 자네의 판결에 처분을 맡길 따름이지. 이렇게 말일세."
육건은 두 눈을 지그시 감고 양팔을 벌려 보였다. 그 모습이 마치 순교를 앞둔 독실한 신자 같았다.

그 모습을 물끄러미 지켜보다가, 석대원은 문득 자신의 기분이 나쁘지 않다는 사실을 알게 되었다. 그는 육건을, 이유야 무엇이든 결과적으로는 그를 하나의 도구로 이용하려 했던 저 머리 좋은 노인네를 정말로 미워하지 않는 자신을 발견할 수 있었다. 그리고 그 이유가 단지 스스로에 대한 원망이 너무 크고 분명하기 때문만은 아닌 것 같다는 생각에 기묘한 감흥마저 받고 있었다. 지금 그가 저 노인네에게서 바라는 것은 오직 하나뿐이었다.

석대원이 물었다.

"계단은 어디 있습니까?"

석대원은 통유각까지 동행한 한로와 하후봉도에게 무양문의 네 대문 중 동문에 해당하는 무생문無生門 밖에서 대기할 것을 지시했다. 들어올 때는 빈 몸이었던 두 사람이지만 나갈 때는 그렇지 않았다. 육건이 배행시킨 피둥피둥한 관사는 작지만 묵직한 궤짝 하나를 들고 있었는데, 그 안에는 어린아이 주먹만 한 은원보들이 차곡차곡 담겨 있었다. 돈 계산에 서툰 석대원이 보기에도 꽤나 큰돈인 것 같았다.

육건의 말에 따르면, 지난해 태원 파견 근무에 따르는 특별 수당에다가 축융을 포함한 천장포 전체를 무양문에 인도한 것에 대한 보상을 더한 것이라고 하는데, 별 관심을 안 보이는 석대원과 달리 한로는 희색이 가득한 얼굴로도 객원순찰통령 직책을 그만두는 데 대한 퇴직금도 마땅히 지불해야 한다고 주장함으로써 무양문 대장로의 쌈짓돈까지 털어 내는 데 성공했다.

희희낙락한 두 노인을 먼저 보낸 석대원은 육건에게 하직 인사—육건도 그것이 마지막 인사임을 아는 눈치였다—를 올리

고 통유각을 떠났다. 육건으로부터 전해 들은, 무양문주 서문숭이 기다리고 있다는 전륜계를 향해.

삼월을 며칠 앞둔 복건은 강북의 초여름보다 오히려 따듯했다. 전륜계가 있다는 미륵봉의 비곡秘谷으로 이어진 오솔길 양옆에 조성된 과수원에는 복숭아꽃과 배꽃 들이 만발해 있었다. 키 작은 가지를 뒤덮은 꽃송이들은 말할 수 없이 그윽한 향기를 뿜어내고 있었고, 석대원은 그 향기로부터 그들 저마다가 품고 있는 세상에 대한, 그리고 삶에 대한 희망과 의지를 엿볼 수 있었다. 이유는 알 수 없지만—혈랑곡주의 껍질을 벗어 던진 것이 이 정도로 큰 영향을 미치는 것일까?— 석대원은 신기할 만큼 쉽게 동화되었고, 약간 고양되기까지 했다. 심장박동이 조금씩 빨라지고, 향기 속으로 내딛는 걸음도 덩달아 빨라졌다.

잠시 후 계단이 보였다. 인간 세상에 속한 것이 아닌 듯한 분위기를 풍기는 계단, 바로 전륜계였다.

그즈음에는 복숭아꽃과 배꽃 들이 끊어지고 매화나무 군락이 시작되었다. 본래 매화꽃은 복숭아꽃이나 배꽃보다 먼저 피지만 남국이라고 불려도 좋을 이곳에서는 다른 모양이었다. 홍수처럼 사방을 뒤덮은 새하얀 매화꽃들이 전륜계의 몽환적인 분위기를 더해 주고 있었다.

전륜계 앞에는 한 사람이 뒷짐을 진 채 서 있었다. 특이하게도 그 사람에게서는 다른 사람들에게 모두 있는 이목구비라는 것을 찾아볼 수 없었다. 은빛 강철에 송곳 자국 같은 조그만 구멍 십여 개를 뚫어 놓은 기이한 가면을 쓰고 있기 때문이었다. 그러나 석대원은 강철의 밀밀하고 촘촘한 결 너머에 숨어 있는 그 사람의 본얼굴을 어렵지 않게 볼 수 있었다. 칼금처럼 거친 주름살, 강한 자존심이 그대로 드러나는 눈매, 두 번 이상 부러진 듯 삐뚤빼뚤한 콧날, 고집스럽게 꽉 다물린 입술, 그리고 이제는 잿빛으로 세어 버린 짧은 턱수염…….

석대원은 헤어지기 직전에 육건이 해 준 말을 떠올렸다.

—전륜계를 올라가려면 한 사람을 이겨야 하네. 과거 광명령光明令을 정면으로 거역한 죄로 이십 년 넘게 벌을 받고 있는 고집불통이기도 하지. 교주님께서 뭐라고 하셨는지는 몰라도 아마 자네를 보면 무척 뻣뻣하게 나올 걸세. 부탁인데 너무 심하게 다루지는 말아 주게나. 알고 보면 불쌍한 친구니까.

광명령이라면 백련교주이자 무양문주인 서문숭이 교단과 문파에 내리는 정식 명령을 가리킨다. 나라에 비교하면 천자의 칙명과 같은 것이다. 그 광명령을 정면으로 거역하고도 지금껏 살아남을 수 있었다는 것도 놀랍거니와, 그 벌로 이십 년 넘게 한날 돌계단의 지킴이 노릇을 하고 있다는 것은 그야말로 강호의 기사라 아니할 수 없었다.

무면 괴인이 말했다.

"나는 호계사자護階使者다. 교주님이나 도주님의 허락 없이는 누구도 전륜계에 발을 들일 수 없다."

석대원은 저 말로부터, 자칭 호계사자라는 저 무면 괴인을 움직일 수 있는 존재가 백련교주인 서문숭과 전륜계 위 삼생도라는 곳의 주인인 삼생도주밖에 없다는 사실을 알 수 있었다.

석대원이 물었다.

"귀 교의 교주님께서 저 위에 계시다는 이야기를 듣고 왔습니다만?"

호계사자가 고개를 끄덕였다.

"그렇다."

석대원이 말했다.

"호교십군의 일군장이 소생에게 전한 말이 있습니다. 귀 교의 교주님께서 소생을 만나자 하신다는 말씀이었지요."

"호교십군의 일군장이라면…… 제갈휘?"

"그렇습니다."

그 순간 석대원은 무면 아래 감춰진 호계사자의 두 눈이 먹이를 본 호랑이의 것처럼 이글거리는 것을 보았다. 이전까지 견지하던 철벽같은 기세가 별안간 창끝처럼 날카로워졌다. 분노와 적개심, 그리고 살기.

호계사자가 말했다.

"너는 내 이름을 아느냐?"

석대원은 고개를 저었다.

"내 이름은 엽윤동이다."

석대원은 조금 놀랐다. 알고 있는 이름이기 때문이었다. 이 년도 채 안 되는 그의 강호 이력은 보잘것없다고 해도 무방하겠지만, 순풍이 모용풍으로부터 전해 받은 비세록 덕분에 그의 견문은 웬만한 노강호 이상으로 해박해질 수 있었다.

"과거 호교십군의 이군장을 맡았던 십혈검十血劍 엽윤동葉䆹東은 화산파 출신의 젊은 검객에게 호교십군의 일군장 자리를 넘기라는 광명령에 끝까지 거역하다가 무양문주의 노여움을 사 처형되었다고 알려져 있습니다. 하지만 오늘 노인장을 만나 보니 강호의 소문이란 게 사실과 얼마나 다른지를 새삼 알 것 같군요."

석대원이 탄식하듯 흘려 낸 말에 엽윤동의 얼굴이 붉게 달아올랐다. 그러나 석대원은 못 본 체 말을 이어 갔다.

"저 계단 위 삼생도의 주인이 누구인지도 짐작할 수 있을 것 같습니다. 당시 십혈검 엽윤동이 무양문주 다음으로 존경하고 따랐다는 반마반승半魔半僧이 바로 그 사람일 겁니다."

이십여 년 전 고검 제갈휘를 영입하는 과정에서 서문숭이 단행한 극단적인 세대교체는 그와 더불어 낙일평의 치를 만들어 낸 주역들 대부분을 일선에서 물러나게끔 만들었다. 그러한 조치에 거세게 반발하다가 그의 노여움을 사 처형된 사람도 둘이나 있었으니, 호교십군에서 각각 일군장과 이군장을 맡고 있던 반마반승과 십혈검 엽윤동이었다.

"처형이라니! 피를 나눈 형제나 다름없는 우리에게 교주님께서 어찌 그런 가혹한 조치를 내리시겠느냐! 교주님께서는 오히려 우리의 청을 받아들여 광명전 지하의 무위관을 열어 주셨다. 우리는 그곳에서 무엄하게도 교주님을 시해할 목적으로 본 교에 들어왔다가 교주님의 천하무쌍한 신공 앞에 꺾여 버린 화산파의 건방진 애송이와 각각 승부를 겨룰 수 있었지."

석대원은 엽윤동의 얼굴을 뒤덮은 홍조가 분노의 발로로부터 부끄러움의 다른 표현으로 바뀌는 것을 차분히 지켜보았다.

"오냐, 인정한다! 애송이의 검은 상상 이상이었고, 일군장님과 나는 놈의 화산검법을 당해 내지 못했다. 승부는 반박할 여지가 없을 정도로 뚜렷하게 갈렸고, 참괴함을 견디지 못한 우리는 교주님의 거듭된 만류에도 불구하고 일선에서 물러날 수밖에 없었다. 그런 우리에게 교주님은 새로운 임무를 주셨다. 세상 밖의 땅, 명존과 노모께 일신을 바친 자들이 살아가는 성스러운 전당, 바로 이 삼생도를 수호하는 임무였다."

석대원을 향한 엽윤동의 두 눈 속으로 새파란 광망이 스쳐 지나갔다.

"교주님은 오늘 중에 어떤 꼬마 하나가 이곳으로 올 것이라고 하셨다. 하지만 그 꼬마를 통과시켜 주라는 말씀을 하지 않으셨다. 물론 너는 어느 모로 보건 꼬마로 보이지 않는다. 하지만 네가 꼬마라도 마찬가지였을 것이다. 교주님의 허락 없이는 누구도 전륜계에 발을 들여놓을 수 없다. 그것이 지난 이십 년간 이 엽윤동이 해 온 일이다."

"꼬마……."

석대원은 서문숭의 속내를 짐작할 수 있었다. 서문숭의 입장에서는 재미있고 석대원의 입장에서는 번거로운 시험. 그 시험이 전륜계 아래에서 호계사자인 저 엽윤동을 통해 치러지기를 바란 것이다.

석대원은 흐드러지게 핀 매화 송이들의 백색 광채 속으로 이어진 전륜계의 돌계단을 슬쩍 올려다보았다. 서문숭은 저 위쪽 어딘가에 편히 앉아 흥미진진해하고 즐거워하는 얼굴로 술잔을 기울이고 있을 것이다. 이 아래를 굽어보면서. 참으로 서문숭답지 않은가. 실소를 흘린 석대원이 열 걸음쯤 앞에 서 있는 엽윤동에게 시선을 내렸다.

"나는 지금부터 저 계단을 오를 것입니다. 노인장은 노인장의 일을 하십시오."

엽윤동이 안색이 차갑게 가라앉았다.

"나는 반드시 너를 막을 것이다."

뒷짐을 지고 있던 엽윤동의 두 손이 전방으로 돌아 나와 가슴 앞으로 올라왔다. 그의 열 손가락에는 열 개의 붉은 반지가 끼워져 있었다. 각각의 반지로부터 뻗어 나온 길고 가느다란 꼬챙이가 구부리고 있던 열 손가락이 펴짐에 따라 공작새의 꽁지깃처럼 활짝 펼쳐졌다. 열 개의 붉은 검, 그의 별호이기도 한 십혈검이었다. 석대원은, 십혈검으로부터 발원한 열 가닥의 첨예

한 검기가 허공에 아지랑이처럼 어룽거리는 광경을 무감한 눈길로 바라보았다.

순풍이 모용풍은 비세록을 통해 말했다. 십혈검 엽윤동이 비록 호교십군의 이군장이었기는 하지만 일신에 쌓은 공력만큼은 일군장인 반마반승보다 한 수 높은 것이었다고. 비록 이십여 년 전의 사실에 근거한 평가에 지나지 않겠지만, 천생 무골에 자존심 강하기로 유명한 엽윤동이 제갈휘에게 당한 패배로 인해 원치 않게 맞이하게 된 기나긴 인고의 세월을 한숨과 낙담으로 하릴없이 보내지만은 않았을 것 같다는 생각이 들었다. 실제로 지금 엽윤동이 드러내 보이는 검기는 한 달여 전 무망애 위에서 천외천의 예술을 합작해 내던 제갈휘의 천외일매, 현유 도장의 귀원검에 비해 크게 뒤떨어진다고 하기 힘들었다.

그러나 그런 엽윤동조차도 인간의 한계를 초월한 자, 석대원의 앞길을 막지는 못했다.

(2)

서문숭은 전륜계의 삼백삼십삼 개 계단 중 가운데라고 할 수 있는 백육십몇 번째 계단 옆에 조성된 자그마한 평지 위에서 석대원을 기다리고 있었다. 그곳에는 자연석에 약간의 손질만을 가한 돌 탁자가 마련되어 있었고, 그 주위에는 등받이가 없는 둥근 도자기 의자 몇 개가 놓여 있었다.

서문숭의 뒤에는 중원의 것과는 사뭇 다른 색색의 복식으로 성장을 한 까무잡잡한 여인이 가슴에 한 자루 장도를 끌어안고서 공손한 자세로 시립해 있었다. 그리고 서문숭 본인은 아래위로 자흑색 단출한 무복을 입고 곤룡포를 연상케 하는 화려한 비단

장포를 견폐처럼 어깨에 걸치고 도자기 의자에 앉은 채 입술에 댄 하얀 사기잔을 천천히 기울이고 있었다. 고대의 제왕처럼 위엄스러운 노인의 얼굴과 잘 익은 포도처럼 탱글탱글한 미녀의 얼굴 위로 목화솜처럼 새하얀 매화꽃들이 차일처럼 드리워 있었다.

어디선가 산새의 가녀린 울음소리가 지잇지잇 울려오고, 산 위로부터 불어온 한 줄기 바람에 꽃잎이 날린다. 따듯한 계단과 잘 어울리는 소박하고 운치 있는 풍경이었다.

"제 예상이 틀렸군요."

석대원이 허리와 고개를 숙이며 말했다. 서문숭에게 인사를 올리기 위함이 아니라 그가 자리를 잡은 매화 가지 아래로 들어서기 위함이었다.

허락도 없이 탁자 맞은편 자리에 앉는 석대원을 향해 서문숭이 물었다.

"무슨 예상?"

"저는 문주께서 술을 드시고 계실 줄 알았습니다. 지금 보니 차로군요."

서문숭이 입술에 댄 사기잔을 탁자 위에 내려놓더니 석대원에게 다시 물었다.

"남황맹이라고 들어 본 적 있나?"

남황맹이면 아마도 어떤 단체일 텐데 모용풍의 비세록에도 나오지 않았고 짧은 강호 활동을 통해서도 접하지 못한 이름이었다.

"금시초문입니다."

석대원이 고개를 젓자 서문숭은 그럴 줄 알았다는 듯이 후후 웃고는 말을 이었다.

"지난해 말 남서 지역의 흑도인들을 중심으로 결성된 단체라고 하더군. 뭐, 그런 자들이야 늘 생기고 또 사라져 왔으니 나는 별로 안중에 없는데, 대장로는 아닌 모양이야. 제법 신경을 쓰던 눈치더라고."

"그 남황맹이 어쨌다는 말씀이십니까?"

"그자들이 이달 초 사절단을 보내 왔네. 강남에서 판을 벌리려면 누구에게 가장 먼저 고개 숙여야 하는지 모를 정도로 멍청이는 아니었던 게지. 그 사절단이 남황맹주가 보내는 선물이라며 두 가지를 놓고 가더군. 하나가 바로 이 차고……."

서문숭은 탁자 위에 놓인 찻주전자를 기울여 빈 잔을 채웠다. 연홍색 찻물로부터 올라온 은은한 향기가 주위의 매화 향과 어우러져 석대원의 콧속으로 흘러들어 왔다.

"다른 하나는……."

서문숭은 말꼬리를 늘이며 뒷전으로 눈길을 주었다. 석대원은 그 눈길을 따라 그의 뒤에 시립한 까무잡잡한 미녀를 쳐다보았다. 그러고 보니 대륙 남서부에 산다는 소수민족 여인네들의 차림새가 저처럼 요란하다는 얘기를 들은 적이 있는 것 같았다.

석대원이 고개를 살짝 기울이며 말했다.

"지난해까지만 해도 특별히 아끼시던 여인이 있었던 것으로 압니다만……."

정확하진 않지만 호공당의 간부 아무개의 여식이라고 알고 있다. 광명전의 연회장에서 한두 번 얼굴을 마주친 적이 있는, 사슴의 것처럼 크고 애처로운 눈을 가진 미녀로 기억한다. 서문숭이 찔끔하는 표정으로 찻잔을 움직이던 손길을 멈췄다.

"사람의 기호란 여일하지 않다네. 술친구가 떠난 뒤 술 대신 차를 즐기게 된 것처럼, 한 여자에게 흥미를 잃으면 다른 여자를 아낄 수도 있는 것 아니겠나. 게다가 이번에 만난 까만 고양이는 꽤 특별하단 말이야. 뭐, 어디가 어떻게 특별한지는 가르

쳐 주기 곤란하지만."

말하는 중에 문제의 까만 고양이를 끌어당겨 옆구리에 기대 놓고는 껄껄 웃는 서문숭을 보며, 석대원은 역시 그답다는 생각을 떠올렸다. 환갑을 훌쩍 넘긴 나이에도 열다섯 살 소년처럼 호기심 많고, 유쾌하고, 매사에 열정적이기란 쉬운 일이 아니었다. 봇물처럼 팽만한 저 젊음의 활력이 지금의 남패 무양문을 만든 원천일지도 모른다는 생각마저 들었다.

"인사가 늦었군요. 오랜만에 뵙습니다."

석대원이 앉은 채로 고개를 슬쩍 숙여 보였다. 그러자 서문숭의 얼굴에서 웃음기가 사라졌다. 그는 까만 고양이를 몸에서 슬쩍 떼어 내며 말했다.

"오랜만은 오랜만인데, 얼굴은 왜 그 모양이 되었는가? 제갈 아우의 편지는 봤네. 온통 믿기 힘든 얘기투성이였지만, 나만큼이나 대식가인 자네가 목내이木乃伊(미라)처럼 바뀌었다는 얘기가 그중에서도 가장 믿기 어렵더군. 그런데 이제 보니 사실이었어. 목내이도 아니고 숫제 대벌레로군, 대벌레."

영혼이 무문관의 윤생을 거치는 동안 육신은 소림의 토굴 속에서 물 한 모금 마시지 못한 채 꼬챙이처럼 말라 가야 했다. 물론 이제라도 천선기와 바즈라-우파야의 공능을 동원하면 그때의 일로 피폐해진 육신을 본래 상태로 되돌리는 것이 불가능하지는 않을 터였다. 그러나 석대원은 그렇게 되는 것을 원하지 않았다. 육신 전체에 새겨진 무문관의 흔적을, 그 시작을 물들인 그녀의 죽음과 그 끝을 마감한 붉은 아이의 소멸을 지우고 싶지 않았다. 그것은 죽는 날까지 그와 함께해야 하는 아픈 각인이었다.

석대원이 말을 받아 주지 않자 머쓱한 표정을 짓던 서문숭이 화제를 돌렸다.

"아래에서 올라오는 소리를 들어 보니 우리 호계사자가 다섯 초도 못 버틴 것 같더군. 뭐, 자네가 올라오지 못하는 일은 없으리라 예상했지만 그래도 조금 놀랐다네."

다섯이라는 숫자는 십혈검 엽윤동을 통과하는 데 소요된 초수로 지나치게 과하게 잡은 감이 있기는 하지만, 석대원은 그 점을 굳이 지적하고 싶지는 않았다. 그가 지적하고 싶은 것은 따로 있었다. 그는 전륜계 위쪽으로 눈길을 돌리며 말했다.

"저 위에 관아가 있다는 것을 알고 있습니다."

석대원은, 서문숭이 눈썹을 짜부라트리고 입술을 심술궂게 비틀면서 마치 못된 장난을 친구에게 들킨 개구쟁이가 '그래서 어쩔 건데?'라고 뻗대는 듯한 표정을 짓는 것을 지켜보다가 조용히 물었다.

"왜 그러셨습니까?"

서문숭은 눈썹을 더욱 짜부라트리며 못마땅하다는 눈길로 석대원을 노려보았다. 석대원은 미동도 하지 않고 그 눈길을 받아냈다. 잠시 후 하, 하고 한숨을 쉰 서문숭이 놀랄 만큼 많은 말을 쏟아 내기 시작했다.

"아네, 알아. 있지도 않은 관아를 찾아 태원으로 가는 바람에 자네가 겪어야 했던 일이 무엇이었는지를. 제갈 아우는 그 부분에 대해 특히 자세히 써서 보냈더군. 그래, 다 내 책임이지. 그러니 그 일로 자네가 나를 원망한다 해도 그저 내 잘못이오 하고 고개 숙이는 수밖에. 하지만 그러면서도 조금은 억울하다는 마음도 든다는 거지. 생각해 보라고. 그처럼 공교롭고 괴이한 일이 자네에게 생길 줄 내가 어떻게 알았겠는가? 나는 그저 자네를, 음, 내가 끔찍이도 아끼는 순찰통령을 조금 더 오래 곁에 두고 싶었을 따름이었네. 그래서 이 집 안에서 빈둥거리는 자네에게, 음, 솔직히 말하면 빈둥거리면서도 내가 불편해하는 문제에 조만간 개입할 것 같은 자네에게 적당한 일감을 주고 그것을 통해서, 뭐랄까…… 그래, 자네 안에서 동료 의식 같은 게 생겨나기를 바랐던 걸세. 자네의 능력이야 익히 아는 바고, 태원이 제아무리 용담호혈이라 한들 자네에게 해가 될 만한 일이 생기리라고는 정말로 손톱만큼도 생각해 보지 않았다, 이 말일세. 그러니까……."

석대원이 말라붙은 왼손을 탁자 위로 내밀어 서문숭의 장광설을 끊었다. 서문숭은 기습이라도 당한 사람처럼 미간을 찡그렸다.

"아, 바로 그 손이군. 가까이서 보니 정말 끔찍한걸. 대체 어떤 일을 당하면 그런 꼴이 될 수 있나?"

석대원은 서문숭의 무례한 질문을 무시하고 조용히 말했다.

"제가 물은 것은 제 문제가 아니었습니다."

"음? 그럼 누구 문젠데?"

"명색이 할아버지란 사람이 손녀를 상대로 어떻게 그런 가혹한 짓을 저지를 수 있느냐고 물은 겁니다. 그것도 몸도 불편한 아이에게 말입니다."

이 직설적인 비난 앞에서는 서문숭도 입을 다물 수밖에 없었던 모양이다. 불편해하는 얼굴로 시선을 이리저리 돌리던 그가 이내 결심한 듯 눈을 빛내며 엄숙한 목소리로 말했다.

"자네의 비난을 받아들이지 않겠네. 자고로 군주무치君主無恥라고 했네. 군주는 지극히 존귀하여 그 수치스러운 면을 비난받지 않는다는 뜻이지. 사생활 면에서도 그렇거니와, 대사를 위해 가솔에게 가혹한 조치를 취한 일은 대의멸친大義滅親의 표본으로 칭송받아야 마땅할 걸세."

석대원이 서문숭을 만난 것은 그리 오래되지 않지만, 개성이 워낙 뚜렷한 인물이라 그 속을 짐작하기에 어렵지 않았다. 말로는 군주무치니 대의멸친이니 운운하지만 지금 서문숭은 진심으로 부끄러워하고 있었고, 그 부끄러움을 타고난 위엄으로써 모면하려 하고 있다는 것을 알 수 있었다. 이 또한 지극히 서문숭다웠다. 석대원은 가족들로부터 가부장권을 위협받은 가장이라도 되는 양 애써 위엄을 끌어 올리고 있는 서문숭의 얼굴을 빤히 바라보다가 말했다.

"관아는 제가 데려가겠습니다."

서문숭의 눈이 일순간 커지더니, 곧바로 둥글게 휘어졌다. 그는 겉으로 드러낼 수 있는 모든 방식을 동원해 반색을 표현했다.

"오! 정말인가? 그 아이를 자네가 거둬 준다면 나야 좋지. 이대 혈랑곡주, 아니, 그 이름은 버렸다고 했지. 하여튼 관아를 통해 자네와의 인연을 이어 나갈 수만 있다면 내 입장에서는 당연히 두 팔 벌려 환영할 일이 아니겠는가. 아, 말이 나온 김에, 저 위에는 예쁘고 참한 색시도 한 명 있다네. 목연이라고, 자네도 알지? 그 색시도 관아랑 함께 데려가게나. 집안도 무척 훌륭하니 지참금을 두둑이 받아 낼 수……."

석대원은 또 한 번 왼손을 내밀어 서문숭의 말을 잘랐다.

"문주님과 더 이상 인연을 이어 나가고 싶지는 않습니다. 저도, 그리고 관아도."

희색이 만연하던 서문숭의 얼굴이 순간적으로 돌덩이처럼 굳었다.

"그게 무슨 뜻인가?"

석대원이 말했다.

"제가 거둔 시점부터 관아는 더 이상 문주의 손녀가 아니라는 뜻입니다."

딱딱하게 굳어 있던 서문숭의 눈가가 실룩거리기 시작했다.

"그러니까…… 이 서문숭에게서 손녀를 빼앗아 가겠다?"
"그렇습니다."
"무슨 권리로? 누가 자네에게 그럴 권리를 주었지?"
서문숭이 맹수처럼 으르렁거렸지만 석대원은 담담히 대답할 따름이었다.
"제가 권리를 얻은 것이 아니라 문주께서 권리를 잃은 것입니다. 관아를 저 위에 가두라는 명령을 내리신 순간부터 말입니다."
서문숭이 한동안 석대원을 노려보다가 돌 탁자를 양 손바닥으로 짚고 상체를 절반쯤 세우며 말했다.
"어차피 자네를 그냥 올려 보낼 생각은 아니었지. 제갈 아우마저 진심으로 감복시킨 최강의 무인과 싸워 볼 기회란 자주 찾아오는 게 아닐 테니까. 하지만 우리가 지난날 그랬었던 것처럼 어디까지나 즐거운 마음으로 어울려 보려고 했는데…… 이제 그러기는 힘들 것 같군."
서문숭은 여전히 앉아 있는 석대원에게 얼굴을 들이밀고 위협하듯이 말을 이었다.
"자네가 나를 화나게 만들었거든."
화나게 만들었다……. 하지만 피장파장이었다. 관아가 애당초 납치되지 않았다는 사실을 안 순간부터 석대원도 화가 나 있었으니까. 때로는 피붙이처럼 살갑게 굴지만 때로는 누구보다 냉혹해질 수 있는 저 변덕쟁이 제왕에게 말이다.
서문숭이 석대원을 향해 구부렸던 몸을 똑바로 세우며 차가운 목소리로 물었다.
"서로 다른 뜻을 가진 두 무인끼리 합의를 보는 가장 좋은 방법이 무엇인지는 알겠지?"

물론 안다, 나도 무인이니까.

이렇게 생각하며 의자에서 일어서던 석대원은 갑자기 자각한 작은 경이감에 몸을 멈추고 말았다. 스스로가 무인이라는 생각을 얼마 만에야 떠올린 것인지. 무문관에서 나온 뒤 그는 이 대 혈랑곡주였고, 도구였고, 살인자였다. 쟁선대 위에서 혈랑곡주의 껍질을 벗어 던진 뒤에도 그런 생각은 크게 바뀌지 않았다. 그런데 지금, 그의 내부에서 뭔가가 바뀌어 가고 있었다. 아주 미약하고 아주 느리긴 하지만 그는 그 변화를 분명히 감지할 수 있었다.

까만 고양이로부터 무양문주의 보도, 방원도를 받아 쥔 서문숭이 전륜계의 돌계단 위에 올라섰다.

전의를 다진 서문숭은 명실상부한 '천하 고수'였다. 눈빛과 표정 그리고 다부진 몸뚱이 전체로 뿜어내는 산악처럼 웅장한 패기는, 만일 그것을 대하는 자가 석대원이 아니었다면 두 다리로 버텨 서서 받아 내기 힘들었을 것이다.

기회가 강자와 약자, 승자와 패자를 판가름하는 중요한 조건이기는 하지만 절대적인 것은 아니다. 기회를 단단히 움켜쥐어 자신의 것으로 만드는 능력. 어쩌면 그 능력이 기회를 상회하는 조건이 될지도 모른다. 석대원은 전륜계 위에 서 있는 서문숭을 새삼스러운 시선으로 바라보았다. 선천과 후천의 모든 기회들이 부여한 행운과 혜택을 최선의 효용으로써 자신의 것으로 만든 남자가 그곳에 서 있었다. 대종사를 넘어서 패도의 제왕이 된 남자가. 이에, 석대원은 마음으로 경의를 표한 뒤 전륜계를 향해 걸음을 옮겼다.

석대원이 걸음을 멈춘 곳은 서문숭이 서 있는 자리로부터 열 칸쯤 아래 있는 돌계단이었다. 계단이라는 특이한 지형으로 인해 어차피 한 명은 위에, 다른 한 명은 아래에 위치할 수밖에 없었다. 전륜계처럼 한 칸 한 칸이 높게 지어진 돌계단에서 열 칸이면 수직 높이로 일 장이 넘고, 이는 승부에 영향을 끼칠 만한 요인으로 충분히 작용할 터였다. 하지만 석대원은 위치에 대한 별다른 고려 없이 대뜸 아래쪽을 택했다. 그리고 그 점이 서문승의 자존심에 상처를 준 모양이었다.

자리를 잡고 몸을 돌리는 석대원을 향해 서문승이 무거운 목소리로 물었다.

"이 서문승을 상대로 지형의 불리함을 스스로 감수하겠다는 건가?"

석대원은 담담하게 대답했다.

"지형은 제게 무의미합니다."

"무의미하다고?"

서문승의 눈이 번쩍 빛났다.

"그 말은…… 공간을 이미 초월했다는 뜻인가?"

이 질문이 석대원을 조금 곤혹스럽게 만들었다. 서문승이 말한 공간이 정확히 무엇을 의미하는지 짐작하기가 어려웠기 때문이다. 단순히 물리적인 높낮이? 아니면 설마…… 심동공허로써 해체되거나 혹은 재구성되는 그것?

석대원이 쉬이 대답하지 못하는 사이, 서문승은 다시 한 번 눈을 빛냈다.

"재미있군."

가라랑—.

너무도 맑아 섬뜩한 느낌마저 주는 쇳소리와 함께 칼이 칼집에서 벗어났다. 백련교주의 지귀함과 무양문주의 극강함을 동시에 상징하는 방원도가 꽃가지들에 산란된 햇빛을 받아 새하얀 빛무리를 일으키고 있었다.

“가지고 있거라.”

서문숭이 왼손에 쥔 빈 칼집을 계단 옆으로 던졌다. 매화나무 아래 서 있던 까만 고양이가 그것을 솜씨 좋게 받아 안았다.

서문숭이 석대원에게 말했다.

“무망애 위에서 혈랑검을 소멸시켰다는 얘기는 들었네. 자네의 다른 검은 어디에 있는가?”

석대원은 오른손을 들어 올려 가볍게 쥔 뒤 인지와 중지 두 개를 모아 내밀었다. 서문숭의 눈이 실처럼 가늘어졌다.

“하긴, 무인검無刃劍이 극한에 오른 검객에게 검이 무슨 소용일까. 손가락 두 개면 충분할 테지.”

서문숭은 오른손에 든 방원도를 슬쩍 내려다본 뒤 말을 이어 갔다.

“자랑 같지만 나 또한 이 칼을 버려도 될 만한 수준에는 올랐다네. 그래도 자네를 상대로 보도의 이로움을 포기하지는 않을 작정일세. 이번만큼은 정말로 전력을 다해 싸워 보고 싶거든. 곤륜지회 이후 그럴 기회를 한 번도 만나 보지 못했지. 믿기나? 단 한 번도 말이야.”

마지막 말은 침울하게까지 들렸다. 석대원은 간절함마저 내보이는 서문숭의 얼굴을 바라보다가 고개를 천천히 끄덕였다.

“믿습니다.”

일 차 곤륜지회의 주역인 네 사람 중에서 이십 대 청년은 서문숭이 유일했다. 당시 이미 장년을 넘긴 다른 세 사람이 혹자는 선연을 얻어, 혹자는 세월에 떠밀려, 혹자는 음모에 몰두하여 모습을 드러내지 않는 사이에도 오직 서문숭 한 사람만은 순수한 강함을 좇아 스스로를 단련해 왔다. 그러나 적수가 없는 상태에서의 진보는 해도海圖에 나오지 않는 바다를 항해하는 것

처럼 막막하기만 하다. 일 차 곤륜지회 이후 사십 년이 넘는 긴 세월은 무인 서문숭에게 있어서 바로 그런 바다였을 것이다. 그 미지의 망망대해 위에서 그가 곱씹었을 고독은 얼마나 질겼을 것이고, 그가 시달렸을 갈망은 얼마나 뜨거웠을 것인가. 백도의 대적을 죽이겠노라고 찾아온 화산파의 청년 검객에게 그가 품은 무조건적인 호감과 우의는 어쩌면 그런 고독과 갈망의 다른 표현일지도 모른다.

"자네가 이 서문숭의 시금석이 되어 주겠는가?"

서문숭이 물었다. 석대원은 그 목소리에 흉터처럼 새겨진 고독과 갈망을 읽을 수 있었다. 그리고 공감할 수 있었다. 마음 한구석이 뜨거워지는 것이 느껴졌다. 그는 고개를 끄덕였다.

"기꺼이."

서문숭은 석대원이 기억하는 한 가장 활짝 웃었다. 마치 용의 얼굴에서 연꽃이 피어난 것 같았다.

"고맙네."

대결이 시작되었다. 일 차 곤륜지회의 유일한 생존자와 이 차 곤륜지회의 오롯한 주재자 간의 대결이었다. 그러나 그 대결이 길게 이어지지 않으리라는 것은 석대원과 서문숭, 두 사람 모두가 알고 있었다.

먼저 움직인 쪽은 서문숭이었다. 그의 머리 위로 올라간 방원도가 작은 광점들처럼 빛나는 꽃송이들 아래에서 백색의 부드러운 호선을 그렸다.

스스스-.

극품의 강철로 이루어진 보도의 도신이 어느 순간 미세한 가루들로 풀어지듯 희미해져 갔다. 형태가 해체되는 듯했고, 존재가 사라지는 듯했다. 그 광경을 바라보며 석대원은 눈을 빛냈다. 작게 미소 지었다.

'한 발짝 더 나아가셨군.'

석대원은 과거 몇 차례의 비무를 통해 서문숭의 천중무애도법을 경험해 본 적이 있었다. 천중무애도법은 극고극강極高極強이라 하기에 부족함이 없는 희대의 절학이었다. 하지만 저런 신이한 현상을 수반하지는 않았다. 이는 안 본 사이 서문숭의 경지에 또 다른 진보가 있었다는 증거일 터였다. 그런데…….

놀라웠다. 그리고 신기하기까지 했다.

공간의 보이지 않는 결 속으로 스스로를 감추어 가는 저 칼, 마치 심동공허의 한 자락을 보는 듯하지 않는가!

어느 순간 힘이 밀려오는 것이 느껴졌다. 이전의 천중무애도법과는 달리 지극히 간결하면서도 실체를 감지하기 어려운 힘이었다. 공간의 한계를 벗어난 그 힘을 공간의 한계 안의 물리력으로써, 다시 말해 일반적인 무공으로써 막아 내기란 불가능할 것이 분명했다. 이는 현존하는 그 어떤 무공의 고수도 서문숭의 저 기이한 도법에 대적할 수 없음을 의미했다. 오직 석대원 한 사람을 제외한다면 말이다.

바로 그 점이 석대원의 내부에 침잠해 있던 무인을 깨웠다. 무문관에서 나온 뒤로 그는 무인이라는 자각을 거의 해 본 적이 없었다. 소림 마승의 육십삼 보를 파훼할 때에도, 옥천관에서 크나큰 살계를 열 때에도, 비천대전을 무인지경으로 돌파할 때에도, 그리고 무망애 위에서 두 대종사에게 벼락의 응징을 내릴 때에도, 그는 스스로를 무인으로 여기지 않았다. 비틀리고 과열된 쟁선계가 만들어 낸 가련한 희생자이자 끔찍한 괴물이라고 여겼을 뿐이었다.

그런데 지금은 그렇지 않았다. 즐거웠다. 저 최강의 무인을 상대로 실력과 실력을 비교하고 재주와 재주를 겨루는 이번 대결이 뚜렷한 기대감을 안겨 주고 있었다.

'그렇다면…….'

석대원은 마음을 일으켰다.

우-웅-.

천선기가 움직이고, 바즈라-우파야가 천선기에 공명하며 기지개를 켰다. 인세에서 짝을 찾을 수 없는 두 가지 공능 모두 석대원 안에서 살아난 무인에 반가워하는 것 같았다. 모든 것이 가능하다는 무소불위無所不爲의 고양감이 석대원의 크고 마른 육신을 채우기 시작했다. 이에 경이로워하며, 그는 자신과 서문숭 사이 전륜계의 열 칸 돌계단 위에 활짝 개방시킨 공간의 결 속으로 사뿐히 스며들어 갔다.

서문숭의 도법을 보았을 때 심동공허의 한 자락을 닮았다는 석대원의 생각은 틀린 것이 아니었다. 지금까지 심동공허로 개방시킨 공간의 주인은 언제나 석대원 혼자뿐이었다. 공간의 결 밖으로 비켜 지나가는 힘은 그 안을 몽유夢遊하듯 움직이는 석대원에게 아무런 영향을 끼치지 못했다. 그것은 범제의 육십삼보, 무당파 장문 진인의 태극검, 잠룡야의 옴다라니진력, 데바의 제석천뢰세세 같은 개세적인 신공절학도 예외일 수 없었다.

그런데 이번에는 달랐다.

스읏- 스읏- 스읏-.

공간의 껍질 바깥으로 유성우처럼 흩뿌려지던 도기들의 일부가 공간의 결을 자르며 들어와 석대원을 공격해 오기 시작했다.

심동공허라는 철옹성 안으로 마침내 최초의 침입자들이 나타난 것이다!

그러나 그 침입자들은 공간의 흐름에 아직 미숙했고, 공간을 완전히 장악한 가운데 열고, 닫고, 펴고, 구부리고, 자르고, 붙이고, 세우고, 뒤집는 그 모든 현상을 의지대로 주관할 수 있는 석대원이 그 침입자들의 위협으로부터 벗어나기란 그리 어려운 일이 아니었다. 다만 감탄하는 마음이 이는 것은 어쩔 수 없었다.

석대원은 서문숭의 저 기이한 도법이 누구로부터 기인했는지 짐작할 수 있었다. 그 도법으로부터 한 가지 공능의 냄새를 옅게, 그러나 확신을 줄 만큼은 뚜렷하게 맡을 수 있었기 때문이었다. 바로 천선기의 냄새였다.

일찍이 서문숭은 사십여 년의 세월을 격하고 무양문을 방문한 두 사람을 통해 천선기를 접한 바 있었다. 사십여 년 전의 천선자와 사십여 년 후의 석대원이 바로 그들이었다. 그중 천선자의 천선기로부터 무엇인가를 얻어 냈으리라고는 생각하기 어려웠다. 당시의 천선자, 즉 증조부의 경지는 천선기의 참된 공능에까지는 도달하지 못했을 테니까. 그렇다면 일 년여 전 무양문에 들어온 석대원과 가진 몇 차례의 비무를 통해 천선기가 가진 극의의 일부를 깨우치게 되었다는 뜻인데…….

놀랍지 않은가!

보고, 겪고, 공감하고, 학습한다. 스승은 필요 없다, 모든 과정이 서문숭에게는 스승이 되어 주었을 것이기에.

'천고의 기재란 정말로 존재하는구나.'

천선기의 극의를 깨우치는 과정에서 석대원 본인이 지불해야 했던 막대하고도 비극적인 대가를 감안하면, 미주가효와 절세가인들로 둘러싸인 지극히 호사스러운 일상 속에서도 단지 스스로 나아가려는 의지와 그것을 뒷받침해 주는 수련만으로 저 경지에 다다른 서문숭이야말로 진정한 의미의 천재요, 초인이라는 감탄이 들 수밖에 없었다.

그러는 가운데에도 두 사람의 대결은 이어지고 있었다. 공간이 무의미해진 상황에서 무한히 이어지는 듯한 그 대결은, 실제로는 찰나에 판가름 났다.

슷― 슷― 슷― 슷― 슷― 슷―.

침입자들은 빠른 속도로 숙달되고 있었다. 석대원은 심동공허의 공간 속으로 이제는 우박처럼 쏟아져 들어오는 예리하고 삼엄한 도기들―그것들은 다종다양한 형상을 이루고 있었고, 어느 하나도 다른 하나와 닮지 않았다―을 피해 냄과 동시에, 공간의 결을 뛰어넘고 뛰어넘어, 현실 세계에서는 그와 서문숭 사이에 물리적으로 실재하는 전륜계의 열 칸 돌계단을 동시에 디디는 듯한 놀라운 광경을 연출하며, 어찌할 도리가 없이 활짝 열려 버린 서문숭의 가슴 한복판을 향해 오른손 인지와 중지로 이룬 무인無刃의 검을 부드럽게 찔러 갔다. 생명을 앗아 가거나 중상을 남길 만한 공격은 아니지만, 제아무리 강건한 육신의 소유자라도 무력화시키기에는 충분할 만큼 효과적인 공격임에는 분명할 터였다.

불신감으로 가득 찬 서문숭의 두 눈이 공간의 껍질을 물고기처럼 가르며 빠져나온 석대원을 맞이했다.

"이런."

서문숭이 중얼거렸다. 그 순간 석대원이 찔러 낸 무인의 검이 서문숭의 가슴을 직격했다.

그것은 서문숭의 생애 최초로 당한 패배였다.

"아아, 이거야말로 끔찍하군. 자네의 그 빌어먹을 손보다도 더 끔찍해."

서문숭은 숙이고 있던 고개를 절레절레 저으며 투덜거렸다.

수중의 방원도를 바닥에 떨어트린 채, 그리고 전륜계의 돌계단 위에 털퍼덕 주저앉은 채로.

"공간의 한계를 초월했다는 것은 알고 있었네만, 그래도 이 정도일 줄은 몰랐지."

석대원은 서문숭이 주저앉은 바로 아래 계단에 두 팔을 늘어뜨린 채 묵묵히 서 있기만 했다.

관절이 상하기라도 했는지 왼손으로 오른 손목을 열심히 주무르던 서문숭이 갑자기 무슨 생각이라도 난 것처럼 픽 웃더니 한바탕 푸념을 늘어놓기 시작했다.

"우습지 않나? 나는 말이야, 이 도법을 완성한 날 '천중의 도법', '무애의 도법'에 이은 '초월의 도법'이라고 나름 이름도 갖다 붙이고 무위관 안에서 혼자 한참을 낄낄거렸다네. 우물 밖의 세상이 얼마나 넓은 줄 모르는 개구리가 '히야, 우리 집 참 넓구나.' 하며 기뻐하는 것처럼 말일세. 그런데 이거야 원……. 자네에게 당한 데가 아프기는 하지만, 만일 내가 오늘 죽는다면 아파서가 아니라 창피해서일 걸세."

갑자기 수다쟁이가 되어 버린 서문숭을 물끄러미 내려다보면서, 석대원은 승리의 기쁨을 음미하는 것과는 조금 다른 종류의 고민을 떠올리고 있었다.

이름 같은 것은 전혀 중요하지 않았다. 다만, 서문숭에 의해 초월의 도법이라고 명명된 그 경지가 현재의 상태에서 오래 머물지 않으리라는 것은 분명했다. 이번 대결에서 당한 패배가 저 희대의 천재, 초인에게 일찍이 경험해 본 바 없는 강렬한 자극으로 작용할 것이 분명하므로. 당분간은, 아니 생애 처음으로 당한 패배인 만큼 어쩌면 조금 오래 허탈해하겠지만, 서문숭은 다시 마음을 다잡고 스스로를 절차탁마하여 초월의 도법 너머의 경지로, 그리하여 석대원이 오른 심동공허의 경지로까지 올라설지도 모른다.

문제는, 서문숭은 석대원과 달리 쟁선의 정점을 딛고 있는 인물이라는 데에 있었다. 저 제왕 같은 노인이 석대원처럼 스스로 쟁선의 길에서 내려올 가능성은 전혀 없어 보였다. 서문숭에게 있어서 쟁선은 기호요, 목적이요, 나아가 삶 자체일 것이기 때문이다. 그래서 석대원은 갈등하지 않을 수 없었다.

'어떻게 한다?'

쟁선의 정점에 저 서문숭을, 이후로 얼마나 더 강해질지 짐작도 가지 않는 위험한 인물을 놔두는 것이 옳은 일일까? 석대원 본인이 떠난 쟁선계에서 저 서문숭은 '독보적'일 수밖에 없었다. 서문숭이 마음만 먹는다면 쟁선계가 지옥으로 바뀌는 것은 순식간일 것이다. 실제로 지난해 서문숭은 거짓 납치극을 빌미로 강호에 대란을 일으킨 전력마저 있었다.

그러므로…….

부쟁선의 일맥이 가장 위험한 쟁선자를 강제하는 첫 번째 시점은 바로 지금이어야 하지 않을까?

그것은 현실적으로 전혀 어려운 일이 아니었다. 석대원에게는 지금 당장이라도 서문숭이 전혀 눈치채지 못하는 가운데 강제를 가할 능력이 있었다. 서문숭 안에서 이제 막 싹을 틔운 천선기의 맥을 잘라 더 이상 줄기를 뻗어 내지 못하도록 만들 수 있었다.

그때 서문숭이 돌계단 바깥쪽을 돌아보며 말했다.

"묘아猫兒야, 엉망으로 깨졌더니 목이 타는구나. 차나 한 잔 가져오려무나."

묘아라고 불린 까무잡잡한 미녀가 가슴에 끌어안고 있던 방원도의 칼집을 탁자에 기대 놓은 뒤 찻주전자와 찻잔을 들고 전륜계 쪽으로 다가왔다. 그리고 바로 그때…….

……그녀의 호리호리한 교구 위로 뭉치고 또 흩어지면서 어떤 상을 맺기 시작한 빛의 끈을 볼 수 있었다.

석대원은 의아함을 느꼈다.

'천선기가 왜 저 여자에게……?'

그러나 천선기가 투사의 대상으로 삼은 것은 여자가 아니었다. 그녀가 들고 있는 찻주전자였다.

찻주전자로부터 흘러나온 빛의 끈이 처음에 보여 준 것은 선풍도골의 풍모를 가진 노인이었다. 특이한 점은 노인의 한쪽 눈이었다. 금빛으로 빛나는 그 눈 속에는 외양의 고격함과는 상반되는 잔인한 광기가 일렁거리고 있었다.

석대원은 저 노인이 누구인지 알고 있었다.

'독중선 군조?'

빛의 끈으로 이루어진 군조는 작은 약단지들을 앞에 늘어놓은 채 무엇인가를 만들어 내고 있었다. 그리고 그 과정을 통해 세상에 나온 어떤 물질이 지금 묘아라는 여인의 손에 들린 찻주전자와 밀접한 관련이 있다는 느낌이 석대원의 머릿속을 파고들었다.

빛의 끈이 그다음으로 보여 준 것은 정갈한 차림을 하고 있는 문사의 상이었다.

석대원은 저 문사 또한 누구인지 알고 있었다.

'문강!'

비각의 책사이자 운 노사부의 장자이기도 한 문강의 모습 위로 문강만큼이나 차분하고 침착해 보이는, 하지만 왠지 모르게 쥐를 연상시키는 장년인의 모습이 겹쳐지기 시작했다. 장년인은 작은 목갑 하나를 품에 안은 채 기뻐하고 있었고, 그 목갑 또한 묘아가 들고 오는 찻주전자와 모종의 관련이 있다는 느낌이 석대원에게 찾아들었다.

문제의 찻주전자가 묘아의 손에 의해 기울어지고, 연홍색 찻물이 한 자 남짓한 허공을 쪼르륵 떨어져 서문숭이 들어 올린 찻잔을 채워 나가기 시작했다.

—그 사절단이 남황맹주가 보내는 선물이라며 두 가지를 놓고 가더군. 하나가 바로 이 차고…….

찻물은 충분히 식어 있었다. 석대원은 찻잔을 입에 대고 냉수 마시듯 단번에 들이켜는 서문숭을 묵묵히 바라보았다. 빛의 끈이 찻주전자로부터 서문숭에게로 옮겨 가고 있었다.

빛의 끈이 다음으로 보여 준 것은 미래의 서문숭이었다. 여전히 제왕처럼 위엄스러워 보이는 미래의 서문숭에게는, 그러나 현재의 서문숭을 구성하는 중요한 요소 하나가 결여되어 있다는 사실을 석대원은 곧바로 알아차렸다. 그 요소란 다름 아닌 젊음이었다. 서문숭에게 나이를 초월하는 싱싱한 활력을 안겨 주었던 바로 그 젊음. 미래의 서문숭은 그 젊음을 결여한 채 정말로 노인이 되어 있었다. 나이에 딱 맞게. 자연스럽게.

자연스럽게[然] 되도록[化] 만든다. 그러므로 화연化然. 천선기가 석대원에게 보내온 마지막 신호는 바로 그 두 글자였다.

"자네도 한잔할 텐가?"

서문숭이 찻잔을 석대원에게 내밀었다. 석대원은 서문숭의 손에 들린 빈 잔을 잠시 내려다보다가 천천히 고개를 저었다.

쟁선계를 움직이는 규칙은 참으로 복잡하면서도 음험했다. 하나의 쟁선이 다른 쟁선을 젖히고 달려 나가면, 다른 쟁선은 앞선 쟁선을 끌어내리기 위해 많은 수단을 동원한다. 짓밟으려

하고, 올라타려 하고, 떨어트리려 한다. 얽히고설키는 그 난마亂麻 같은 규칙이라니. 지금 석대원의 코끝으로 스며드는 이 담담한 차향 속에도 쟁선의 복잡하면서도 음험한 규칙이 담겨 있는 것이다. 강제는 그 규칙 안에서 이미 진행되고 있었다. 천천히, 그리고 소리 없이. 부쟁선의 일맥이 나서야 할 필요는, 최소한 지금은 없어 보였다.

강제하지 않겠다. 그렇다고 돕지도 않겠다.

석대원은 잠시 흔들리던 마음의 갈피를 잡았다.

빈 잔을 묘아에게 넘겨 준 서문숭이 엉덩이를 툭툭 털며 일어섰다. 그는 돌계단 한구석에 떨어져 있는 방원도를 흘끔 내려다보더니 갑자기 무서운 상상이라도 떠올린 어린아이처럼 부르르 어깨를 떨었다.

"진짜로…… 진 건가?"

하지만 대답을 필요로 하지 않는 질문이었나 보다.

"졌으면 대가를 치러야겠지."

시무룩한 목소리로 중얼거린 서문숭이 고개를 들고 누군가에게 말했다.

"할 일이 있다."

매화 가지 사이로 잿빛 그림자가 펄럭이더니 회색 옷을 입은 장한 넷이 서문숭의 앞에 떨어져 내렸다. 석대원은 떨어지는 동작 그대로 경사진 흙바닥 위에 부복하는 저 장한들의 정체를 알 수 있을 것 같았다. 무양문주의 비밀 호위이자 백련교주의 직속 처형자들이기도 한 사망량이 바로 저들일 것이다.

툭.

부복한 사망량 앞에 팔각형의 큼직한 금패 하나가 떨어졌다. 서문숭의 신패인 동시에 백련교와 무양문에서 가장 강력한 위력을 발휘하는 절대적인 신패, 바로 광명령패光明令牌였다.
서문숭이 말했다.
"그것을 가지고 길을 열어 관아가 있는 곳까지 안내해 주거라. 삼생도주에게는 이 친구가 사람을 데리고 나가는 것을 막지 말라고 전하고."
소리 내어 대답하는 것마저 불경이라고 여긴 듯, 사망량은 단지 네 개의 고개를 더욱 깊이 숙일 따름이었다.
묘아가 바닥에 떨어진 방원도를 주워 칼집 안에 갈무리했다. 사망량은 금패를 소중히 받쳐 들고 몸을 일으켰다. 약간은 허탈해하는 눈빛으로 그 모습을 지켜보던 서문숭이 석대원을 향해 고개를 돌렸다.
"관아에 대한 모든 권리를 포기하겠네. 관아를 데려가 어떻게 키우든 이제 그것은 전적으로 자네의 몫일세. 하지만 내가 이렇게 물러나는 것은 자네와의 대결에서 패했기 때문이지, 관아에게 한 일에 대해 책임을 느껴서는 아니네. 이 점만큼은 분명히 알아 두게나."
서문숭은 여전히 당당했다. 스스로에 대해 흔들리지 않는 그 확신은 감탄을 넘어 질투마저 불러일으킬 정도였다. 그가 방금 마신 차가, 독중선 군조와 비각의 책사와 정체를 알 수 없는 또 한 사람이 관련된 그 차가 그에게 어떠한 영향을 끼치건 간에, 그가 지존이고 제왕이란 점만큼은 변하지 않을 것 같았다.
석대원은 서문숭을 향해 두 주먹을 모아 올린 뒤 진심을 담아 말했다.
"천하제일인이 있다면 마땅히 문주일 겁니다."
방금 자신을 패배시킨 상대에게서 이런 말을 듣는다면 불쾌할 법도 한데, 서문숭은 아닌 모양이었다. 그는 석대원의 찬사를 아무렇지도 않은 표정으로 받고, 평가하기까지 했다.

"그따위 허명, 잔돈일 뿐이지."

천하제일인의 영예조차도 잔돈으로 치부하는 자, 바로 서문숭이었다. 서문숭이 허리를 주먹으로 툭툭 두드리며 말했다.

"난 그만 내려가겠네. 곳곳이 쑤셔 대는 게 얼른 가서 온천물에라도 담가야겠어."

석대원은 포권을 풀며 말했다.

"떠날 때 따로 인사드리지 않겠습니다."

"인사는 무슨. 우리 사이에."

서문숭은 여인을 뒤에 달고 전륜계 아래로 내려갔다.

석대원은 사망량을 앞세워 전륜계 위로 올라갔다.

쟁선과 부쟁선을 상징하는 두 사람은 매화의 흐드러진 꽃가지 아래에서 그렇게 헤어졌다.

(3)

삼생도는 다른 세계 같았다. 그저 삼백여 개의 돌계단을 올랐을 뿐이건만 저 아래 세상을 구성하는 모든 요소들이, 심지어는 공기조차 변질되어 버린 것 같았다. 산언덕을 타고 날아 올라온 발랄한 꽃향기도 이곳에서는 사당의 향연처럼 무거워지고 침침해져 있었다.

신앙의 가면을 쓴 맹목과 헌신으로 장식된 아집이 망령처럼 떠돌아다니는 유부幽府.

그 유부를 통치하는 삼생도주 배화존자는 과거 호교십군의 일군장이었을 적에 불리던 반마반승이라는 별호 중 반마半魔로서의 면목을 오랜만에 되찾은 것 같았다. 광명령패를 앞세우고 자신의 왕국에 침입해 온 이방인을 맞이하는 그의 얼굴에는 반마다운 분노와 반마다운 적개심이 반반씩 어우러져 있었다.

배화존자의 뒷전에는 다섯 가닥의 금줄이 들어간 오량관五梁冠을 쓰고 백견과 금사로 지은 엄숙한 장포를 걸친 제관 열둘이 배종하고 있었는데, 상관의 분노와 적개심을 그대로 물려받은 듯 석대원을 향한 그들의 눈초리는 사납기 그지없었다. 전륜계의 호계사자인 십혈검 엽윤동이 삼생도의 수문장이라면, 저들 삼생십이관三生十二官은 삼생도의 관리자들이라고 할 수 있었다. 그러나 각각이 뿜어내는 기파로 보건대 열두 명의 관리자는 곧 열두 명의 간수일지도 모른다는 생각도 들었다. 아래 세상의 그 어떤 감옥을 지키는 간수보다 잔인하고 완강한 간수.

배화존자가 말했다.

"네가 누구든 상관없다. 광명령패가 아니라면 누구도 이 삼생도에서 사람을 데리고 나가지 못할 테니까."

"석대원이라고 하오."라는 짧은 자기소개 뒤에 곧바로 튀어나온 말이었다. 침입자에게 제대로 된 예의 따위는 보여 주지 않겠다는 강력한 의사 표시이기도 하지만, 석대원은 눈썹 한 올 까딱하지 않았다. 그는 삼생도에 올라온 목적을 명확히 인지하고 있었다. 그가 이곳에서 바라는 것은 사람이지 예의가 아니기 때문이었다. 그러나 그 직후 배화존자의 입에서 흘러나온 혼잣말 앞에서는 그 또한 무감함을 유지하기 힘들었다.

"빈 껍질과 다름없는 아이를 데려가서 뭘 어쩌겠다고……."

다음 순간, 광명령패를 받들고 석대원을 안내해 온 사망량은 단체로 바보가 되어 버린 것처럼 눈을 끔벅거렸다. 본래 그들은 배화존자와 석대원 사이에 서 있었다. 배화존자는 앞두고, 석대원은 등지고. 그런데 세 발짝쯤 뒷전에 있던 석대원이 어느새 그들의 앞에 나타나 있었다. 움직이는 기미는커녕 지나치는 기척조차 느끼지 못했는데 말이다.

석대원이 마주한 배화존자도 사정은 마찬가지였다. 멀다고는 할 수 없겠지만 그래도 예닐곱 발짝이라는 거리가 분명히 있었는데, 마르고 커다란 청년이 코앞의 허공에서 갑자기 생겨났으니 놀라지 않을 도리가 없었을 것이다.

“아이가 빈 껍질과 다름없다고 했소?”

석대원이 배화존자에게 물었다. 고저 없는 목소리 아래에는 사막의 모래바람처럼 광대한 분노가 꿈틀거리고 있었다.

“어어…….”

어찌나 놀라고 당황했던지 삼생도주로서의 체통도 잊어버린 채 주춤주춤 물러서던 배화존자가 자신의 실태를 깨달은 듯 얼굴을 붉혔다. 성마르게 갈라진 눈구멍 안에서 냉혹해 보이는 눈알을 이리저리 굴리던 그가 움츠린 자세를 급히 바로 세우며 목청을 돋우어 소리쳤다.

“삼생의 대덕은 무량하도다!”

그러자 뒷전에 서 있던 열두 명의 제관이 허리를 접으며 일제히 복창했다.

“삼생의 대덕은 무량하도다!”

수하들의 화답에 힘을 얻은 듯 배화존자가 더욱 기세를 내며 꾸짖듯이 말했다.

“명존과 노모의 가없는 보살핌 아래 광명백련의 종 과상過償은 귀의의 참된 길로 나아가는 거룩한 삶의 첫발을 내디뎠다. 비록 지금은 진세의 티끌들을 벗기 위해 껍데기를 깨트리는 아픔을 겪고 있지만 그 과정이 지나가면…….”

하지만 배화존자의 말은 더 이상 이어지지 않았다. 허공에서

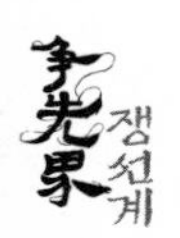

불쑥 나타나 장포의 목깃을 틀어잡은 마르고 커다란 손 때문이었다. 고사목의 가지처럼 허옇게 말라비틀어진 그 손의 주인이 배화존자에게 말했다.

"과상이 아니라 관아요. 다리를 못 쓰는 불쌍한 아이지."

그제야 상황을 파악한 삼생십이관이 분분히 노성을 터뜨렸다.

"가, 감히!"

"무엄하다! 그분이 뉘신 줄 알고!"

석대원은 검결지를 쥔 오른손을 배화존자의 어깨 너머로 뻗어 가볍게 그었다, 왼쪽에서 오른쪽으로. 반으로 잘린 열두 개의 오량관이 허공으로 말려 올라가고 경악에 찬 열두 개의 얼굴이 그 뒤를 황망히 좇았다.

석대원이 고개를 갸웃거리며 혼잣말처럼 중얼거렸다.

"백련교와 무양문 내에서 광명령패의 권위는 절대적이라고 알고 있는데, 이곳은 예외인지도 모르겠군."

검보라색으로 변한 얼굴 가득 진땀을 줄줄 흘리는 배화존자에게 석대원이 말을 이었다.

"영패의 권위를 인정하고 싶지 않다면 그렇다고 말만 하시오."

관아의 문제에 대해서만큼은 누군가로부터 더 이상의 허락이나 동의를 얻을 생각이 전혀 없는 석대원이었다. 그는 전륜계를 오르는 과정에서 벌인 서문숭과의 대결을 통해 그 권리를 충분히 획득했다고 믿고 있었다. 만일 누군가가 그 점에 대해 불만을 품는다면, 그것이 얼마나 잘못된 판단인지를 가르쳐 줄 작정이었다.

다행히—물론 배화존자의 입장에서— 배화존자는 그 선을 넘지 않았다. 괴롭게 벌어진 노인의 입에서 토막토막 끊긴 말이 흘러나왔다.

"과, 과, 광명령패의…… 권위는…… 이, 이곳에서도…… 절대적이다……."

석대원은 왼손에 주었던 힘을 풀고 한 발짝 물러났다. 그의 수중에서 풀려난 배화존자가 가까스로 열린 숨통을 통해 지친 소처럼 헐떡거렸다.

석대원이 배화존자를 향해 물었다.

"관아는 어디 있소?"

그래도 한때 호교십군의 일군장까지 역임한 배화존자였지만 멱살 한 번 붙잡힌 뒤로는 완전히 기가 꺾인 눈치였다. 그럴 만도 했다. 바즈라-우파야의 공능에 심맥이 진동당했으니 아마도 유황불 속에서 뒹굴다 빠져나온 기분일 터.

배화존자가 목을 문지르며 힘겹게 대답했다.

"노모…… 노모전에 있을 것이다."

석대원은 눈살을 찌푸렸다.

"노모전?"

그때 뒷전에 서 있던 사망량 중 한 명이 말했다.

"삼생도의 꼭대기에 있는 전당입니다."

석대원이 고개를 돌리자 그자가 손가락으로 위쪽을 가리켰다. 이 위치에서는 고개를 젖혀야 겨우 보이는 깎아지른 절벽 꼭대기, 검은 바위벽 위에 새긴 거대한 무생노모의 부조 하나가 석대원의 눈에 담겼다. 그 부조 아래로 한 귀퉁이를 내보이고 있는 단층 건물이 바로 노모전인 것 같았다.

"교주님의 명은 석 공자님을 아기씨 앞까지 모셔다 드리는 것입니다. 저희들이 안내해 드리겠습니다."

노모전의 위치를 가르쳐 준 자가 말했다. 석대원은 고개를

저었다.

"이곳까지 안내해 준 것으로도 충분하오."

"하지만……."

다시 입을 열던 자의 눈이 휘둥그레졌다. 허공을 밟듯이, 그것도 한 번 명멸할 때마다 사오 장씩을 쭉쭉 지워 나가면서, 절벽 위의 노모전을 향해 멀어지는 석대원을 보았기 때문이었다. 그렇게 빠르게 멀어진 석대원의 신형이 손가락 하나 크기만큼이나 아스라해졌을 때, 삼생도인들에게 남긴 그의 마지막 말이 천둥처럼 허공에 울려 퍼졌다.

"만일 관아에게 안 좋은 일이라도 생겼다면 당신들은 더 이상 삼생의 대덕을 찬양하지 못하게 될 거요."

세 개의 옥향로는 백, 녹, 황 삼색의 향연을 피워 올리고 있었다. 세 가지 색깔의 실뱀 같은 연기가 아지랑이처럼 얽히고 또 풀리는 가운데, 딱딱한 돌바닥 위에 갈백색 삼베로 지은 거친 승포를 입은 한 사람이 앉아 있었다. 아니, 한 사람이 아니다.

앉아 있는 사람은 푸한 승포 너머로도 육신의 굴곡을 짐작할 수 있는 성인 여자였고, 그녀의 절반도 안 되어 보이는 작은 여자 하나가 그녀 앞에 요 대용으로 깔아 놓은 짚자리 위에 죽은 듯이 누워 있었다. 작은 여자의 작은 몸뚱이 위에는 검은 이불 한 장이 덮여 있었다. 검은 이불은 바위벽 높은 곳에서 노모전을 굽어보고 있는 무상노모의 얼굴만큼이나 차갑고 칙칙해 보였다. 거기에 백련교도들이 구원의 상징처럼 여기는 자비와 안식의 여신은 존재하지 않았다. 있다면 돌로 만들어져 결국 돌이 된 우상뿐.

"관아야."

석대원은 토표 위로 드러난 칡뿌리처럼 갈라져 나온 자신의 목소리를 들을 수 있었다.

"관아야."

조금 큰 목소리로 다시 불렀을 때, 크고 작은 여자 중 큰 여자 쪽에서 반응을 보였다. 가볍게 어깨를 떤 큰 여자가 석대원이 걸음을 멈추고 서 있는 돌기둥과 돌기둥 사이를 향해 고개를 돌렸다. 목연이었다.

처음에는 못 알아보는 눈치였다. 그럴 것이다. 부모형제라도 얼른 알아보기 힘들 만큼 괴이한 몰골로 변해 버린 그였으니. 하지만 오래지 않아 예전의 그와 현재의 그를 연결하는 어떤 요소를 찾아낸 것 같았다.

목연이 말했다.

"……오셨군요."

석대원의 것과 마찬가지로 잔뜩 갈라진 목소리. 숨을 가다듬은 목연이 다시 말했다.

"오셨군요, 석 공자."

목연의 목소리에서는 작은 원망과, 그보다 더 작은 기쁨과, 남은 전부를 하나로 아우르는 커다란 슬픔이 느껴지고 있었다. 석대원은 마음 한쪽이 쿵 무너지는 기분을 맛보았다.

"관아…… 관아는 괜찮은 거요?"

석대원이 멈췄던 걸음을 빠르게 옮겨 두 여자의 곁으로 다가가며 물었다. 질문을 하면서도 찬찬히 살펴본 관아는, 그러니까 짚자리 위에 검은 이불을 덮고 누워 있는 작은 여자는, 불행히도 전혀 괜찮아 보이지 않았다. 믿을 수 없을 만큼 마르고, 믿을 수 없을 만큼 창백하다. 배화존자가 한 말처럼 빈 껍질처럼 보였다.

목연이 말했다.

"곡기를 제대로 섭취하지 못한 지 한 달이 넘었어요. 광명전에서 올려 보낸 몇 가지 영약들로 간신히 연명만 하고 있을 따름이에요."

"관아가 왜 이렇게 된 거요? 병명은?"

추궁하듯 터져 나온 석대원의 말에, 목연은 마치 아이의 현 상태가 자신의 탓이라도 된다는 양 고개를 숙이며 말했다.

"이곳에 올라온 뒤로 계속 시름시름 앓았어요. 그러다 한 달 전부터는 혼절하는 일이 잦아졌지요. 깨 있는 동안에도 잠꼬대를 하는 아이처럼 '검은 이불이 무거워요, 검은 이불을 벗겨 주세요.'라는 말만 되뇌고……. 며칠 전부터는 그나마도 끊어져서 의식을 되찾지 못하고 있어요."

목연의 옆자리에는 관아에게 먹이기 위해 가져온 약사발과 갱시羹匙(죽이나 국을 떠먹는 숟가락)가 놓여 있었다. 하지만 의식이 없는 아이에게는 그조차도 힘든 일이었나 보다. 검고 걸쭉한 액체가 번진 관아의 입가와 그것을 닦아 내는 데 사용한 듯한 얼룩진 베수건이 석대원의 눈을 아프게 찔러 왔다.

"검은 이불이라고? 그러면 이불을 벗겨 주면 되지 않소?"

석대원은 관아의 곁에 주저앉아 아이가 덮고 있는 검은 이불의 끝자락을 움켜잡았다. 목연이 그의 행동을 막으려는 듯 손을 들어 올리며 고개를 저었다.

"그 이불이 아니에요. 관아의 마음에 덮인 이불, 삼생도가 이 아이에게 강요한 업이죠. 관아는 저번에 자기를 지키려다 희생된 목숨들이 자기 잘못이라고 생각하고 있어요. 그래서 자기는 가족들과 떨어져 이곳에 갇혀 있어야 한다고 믿고 있는 거죠. 이곳에서 관아는 본명 대신에 과상이라는 법명으로 불려요. 과상, 잘못을 보상한다는 뜻이죠."

"이 불쌍한 아이에게 대체 무슨 잘못이 있다고!"

석대원은 자신도 모르게 버럭 고함을 질렀다. 목연이 쓸쓸한 미소를 지었다.

"교주님께는 백도를 응징하기 위한 출정의 명분이 필요하셨죠. 그러기 위해서는 관아가 그때 납치당했어야 하고요. 있는 아이를 없는 것으로 꾸미려니 이 삼생도에 가둬 놓을 필요가 있었죠. 관아는 이곳에서 평생토록 살아야 할지도 몰라요. 그러려면 지상에서의 삶에 대한 모든 희망을 아이 스스로가 포기하도록 만들어야 했죠. 그래서 검은 이불 얘기가 나온 거예요."

곤륜산에서 형으로부터 서문복양의 전언을 들었을 때 이미 짐작한 일이긴 했지만, 막상 가랑잎처럼 말라비틀어진 관아를 내려다보고 있노라니 서문숭에 대한 분노가 다시금 끓어올랐다. 그 분노를 지그시 억누르며 석대원이 말했다.

"전륜계에서 문주를 만났소."

목연이 고개를 들고 석대원을 바라보았다. 관아보다는 덜하지만 예전의 생기를 찾아보기 힘들 만큼 피폐한 얼굴이었다.

"그분으로부터 관아에 대한 모든 권리를 받아 냈소."

목연의 눈동자 속에서 작은 빛이 떠올랐다.

"그 말씀은……?"

"관아는 더 이상 이곳에 갇혀 있을 필요가 없다는 뜻이오."

목연의 얼굴에 처음으로 생기 비슷한 것이 떠올랐다. 하지만 그것은 떠오를 때만큼이나 빠르게 사라졌다.

"하지만 관아는…… 석 공자께서 보시다시피 지금의 관아는 누구도 알아보지도 못하고 무엇도 할 수 없는 상태예요. 어쩌면 이곳에서 머물며 교의敎醫들에게 치료를 받게 하는 쪽이 관아를 위해 더 나을지도 몰라요. 이 약만 해도……."

석대원이 오른손을 들어 목연의 말을 멈추게 했다.

"나는 더 이상 백련교와 무양문을 믿지 않소."

목연의 눈이 커졌다.

"그게 무슨 뜻이죠?"

"배화존자라는 자가 말했소. 관아는 진세의 티끌을 벗기 위해 껍데기를 깨트리는 아픔을 겪는 중이라고. 그 말속에는 분명 어떤 의도가 담겨 있었소. 나는 지금 관아의 상태에 그러한 의도가 반영되었다고 생각하오."

석대원은 허리를 폈다. 그런 다음 검은 바위벽에 새겨진 무상노모의 부조 앞에 놓인 세 개의 옥향로를 바라보았다. 백, 녹, 황, 삼색의 향연을 피어 올리는 그것들 각각은 관아처럼 작은 여자아이쯤은 통째로 태울 수 있을 만큼 커다랬다.

"소림에 머물면서 지겹도록 맡아 봤지. 저것들은 호흡을 가라앉히는 안식향安息香이요, 신지를 차분하게 만드는 정신향淨神香이오. 꽃향기 속에서 벌과 나비처럼 유쾌해야 할 아이에게 늙은 중들에게나 어울리는 저따위 것을 종일토록 맡게 하다니."

석대원의 왼손이 움직였다.

퍽! 퍽! 퍽!

옥향로들이 산산조각 났다. 삼색의 자욱한 향연이 물감처럼 뭉클거리며 쏟아져 나왔지만 어디선가 홀연히 일어난 상승 기류에 곧바로 휩쓸려 무상노모가 새겨진 바위벽을 타고 올라가 흩어져 버렸다.

석대원은 바위벽을 향해 내밀고 있던 왼손을 거두어 관아의 몸 너머에 놓인 약사발을 집어 들었다.

"이것이 영약이란 것은 의심하지 않소. 아무리 비정한 할아버지라도 손녀에게 독약을 먹이지는 않을 테니까. 하지만 아마

이 안에도 아이의 발랄하고 건강한 정신을 좀먹는 고약한 수작이 담겨 있을 것이오."

허공을 날아간 약사발이 무상노모의 이마에 부딪쳐 박살났다. 검은 핏물처럼 진득한 액체가 검은 우상의 얼굴을 따라 흘러내렸다.

"관아는 내가 예전의 모습으로, 아니 예전보다 더욱 건강한 모습으로 회복시키겠소."

석대원은 관아가 덮고 있던 검은 이불을 걷어 냈다. 귀신의 손처럼 흉측한 그의 왼손이 관아의 앙상하게 꺼져 들어간 가슴팍 위에 얹혔다. 옥향로를 부수고 약사발을 집어 던질 때는 망나니의 칼처럼 난폭하던 손이, 아이의 몸과 맞닿을 때는 금세공인의 그것처럼 조심스럽기만 했다.

석대원은 잠시 생각했다. 벼락의 정화인 바즈라-우파야는 육신과 영혼 모두가 미약해진 아이에게, 마음의 문을 닫아걸고 스스로를 폐색시켜 가고 있는 아이에게 사용하기에는 지나치게 강한 힘일 것이 분명했다. 하지만 우주의 조화와 맞닿아 있는 천선기라면 다를지도 모른다. 천선기를 한 번도 이런 용도로 사용해 본 적은 없었지만, 지금의 그라면 그 공능 안에 있는 생명의 힘을 이끌어 낼 수 있을 것 같았다.

석대원은 눈을 지그시 감았다.

우-웅-.

석대원으로부터 일어난 천선기의 따듯하고 부드러운 공능이 관아의 말라비틀어진 몸뚱이 구석구석에 생명의 힘을 공급하기 시작했다.

석대원의 예상은 반은 맞고 반은 틀렸다.

관아는 천선기의 세례를 받은 지 오래 지나지 않아 의식을 되찾았다. 하지만 그 의식은 자책과 자학에 발목을 잡혀 현실의 세계로까지는 연결되지 못하는 듯했다.

"으응."

미약한 신음 소리와 함께 매미 날개처럼 얇아진 눈까풀이 소스라치듯 떨리며 들렸다. 그렇게 뜨인 관아의 두 눈은 유막乳膜이 낀 듯 혼탁해 보였다. 석대원이 그 눈을 내려다보며 간절한 목소리로 물었다.

"관아야, 정신이 드니? 날 알아보겠어?"

잠시 후 관아의 입술이 달싹거렸다. 말라붙은 목구멍과 구강은 그 말소리를 온전히 만들어 내지 못했지만, 석대원은 관아가 하려는 말이 무엇인지 알 수 있었다.

–검은 이불. 무거워요. 너무 무거워.

석대원은 관아의 육신과 접촉한 왼손 손바닥을 통해 천선기를 조심스럽게, 하지만 끊임없이 흘려주며 말했다.

"이불은 없다. 관아야, 검은 이불 같은 것은 없어."

그러나 관아는 석대원을 알아보지도, 석대원의 말을 알아듣지도 못하는 것 같았다.

관아가 말했다.

나는 나쁜 아이예요.

"너는 나쁜 아이가 아니야."

관아가 다시 말했다.

나는 나쁜 아이예요.

석대원은 관아의 가슴에 얹어 놓은 왼손을 떼고 아이의 작은 몸을 품 안 깊숙이 끌어안았다.

"아니다! 너는 나쁜 아이가 아니야!"

—너는 나쁜 아이가 아니야.

전율이 석대원의 전신을 관통하고 지나갔다.

—나는 나쁜 사람이 아니야.

관아를 향한 절절한 외침은 곧 석대원 본인을 향한 항변이기도 했다.
아버지가 살해당하셨다.
나 때문에.
어머니가 자살하셨다.
나 때문에.
그녀가 죽었고, 아기가 죽었다.
나 때문에…….
모든 것은 나 때문이었어.
아니다! 그것은 나 때문이 아니었어!
그것들 중 어느 하나도 내가 의도한 바는 아니었다. 모든 비극에는 이유가 있었고 사연이 있었다.
아버지는 살해당하지 않으셨다.
어머니는 자식을 구하기 위해 목숨을 버리신 거다.
그녀와 아기는, 그의 의지와는 무관하게 발동한 사악한 망령에 죽임당한 것이다.
그런데 왜 모든 게 내 책임처럼 되어 버린 거지? 나는 왜 그것을 진실처럼 받아들이게 된 걸까? 그것이 나를 얼마나 불행하게 만들었는데! 얼마나 거대한 공허에 빠트렸는데!
무문관을 떠나며 석대원은 붉은 아이에게 말했다.

–앞으로는 너를 미워하지 않을게.

그 약속은 과연 지켜졌는가?

아니다. 붉은 아이는 석대원의 또 다른 자아였고 붉은 아이를 미워하지 않는 것은 그 자신을 미워하지 않는 것과 같았다. 하지만 그는 그 자신을 여전히 미워하고 있었다. 원망하고 증오한 나머지 인간이라면 마땅히 받아야 하는 한 조각의 애정조차도 나눠 주려 하지 않았다. 극심한 자기혐오는 거대한 공허로 이어졌다. 그는 그런 공허 속에 빠진 그 자신을 외면했고, 그럼으로써 잔인하게 유기했다. 그렇게 버려진 붉은 아이가 그의 품 안에서 들리지도 않는 가녀린 목소리로 울먹이고 있었다. '나는 나쁜 아이예요.'라고.

석대원은 외쳤다.

"너는 나쁜 아이가 아니야!"

살리겠다. 낫게 하겠다. 지키지 못한 약속을 이제라도 지키기 위해. 하지만 어떻게?

–추운 산을 내려와 따듯한 계단에 오르면…… 이 약이 필요할 테니…….

석대원은 관아를 다시 자리에 눕히고 품에서 작은 목갑을 꺼내어 뚜껑을 열었다. 은은한 약향이 피어오르고, 백황색 밀랍으로 싸인 포도 알만 한 단약 한 알이 모습을 드러냈다. 그는 그것을 집어 관아의 입가로 가져갔다.

그때 목연이 말했다.

"안 돼요."

석대원은 고개를 들어 목연을 바라보았다. 목연이 다시 말했다.

"약을 함부로 쓰면 관아에게 해가 될 거예요."

석대원이 항의했다.

"이것은 소림의 대환단이오. 죽어 가는 사람도 살릴 수 있다는……."

목연이 고개를 저었다.

"소림의 대환단이 본 교의 어떤 약보다 효과 좋은 절세의 영약이라는 점을 의심하는 것은 아니에요. 제가 말씀드리려는 것은, 지금의 관아는 아무리 좋은 영약이라도 곧바로 복용할 수 있는 상태가 아니라는 점이에요. 아이의 몸이 견디지 못할 거예요. 광명전에서 올려 보낸 약들도 오랜 중탕 과정을 거쳐 약성을 완화시킨 뒤 미음에 섞여 먹이고 있었어요."

석대원은 자신의 손가락 사이에 끼워진 대환단을 보았고, 짚자리에 누운 관아를 보았고, 다시 목연의 얼굴을 보았다.

석대원이 물었다.

"어떻게 하면 좋겠소?"

"마찬가지로 약성을 완화시켜야지요. 대환단을 물에 개서 녹인 다음에 중탕을 하면 될 거예요. 제가 준비할게요."

목연이 자리에서 일어나려고 했다. 하지만 석대원은 그 순간 다른 방법을 떠올리고 있었다. 그는 왼손을 내밀어 반쯤 일어선 목연의 손목을 잡았다. 귀신의 손에 손목을 잡힌 목연은 처음에는 흠칫 놀라고, 다음에는 얼굴을 붉히며 시선을 돌렸다.

석대원이 말했다.

"목 소저가 도와주시오."

목연의 시선이 석대원에게로 돌아왔다.

"어떻게……?"

"이 대환단을 목 소저가 대신 복용하시오. 목 소저의 몸 안에서 녹은 약기운을 내가 관아에게로 인도하겠소."

석대원이 머뭇거리다가 덧붙였다.

"미안하지만 목 소저를 대환단의 약성을 완화시키는 중탕냄비로 활용하겠다는 뜻이오."

목연의 이마가 살짝 찌푸려졌다.

"제가 그런 일을…… 그게 가능할까요?"

"가능하오."

석대원은 고개를 끄덕였다. 직접 접촉하는 대상이 관아가 아니라 목연이라면 천선기만이 아니라 바즈라-우파야까지 동원할 수 있을 것 같았다. 그 과정을 통해 목연의 몸 안에서 대환단을 중탕한 뒤 관아에게 흘러들게 만들면 소화와 흡수에 대한 부작용 없이 약효를 전달할 수 있을 것 같았다.

잠시 망설이던 목연이 자리에 다시 앉았다.

"제가 어떻게 해야 하는지 가르쳐 주세요."

방법은, 최소한 외형적으로는 간단했다. 석대원과 관아 사이에 목연이 앉았다. 목연은 관아를 짚자리에서 들어 올려 온몸으로 끌어안았다. 가능한 한 많은 부위를 접촉하는 편이 도움 된다는 석대원의 말 때문이었다. 이어 석대원은 자신을 향해 등을 돌리고 앉은 목연의 입안으로 대환단을 넣어 주었다. 갈대 줄기처럼 앙상하지만 남성적인 힘을 느낄 수 있는 손가락이 성숙한 여인의 부드러운 입술을 스쳤다. 목연은 전신을 가볍게 떨었다.

"운기를 시작하시오."

나직한 말과 함께 석대원은 목연의 등줄기 아래쪽, 여인에게는 지극히 민감한 부위라 할 수 있는 명문命門 위에 손바닥을 얹으며 말했다. 목연은 다시 한 번 전신을 가볍게 떨고, 운기를 시작했다. 겉옷으로 입은 뻣뻣한 삼베 승포를 격하고, 그 안에 숨겨진 얇은 속치마와 속곳마저 간단히 뛰어넘어, 천선기와 바즈라-우파야의 완전하고 뜨거운 힘이 쏟아져 들어갔다.

앞으로는 병든 아이를 간절히 끌어안고, 뒤로는 석대원의 무궁한 힘을 받아들이며, 목연은 빠르게 달궈졌다.

다른 사람의 몸 안에서 천선기와 바즈라-우파야의 두 가지 공능을 동시에 운용하는 것은 이제는 무소불위의 경지에 올랐다고도 할 수 있는 석대원으로서도 결코 쉬운 일이 아니었다. 특히 어려운 것은 벼락의 정화, 바즈라-우파야였다. 그 맹수 같은 공능을 부리는 데에는 아직 완숙하지 않을뿐더러 공능의 속성 자체가 지극히 양강하기 때문이었다. 자칫 잘못하면 직접 접촉한 목연은 물론이거니와 그 너머에 안겨 있는 관아마저 잿더미로 만들 수 있었다. 대환단을 가장 빠른 시간 안에 가장 완전하게 녹여 역사상 그 어떤 경우보다 높은 효과를 끌어내기 위한 방편으로써 바즈라-우파야를 동원하기는 했지만, 그 과정에 산재해 있는 갖가지 위험들을 피해야만 하는 것은 온전히 석대원에게 달려 있었다.

다행히도 석대원에게는 어떤 맹수라도 조련할 수 있는 전능全能의 채찍, 천선기가 있었다. 바즈라-우파야는 목연의 몸 안에서 함부로 발산할 수 없는 스스로에게 불만을 느낀 듯했지만, 그때마다 어르고 달래는 천선기의 조화로운 지도를 순순히 받아들였다.

석대원은 목연의 척추 끝에 붙이고 있던 손바닥이 미끈거리는 것을 느꼈다. 목연은 땀을 흘리고 있었다. 숫제 물이 흘러내리는 것 같았다. 대환단의 약효가 그녀의 몸 안에서 활기차게

기능하고 있다는 증거였다. 그녀가 흘린 땀방울 안에 배어 있어야 할 모든 더러운 기운들은 모공을 통해 빠져나오는 순간 바즈라-우파야의 절대적인 뇌력雷力에 소리 없이 타 붙어 무색무취의 연기로 스러지고 있었다.

석대원의 반개한 눈까풀이 파르륵 떨렸다. 목연이 관아의 볼에 맞대고 있던 얼굴을 뒤로 젖히며, "아아!" 하는 탄성을 울린 것과 같은 시점이었다. 대환단의 마지막 남은 덩어리가 그녀의 몸 안에서 완전히 녹아내린 바로 그 순간…… 기이한 공감이, 믿을 수 없을 만큼 뚜렷한 공감이 석대원과 목연에게 동시에 찾아왔다. 머리카락을 곤두서게 만드는 짜릿한 전율과 성합性合의 절정에서도 만나 보지 못할 절대적인 일체감이 두 남녀의 혼백을 아득하게 만들었다.

이제 목연과 석대원은 하나였다. 두 사람은 하나의 몸, 하나의 정신을 나누며, 서로의 삶에 교감했다. 여자는 이제껏 남자에게 닥쳤던 끔찍한 고통들에 눈물을 흘렸고, 남자는 그런 자신을 먼발치에서 바라보며 가슴을 태우던 여자의 진심을 알게 되었다.

만일 그 합일의 시간이 조금 더 길었다면 치료를 애타게 기다리는 아이에게는 돌이키지 못할 불행이 닥쳤을지도 모른다.

다행히도 두 사람에게는 영원처럼 아득했던 그 시간이 현실에서는 찰나라고 할 만큼 빠르게 지나갔고, 석대원은 목연이라는 통로를 지나 관아를 느낄 수 있었다.

본격적인 치료가 시작되었다. 대환단의 정수가, 천선기가, 그리고 바즈라-우파야까지도 관아를 위해 최선을 다하기 시작했다. 단단한 부분은 부드럽게, 쇠약해진 부분은 단단하게, 꽁꽁 닫힌 아이의 몸과 마음은 천천히 열리기 시작했다.

겨울이 가고 봄이 오듯, 메마른 땅이 촉촉해지듯…….

아이는 그렇게 살아났다. 새로운 생명을 얻었다.

천선기가 물러났다. 바즈라-우파야가 거둬졌다. 석대원은 목연으로부터 손바닥을 떼어 냈다.

목연이 끌어안고 있던 관아를 품에서 떼어 짚자리 위에 조심스럽게 눕혔다. 두 사람은 마치 아비와 어미처럼 절실한 마음으로 아이의 얼굴을 내려다보았다.

관아가 눈을 떴다. 그러고는 나비의 날갯짓처럼 경쾌하게 눈꺼풀을 깜빡거렸다. 아까와는 달리 관아의 눈동자는 석대원의 얼굴에 또렷하게 초점을 맞추고 있었다.

"상숙?"

목연조차도 알아보는 데 약간의 시간이 필요했던 이 괴이한 몰골을 아이가 곧바로 알아보았다는 데 석대원은 감동했다.

"그래, 상숙이다. 상숙이 온 거야."

관아가 커다란 눈으로 석대원의 얼굴을 빤히 올려다보다가 천천히 말했다.

"상숙이 약속을 지켰어."

석대원은 눈시울이 뜨거워지는 것을 느꼈다.

"그래, 나는…… 약속을 지켰어."

관아가 웃었다.

그리고 붉은 아이가 웃었다.

석대원은 마침내 눈물을 흘렸다.

마음에 뚫린 커다란 구멍이 메워지고 있었다. 공허가 메워지고 있었다.

고해苦海인 삶은 본디 불행하다.

모든 사람들이 삶의 목표로서 추구하는 행복이란 불행이 부

재하는 시간과 공간에 나타나는 그늘 같은 허상에 지나지 않는다. 햇볕이 따갑게 내리쬐는 한여름 이 그늘에서 저 그늘로 피해 다니는 작은 벌레들처럼, 인간은 불행이 이글거리는 삶의 길 위에서 행복의 작은 그늘을 찾아 이리로 또 저리로 뛰어다니며 위안을 찾는다. 자체로 어떤 기준을 갖는 자리가 아니라 불행이라는 뚜렷한 기준으로부터 조금이나마 자유로워진 자리, 그 자리가 바로 인간들이 말하는 행복이다.

불행은 잦고 강성한 반면 행복은 드물고 미약하다. 불행이 야기하는 고통은 차라리 운명 같기까지 하다.

그러므로 삶은 가치 없는 것일까? 그렇다면 왜 살아야 하는 것일까? 삶이 불행과 불가분의 관계를 맺고 있고 그 무게에 짓눌려 고통받고 신음하는 것이 인간의 삶에 부여된 절대적인 속성이라면, 그 삶을 어느 순간에고 그냥 포기해 버리는 것이 낫지 않을까? 단천원에서 다시 만난 이군영이 그랬던 것처럼 말이다.

당시 이군영은 석대원에게 이렇게 말했다.

-당신은 여기서 계속 고통받아야 하겠지.

그러나 이군영은 틀렸다. 고통받는 것이 틀렸다는 게 아니다. 그 고통을 마치 석대원 혼자만이 받는 것처럼 여겼기 때문에 틀렸다. 세상에 남겨진 이상 누구에게나 고통은 필수일 수밖에 없다. 정도의 차이는 있을망정 그 규칙에서 예외일 수 있는 인간은 존재하지 않는다. 우리 모두는 고고성을 울리며 고통스럽게 태어나고, 주어진 수명만큼 고통스럽게 헤매다가, 각자의 무덤에 고통스럽게 잡아먹힌다. 그것이 삶의 본령, 생명의 본령인 것이다.

그러므로, 다시 한 번 묻거니와, 삶은 가치 없는 것일까? 그렇다면 왜 살아야 하는 것일까?

불행이 삶의 원형, 고통이 삶의 규칙이라면, 그 삶에 이미 적응되어 있는 존재가 바로 인간이다. 불행을 외면하고 고통을 망각하는 능력이 모든 인간에게 이미 내재되어 있다. 인간은 불행과 불행 사이에 고인 작은 행복의 정원에서 숨을 돌리고, 고통과 고통 사이에 놓인 짧은 평안의 연못에다 몸을 담근다. 허상이면 어떠랴. 어제보다 나아진 오늘, 오늘보다 나아진 내일을 기대하며 열어젖힌 시간의 문 저편에서 반기는 것이 자욱한 허무감밖에 없다 한들 또 어떠랴. 인간은 허무감으로 무너지지 않도록 설계된 강인한 종이기도 하다. 그들은 언제나 극복한다. 그 극복의 수단이 치졸한 변명이든 나약한 회피든 굴강한 돌파든, 허무감을 견뎌 내고 다시금 불행과 고통의 바다를 건너 항해할 준비에 나선다. 새로운 항구를 찾아 나설 준비를 한다.

살아가는 것이 아니라 살아지는 것이라고 자조해도 괜찮다. 허무감을 이기지 못해 당장은 잠시 주저앉아 있더라도 좋다. 결국 나는 삶의 배를 다시 띄울 것이고, 살아 있는 한 언젠가는 또 다른 항구에 들어갈 수 있을 테니까. 삶은 '삶'이기에 가치 있다. 바로 그것이 내가 살아야 하는 이유다. 광비 대사가 내려준 마지막 가르침, 세상 속에서, 그리고 삶 속에서 답을 구하라는 말씀은 그 자체가 답이기도 한 것이다.

마침내 답을 구한 석대원은 울고 있다. 인간으로 돌아와 울고 있다. 그녀는 그의 검에 찔려 숨을 거두면서도 그를 불쌍히 여겼다.

—당신…… 지금…… 울고 있나요?

석대원은 울고 있다. 그녀도 이제는 마음을 놓을 수 있을 것이다. 더 이상 그를 불쌍히 여기지 않아도 될 것이다.

관아가 석대원을 올려다보며 말했다.

"상숙, 나 배고파."

이 말을 들은 순간 석대원은 어이없을 만큼 허기를 느끼고 있는 자신을 발견했다. 식욕이 불러낸 식욕. 먹는다는 행위를 떠올리는 것만으로도 무럭무럭 움트는 희망. 다음 항구에서 뱃사람을 기다리는 향기로운 음식들…….

"먹자! 맛난 걸로 많이! 그리고, 그리고……."

석대원은 말라붙은 손을 내밀어 관아의 까칠한 머리통을 쓰다듬었다.

"또 뭘 해 줄까? 내가 너에게 또 뭘 해 줄 수 있겠니?"

이 작고 마른 아이를 위해 무엇인가를 해 줄 수 있다는 사실이 이토록 커다란 기쁨으로 다가올 줄이야!

관아가 말했다.

"시장 가요. 나 동천대왕님 보고 싶어. 웨에이 웨에이 하는 동천대왕님."

석대원은 눈물을 줄줄 흘리면서도 웃음을 터뜨렸다.

"하하! 가자! 가서 동천대왕님을 만나자! 시장에 없으면 봉래도에 가서 잡아 오자!"

그때 목연이 석대원에게 말했다.

"저는 석 공자님께 무엇을 해 드릴 수 있을까요?"

석대원은 방금 한 몸이 되었던 여자의 얼굴을 돌아보았다. 그녀의 눈가도 이미 흠뻑 젖어 있었다.

"하하하!"

석대원은 다시 한 번 웃음을 터뜨렸다. 서로에게 준다. 그리고 서로에게 받는다. 더 이상 무엇이 필요할까?

"같이 갑시다, 우리 셋이."

목연은 이제 수줍어하지 않는다. 기쁨의 미소를 지으며 고개를 끄덕인다.

왼팔로 안아 든 관아는 깃털로 채운 주머니처럼 가벼웠다. 젓가락처럼 말라붙은 채 맥없이 건들거리는 아이의 다리가 석대원의 마음을 잠시 아프게 만들었다. 그러나 그는 안다. 저 말라붙은 다리 안에도 이제는 생명의 씨앗이 깃들어 있음을. 그는 저 다리도 반드시 건강해지도록 만들 작정이었다. 하물며 그의 동료 중에는 가장 솜씨 좋은 고약장수도 있지 않던가.

세 사람은 노모전이 지어진 높다란 절벽의 끝자락에 섰다. 산 아래 만발한 꽃들이 세상으로 돌아가는, 삶으로 돌아가는 그들을 축복해 주고 있었다.

석대원은 목연에게 오른손을 내밀었다. 목연이 그의 손을 잡았다. 그는 목연을 옆구리로 끌어당겨 가볍게 안았다. 그리고 절벽 아래로 발을 내디뎠다. 세상이, 삶이 그의 발아래 펼쳐져 있었다.

그는 이제 공허해지지 않을 것이다.

종장終章 부운쟁선계浮雲爭先界

망경봉에서 바라보는 천공은 별들로 가득했다.

우주는 오늘도 평화로운 법칙에 의해 윤전輪轉하고 있었다.

낡은 부들방석 위에 앉아 인간이 만들어 낸 어떤 예술 작품보다 위대하고 고귀한 밤하늘의 정경을 올려다보던 한운자의 귀에 철 이른 벌레의 울음소리를 뚫고 산길을 올라오는 누군가의 발소리가 들려왔다. 그러나 한운자는 굳이 고개를 돌리지 않았다. 발소리의 주인이 누구인지 이미 알고 있었기 때문이다.

"제자가 사부님께 인사 올립니다."

그 사람이 한운자를 향해 고두叩頭의 예를 올렸다. 야심한 시각에 높은 봉우리를 오른 피로가 가쁜 숨소리로 섞여 나오고 있었다. 한운자는 그제야 고개를 돌려 그 사람을 바라보았다. 과거 태백관에 머물던 시절, 몇 년간 그의 가르침을 받다가 부친의 닦달에 못 이겨 도관을 떠난 제자, 구양자 소흥이 바로 그 사람이었다. 소홍은 무릎을 꿇은 채로 상체를 일으켰다. 한운자가 그런 그를 가볍게 책망했다.

"굼뜬 버릇은 여전히 못 고친 모양이구나. 그래도 달이 이울기 전에는 올 줄 알았건만. 대체 어디서 무엇을 하느라고 이렇게 늦은 게냐?"

때는 삼월 초이레. 동녘 하늘에 걸린 달은 초승을 넘어 상현에 이르러 있었다.

"명산 몇 군데를 들르느라 늦었습니다."

공손히 아뢴 소홍이 고개를 갸웃거리고는 물었다.

"한데 제자가 해남도로 온다는 것을 어떻게 아셨습니까?"

한운자는 새하얀 수염을 한차례 쓸어내린 뒤 대답했다.

"그 친구가 일러 주었느니라."

"그 친구라 하심은……?"

"너를 이곳으로 보냄으로써 내게 마지막 번거로움을 안겨 줄 고약한 인물이 매불, 그 위인 말고 또 누가 있겠느냐?"

"매불 사숙께서……."

소홍은 고개를 살짝 숙이고 무엇인가를 생각하다가 갑자기 정색을 하며 말했다.

"사숙께서는 소림에 계셨습니다. 제자가 수발을 들어 드리겠노라고 말씀드렸지만 당신께는 이미 수발을 들어 줄 믿음직한 제자가 둘씩이나 있다며 거절하셨습니다. 그러고는 사부님께서 해남도에 머물고 계시니 그리로 찾아가 보라고 말씀하셨습니다. 그래서 이리로 온 것입니다."

한운자가 고개를 끄덕였다.

"다 알고 있느니라."

"그렇다면 사숙께서는 이미……."

마음속에 뜨거운 것이 북받친 듯 입술을 지그시 깨물며 말을 잇지 못하는 소홍에게, 한운자가 빙그레 웃으며 말했다.

"육신의 굴레를 벗고 무하유無何有의 천연을 노니는 것은 평생에 걸쳐 수행에 매진한 자들 중에서도 극히 일부만이 누릴 수 있는 복일진대, 너는 어찌하여 속된 희로애락의 잣대를 들이대어 그 복을 더럽히려 하느냐."

"제자가 어리석었습니다. 아니, 제자는 지금도 어리석어 슬픔을 가누기 힘드나이다."

소홍은 큰 죄라도 지은 양 바닥에 머리를 조아렸다. 그런 소홍의 앞에 무엇인가가 툭 떨어졌다. 소홍은 물기로 흥건해진 눈을 조심스럽게 들어 바닥에 떨어진 물건을 보았다. 한 권의 두툼한 책자였다. 겉장의 제목 자리에는 '옥허비전주해玉虛秘傳註解'라는 여섯 자가 간결하고 깔끔한 필체로 적혀 있었다.

한운자가 말했다.

"이곳에 머무는 동안 한가함이나 피해 볼 요량으로 옥허비전에 대해 연구해 보았다. 태백관 시절에는 미처 생각해 보지 못했던 몇 가지가 깨우쳐지더구나. 매불 도우에게 건네준 세심단도 실상은 그러한 과정을 거쳐 비로소 완성할 수 있었고."

소홍은 시선을 들어 올려 한운자의 얼굴을 바라보았다. 한운자가 자애롭게 말했다.

"그 책에 끼적여 놓은 비결들이라고 해 봤자 기껏해야 작은 요령들이요, 간사한 방편들일 뿐이지만, 그래도 누군가가 뒤를 이어 보완해 준다면 세상에 작은 이로움이나마 남길 수 있을 거라고 생각한다. 이 사부는 네가 그 일을 해 주기를 바란다."

소홍은 옥허비전주해를 두 손으로 집어 가슴 안에 소중히 끌어안았다.

"모든 면에서 부족한 제자이나 사부님의 큰 뜻을 받들기 위해 몸과 마음을 바쳐 노력하겠나이다."

"부족하지 않다, 너는 부족하지 않아."

허허롭게 웃은 한운자가 부들방석에서 일어서서 몸을 돌렸다. 소홍이 책을 끌어안은 채 급히 물었다.

"사부님, 어디를 가십니까?"

한운자는 고개를 돌리지도 않은 채 한 손만을 들어 가볍게 내저었다.

"오랜만에 만난 제자와 몇 마디 객담이라도 나눠 볼까 했는데 당최 기다려 주지를 않는구나. 매불 도우야 원래 성미가 급하니 그렇다 쳐도, 점잖은 광비 도우까지 나서서 이리 재촉해 대고 있으니, 원……. 허허, 알았소, 알았어. 지금 간다니까."

말을 하는 동안 한운자는 가벼워지고, 투명해졌다. 노도인의 육신을 통과하는 별빛이 점점 뚜렷해지고 있었다.

그리고…….

별빛이 춤을 추었다.

깃털 같은 빛의 조각들이 사방에 내리고, 한운자를 중심으로 수천수만 송이의 꽃들이 폭죽처럼 피어났다.

세상에는 존재하지 않을 것 같은 그윽한 향기가 빛으로 깨어난 공기 속으로 소용돌이치며 퍼져 나갔다.

우화등선羽化登仙.

소홍은 홀린 듯이 일어나 한운자가 방금 서 있던 자리로 비척비척 걸어갔다.

모든 것은 이전과 같았다. 빛도, 꽃도, 향기도 사라진 그 자리는 그저 인간 세상의 한 부분일 따름이었다.

"아아!"

초여름 연꽃의 봉오리가 열리는 소리를 들은 적이 있는가.

아무런 자취도 남기지 않은 기적의 한 자락을 목격한 소흥은 그 자리에 무릎을 꿇었다.

그들이 웃는다.
그들은 즐겁다.
그들이 노래한다.

이슬 구르니 어린 찻잎 움트고[露滴新茗開]
저녁 내리니 부푼 꽃술 저무네[宵垂滿蘂寐].
덧없구나, 앞을 다투는 세상이여[浮雲爭先界],
눈먼 욕망이 가는 길 가로막네[盲慾行路碍].

大尾